EL DETECTIVE DEL VINILO

ESCRITO EN EL ESPACIO MUERTO

Andrew Cartmel

EL DETECTIVE DEL VINILO

ESCRITO EN EL ESPACIO MUERTO

LIB
URU
AK

Para mi hermano, James Cartmel, el tipo más guay que existe

CARA A

1. LA MUERTE DEL DRAGÓN

En un principio, la calefacción de nuestro complejo de viviendas la proporcionaba una enorme caldera central que se encontraba bajo el aparcamiento, en una amplia cámara de hormigón sellada. Solía imaginarme esa caldera como un artilugio enroscado, parecido a un dragón dormido, y, cuando por fin pude verla, descubrí que no estaba muy equivocado. Era como estar en la sala de máquinas de un submarino, con largos cilindros de acero reluciente desvaneciéndose en las sombras y el tenue zumbido de un motor.

Un día bajé por la escalera, llegué a la puerta en la que ponía «sala de calderas», que estaba entreabierta, la atravesé y deambulé entre la penumbra hasta que encontré al tipo que se ocupaba de todo aquello, un hombre rellenito y amable, con acento de la zona de Newcastle, que llevaba un mono azul. Ocupaba el puesto de Encargado de mantenimiento térmico y medioambiental en urbanización, un cargo con un nombre realmente grandilocuente.

Me dejó echar un vistazo porque mi gato se había perdido y pensé que podía estar ahí. Pero no había ningún felino fugitivo a la vista. El hombre parecía empatizar realmente con mi frustración. Supongo que se dio cuenta de lo preocupado que estaba. Cuando me fui, me deseó suerte en mi búsqueda.

Volví a subir por la escalera para salir parpadeando a la luz del día. Resultó que suerte era lo único que no tenía, porque al poco tiempo localicé un pequeño cadáver blanco y negro en un césped a la entrada de la avenida Abbey.

Me llevé a casa lo que quedaba del gato y lo enterré en el jardín. Es sorprendente lo reconfortante que resulta saber que ciertos huesos están cerca. Poco después, como si fuera en señal de respeto, la caldera también dejó de funcionar. Culpé de ello a las cabezas de chorlito contratadas por el ayuntamiento que durante décadas no habían mantenido la maquinaria.

Y culpé de la muerte de mi gato a la clientela habitual de la Abadía. Evidentemente, Dizzy había sido víctima de uno de los coches de lujo que conducían los futbolistas de la Premier League o las esculpidas supermodelos que circulaban por esa carretera para dirigirse al principal centro de desintoxicación de Londres.

La Abadía, que en su día fue un convento con su propio horno, establo y molino, era una elegante construcción blanca y antigua que se alzaba detrás de mi jardín y veía cada vez que miraba por la ventana del salón de mi pequeño hogar. En realidad, vivo en la planta baja de una antigua casa de dos pisos convertidos en viviendas independientes, y tengo un jardín cuyo muro da directamente a los terrenos de la Abadía.

Y gracias a eso tuve la ocasión de conocer a uno de sus pacientes.

Era una luminosa mañana de un septiembre inusualmente cálido. El hombre se las había apañado para entrar en mi jardín y estaba allí de pie, con una bata azul cobalto que tenía una *A* dorada en el bolsillo y chanclas azules.

Me miró fijamente mientras yo abría la cortina. Había estado escuchando música a oscuras, algo que suelo hacer por las mañanas mientras bebo café hasta que estoy preparado para hacer frente al día. El hombre gritó algo, abrí la puerta y fui a ver sobre qué estaba despotricando.

—Max Roach —dijo.

Tardé un momento en entenderlo. Y, para entonces, ya había añadido:

—Red Mitchell al bajo. George Wallington al piano.

—El Sexteto de Gil Mellé —añadí. Salí por la puerta trasera y me reuní con él en el jardín. Hacía un poco de frío—. Grabado en 1952.

—En el sello Blue Note, ¿verdad?

El hombre frunció el ceño. Estaba muy bronceado y completamente calvo, pero tenía una abundante barba, dando la ligera impresión de que tenía la cabeza al revés. Empezó a buscar algo en el bolsillo de su bata azul.

—Eso es —le respondí. Estaba claro que el intruso al menos tenía bastante conocimiento de música jazz.

—En vinilo, por supuesto —dijo aún rebuscando en su bolsillo.

—Por supuesto.

—¿Es el original en Lexington Blue Note?

—Por desgracia, no. Es una reedición japonesa.

El hombre sacó un momento la mano del bolsillo e hizo un gesto brusco y desinteresado. Después sacudió la cabeza con satisfacción.

—Ya me parecía que no sonaba como el original.

Eso me sonó un poco atrevido, teniendo en cuenta que estaba en mi jardín.

—Tengo una edición original en Blue Note —anunció—. Con la dirección de Lexington Avenue en la etiqueta.

—¿Una copia con surcos profundos? —pregunté.

—Así es.

Se metió la mano en el bolsillo y sacó triunfalmente un puro de aspecto caro que le hacía parecer menos un loco en albornoz fugado y más el huesped de un exclusivo hotel que se ha alejado de la piscina sin darse cuenta.

Justo lo que era.

—Mi copia tiene bordes planos. ¿Sabes qué significa eso? —Había estado intentando identificar su acento, que era suave pero perceptible. Algo en el tono marcadamente didáctico de esta última frase me hizo pensar que podía ser escandinavo.

—Sí que lo sé —respondí.

—¿Tienes unos altavoces electrostáticos? —preguntó.

Asentí. Sacó una caja de cerillas, encendió una, la dejó arder un momento, posiblemente para que se disipara el azufre, y luego encendió el puro con ella.

—Se nota.

Exhaló una bocanada de humo, sacudió la cerilla para apagarla y la arrojó a mis parterres, lo cual hizo que no me cayera precisamente bien. Luego volvió a meterse la mano en el bolsillo y sacó la colilla de un puro anterior. ¿Por qué llevaba eso encima? Probablemente porque tenía prohibido fumarlos en la Abadía y la colilla desechada habría sido una prueba.

Pero debió pensar que tenía derecho a tirarla ahí, en mi jardín, porque la lanzó al estanque.

Eso fue la gota que colmó el vaso.

—¿Tienes una copia de ese disco con bordes planos? —le pregunté.

—Así es. —Sonrió—. Todas mis primeras ediciones en Lexington Avenue son de bordes planos.

Le había llevado justo al punto donde yo quería. Miré la colilla que flotaba en mi estanque y le dije:

—Seguro que ajustas el *tracking* vertical.

—¿Qué?

—Cuando pones uno de tus discos de borde plano, ¿ajustas el ángulo de seguimiento vertical de la cápsula?

Me miró fijamente.

—¿Qué quieres decir?

Intenté no exagerar mi falsa mirada de ingenua inocencia.

—Bueno, el brazo fonocaptor y la cápsula están diseñados para reproducir discos estándar. Y la geometría necesaria para reproducir correctamente un disco de borde plano es completamente distinta. Pero eso ya lo sabes, claro.

Me miró en silencio. Fingiendo sorpresa, yo le dije:

—¿Me estás diciendo que no ajustas el sistema cada vez que pones un disco? Eso distorsiona y desgasta del surco. Tu ángulo de seguimiento vertical está muy desviado. Y eso por no hablar del azimut.

Eso hizo que el cabrón cerrara la boca.

Poco después se despidió y regresó a la Abadía con su bata.

No esperaba volver a verlo. Pero lo hice. Cuando su cara apareció en la portada del periódico local gratuito.

Lo habían metido en mi buzón junto con una variedad de publicidad de pizzerías y tarjetas de servicios de taxi. Lo abrí y vi un titular que decía: «Arquitecto fallece tras caída». Debajo había una fotografía del hombre, Tomas Helmer. Esta vez no llevaba un albornoz, sino un traje bastante elegante. Al parecer, vivía —o había vivido— en Richmond, en una casa enorme que tenía problemas con los canalones.

Harto de la situación, había subido al tejado para hacer algo al respecto y había resbalado fatalmente.

Pobre desgraciado. Encendí los amplificadores de válvulas y puse un disco del Sexteto de Gil Mellé en su honor.

Sonaba genial. Volví a coger el periódico. El principal objetivo de la noticia era mostrar lo irónico que resultaba que, siendo un multimillonario, Helmer fuera tan tacaño como para no contratar a profesionales para reparar sus canalones y que, debido a ello, hubiera acabado pagando un precio aún más alto.

Aun así, me sentí mal por lo que le había ocurrido al pobre hombre. Era una pena que hubiera fallecido.

Aunque debo admitir que mi primera reacción fue preguntarme qué habría pasado con su colección de discos.

Sin embargo, pronto tuve otras cosas de las que preocuparme.

Cuando se estropeó la caldera, a los residentes de la urbanización se nos ofreció la posibilidad de elegir entre un nuevo sistema de calefacción proporcionado por el ayuntamiento o instalar uno propio. Ambas opciones costaban dinero y, dada mi situación económica, no podía permitirme ninguna.

Así que decidí mentalizarme para soportar ese invierno.

Fue peor de lo que podía imaginar. Para empezar, no me había dado cuenta de que una gran tubería de agua caliente pasaba justo por debajo de mi casa, caldeando a su paso el suelo de nuestro hogar. Cuando se inutilizó la caldera, esa tubería dejó de proporcionar su acogedor calor, por lo que la losa de hormigón que la rodeaba se enfrió rápidamente. Y, con ella, mi casa.

Ahora vivía sobre una nevera gigante. Los suelos se congelaron de inmediato y mi pequeña casa se volvió tan fría y húmeda como una cueva. Un siniestro moho negro comenzó a aparecer encima de las ventanas de la habitación de invitados.

Mis gatas me miraban con una expresión de horror, queriendo saber qué demonios había hecho.

Después de que atropellaran a Dizzy, me quedé con dos gatitas, hermanas, llamadas Fanny y Turk. Ahora que ya tenían un año, mostraban sus muy diferentes personalidades. Pero sus miradas de traición mientras el suelo se transformaba poco a poco en una losa de piedra congelada eran idénticas.

Turk se pasaba toda la noche fuera, quizá pensando que dentro de casa hacía aún más frío. Por su parte, Fanny optó por meterse dentro de mi edredón. Y digo *dentro* porque entraba por la parte abierta de la funda nórdica y se acurrucaba a mis pies como una bolita caliente mientras yo dormía.

Cada mañana, en cuanto terminaba de desayunar, salía a la calle, porque no tenía sentido quedarme en una casa helada. Las gatas me seguían y se escondían entre los tallos helados del jardín que teníamos en la parte delantera.

Pasaba todo el día fuera, y ellas también.

Mi única extravagancia era una tarjeta de transporte londinense, que me permitía —por un precio desorbitado— utilizar de forma ilimitada los autobuses y los trenes de la ciudad. Había tenido un coche durante unos años, pero no le encontraba la gracia a tener que estar constantemente parado en atascos. Así que cuando hacía demasiado frío para quedarme en casa, utilizaba mi querida tarjeta y me ponía en marcha.

A buscar discos. Eso es lo que hacía.

Iba al oeste y luego al sur, hacia Twickenham. Pasaba el resto del día volviendo a casa poco a poco mientras buscaba en cada tienda solidaria, de segunda mano o de antigüedades viejos vinilos escondidos.

Llevaba puestos mis zapatos de buscador, que eran bajos y, por lo tanto, cómodos para estar agachado revisando cubetas mohosas de discos, algo que tenía que hacer a menudo. En ellas solía encontrar la mezcla habitual de material poco atractivo de rock y pop, ocasionalmente acompañados de alguna orquesta o coro de iglesia. De vez en cuando descubría doce copias del mismo álbum de algún cantante o grupo del que nunca había oído hablar, evidentemente donados a la tienda por los propios artistas. La prueba desgarradora de una carrera fallida.

Justo cuando el débil sol invernal empezaba a desaparecer, encontré un tesoro en una pequeña tienda cerca del puente de Richmond. Un disco original de Elvis con la etiqueta roja de RCA. Estaba en muy buen estado. Lo primero que pensé fue que alguien lo había cuidado con esmero. O, mejor aún, que nunca lo había puesto siquiera. Me pregunté qué desgracia doméstica —fallecimiento, mudanza, crisis existencial— habría hecho que ese disco acabara ahí. Me daba vértigo pensar en todas las casualidades que se habrían dado para que ese objeto estuviera en ese establecimiento y, ahora, en mis pequeñas y cálidas manos.

La portada estaba perfecta. Pero ¿y el vinilo? Me temblaban las manos mientras le echaba un vistazo. El LP crujió al salir de la funda, la electricidad estática hizo que se me erizaran los pelos de los brazos. El vinilo negro brillaba. Prístino, virginal e inmaculado. Podía ver mi reflejo en él, sonriendo tontamente.

Pagué la miseria que pedían por él y salí a la álgida noche con el disco cuidadosamente envuelto y protegido bajo el brazo.

Lo mejor era que, sin ninguna duda, podría venderlo sin problema.

Reconozco las virtudes de Elvis. Igual que Sinatra, tiene una voz tranquila, algo que resulta relajante y placentero para el oyente. Escucharlos es como sentarse en el sillón más cómodo del mundo. Pero Elvis también tenía un estilo pegajoso y edulcorado en las baladas que, en mi opinión, le hacía compartir el mismo punto débil con Stevie Wonder. No más canciones lentas y pastelosas, por favor.

De todos modos, ya tenía las grabaciones completas de Leiber-Stoller, y eso era suficiente Elvis para mí.

Volví a casa, tras cambiar de autobús, por las calles heladas. Me sentía como un cazador que regresa a su cabaña con una piel de primera calidad.

Salvo que, en este caso, yo no había hecho daño a ningún animal.

Al llegar reanudaría mi rutina habitual, que consistía en preparar la cena y retirarme a mi cama congelada, calentada únicamente por una bolsa de agua caliente y, con un poco de suerte, una gata aprovechada. Con la diferencia de que, esa noche, primero me conectaría a Internet para vender el LP de Elvis y conseguir el dinero suficiente para sobrevivir unas semanas más.

Cuando llegué a casa supe inmediatamente que algo iba mal. Fanny estaba en la puerta, temblando, y entró corriendo detrás de mí. Se escuchaba música en el salón. Me apresuré a entrar y me quedé paralizado en la puerta.

Stuart *Stinky* Stanmer estaba sentado en el sofá, escuchando un disco en mi equipo de música. Turk salió prudentemente de su escondite detrás de un altavoz cuando entré con su hermana.

—He tenido que entrar, lo siento —dijo Stinky—. Si no, los vecinos me habrían visto. Ya sabes, mis fans.

Conocía a Stinky desde la universidad. Como yo, había sido un aspirante a DJ mientras colaborábamos en la radio universitaria. Pero a diferencia de mí, él había prosperado hasta tal punto que, recientemente, había logrado tener su propio programa de radio e incluso aparecía en la televisión nacional.

—En realidad, Stinky —le respondí—, a mis vecinos no les importa la presencia de estrellas aquí. Por la Abadía y todo eso.

Miró la silueta blanca de la Abadía en el sombrío cielo invernal a través de la ventana. Unos discretos focos hacían que pareciera iluminada por la luna, incluso en una noche completamente oscura.

—Supongo que sí —respondió con melancolía. Por muy doloroso que le resultara aceptarlo, había gente más famosa que él.

—¿A qué debo este placer?

—Pasaba por aquí y he pensado en visitarte si estabas en casa.

—Y si no estaba también, por lo que veo —maticé.

La primera cara del disco que tan atrevidamente había estado escuchando había terminado. La cápsula se deslizaba ruidosamente por el último surco. Fui y saqué el LP del tocadiscos; era una copia japonesa de la banda sonora de *Godzilla*. Lo devolví a su portada y, mientras lo hacía, Stinky se recostó en el sofá. Fanny, que andaba por la habitación, se mantuvo lejos de él.

—¿Qué es de tu vida?

—Bueno, ando con esto y lo otro —le informé mientras colocaba el álbum de nuevo en la estantería.

Estaba seguro de que él ya sabía perfectamente todo lo que yo hacía. Sospechaba que, utilizando varios seudónimos, Stinky era uno de los más ávidos seguidores de mi blog, además de mi perfil de Facebook y de Twitter. Se puso a mirar las pilas de CD de mi mesita.

—Pones muchos CD, por lo que veo.

—Algo tengo que escuchar mientras cambio un disco por otro.

—O mientras le das la vuelta —dijo.

Se permitió reírse de su propio chiste. Me di cuenta de que había estado mirando la pila de discos que había puesto sobre el sillón. Estaban en un orden diferente a como yo los había dejado. Tengo la costumbre de colocar ahí los discos que estoy escuchando en ese momento. Mis mejores selecciones.

Sin duda había estado tomando notas.

Como Stinky tenía un programa de radio, necesitaba constantemente material nuevo. Y, como no tenía oído musical en absoluto, utilizaba a gente como yo para conseguirlo.

Después de una conversación superficial y una gran cantidad de alardes —tanto profesionales como sexuales— por parte de Stinky, por fin conseguí librarme de él, y, con un pequeño suspiro de alivio, cerré la puerta tras él. Había entrado usando la llave que yo guardaba bajo la maceta. Tendría que esconderla en otro sitio. Pero, si lo hacía, ¿me acordaría de dónde la había puesto? Me quedé allí, con la llave en la mano, resoplé y la devolví a su sitio habitual.

Encendí el ordenador y puse a la venta el LP de Elvis en mi página web. Lo compraron en una hora y conseguí por él incluso un poco más de lo que esperaba. Decidí salir para celebrarlo. Casualmente, era la noche de hamburguesas a mitad de precio en Albert's, mi gastropub local. Así que fui allí y comí algo con una copa de vino. La hamburguesa estaba muy buena —echaban mantequilla y hierbas a la carne de ternera—, pero no la pude disfrutar porque Albert insistió en encender la radio que tenía tras la barra. A nadie más pareció importarle, pero yo sentí que debía decir algo contra esa contaminación acústica.

—¿Podemos tener un poco de silencio? —pregunté.

—Quiero escuchar este programa —indicó Albert.

—Creía que una de las reglas de tu local era no escuchar música.

—Esta es la excepción que confirma la regla.

Sintonizó la radio y, mientras lo hacía, tres guapas *au pairs* de Europa del Este, todas a juego con el pelo rubio, vaqueros hípster y discretos tatuajes, se acercaron. De repente empecé a escuchar una voz insinuante y empalagosa y me di cuenta, con angustia, de quién hablaba.

Por supuesto. Era el programa *Stinky Stanmer*.

—Eso era un CD —le escuché decir—. Al fin y al cabo, algo tengo que escuchar mientras cambio un disco por otro. O mientras les doy la vuelta, ¿eh? Ahora volvamos al vinilo; voy a poneros una cosita que he encontrado.

La música empezó y, por suerte, él dejó de hablar. Reconocí la canción. «Godzilla Vs. Anguirus», de Akira Ifukube. Sonaba muy bien. Era, obviamente, el LP que había puesto en mi toca-discos. Debía haber ido corriendo a comprar una copia nada más irse. O, más probablemente, habría hecho que uno de sus secuaces lo comprara por él.

Pensé que, por lo menos, había sabido elegir la mejor canción del disco. Entonces me di cuenta de que era la primera.

Probablemente no había escuchado ninguna otra.

Las tres *au pairs* movían las caderas al ritmo de la música. Sonaba como si le hubieran encargado a Sonny Blount la banda sonora de una película de espías de los años sesenta. Cuando las *au pairs* empezaron a bailar, Albert miró la radio con adoración, igual que el perrito Nipper miraba el gramófono en el antiguo anuncio de HMV, y sacudió la cabeza en un gesto de admiración.

—¿De dónde sacará estas cosas?

Esa noche me emborraché.

A la mañana siguiente me desperté con el sonido del timbre y una resaca taladrante. Salté de la cama, ahuyentando a una escandalizada Fanny, y me puse mi vieja y raída bata. Me acerqué a la puerta arrastrando los pies y la abrí, parpadeando ante la repentina luz del día.

Me encontré con una mujer joven. Llevaba vaqueros, un jersey negro de cuello alto y un abrigo de pelo de camello. Llevaba el pelo castaño cortado a lo Louise Brooks, la estrella del cine mudo. Me miró. Su increíble y casi ridícula perfección física sugería que podía ser modelo o actriz. Enseguida supe por qué estaba ahí.

—No soy el portero —le dije.

Ella se apartó el pelo de los ojos y contestó:

—Eso suena bastante inquietante.

—Esto no es la portería.

—Menos mal, ya que no eres el portero.

—Si buscas la Abadía, es el gran edificio blanco que está detrás de mi casa. Pero esto no es la portería y yo no soy el portero.

—Bueno, tal vez deberías serlo. Seguro que es un buen trabajo. Incluso podrías llevar uniforme —dijo mirando mi bata—. Tal vez hasta tenga hombreras. Me gustan las hombreras. De hecho, me gusta esa palabra. *Hombreras.*

Sus ojos eran de un desconcertante e intenso azul. Los examiné buscando señales de abuso de drogas, pero no encontré nada.

—Para llegar a la Abadía —le informé— tienes que volver a la carretera principal, conducir unos cincuenta metros y girar a la derecha.

—¿Quién ha dicho que yo conduzco?

—¿Como podrías haber venido si no?

—Quizá me haya traído un amigo.

—Bueno, puedes ir andando desde aquí. Son solo dos minutos. Un minuto y medio. Hasta la Abadía.

—No quiero ir a la Abadía —contestó ella—. Vengo a verte a ti.

A pesar de la falta de evidencias en sus nítidos ojos azules, decidí que debía estar loca por alguna razón.

—¿A mí? ¿En serio? ¿Por qué?

Sacó un papel y me lo dio. Era una tarjeta de visita barata y bastante llamativa que me resultaba familiar.

Porque era mía.

Bajo mi nombre y dirección se podía leer: «Detective del Vinilo».

2. «EL PÁJARO DE FUEGO»

—¿De dónde has sacado esto?

Durante cierto periodo de mi vida me había dedicado a repartir un montón de esas tarjetas por tiendas de discos, conciertos, pubs y clubes. Pero de eso hacía años.

Me miró a mí y luego al papel.

—¿Eres tú?

—Sí, soy yo.

La guardó y me dio una suya. Me sentí como en una novela de Trollope. Su tarjeta decía:

N. Warren
CONSULTORA | INTERNATIONAL INDUSTRIES GMBH

A diferencia de la mía, esta estaba impresa en papel crema y tenía un bonito relieve. Se la devolví.

—Si estás intentando venderme algo...

—No estoy intentando venderte nada —dijo, algo impaciente mientras miraba por encima de mi hombro—. Mira, ¿podemos hablar dentro?

—Por supuesto. Pero te aviso de que no tengo dinero para invertir en ningún... proyecto.

Se giró para observarme desde el estrecho pasillo mientras yo cerraba la puerta.

—Ya te lo he dicho, no quiero venderte nada. Ni que inviertas en nada. Y no tengo ningún *proyecto* —aclaró mirándome fijamente.

De repente me di cuenta del aspecto desaliñado que debía tener, con mi viejo albornoz de algodón negro y mis rodillas huesudas y dedos peludos a la vista. Mientras tanto, allí estaba ella; tranquila, elegante e impecable. Comparado con ella, yo era básicamente un dibujo de Basil Wolverton.

—Vengo a ofrecerte un trabajo.

Al menos de su boca salían palabras que sonaban muy bien. Me apreté un poco más la bata.

—¿Un trabajo?

—Sí. ¿Eres capaz de hacer lo que afirmas aquí?

—¿Qué afirmo? —pregunté.

Había impreso las tarjetas en un aeropuerto, durante una escala en la que estaba muy aburrido. Y posiblemente también muy borracho.

Suspiró y me enseñó mi tarjeta. Tenía mi nombre y dirección y alguna tontería sobre que podía encontrar cualquier disco. Por un precio. Era pura arrogancia, al parecer la suficiente como para no conseguir captar a un solo cliente.

Hasta ahora.

Mi corazón empezó a latir más rápido. Quizá estaba a punto de conseguir un trabajo. Intenté no emocionarme demasiado. Debía tratarse de una especie de divertidísimo malentendido.

—¿Sabes qué? —dije—. Si buscas un disco, lo mejor que puedes hacer es buscarlo en Internet.

—Internet no será de ninguna ayuda en este caso.

—Entiendo. —No lo entendía.

—Necesitamos a alguien que pueda hacer lo que tú dices que puedes hacer. ¿Puedes? —dijo dándole golpecitos a la tarjeta con el dedo.

—¿Si puedo hacer lo que digo que puedo hacer?

—Exactamente. —Sus impacientes ojos azules se clavaron en los míos.

Una corriente de aire frío se coló por debajo de mi bata, explorando mis partes bajas como si fueran unos tentáculos helados.

—Sí —afirmé—. Vayamos a la cocina, que ahí hace calor. ¿Puedo ofrecerte un café?

—No sé. ¿Puedes ofrecerme un café?

Molesto por su comentario, saqué mi café bueno y comencé el complicado ritual para prepararlo adecuadamente. Mientras el hervidor resoplaba y chisporroteaba en su batalla particular contra la cal incrustada en su resistencia, corrí a mi dormitorio para vestirme. Puede que también me pusiera un poco de *after-shave* caro. Volví justo cuando el agua iba a empezar a bullir y apagué el hervidor.

Si estás haciendo té, necesitas el agua hirviendo, pero, si estás haciendo café, la quieres a punto de hervir. Es un principio básico.

Mi invitada estaba sentada en la silla de plástico naranja Robin Day que había en mi cocina que yo solía utilizar para que el paño de limpieza se secara. Parecía bastante relajada. Casi como si esa fuera su casa. Lo cual era irritante, porque en ese momento ni siquiera yo me sentía en casa, y *era* mi casa.

Cuando empecé a moler los granos de café, ella encendió su iPod. No la culpé por hacerlo. El chirrido sobrenatural del molinillo de café siempre hacía que mis gatas huyeran y se escondieran, para, después de haber silenciado y guardado de nuevo aquella cosa maligna, salir y mirarme escandalizadas. Cuando terminé de moler los granos, me di cuenta, con angustia, de que no tenía filtros. Entonces recordé que había guardado algunos con mi limpiador de discos alemán. Así que bajé de encima del armario la caja en la que estaba. La mujer apagó el iPod y levantó la vista.

—¿Qué demonios es eso? —dijo.

—Un limpiador. —Vacié la caja y saqué todo lo que tenía dentro: la cubeta, el escurridor, el líquido limpiador, el embudo, el protector de etiquetas, los adaptadores y, por último, los filtros de café, que se escondían en el fondo—. Para limpiar discos.

—Ya veo. ¿Y viene con filtros de café?

—No, utilizo filtros de café porque, en mi humilde opinión, funcionan igual de bien, pero son considerablemente más baratos que los diseñados específicamente para el sistema de limpieza.

—¡Qué ahorrador!

Coloqué el filtro sobre la cafetera y vertí el café molido, oscuro y aromático. Por fin. Ya casi estaba.

—De hecho, funcionan un poco mejor. ¿Qué estás escuchando en tu iPod?

—«Gloria».

—¿De Van Morrison?

—De Vivaldi.

En ese momento me callé y me concentré en preparar el café. Pronto olió tan bien que empecé a alegrarme de haber hecho ese largo proceso. Las gatas no lo veían así. Turk acababa de salir de su escondite detrás de uno de los grandes altavoces Quad.

Cuando empecé a revolver los armarios en busca de las tazas buenas, N. Warren se levantó de la silla y preguntó:

—¿Te importa si fisgoneo?

No esperó mi respuesta. Mi casa es, en su mayor parte, diáfana, así que de la cocina se pasa directamente a un gran salón con comedor. Desde el salón se puede acceder al dormitorio, al cuarto de baño, a otro dormitorio y a una pequeña zona en la que en un principio estaba el calentador de agua, pero que luego utilicé para poner estanterías llenas de, sorpresa, discos.

Le serví un café y la seguí al salón. Estaba mirando los discos.

—Quizá sí que seas el hombre adecuado para este trabajo —admitió—. ¿Cuántos discos tienes?

—No los llamamos *discos*. —Dejé su taza en la mesa, junto al sofá.

—Entonces, ¿cómo los llamáis?

—*Vinilos* o *LP*. Incluso *álbumes*, si lo prefieres.

—Bueno, ¿y cuántos tienes?

—¿En esta habitación? No lo sé. Unos cientos. Pero estos son solo los que estoy escuchando ahora. Hay muchos más repartidos por toda la casa.

—Los que estás escuchando ahora —repitió mirándome.

Se sentó en el sofá y agarró su taza. Evidentemente, no era consciente de la cercana presencia de una de las gatas mientras se calentaba las manos con la taza.

Turk se acercó silenciosamente y saltó al respaldo del sofá, aterrizando suave y silenciosamente detrás de la mujer. En una ocasión, una invitada reaccionó bastante mal cuando un gato se subió inesperadamente a su regazo. Se puso como loca y empezó a gritar de una manera que seguramente mejoró mi reputación entre mis vecinos.

Ahora, mientras mi nueva invitada se inclinaba hacia delante, olfateando su café con recelo, Turk aprovechó para caminar silenciosamente tras ella. Luego, lentamente, se acomodó en un cojín al lado de la mujer, que seguía sin dar señales de haber advertido su presencia.

Empezaba a pensar que debía avisarla, para evitar un terrible accidente con café caliente, cuando extendió una mano como quien no quiere la cosa y empezó a acariciar a Turk.

—¿Quién es el más guapo? ¿Quién es el más adorable? ¿Quién quiere que le rasque la barbilla? ¿Tú? ¿Tú quieres? ¿Quieres que te rasque la barbilla? Oh, sí, oh, sí. Eso es, sí que quieres, sí que quieres, ¿verdad? ¿Quién es el más adorable? ¿Quién? ¿Le gusta a este chico adorable que le frote la barbilla?

—Chica —dije.

—¿Perdona?

—No es un chico adorable. Es una chica.

Volvió a rascar la barbilla de Turk mientras esta se empezaba a animar.

—¿Cómo se llama?

—Turk.

—Curioso nombre para una chica.

—Es el diminutivo de Turquesa.

—Por sus ojos. —Entendió inmediatamente—. Son preciosos. ¿Quién tiene unos ojos preciosos? ¿Unos preciosos ojos turquesa?

Acarició la cabeza de Turk, echando suavemente sus orejas hacia atrás y luego soltándolas, y siguió hablándole:

—¿Tú los tienes? Sí, creo que tú los tienes. Sí, lo creo, ¿verdad?

—Esa es su hermana —dije señalando a Fanny, que había salido de debajo de una silla al ver que Turk acaparaba toda la atención.

—No me había dado cuenta de que tenías dos gatas.

Pensé que era hora de ir al grano.

—¿Así que quieres contratarme para encontrar un disco?

—La persona para la que trabajo quiere contratarte.

—¿Puedo preguntar quién es la persona para la que trabajas?

—No.

—¿No?

—Si quisiera conocerte no habría enviado a una intermediaria. Es decir, a mí. —Sorbió su café—. Además, está muy ocupado.

—¿Así que no me vas a decir para quién voy a trabajar?

Levantó la vista y dijo:

—A todos los efectos, trabajas para mí.

—¿Y no me vas a decir para quién trabajas *tú*?

—Para un hombre de negocios.

—¿Un hombre de negocios muy ocupado?

La oí suspirar antes de responder:

—Es el jefe de una gran empresa. Y desea permanecer en el anonimato. Aunque sí puedo decirte que, como tú, es un amante del vinilo. —Miró las estanterías de discos—. Y tiene dinero para disfrutar de su pasatiempo.

«Es más que un pasatiempo», pensé. Pero no dije nada.

—Y está dispuesto a pagarte para que le encuentres un disco en concreto.

Me senté en el único de los sillones que no estaba cubierto de discos. Era modernista, de cuero negro, y hacía juego con el sofá. Había comprado muebles de cuero porque creía que serían a prueba de gatos. Una de las muchas bonitas teorías que habían resultado ser falsas con el paso de los años. Para restregármelo, Fanny se levantó sobre sus patas traseras y empezó a arañar con esmero la piel, rajándola.

—Vale. ¿Cuál es el disco que buscas? —le dije a la mujer.

Dejó el café a un lado y sacó un iPhone. Miró la pantalla y respondió:

—¿Has oído hablar de Everest?

—¿La discográfica?

—No. La montaña. Pues claro, la discográfica.

Sonreí. Podía ser tan sarcástica como quisiera, pero ese era mi terreno.

—Sí, la conozco, y bastante bien. Everest fue fundada a finales de los años cincuenta por Harry Belock, un estadounidense que durante la Guerra Fría se había dedicado a fabricar componentes de precisión para misiles intercontinentales. Después decidió que, en lugar de pensar en formas de hacer explotar el mundo, prefería emplear su talento en crear nuevos mecanismos para grabar música. Y eso hizo. Una de sus innovaciones fue grabar música en película de 35 mm.

Pude ver que, a su pesar, había captado su atención.

—¿Por qué demonios hizo eso?

—Porque tenía más ancho de banda.

—Pero es una película. Para grabar imágenes, no sonido, ¿no?

—Todo es información —dije con autosuficiencia. Era mi especialidad.

—¿Y sonaba bien esa película de 35 mm?

—Sonaba muy bien. Belock sabía lo que hacía. Se gastó una fortuna en fabricar unos mecanismos de grabación a medida y con capacidad para utilizar la película. Para ello contrató a un ingeniero estupendo, Bert Whyte, que las utilizó para grabar música con una configuración clásica de tres micrófonos.

—Ah, sí —comentó ella—. La clásica configuración de tres micrófonos.

—Grabaron un buen repertorio con las mejores orquestas y directores en lugares acústicamente ideales, como el Walthamstow Town Hall.

—Por supuesto. El maravilloso y antiguo Walthamstow Town Hall —dijo mientras consultaba la pantalla de su iPhone—. El disco que está buscando mi jefe es una grabación de la suite «El pájaro de fuego» de Stravinsky en el sello Everest, interpretada por la Orquesta Sinfónica de Londres y dirigida por Eugene Goossens.

Entonces me dio el número de catálogo.

—¿Tienes el número de la matriz? —le pregunté.

—¿El qué?

—El número que está escrito en el espacio muerto del disco —le informé. Por primera vez, la vi dudar.

—No lo tengo.

—No importa —le comenté mientras anotaba la información que me había dado en el reverso de un sobre.

Fanny se acercó y atacó el bolígrafo mientras yo escribía. Cuando terminé, se lo di para que jugara con él.

—Muy bien —dije, mirando a mi visitante e intentando que mi voz sonara normal—. Ahora, hablemos de dinero...

—Te daremos mil libras si lo encuentras.

Traté de permanecer impasible. Con esa cantidad podía instalar calefacción y suelo radiante y comprar estanterías para los discos que tenía guardados en cajas desde que se los había comprado a un cura trastornado que vivía en Barnes.

Me obligué a hablar:

—También necesitaré una tarifa diaria.

—¿Una tarifa diaria? ¿Para qué?

—Me voy a pasar días enteros buscando entre discos.

—Ya veo. Si no te diera este trabajo, ¿a qué te dedicarías esos días?

Me había pillado.

—¿Y si no encuentro tu disco? —dije, y me dedicó una sonrisa torcida.

—No te estás vendiendo muy bien.

—Aun así, puede que no sea capaz de encontrarlo. Y si no recibiese ningún pago por la búsqueda, estaría perdiendo el tiempo.

—Claro, y no nos gustaría que perdieras tu valioso tiempo. —Echó un vistazo a mi casa, dejando muy claro lo valioso que ella creía que era mi tiempo.

—Una dieta *per diem* de cincuenta libras sería suficiente.

—*Per diem*. Latín. Es bonito. Pero lo siento, no —dijo sonriendo.

—Pues necesitaré que al menos me cubráis los gastos de transporte —insistí. Obviamente, eso no era cierto, porque ya tenía mi tarjeta de transporte.

—Eso tal vez sí podamos hacerlo.

Negué con la cabeza y hablé de un modo que esperaba que sonara firme y seguro.

—Eso no es negociable.

—¿Cuánto quieres?

—Treinta libras.

—No.

—Veinticinco.

—Te ofrezco veinte.

—Hecho —confirmé.

Con mi tarjeta de transporte, esas 20 libras al día irían directamente a mi bolsillo. Y después, probablemente, se convertirían en galletas para gatos.

Ella sonrió ampliamente y dijo:

—Qué te parece. Al final ese tema sí que era negociable.

Dejó el iPhone, se metió la mano en el bolsillo, sacó un taco de dinero en efectivo y extrajo un billete de 20 libras. Lo puso sobre la mesa con su tarjeta de visita, le dio una última caricia a Turk y se levantó.

—Bueno, feliz búsqueda. Cuando tengas noticias, ponte en contacto conmigo. Tienes mis datos en la tarjeta. —Y se dirigió a la puerta.

—Un momento —le dije—. ¿Cómo te llamo?

—Lo pone en mi tarjeta.

—¿Señorita N. Warren?

—Sí —dijo abriendo la puerta.

—Muy bien, N. Warren.

—*Señorita*—indicó. Y salió, cerrando la puerta tras ella.

Lo primero que hice fue buscar en Internet. Como había dicho, esa solía ser la mejor y más sencilla forma de encontrar un disco. Si, tras haber ignorado mi consejo, yo encontraba una copia escondida en algún lugar del ciberespacio por 5 libras y se la revendía a un precio enormemente beneficioso para mí, le estaría bien empleado.

Pero no fue así. No lo encontré ni por 5 ni por 500 libras. Había algunas imágenes del disco —con la típica portada estrafalaria de Everest—, pero ninguna copia a la venta. Y no había alusiones a que, recientemente, se hubiera vendido alguna en cualquier lugar. Estaba claro que sería un disco muy difícil de conseguir. En algunos foros sobre vinilos encontré a varias almas en pena que mencionaban su deseo por encontrar una copia y especulaban sobre cuánto podría costar.

Pero ningún dato concreto.

Así que me puse el abrigo, les dije a las gatas que volvería en un par de horas y salí. Atravesé el parque pisando la hierba húmeda y tomé primero un tren a Waterloo y después la Northern Line del metro hasta Goodge Street. Entre Goodge Street y Charlotte Street hay un laberinto de estrechas callejuelas, aunque la palabra *callejuelas* no evoca la afluencia de gente limpia y reluciente que realmente frecuenta el barrio.

La zona es una mezcla de tiendas de lujo y estrechos edificios residenciales adosados. Bajé unas escaleras blancas encaladas y llegué a lo que parecía ser la reluciente puerta roja de un apartamento sótano de una casa, hasta que leí la placa de latón, en la que se podía leer «STYLI» en una discreta tipografía.

A la izquierda había un timbre iluminado, pero empujé la puerta y entré directamente, sin llamar. Un corto pasillo conducía a una escalera a la izquierda y a otra puerta, que yo crucé, a la derecha. Llegué a un pequeño salón enmoquetado y lleno de sillones bonitos, pero desparejados, y lámparas de escritorio verdes.

Las paredes estaban cubiertas de estanterías llenas de discos, CD y algunos DVD.

También había colgadas pequeñas fotos enmarcadas de directores de orquesta y estrellas de ópera que no hubiera podido nombrar aunque mi vida dependiera de ello.

La habitación estaba vacía en ese momento, sin contar a Jerry, que estaba sentado en su sillón favorito, cerca de la ventana, leyendo un libro sobre Bernard Herrmann.

—Hola —dijo, usando un lápiz como marcapáginas y dejando el libro a un lado—. Hacía tiempo que no te veía.

—Problemas de liquidez. —Me senté en la silla más cercana a él.

—Eso nunca debería ser un problema —indicó mientras sacudía la cabeza—. Ya sabes que aquí no tienes que preocuparte por el dinero. Si quieres alguna cosa, llévatela. Ya me pagarás luego, o cuando quieras.

Jerry Muscutt era un hombre pequeño y satisfecho de ojos grises y curiosos. A pesar de su considerable edad, mantenía su rostro libre de arrugas, un pelo rojo y liso y una barba puntiaguda, ambas cosas teñidas. En una ocasión, algún gracioso había dejado un paquete de tinte rojo en el mueble de la cocina para gastarle una broma. A Jerry no le había molestado lo más mínimo, y el tinte había permanecido durante meses en un estante junto a una caja de discos de Gounod.

—Acabamos de comprar una gran colección que incluye muchos discos de jazz —reveló—. Aún no la he ordenado, la estoy revisando en casa. Te avisaré cuando la traigamos a la tienda para que puedas echarle un vistazo. Creo que algunos discos te podrían interesar.

—Gracias.

—Mientras tanto, puedes ir arriba. —Donde guardaba los discos de jazz—. Tenemos algunas reediciones españolas en Fresh Sound en vinilo que querrás ver. Dile a Kempton que son las que están detrás del mostrador, las guardé ahí para ti.

—Gracias, Jerry. Eso es estupendo. Pero, en realidad, hoy quería investigar la sección de clásica.

Me miró sagazmente.

—¿Música clásica? Eso no es lo tuyo.

—Me han hecho un encargo —le confesé—. Busco un disco en concreto.

—Bueno, si es de clásica, soy tu hombre.

—Es un original en Everest.

—Ya veo, la etiqueta turquesa y plateada —dijo sonriendo.

—Eso creo. Es la suite de «El pájaro de fuego» de Goossens, grabada aquí, en Londres.

Su sonrisa se ensanchó aún más.

—¿En serio? ¿Por qué no preparas una taza de té, o de café, en tu caso, y te cuento lo que sé sobre ese disco? Es una historia fascinante.

La mujer me estaba esperando en la cafetería en la que habíamos quedado, detrás de Denmark Street. Era un lugar estrecho, con suelos desconchados de linóleo verde y mesas de metal desgastadas. Se había sentado al fondo, lo más lejos posible del fuerte ruido de la máquina de café. Tenía un cuaderno y un bolígrafo sobre la mesa y parecía de mal humor.

—¿Por qué aquí? —me preguntó cuando me senté—. ¿No podías haber encontrado un sitio un poco más horroroso?

—Espera a probar el café.

Pedí dos capuchinos y los llevé a la mesa. Ella olfateó cuidadosamente su taza, dio un sorbo y asintió, como si hubiera confirmado una antigua teoría. No volvió a quejarse del local. Bebió un poco más, dejó la taza sobre el plato y abrió su cuaderno rojo con un aire profesional.

—Bien, hablemos sobre cómo encontrar el disco.

—No lo vamos a hacer.

—¿Cómo? ¿Qué no vamos a hacer?

—No vamos a encontrar ese disco.

Cerró el cuaderno y me miró.

—¿Por qué no?

—Porque no existe.

—¿Por qué dices eso?

—Se lo pregunté a alguien que sabe de esas cosas.

—¿Y te fías de esa persona? ¿De lo que te dijo?

—Sí, porque sabe de esas cosas.

Guardó el bolígrafo y el cuaderno muy despacio, como si quisiera darse tiempo para pensar. Para rellenar el silencio, dije:

—El lanzamiento del disco estaba programado y anunciado. Se reservaron los músicos y la sala. Incluso se imprimieron copias de la portada, por eso hay fotos en Internet. Pero nunca se grabó. Todo se fue a pique por algún tipo de problema contractual.

Ella asintió pensativa y dijo:

—Bueno, está claro que eres increíblemente honesto.

—¿A qué te refieres?

—Me lo has dicho, a pesar de que podrías haberme tenido esperando hasta dios sabe cuándo mientras cobrabas tus veinte libras por día.

—Por gastos de transporte —maticé intentando disimular mi alegría por el cumplido que me había hecho.

Ella me miró astutamente y dijo:

—En realidad, es más probable que no hayas podido resistirte a alardear de la información que acabas de conseguir.

—Prefiero la teoría de que soy increíblemente honesto —afirmé.

Sonrió, se metió la mano en el bolsillo y puso sobre la mesa un billete de 20 libras cuidadosamente doblado.

—Bueno, supongo que esto es una despedida. —Me dedicó una sonrisa cordial y sacó su teléfono. Me había despedido.

Me levanté y me planteé dejar el billete sobre la mesa. Me sentía herido e insultado, y quería devolverle el daño y el insulto. Pero la cruda realidad era que no podía permitirme ese gesto. Cogí el dinero y me fui.

Estaba a punto de salir cuando me llamó.

—¡Espera! —Me di la vuelta y la miré—. Vuelve y siéntate.

Y eso hice.

—Felicidades —me dijo.

—¿Por qué?

—Has pasado la prueba.

—Ya veo —contesté con recelo.

—Sabíamos que el disco no existía.

—¿Lo sabíais?

Ella asintió y confesó:

—Queríamos comprobar si podías hacer bien tu trabajo.

—¿Me estás diciendo que entonces sí tienes un trabajo para mí?

—Sí, a mi jefe le gustaría que trabajaras conmigo.

—Porque hemos establecido una base de confianza mutua.

—Exactamente —dijo riéndose.

3. NEVADA

—Entonces, ¿quién es esa chica? —preguntó Tinkler.

—Trabaja para el jefe de una gran empresa. Creo que de Alemania —Le di su tarjeta de visita. La olfateó.

—Huele bien. N. Warren. ¿Qué significa la *N*?

—No lo sé, pero voy a averiguarlo cueste lo que cueste.

Me devolvió la tarjeta.

—Creo que lo verdaderamente importante es encontrar el disco que te ha encargado. ¿Cuál era? ¿*Disraeli Gears*?

Disraeli Gears es un álbum clásico de Cream. Mi amigo Tinkler era un experto en música rock, aunque también sabía algo de jazz.

—No, sordo idiota —le dije—. Easy Geary.

—Ah, sí —asintió Tinkler, mientras su pelo se balanceaba sobre su rostro.

A la luz de la lámpara de lava, su cara rechoncha le hacía parecer una versión depravada de un querubín de la Capilla Sixtina. Estábamos en el piso de arriba de su estrecha casita victoriana en Putney, en el dormitorio de invitados que había convertido en sala para escuchar música. Era una pequeña y acogedora habitación repleta de discos y equipos de alta fidelidad. En la pared, una portada enmarcada del álbum de Valerian ocupaba un lugar destacado, con una carpeta desplegable donde aparecía la joven desnuda rodeada de gatos.

Tinkler comentó:

—El poeta beatnik del saxo tenor.

—En realidad era pianista —le corregí.

Chasqueó los dedos, ansioso por recuperar el terreno perdido.

—Sí, sí, ya me acuerdo, un pianista. Easy Geary. Mediados de los cincuenta, Costa Oeste. Suena un poco como Monk.

—Más bien como Elmo Hope —indiqué.

—Era un tipo interesante.

Era más que interesante. Easy Geary fue un magnífico compositor, además de pianista, que siguió la vieja costumbre de los músicos de jazz de fallecer prematuramente, mucho antes de dar a conocer al mundo su verdadero potencial. Su música no era refinada, sino primitiva, abstracta e inmediata, y siempre insinuaba una profunda complejidad subyacente, como si quisiera transmitir mucho más de lo que expresaba.

Tinkler asentía y sonreía.

—Sus arreglos eran maravillosos. ¿De qué disco se trata?

—Se llama *Easy Come, Easy Go*.

—Curioso título. Nunca había oído hablar de él.

—Hay una buena razón para que no lo conozcas. Lo lanzó un oscuro sello llamado Hathor. Era una discográfica de la Costa Oeste al estilo Nocturne, Mode o Tampa. Pero Hathor tan solo estuvo activa un año, antes de declararse en bancarrota.

—¿Por qué no me sorprende? —manifestó Tinkler—. Nocturne, Mode y Tampa son nombres perfectos para un sello discográfico. Pero Hathor es terrible.

—En cualquier caso, estaban condenados desde el principio. Cuando quebraron, el dueño se suicidó. Solo llegaron a editar catorce álbumes, y este fue el último. Sus tiradas eran cada vez más pequeñas, a medida que la empresa se iba a pique. Para cuando publicaron *Easy Come, Easy Go*, ya solo estaban prensando unas pocas copias de cada disco.

—Por eso es tan raro. ¿Cuánto te van a pagar si lo encuentras?

—Al menos un número de cinco cifras.

—Cinco cifras... Probablemente ni siquiera sabría leerlo. —Se acercó a la repisa de la chimenea y cogió una cajita amarilla esmaltada que tenía un vistoso diseño de dragones.

—Cuando la brigada antidroga haga una redada, ese será sin duda el último lugar en el que busquen tu reserva secreta —le dije.

—No seas borde. Escucha, si encontrases ese disco, ¿qué te impediría guardártelo y venderlo por tu cuenta?

—¿Qué quieres decir?

Se hundió en el sofá y abrió la caja.

—Si lo encuentras, te van a pagar un porcentaje de su precio de mercado, ¿verdad?

—Sí, supongo que sí.

—Entonces, ¿por qué no lo vendes tú y te quedas con todo?

—Porque eso no es lo que acordé.

—¿Así que el Detective del Vinilo tiene principios? —dijo riéndose mientras se empezaba a liar un porro.

—Si te vas a poner sarcástico...

—Tendrás que rebuscar en un montón de cubetas —dijo—. Lo siento, eso sí ha sido un poco sarcástico. De todos modos, todo esto es demasiado hipotético, ¿no? Quiero decir, si ese disco es tan raro como dices, nunca vas a encontrar una copia.

Por un momento pensé detenidamente en hasta dónde debía contarle. Pero Tinkler era mi amigo, y sabía que podía confiar en él.

—Tienen información —le comuniqué.

Hizo una pausa mientras mojaba con los labios el papel de fumar.

—¿Qué tipo de información?

—Tienen motivos para creer que alguien se ha deshecho recientemente de una copia y ha acabado en el mercado de segunda mano.

—¿Dónde?

—En algún lugar de Londres.

—En ese caso, te deseo la mejor de las suertes.

—Puede que en el sur de Londres.

—Como te he dicho, te deseo la mejor de las suertes.

—Concretamente, en el suroeste de Londres.

Después de una pequeña pausa, dijo sonriendo:

—¿Sabes? Eso podría ser factible. ¿Alguna vez has escuchado ese disco?

—En vinilo no, solo en CD. Y nunca entero. Las reediciones en CD siempre omiten una canción.

—Qué misterioso. Por no decir *molesto*. ¿Y eso por qué? ¿Problemas de copyright?

—No, es que no tienen el master de la grabación.

—Qué decepción. ¿Cuál es la canción que falta?

—Es un número vocal. Solo para ese tema, Geary contrató a una cantante llamada Rita Mae Pollini.

—¿Rita Mae qué?

—Pollini. Para mí, la mejor cantante de jazz que jamás ha existido.

—Nunca he oído hablar de ella.

Me encogí de hombros.

—Mucha gente no ha oído nunca hablar de June Christy, Betty Carter o Lucy Ann Polk.

—Tengo algo de Betty Carter por aquí, en alguna parte —dijo Tinkler.

Se levantó del sofá y se acercó a comprobar el amplificador, que se estaba calentando. El equipo de Tinkler consistía en un tocadiscos Thorens TD 124 antiguo, unos gigantescos altavoces Tannoy de bocina —poco más pequeños que un elefante prehistórico— colocados a ambos lados de la chimenea y un amplificador que utilizaba válvulas extraídas de cámaras de televisión en desuso y que parecía el panel de control de un platillo volante en una película de 1953.

Sin embargo, todo sonaba bastante bien.

Mientras comprobaba la polarización y la desviación de CC en cada válvula de salida —un asunto delicado pero necesario si no quería que sus altavoces acabaran en llamas—, me acerqué a las estanterías, que ocupaban toda una pared excepto la estrecha franja donde colgaba el cuadro de Valerian.

La mayoría de las baldas estaban repletas de discos, por supuesto, pero también había una pequeña sección dedicada a libros de música. Extendí la mano y elegí *Singers of America*, de Wilson. Volví a sentarme y encontré la página que buscaba antes de que Tinkler terminara de juguetear con las válvulas.

Cuando por fin acabó su tarea, se acercó y frunció el ceño al ver el libro.

—¿Qué es eso?

Le enseñé la foto que había encontrado de Rita Mae Pollini. Había sido tomada en 1958, y mostraba a una belleza impresionante de cabello negro y ojos grandes y oscuros. Era difícil apreciar sus cualidades en la foto en blanco y negro, pero su piel parecía tener un seductor tono aceitunado. Una preciosidad mediterránea que podría haber salido de un cuadro renacentista.

Tinkler miró la imagen y dijo:

—¡Dios mío, me está dando algo! ¿Por qué no he oído hablar nunca de esta mujer?

—Bueno, solo grabó un puñado de discos antes de pasar al olvido. Al parecer, se casó con un dentista, hizo sus últimas y mejores grabaciones y luego se retiró para dedicarse a su hijo.

—Esa historia ya la he escuchado antes. Sobre todo lo de casarse con un dentista. —Me pasó el porro.

—No, gracias. Mañana tengo que madrugar. —El café era la única droga que me permitía.

—Cierto, tu primer día de búsqueda —dijo, dejando el porro en un cenicero de cristal azul que estaba sobre la mesita—. Vuelvo en un minuto.

—¿Adónde vas?

—A por provisiones a la cocina. —Y salió por la puerta.

—¿Ya tienes hambre? —le pregunté.

No hubo respuesta, solo escuché el sonido ya conocido de Tinkler cayendo por las escaleras. Salí a echar un vistazo, me acerqué a la barandilla y miré hacia abajo.

—¿Estás bien?

Su cara pálida me sonrió tímidamente desde la penumbra de la planta baja.

—Estoy bien. Solo me he resbalado. A la varilla que sujeta la moqueta a la escalera le falta un tornillo.

—Igual que a ti —le comenté.

Volvió unos minutos después con un gran cuenco de cerámica blanco lleno de patatas Kettle y lo colocó en la mesita. Mientras yo comía un poco, él rebuscó entre sus discos.

—¿Sabes lo que encontré el otro día en una Feria del Disco? Una copia del *Beggars Banquet*. Con la galleta roja. Un original mono en Decca con el logotipo sin enmarcar.

—Increíble —exclamé.

Aunque yo escuchaba sobre todo jazz, compartía con Tinkler el gusto por los Rolling Stones.

—¿Verdad? Y estaba en muy buen estado. Casi nuevo. Lo pagué con manos temblorosas, me lo llevé a casa y, cuando fui a ponerlo en la estantería, ¿sabes qué pasó?

—¿Descubriste que ya tenías una copia mono en Decca casi nueva con la galleta roja y el logotipo sin enmarcar?

—Una no. Cinco —respondió Tinkler.

Le había puesto una excusa a Tinkler para no fumar con él, pero no le había mentido: sí que tenía que madrugar al día siguiente. Me levanté en cuanto me despertaron las gatas, les di de comer, me di una ducha rápida y tomé un tren a la ciudad. Styli aún no había abierto cuando llegué, pero di unos golpecitos a la ventana y Jerry me dejó pasar.

—Enciende el hervidor mientras termino de abrir la tienda.

Preparé un café para mí y un té para Jerry y luego volví a la habitación principal y me senté frente a él. Jerry tenía un montón de revistas de *The Absolute Sound* junto a su silla.

—Un poco de lectura fácil —indicó.

—¿Qué tal la nueva colección que has comprado?

Él asintió contento y dijo:

—Muy buena. Tiene algunas cosas muy curiosas.

—¿Y dices que hay discos de jazz?

—Y algunos son maravillosos, de hecho. Creo que te interesarán. Pero aún no he terminado de clasificarlos. Tengo toda la colección todavía en mi casa, y tardaré unos días en traerla aquí con la furgoneta.

—No pasa nada. No hay prisa. En realidad, no he venido para hablar de eso. Necesito información sobre un sello discográfico poco conocido. Se llama Hathor.

En seguida supo a qué me refería.

—Un sello de jazz. No me sorprende, viniendo de ti. Una pequeña empresa de la Costa Oeste. Mediados de los años cincuenta. Llamado Hathor por la diosa egipcia de la música y la belleza. —Bueno, eso explicaba el estúpido nombre. Ciertamente, el diseño de la etiqueta tenía un aire egipcio—. La dirigía un tipo llamado Bobby Schoolcraft.

—Que se suicidó —añadí.

—Eso es.

—Porque la discográfica se fue a pique.

Jerry negó con la cabeza.

—No exactamente. Había algo más en la historia. Creo recordar haber leído algo... —frunció el ceño, pensativo—. Lo buscaré cuando vuelva a casa esta noche.

Jerry tenía una amplia biblioteca de libros y revistas relacionados con la música en su casa de Primrose Hill. Nunca la había visitado, pero había oído que era enorme. Tenía que serlo, para albergar su colección de discos.

—¿Pero Hathor no quebró porque sus discos no se vendían?

—No. Al contrario. Sus discos se vendían muy bien, al menos al principio, y durante un tiempo pareció que iban a convertirse en un importante sello de jazz. —Dio un sorbo a su té.

—Está claro que es un sello intrigante. Danny DePriest era su ingeniero de sonido, ¿no?

Asintió y añadió:

—Ron Longmire fue su mentor e ingeniero de sonido principal. Y creo que Bones Howe también trabajó allí; otro destacado ingeniero de sonido del jazz en los años cincuenta. Se hizo famoso en la era del rock y produjo algunos álbumes clásicos memorables de Tom Waits. Lo comprobaré todo cuando llegue a casa —comentó.

Probé mi café. Era instantáneo, pero no estaba tan mal.

—Si sus discos se vendían tan bien, ¿por qué se arruinaron? —le pregunté.

—Por problemas legales. Unos problemas legales bastante desagradables. Recibieron demandas de gente muy importante —respondió dejando su taza.

—¿Importante por qué?

—Porque eran dueños de gran parte de la industria del entretenimiento americana. ¿Has oído hablar de los Davenport? —Yo negué con la cabeza—. Eran unos empresarios adolescentes. La segunda generación de explotadores del mundo del espectáculo. Unos tipos muy desagradables.

—Y demandaron a Bobby Schoolcraft.

—Fue un largo y estresante proceso, y, al parecer, la presión fue demasiado para el pobre Schoolcraft. Acabó suicidándose y llevándose con él uno de los sellos discográficos más prometedores de América.

Volví a mi casa a media mañana, justo a tiempo para prepararme un bocadillo y ser recibido por las gatas antes de mi cita con la señorita N. Warren. El día era frío y húmedo, así que llegó vestida con un impermeable gris claro y un gorro de punto blanco con una enorme fresa roja bordada. A cualquier otra persona le hubiera quedado ridículo. Ella estaba elegante y atractiva.

Salí de casa y nos fuimos juntos.

—¿Cómo has llegado hasta aquí? —pregunté—. ¿En taxi?

—No, me ha traído un amigo. Bueno, cuando digo *amigo* me refiero a un jurista con el que me acuesto. —Me sentí como si me hubieran apuñalado en el corazón. Me giré y cerré la puerta. Fanny y Turk salieron por la gatera para vernos marchar. La mujer les dijo adiós con la mano—. Pero ahora cojamos un taxi.

Caminamos hasta la calle principal y paramos uno. En esa zona siempre había un taxi londinense negro rondando, por la presencia de la Abadía. Lo conducía una joven mestiza con la cabeza rapada. Le comuniqué hacia dónde quería que nos llevara.

—¿Adónde vamos? —preguntó N. Warren.

—A todas las tiendas solidarias que veamos de aquí a Chelsea —respondí.

—Cielos, creo que nunca he estado en una tienda solidaria. Y no estoy segura de querer ir a una. ¿No huelen raro?

Cuando entramos en la primera tienda solidaria se la veía bastante contenta, y esperó pacientemente mientras yo miraba la mitad de los discos de la primera cubeta. Pero entonces me dijo:

—¿Vas a mirar todos y cada uno de ellos?

Yo estaba en cuclillas, cómodamente apoyado en los talones gracias a mis zapatos especiales.

—No conozco ninguna otra forma de hacerlo —dije sonriéndole.

Ella empezó a dar golpecitos con el pie.

—¿No podemos ir a otra tienda?

—No saldremos de aquí hasta que terminemos de ver todo lo que tienen.

—¿De verdad vas a mirar todos los discos?

—Podríamos parar ahora mismo e irnos de la tienda. Pero ¿y si el siguiente disco fuera el que buscamos? Nos lo habríamos perdido.

Eso la hizo callar. Entonces empezó a interesarse por el resto de la tienda, concretamente por una zona en la que había ropa de mujer. Sin embargo, yo seguía notando su impaciencia. Encontré una bonita y antigua copia del *Anatomy of a Murder*, de Duke Ellington, en el sello Philips, pero nada más. Detrás de mí, ella miraba la ropa, y yo escuchaba el ansioso chirrido de las perchas.

El sonido se fue ralentizando y luego se detuvo. Después de una pausa, se acercó a mí y me susurró entusiasmada:

—He visto una cazadora motera de lino de Nicole Farhi, es exactamente de mi talla y solo cuesta doce libras.

—¿Y por qué me lo cuentas? —le contesté—. ¿Quieres que te preste dinero?

—Muy gracioso. Pero es exactamente mi talla. —Miró con nostalgia la prenda—. Y mi color.

—Entonces, cómprala.

Ella dudó.

—¿Crees que habrá algún problema con los insectos?

—¿Insectos?

—Ya sabes, los bichitos.

Me dieron ganas de decirle que las clases bajas eran mucho más limpias desde que las cañerías se habían convertido en algo habitual en las casas, pero en lugar de eso me limité a decir:

—Creo que limpian la ropa con vapor.

Se volvió hacia el perchero con un brillo de determinación en los ojos.

—¿Crees que aceptarán tarjetas de crédito?

—Seguro que sí. Nunca has estado en una tienda solidaria, ¿verdad?

—¿Por qué iba a hacerlo?

Ahora las tornas habían cambiado. Yo rebuscaba impacientemente entre las cubetas de vinilos mientras ella terminaba de mirar toda la ropa. En seguida se hizo con un montón de bolsas, con las que me hizo cargar. Para cuando terminamos de visitar todas las tiendas solidarias y emprendimos el regreso a casa desde King's Road, comenzaba a oscurecer.

—Supongo que deberíamos dejarlo por hoy —comentó, sacando su teléfono y una tarjeta de visita.

—¿Qué es eso? —le pregunté.

—Me la dio la conductora de esta mañana. ¿A que era la taxista más guay de Londres? Y tengo su tarjeta de visita.

—Claramente, estaba obsesionada con las tarjetas de visita—. Podría ser nuestra taxista oficial.

—Estoy seguro de que las dos seríais muy felices juntas.

—Ja, ja, muy gracioso.

Llamó y esperamos en una cafetería hasta que apareció el taxi y nos recogió. Entramos y pusimos rumbo a casa, cansados después de un largo día sin encontrar el álbum de Easy Geary. Estábamos rodeados de bolsas con nuestras compras, bueno, con *sus* compras. Acabábamos de salir por North End Road cuando, de repente, N. Warren anunció:

—Nos están siguiendo.

Yo estaba revisando los pocos discos que había encontrado, intentando examinar sus portadas cuando pasábamos por la luz de las farolas. Ella estaba sentada frente a mí, en el asiento abatible de la oscura parte de atrás del taxi, mirando atentamente por la ventanilla trasera, viendo pasar el Londres nocturno.

—No puede ser —le dije.

Pero ella se volvió hacia la conductora.

—Perdona, pero creo que ese coche nos está siguiendo. —Se hizo el silencio—. ¿Puedes hacer alguna maniobra evasiva, por favor?

Más silencio.

—Te lo pagaré —añadió.

Escuché un suspiro de desagrado, luego el sonido del intermitente mientras girábamos bruscamente. A continuación, dimos otro giro, y al poco tiempo, otro más. Entonces nuestra conductora indicó:

—Tenéis razón. Nos están siguiendo.

Un escalofrío irracional me recorrió la nuca. Íbamos a toda velocidad por las oscuras calles de Fulham Broadway. Los escaparates iluminados parecían inadecuadamente alegres.

—¿Qué queréis que haga? —preguntó nuestra conductora.

La Srta. N. Warren y yo nos miramos en la parte de atrás, y, mientras nos dirigíamos hacia el puente Putney, ella contestó:

—No podemos dejar que sepan dónde vives. ¿Adónde podemos ir?

—Tengo una idea.

Había llamado para avisar, así que no me sorprendió que Tinkler llevase el pelo cuidadosamente recogido en una coleta cuando nos abrió la puerta. También llevaba una camisa limpia, la cara recién lavada y un sospechoso olor a *aftershave*.

—Srta. Warren. Estoy encantado de conocerla. He oído hablar mucho de usted —dijo.

—Este es Jordon Tinkler —comenté.

Se dieron la mano, y ella le preguntó:

—¿*Jordan*? ¿Como la glamurosa modelo y la marca de cereales?

—No —respondió él—. No se escribe con *a*. Se escribe con *o*.

—Qué nombre más raro —dijo riéndose entre dientes.

—No es para tanto —añadió Tinkler, un poco molesto—. Un centrocampista muy bueno que jugaba en el Birmingham se llamaba Jordon Mutch.

—Ah, sí, ese famoso centrocampista del Birmingham.

No pude evitar admirar cómo había conseguido ponerlo a la defensiva en los tres segundos que tardamos en cruzar la puerta. Tinkler nos guio escaleras arriba.

—Gracias por dejar que nos refugiemos aquí —dijo ella—. No te molestaremos durante mucho tiempo.

—No es ninguna molestia —contestó Tinkler, abriendo la puerta de su sala de escucha.

Un aire caliente salió a recibirnos. El amplificador estaba encendido.

La Srta. N. Warren entró y se sentó en el sofá, mirándome mientras yo me ponía a su lado.

—Este equipo tiene más bombillas que tú.

—No son bombillas —le aclaré—. Son válvulas. Válvulas termoiónicas.

—Algunos las llaman *tubos* —añadió Tinkler—. *Tubos de vacío.*

—Sean lo que sean, calientan muy bien la habitación —comentó ella.

—Es porque mi amplificador es OTL. Es decir, sin transformador de salida.

—¿Y eso qué significa?

—Significa que ofrece un sonido muy puro, pero si tienes un pico en la corriente continua, los altavoces explotan —le expliqué.

—Como si eso hubiera pasado alguna vez —replicó Tinkler, resoplando.

Pero me di cuenta de que se había puesto a comprobar disimuladamente las válvulas de salida. Mientras tanto, N. Warren rebuscaba en sus bolsas de la compra. Me pasó una de ellas

—Aquí tienes —me dijo.

—¿Qué es?

Abrí la bolsa y saqué una chaqueta azul oscuro con forro de seda estampado de camuflaje invernal.

—Es de Paul Smith. Pruébatela.

Eso hice. Me quedaba un poco larga de mangas, pero, por lo demás, me iba perfecta. De hecho, era muy bonita. Ella me observó, asintiendo con una seria aprobación, mientras yo caminaba con la prenda puesta. A Tinkler eso le llamó la atención y me miró.

Ella se dio cuenta de su expresión y dijo:

—Si voy a acompañarlo en sus búsquedas por cubetas, debe que tener un aspecto presentable.

—*Búsquedas por cubetas* —repitió Tinkler—. Me gusta eso. ¿Os traigo algo para comer?

—Solo si puedes ofrecernos algo que contenga una cantidad ingente de sal o azúcar, y grasa, por supuesto, y que no tenga ningún valor nutricional —respondió ella.

—Tal vez tenga justo lo que necesitas.

Salió de la habitación y ella se volvió hacia mí para decirme algo. Pero yo levanté la mano para pedirle silencio y escuché. Entonces se oyó un ruido atronador.

—Dios mío —exclamó—. ¿Qué ha sido eso? Sonaba como si la casa se estuviera viniendo abajo.

—No, solo es Tinkler cayéndose por las escaleras.

—¡Cielos! ¿Está bien?

—Estoy bien —respondió Tinkler.

Ella me miró y me preguntó:

—¿Se cae a menudo por las escaleras?

—Solo cuando ha estado fumando porros. O sea, todo el tiempo.

Ella se recostó en el sofá. A pesar del calor que hacía en la habitación, yo aún llevaba puesta la chaqueta. Era bastante cómoda.

—Por cierto, es Nevada —comentó de repente.

—¿Cómo dices?

—Mi nombre.

—¿La *n* de N. Warren? —le dije, mirándola fijamente.

—Sí.

—Así que eres Nevada Warren.

—Sí —respondió tras un leve suspiro de crispación.

—¿Fue allí donde te concibieron?

Se giró hacia mí y vi que echaba fuego por los ojos.

—No, no fue donde me concibieron, joder. ¿Por qué la gente siempre dice eso? Me lo pusieron por su significado; *manto de nieve*. Es una de las palabras más bonitas en cualquier idioma.

Se sentó, enfadada, pero callada. Obviamente, ya había escuchado muchas veces la teoría de la concepción. No rompí el silencio. Me levanté y me acerqué a la colección de discos de Tinkler. Elegí un LP y lo puse. La música sonó por los enormes Tannoys, llenando de sonido la habitación. Después de escuchar un rato, dijo, a regañadientes:

—Esto está bien. ¿Qué es?

—La orquesta de Claude Thornhill —le informé.

—¿Cómo se llama la canción?

—«Snowfall». —Me miró con ojos tristes y luego, poco a poco, esbozó una sonrisa, moviendo ligeramente la cabeza al ritmo de la música—. Una de las palabras más bonitas en cualquier idioma.

—Oh, vete a la mierda —me contestó.

Pero seguía sonriendo.

Estaba ansioso por saber lo que había averiguado Jerry Muscutt después de investigar sobre el sello Hathor, por lo que me dirigí a Styli a primera hora de la mañana siguiente. Pero en cuanto llegué, supe que algo iba mal. La planta baja de la tienda estaba abarrotada de clientes habituales y miembros del personal, y todos parecían estar abatidos. Jerry no estaba allí. Me acerqué a Kempton, que trabajaba en la sección de jazz, y le pregunté qué estaba sucediendo.

—Es Jerry —dijo cabizbajo.

—¿Qué le pasa?

Glenallen Brown, que también trabajaba en la tienda, se acercó y se unió a nosotros. Era el especialista en ópera.

—Sabía que iba a pasar. Siempre iba detrás de tipos peligrosos —comentó.

—¿De qué hablas? —le pregunté.

Miré a ambos. Kempton negaba con la cabeza.

—¿Por qué tuvieron que matarle?

—¿Matarle? —dije.

Kempton seguía sacudiendo la cabeza. Tenía los ojos llorosos.

—No tenían por qué matarle.

Me volví hacia Glenallen, que asintió.

—Le golpearon hasta matarlo —añadió.

—¡Dios mío! —dije—. ¿A Jerry?

—Sí.

—¿Quién lo hizo?

—No lo sabemos. Algún delincuente. Kempton ha venido esta mañana a primera hora con la furgoneta. Se suponía que tenía que recoger algunos discos de una gran colección que acabamos de comprar. Se ha encontrado a Jerry ahí tirado y ha llamado a la policía. Al parecer, el sitio estaba patas arriba, como si hubiera caído una bomba. Jerry siempre tenía la tienda muy ordenada, pero Kempton ha dicho que esta mañana estaba destrozada. Había discos por todas partes, tirados por el suelo. No podías moverte de la cantidad de ellos que había. Los habían sacado de las estanterías y tirado por todas partes.

—Como si alguien hubiera estado buscando algo —dije.

4. EL DESCONOCIDO FAN DEL JAZZ

Organizamos un velatorio improvisado en la tienda. Todavía no podíamos hacer un funeral porque la policía no había entregado su cuerpo, pero pensamos que teníamos que hacer algo; conmemorar la ocasión, por decirlo de alguna manera. A Jerry le gustaba beber un buen *whisky* de malta, así que alguien compró un par de botellas caras de Islay en su memoria.

No me parecía bien beber *whisky* a las diez de la mañana, pero eso era lo de menos.

Llegué a casa y me encontré a la Srta. Warren (Nevada) esperándome en la puerta. Estaba furiosa.

—¿Dónde has estado? —me dijo. Pasé junto a ella y olió el *whisky*—. ¿Has estado bebiendo?

—¿No deberías estar agitando un rodillo de amasar? —le contesté—. ¿Y llevar rulos en el pelo?

Saqué las llaves e intenté abrir la puerta principal.

—Estás borracho —susurró.

—No digas tonterías. —Busqué a tientas la cerradura.

En realidad, sí que estaba un poco mareado después de haber bebido alcohol tan pronto.

Fanny y Turk salieron de la densa vegetación que ocupaba el centro de la plaza frente a mi casa. Era una especie de jardinera gigante de hormigón que llegaba a la altura de la cintura y estaba protegida por una valla baja con barandillas de acero esmaltado azul. A las gatas les encantaba porque era como una selva en miniatura y podían jugar al escondite dentro de ella. Saltaron la valla y corrieron hacia nosotros. Habían oído el tintineo de mis llaves.

—Mira quién está aquí —dijo Nevada. Las gatas se arremolinaron alrededor de sus tobillos y ella se agachó para acariciarlas mientras yo seguía tratando de abrir la puerta principal—. ¿Quién es un amor? ¿Quién es un encanto, quién es la más dulce? Sí, tú lo eres, y tú también. Sí, las dos, sí, sí, sí.

Y, al instante y sin transición, reanudó su ataque contra mí.

—Aún ni es la hora de comer, se suponía que habías quedado conmigo para seguir trabajando y, en vez de eso, llegas tarde, lo cual es muy poco profesional, y encima estás borracho.

—No estoy borracho. —Abrí la puerta y las gatas entraron a toda velocidad, seguidas por Nevada. Fui el último en entrar, saqué las llaves de la cerradura y cerré la puerta torpemente—. Solo he bebido un poco. ¿Qué problema hay?

—¿Por qué demonios estabas bebiendo a estas horas de la mañana?

—Un amigo se ha muerto —dije—. Hicimos un velatorio improvisado.

—Oh...—respondió—. Lo siento.

—No pasa nada. No lo conocías.

Me quité el abrigo y me pregunté si tendría ánimos para preparar un verdadero café. Mientras me decidía, puse pienso a las gatas. Turk lo devoró en seguida y con entusiasmo. Fanny se hizo la difícil durante un rato, acercándose y alejándose de su cuenco, pero, al final, se dignó a empezar a comer.

—¿Quién era? —preguntó Nevada.

—Solo un amigo. Un tipo que conocía. Trabajaba en una tienda de discos. De hecho, te hablé de él. Fue quien me dijo que el disco de Stravinsky en el sello Everest no existía. Tu pequeña estratagema.

—No era una estratagema —respondió ella—. Era una prueba de cualificación laboral. ¿Cómo murió?

—Buscaba compañía y se llevó a casa al hombre equivocado.

—Dios mío.

—Lo mataron a golpes.

—Dios mío.

Eructé vapores de *whisky*. Decidí que no podía moler los granos de café. Temía el ruido del molinillo tanto como las gatas. Ya podía sentir el lejano y doloroso presagio de mi inminente resaca, como una nube de tormenta acercándose en un día de verano. Saqué el bote de café instantáneo y encendí el hervidor de agua.

—Ni siquiera sabía que era gay —comenté mientras vertía los gránulos liofilizados en las tazas—. Supongo que los quince mil álbumes de musicales que tenía podían ser una pista.

—¿Quince mil?

—Más o menos.

—Madre mía.

—Tal vez eran cinco mil.

—Aun así, ¡madre mía!

El hervidor de agua estaba a punto de concluir su proceso, así que lo apagué.

—Y esa era solo una pequeña parte de su colección.

Nevada se quitó el abrigo y se sentó.

—¿Tenía discos de jazz? —preguntó.

En seguida supe qué se refería.

—Si hubiera tenido una copia de *Easy Come, Easy Go*, me lo habría dicho.

—¿Estás seguro?

—Lo estoy. Y si alguna vez hubiera tenido una copia original no habría seguido con la tienda de discos. La habría vendido y se habría jubilado con las ganancias. Aunque...

—¿Aunque qué? —dijo mirándome de reojo.

Vertí el agua caliente sobre el café instantáneo.

—Jerry acababa de comprar una enorme colección de discos. Me dijo que había muchos de jazz. Aún no había terminado de ordenarla, así que quién sabe lo que podría haber allí.

—Entonces, por el amor de Dios, echemos un vistazo a esa colección.

—Eso no va a ser posible. —Suspiré.

—¿Por qué no?

—A Jerry lo asesinaron en su casa. Los discos están allí, donde se produjo el crimen. La policía está analizando el lugar y no dejará entrar a nadie durante al menos una semana.

—Bueno, pues tendremos que ir en cuanto podamos —respondió.

—Sí —respondí—, ese debería ser definitivamente mi principal objetivo, ahora que mi amigo está muerto: examinar su colección de discos.

—¿Vas a terminar esos cafés? —dijo.

—Lo siento, me había olvidado. —Los removí con una cucharilla y le pasé una taza. Ella sopló y tomó un sorbo.

—En todo caso, es una lástima no poder comprobar si tiene el disco que buscamos.

Me encogí de hombros.

—En realidad, la verdadera lástima es no tener acceso a sus libros. Seguro que allí hay datos sobre el sello discográfico Hathor. Me dijo que buscaría en su casa información al respecto para mí.

Nevada dejó el café a un lado.

—¿Cómo has dicho que se llamaba tu amigo?

—Jerry Muscutt.

Movió la cabeza arriba y abajo, como si ese nombre significara algo para ella.

Nevada se sentó lo más lejos posible de mí en la parte trasera del taxi.

—Apestas a *whisky* —comentó.

—No tienes por qué venir.

—¿Qué quieres decir con eso?

—Puedo buscar el disco yo solo. Ya soy mayorcito.

—Oh, no —continuó ella—. No puedo hacer eso.

—¿Por qué no? —Recordé lo que había dicho Tinkler—. ¿Porque no confías en mí? ¿Porque crees que voy a encontrar el disco y me lo voy a quedar?

—No —respondió. Lanzó una mirada nerviosa a nuestra chófer. Había cumplido su promesa, había contratado a la joven de la cabeza rapada. Pero la conductora, aislada al otro lado del cristal, parecía no estar pendiente de nuestra conversación—. Por supuesto que no. Claro que no creo eso.

Pero esa respuesta no nos convenció a ninguno de los dos.

—¿Por qué no lo buscas tú misma? —le dije.

—Nada de lo que dices tiene sentido. Mira, estás hundido por lo que le ha sucedido a tu amigo, y lo entiendo. Encima, te has emborrachado, lo cual no ayuda. Pero tenemos un trabajo entre manos, y debemos hacerlo.

—*Tenemos*. —Suspiré. Los efectos del *whisky* estaban desapareciendo, y todo parecía poco prometedor.

Íbamos por Strawberry Hill, recorriendo la estrecha y llena de curvas Waldegrave Road. A nuestra izquierda veíamos la entrada a la Universidad de St. Mary. Nuestra chófer, a la que había empezado a llamar Cabeza Limpia, iba a buen ritmo.

—Además, sin ti, ¿por dónde iba a empezar? Quiero decir, a mí nunca se me ocurriría ir a lugares exóticos como Surbiton para buscar en eventos tan fascinantes como esta... ¿cómo la llamaste?... *Feria del Disco* —dijo Nevada.

—No te hagas ilusiones —respondí.

La Feria del Disco era una cita mensual que se celebraba en una iglesia cercana a la alta y elegante estación de tren blanca y *art déco* de Surbiton, que, para mí, era lo mejor de la zona. Bueno, eso y las tiendas solidarias. La Feria del Disco tenía lugar en un pequeño edificio situado en el patio de una antigua iglesia de ladrillo rojo, frente a un pequeño y agradable parque.

Le pedí a la taxista que nos dejara al otro lado del parque para poder pasear tranquilamente y disfrutar de la vegetación. Sin embargo, creo que mi compañera, de paso rápido, ni siquiera se fijó en ella, ya que se dirigía decididamente hacia el edificio rectangular gris que tenía delante. En el exterior había un cartel que anunciaba: «FERIA DEL DISCO, ¡POR AQUÍ!».

—¿Por qué me has dicho que no me hiciera ilusiones?

—Porque es una Feria del Disco —le respondí.

—¿Y?

—Todo el material que acaba a la venta aquí ya ha sido revisado por los vendedores. —Le sujeté la puerta batiente y entramos—. Sería un milagro que encontráramos algo realmente especial.

Hacía frío en el recinto a pesar de un antiguo y maltrecho calefactor eléctrico cromado que estaba en el centro de la sala, con el cable de alimentación pegado al suelo para evitar que los excitados amantes de los discos tropezaran mientras deambulaban en busca de tesoros.

Observé con satisfacción que el aparato, cuyas barras brillaban con un alegre color naranja, estaba colocado lo más lejos posible de los discos. Vinilos y calor no es una buena combinación.

—Entonces, ¿por qué nos molestamos en venir? —indicó Nevada.

Miré a mi alrededor. Era una sala larga y estrecha con suelos de madera polvorientos. Había mesas plegables dispuestas a lo largo de tres paredes, en forma de *u*, alrededor del calefactor. Los vendedores seguían instalándose; todos hombres, excepto una mujer de mediana edad y con buen aspecto que llevaba una sudadera naranja con capucha y el pelo alborotado. Sobre las mesas había muchas cubetas de discos, algunas aún sin abrir.

A pesar de mi estado, sentí la habitual sensación de excitación. ¿Quién sabía lo que podría encontrar?

—Algunos de estos tipos no saben lo que tienen, la mayoría no son especialistas en jazz y, a veces, puede ocurrir un milagro.

Empecé a revisar las cubetas, y Nevada se aburrió casi de inmediato. Tampoco ayudaba que la calefacción estuviera encendida, ni el hedor de hombres corpulentos y, en su mayoría, malolientes después de transportar y colocar pesadas cubetas de discos.

—Escucha —indicó Nevada—. ¿Por qué no salgo y traigo un café? Supongo que en Surbiton tendrán café.

—Buena idea. Y a ver si puedes...

—Sí, sí, buscaré alguno bueno, de ese que no hace que pongas mala cara. —Agitó la mano, más como un gesto de desdén que como una despedida, y se dirigió a la puerta.

No la culpé por huir de un lugar que olía, en el peor de los casos, a friki sudoroso y, en el mejor, a desodorante barato. Además, para ser sincero, fue un alivio no tenerla dando golpecitos impacientes con el pie mientras yo inspeccionaba minuciosamente todas las cubetas de discos, incluyendo las que se escondían bajo las mesas. Solo vi la típica basura sobrevalorada, junto a algún que otro artículo con un precio puesto por alguien que debía estar en un grandioso y maravilloso viaje de LSD. ¿10 libras por un álbum de Culture Club del que se han vendido millones de copias? Pero también había algún que otro disco bueno, o, al menos, interesante.

Encontré un disco pirata de Prince que llevaba años buscando. Uno en el que tocaba con Miles Davis. Por desgracia, estaba en mal estado, era carísimo y resultó que Miles solo aparecía en un tema. Otra oportunidad perdida. Volví a meterlo en la portada, muy a mi pesar y, obviamente, también la del avaro vendedor que estaba al otro lado de la mesa y que le había puesto, con mucho optimismo, el estratosférico precio al disco.

—¿Has encontrado algo? —me dijo una voz demasiado familiar.

Me di la vuelta y vi a Stinky Stanmer de pie detrás de mí. Supongo que no era tan sorprendente que estuviera ahí; años atrás yo le había hablado de la existencia de ese lugar. Se agachó y examinó la cubeta en la que yo acababa de buscar. Encontró enseguida el disco de Prince/Miles Davis y me miró.

—¿No lo vas a comprar?

—Es demasiado caro.

Se rio y sacó la cartera, que estaba repleta de billetes. Pagó al vendedor, que se animó considerablemente, metió el disco en una bolsa y se lo puso bajo el brazo.

—Bueno —dijo, mirando a su alrededor—, ¿has encontrado algo más? ¿Algo realmente especial?

Por un momento fue el viejo Stinky sincero y halagador que recordaba de la universidad.

Negué con la cabeza.

—Está la cosa complicada, ¿verdad? —respondí. Miré a los vendedores, que compartían como principal atributo la obsesión, además de un escaso sentido de la higiene personal, el interés y la codicia—. Esto es como buscar una mujer virgen en una convención de proxenetas.

Soltó una sonora carcajada y la gente se nos quedó mirando. Me horroricé al darme cuenta de que algunos de los vendedores y clientes le habían reconocido y que, por si fuera poco, para ellos mi estatus había subido de nivel por estar en su compañía.

Fue en ese momento cuando Nevada regresó con dos vasos de cartón con café. Nos vio y se detuvo. Sonó un leve zumbido, como el de una avispa atrapada en un tarro de mermelada, y Stinky empezó a rebuscar en sus bolsillos, al parecer, tratando de encontrar su teléfono.

—Será mi agente —comentó mientras lo sacaba.

—Bueno, no te entretengo más —le dije.

Miró la pantalla.

—Ah no, es solo una modelo que conocí. No deja de atosigarme. —Sacudió la cabeza y apagó el teléfono. Le sonreí. Conociendo a Stinky, era muy probable que la llamada hubiera sido en realidad de su proveedor de telefonía—. Últimamente no escribes mucho en tu blog.

Fue una observación sorprendente, viniendo de alguien que fingía no leerlo.

—No —respondí—. He estado haciendo otras cosas.

—Bueno, tienes que poner nuevo contenido o no tendrás visitas.

Entonces se fijó en Nevada, que se encontraba detrás de mí, esperando educadamente a que él terminara de hablar conmigo. Se volvió hacia ella y le sonrió.

—Hola, ¿quieres un autógrafo?

Ella lo miró como si fuera algo asqueroso que se le hubiera pegado al zapato.

—No, por el amor de Dios —contestó—. ¿Por qué iba a quererlo?

Eso fue suficiente para hacer reflexionar incluso a Stinky, y la sonrisa se le congeló en la cara. Pero se repuso con sorprendente rapidez.

—¿Seguro?

Nevada asintió y luego se volvió hacia mí.

—¿Lo conoces? —me dijo ella—. ¿O se ha escapado del manicomio local?

Sentí que la sangre me hervía por dentro, como si hubiera estado bebiendo ponche de ron.

—Lamentablemente, sí, lo conozco —le respondí.

—Soy Stinky —se presentó él.

—¿*Stinky*? ¿*Apestoso* en inglés? Bueno, pues sin duda estás en el lugar correcto —dijo Nevada.

—Stinky Stanmer.

—Déjalo, Stinky. No ha oído hablar de ti. —Miré a Nevada y le dije—: Stinky y yo fuimos juntos a la universidad.

—Bueno, esas cosas pasan.

—¿Uno de esos cafés es para mí? —pregunté.

—Ah, sí. Este. —Me pasó uno de los vasos de papel. Estaba caliente y su contenido olía bien—. Me han asegurado que está hecho con los mejores granos de café expulsados por el recto de un mono.

Le di un sorbo; estaba buenísimo.

—En realidad, es el recto de una civeta. Y dudo mucho que hayas conseguido auténtico *kopi luwak* por aquí.

—Quizá he exagerado un poco —indicó Nevada—. ¿Ya has terminado aquí?

—Casi.

—Hay poca cosa —añadió Stinky, que, por desgracia, seguía con nosotros—. Pero no debería sorprendernos. Encontrar un vinilo interesante aquí es tan probable como encontrar una mujer virgen en una convención de proxenetas.

Si ella hubiera encontrado irresistiblemente encantador ese comentario plagiado, habría tenido que matar a Stinky en ese preciso momento, pero, por suerte, ella ignoró cualquier intento de Stinky de ser agradable, y continuó mirándole con la frialdad que se merecía.

—¿Podemos irnos? —solicitó Nevada.

Asentí y nos dirigimos juntos hacia la puerta.

—Hasta pronto, Stinky —le dije para despedirme.

Pero él seguía rebuscando en una cubeta de discos.

Fuimos a las tiendas solidarias. Encontré una bonita reedición francesa de un disco de Gerry Mulligan en Verve y unas cuantas rarezas de Illinois Jacquet, unas sesiones grabadas para la radio. Afortunadamente, Nevada encontró en cada tienda una sección de ropa de marca en la que rebuscar y, al final, tuvo suerte y encontró algo de Prada que parecía un *merkin*, lo cual le hizo sentir que la excursión no había sido un completo desperdicio. Además, así dejaba de darme la lata con que no comprara discos que no fueran el que buscábamos, como si debiera dejarlos pasar por esa razón.

En el taxi de vuelta examiné mis compras, regodeándome. Nevada estaba sentada frente a mí, mirando algo en su teléfono y riéndose. Nuestra conductora, a la que yo ya llamaba oficialmente Cabeza Limpia, en parte como homenaje al famoso saxofonista alto Eddie *Cabeza Limpia* Vinson, nos estaba llevando a casa a una velocidad impresionante. Eddie Vinson se había quedado calvo como una bola de billar mientras se hacía un tratamiento para alisarse el pelo. En el caso de nuestra conductora, se trataba claramente de una cuestión de moda más que de un horrible accidente químico.

En cualquier caso, gracias a sus habilidades al volante, ya estábamos pasando el hospital de Kingston, y sospeché que se dirigía a Richmond Park para tomar un atajo.

Mientras inspeccionaba mis discos, pensando en que probablemente venían de la colección del Desconocido Fan del Jazz, Nevada levantó la vista de su teléfono y dijo:

—¿Quién es ese Desconocido Fan del Jazz? —Me quedé de piedra. ¿Es que me había leído el pensamiento?—. Acabo de leer tu blog. Te oí hablar de él con tu amigo Stinky y pensé en echarle un vistazo.

—Ah, sí, y he hablado de esa persona en mi blog, claro. Del Desconocido Fan del Jazz, quiero decir. No de Stinky.

—Obviamente.

—Entonces... Espera un minuto —anuncié—. ¿Significa eso que, cuando te estabas riendo hace un momento, era por mi blog?

—No me estaba riendo.

—Sí que lo hacías.

—No soy de las que se ríen. De todas formas, ¿qué pasa con ese fan desconocido interesado en la música jazz?

—He escrito sobre él. Ahora que has descubierto mi blog, puedes leerlo ahí.

Guardó el teléfono y me miró con ojos grandes, tiernos y atentos.

—No —me respondió—. Cuéntamelo tú.

Suspiré.

—Bien. Es solo un tipo que poco a poco se está deshaciendo de su colección de discos. Es una colección enorme, y no sé por qué la está dando. ¿Se ha divorciado? ¿Se muda? ¿Su gusto musical ha cambiado?

—Quizá es como el párroco de Barnes.

—¿Qué párroco de Barnes?

—Tuvo una crisis de fe. Y con eso me refiero a que renunció tontamente a sus LP para conservar solo los CD, se deshizo de todos sus vinilos. Tenía una colección increíble. Tal vez al Desconocido Fan del Jazz le haya pasado lo mismo. O tal vez el pobre infeliz haya digitalizado todos sus álbumes y ahora los esté escuchando desde su ordenador.

Miré los discos que yo tenía en mi regazo.

—En otras palabras; los ha enviado al otro lado del Rubicón digital. O, mejor dicho, los ha mandado al río que lleva al infierno.

—El río Estigia.

—Exactamente.

—Me parece que tienes algo en contra de los pobres medios digitales, ¿me equivoco?

—Da igual —comenté—, el caso es que sigo encontrando aquí y allá lotes de discos que pertenecían a esa persona. En tiendas solidarias, mercadillos...

—Aún no hemos estado en ningún mercadillo —indicó ella—. Como parte de nuestra supuestamente exhaustiva búsqueda de este disco.

—Ya he reservado una visita a uno para mañana por la noche.

—Qué interesante. Cuéntame más sobre ese Desconocido Fan del Jazz. ¿Cómo sabes que los discos eran suyos? ¿Escribe su nombre en la portada?

—Dios, no.

—Entonces, ¿cómo sabes le pertenecían? De hecho, ¿cómo sabes que esa persona existe siquiera?

—Hablo de eso.

—¿Qué quieres decir?

—En mi blog. Hablo de eso.

—Ya veo. Y esperas que lo lea. —Sacó su teléfono y empezó a mirar la pantalla—. Ah, aquí está. «¿Realmente existe? Quizá no sea una persona. Quizá es solo un grupo estadístico, un fenómeno analítico, una población determinada, un grupo de edad, un gusto compartido, una burbuja demográfica...». Dios mío, no paras, ¿verdad? «Un perfil cultural, un artículo de sociología...». Entonces, para resumir, el Desconocido Fan del Jazz puede que ni siquiera exista.

—Así es. Pero eso no significa que no ande por ahí.

—Parece una historia sacada de un libro de Borges —comentó ella, sonriéndome—. ¿O más bien de Cortázar?

—No te esfuerces.

Cuando llegamos a casa, las gatas nos estaban esperando fuera. Deambularon alrededor de una Nevada igual de impaciente que ellas mientras yo abría la puerta. Aunque tenían la gatera, Turk y Fanny preferían no utilizarla si había alguien que les abriera. Fueron las primeras en pasar, seguidas de Nevada. Y, como ya era tradición, yo fui el último.

Intenté no pisar el felpudo, que estaba cubierto de un revoltijo de sobres. Había llegado el correo. Solo hacía falta echar un rápido vistazo para ver que la mayoría eran facturas y, además, de las que no se pueden pagar. Recogí la pila de cartas y estaba empezando a examinarlas cuando, de repente, una voz masculina gritó desde el interior de la casa.

—¡Tranquila, tranquila, tranquila!

Corrí al salón. Nevada estaba allí de pie, la imagen misma de la tensión, con el brazo extendido rígidamente y sosteniendo el cuchillo de cocina más grande y afilado que había encontrado.

Con el arma apuntaba a Stinky, que se encontraba junto al sofá, con la cara pálida y, por una vez en su vida, sin rastro de su habitual aplomo.

—Tranquila —le repitió.

—Joder —murmuró Nevada entre dientes. Bajó el brazo y me miró—. ¿Qué está haciendo este aquí?

—No tengo ni idea —respondí.

—En cuanto entré vi que había alguien, así que cogí esto —añadió mientras agitaba el cuchillo en el aire —. Me ha dado un susto de muerte.

—Eso mismo digo yo —dijo Stinky, que comenzaba a recuperar el color—. Os lo aseguro.

—Cállate un momento —replicó Nevada. Después se dirigió a mí—: ¿No sabías que él iba a estar aquí?

—Por supuesto que no —aclaré.

—¿Y cómo ha entrado?

—Pues... solo —dijo Stinky enseñando las llaves.

Nevada dejó el cuchillo sobre la mesa del comedor, se acercó a él y se las arrebató.

—¿Cómo las ha conseguido? —me preguntó en tono acusatorio.

—Las dejo fuera.

—¿Fuera?

—Debajo de la maceta.

—¿Debajo de la maceta? —repitió.

—Sí, eso es, debajo de la maceta —afirmó Stinky.

—Cállate —le dijo ella.

—Es por si alguna vez me quedo fuera —le expliqué.

Las gatas, que se habían escondido sabiamente durante el conflicto armado, empezaron a salir de sus escondites. Turk saltó al sofá y Fanny se fue a su sillón favorito. Todo volvía a ser como siempre. Nevada las observó un momento y luego miró a Stinky.

—¿Por qué no has esperado fuera con las gatas?

—Si él hubiera esperado fuera, ellas habrían esperado dentro —le respondí yo. Una de las cosas que más me gustaban de esos monstruitos era que no soportaban a Stinky.

—No podía esperar fuera —apuntó Stinky—. Mis fans me habrían reconocido.

—¿Tus fans? —dijo Nevada, consiguiendo combinar a partes iguales su desprecio e incomprensión.

—Tengo un programa de radio.

Nevada emitió un bufido que no podía calificarse de risa.

—¿Y crees que te reconocerían por eso? ¿Qué reconocerían tu cara por haberte *escuchado* en la radio?

—Stinky también ha salido en televisión —indiqué a regañadientes.

—Y estoy muy activo en Internet —añadió él.

—Seguro que sí —respondió Nevada.

Fue impresionante cómo, aunque no añadió un «apuesto a que la mayoría de tus búsquedas son de porno, patético perdedor», todos entendimos claramente que eso era lo que quería decir. Stinky volvió al sofá del que hacía solo unos minutos se había levantado temiendo por su vida, y Nevada echó un vistazo a mi equipo de alta fidelidad.

—Tus válvulas termoiónicas están encendidas —dijo.

—Tienes razón —le respondí asintiendo con la cabeza.

—He puesto algunos CD —anunció Stinky, sentándose despreocupadamente en el sofá e ignorando a Turk, que le gruñó y saltó al suelo. Luego, dirigiéndose a Nevada, añadió—: No hay nada como dejar caer la aguja, pero algo tienes que escuchar mientras cambias un disco por otro.

No me podía creer que se hubiera olvidado de que esa frase me la había robado a mí.

—Bueno, siento ser maleducada —dijo ella—, pero tenemos que hablar de negocios.

—¿De negocios? —inquirió Stinky, mirándonos a ambos.

Me acerqué al reproductor de CD y saqué el disco que había estado escuchando. *Bullitt*, de Lalo Schifrin.

—Sí —contestó Nevada.

Encontré la caja del CD y, cuando la abrí para guardarlo, descubrí que contenía *The Taking of Pelham 123*, de David Shire. Suspiré y busqué la caja de ese otro CD, lo abrí y, evidentemente, descubrí que contenía *The Organization* de Gil Mellé.

—¿Qué clase de negocio? —preguntó Stinky.

Encontré la caja de Mellé, que estaba vacía, puse en ella el disco correcto y después devolví también los CD de Shire y Schifrin a las suyas. El típico lío de CD. Una de las muchas desagradables costumbres de Stinky, solo útil para quien necesite hacer un análisis forense de los hábitos de escucha de Stinky, pero, por lo demás, una molestia.

—¿Qué tipo de negocio? —repitió.

—No es de tu incumbencia —respondió Nevada.

—¿En serio? Vale —continuó Stinky, dándose cuenta de la situación—. Entonces, ¿de qué os conocéis?

Esa era la pregunta que realmente lo había llevado a presentarse en mi casa. Intentaba averiguar qué hacía alguien como Nevada con alguien como yo. Porque, de alguna manera, eso amenazaba a su universo. Y no podía consentirlo.

Sonreía a Nevada educadamente, o con lo que se podría considerar educación en Stinkylandia.

—¿Cómo os conocisteis? —repitió moviendo vagamente la mano y señalándonos a uno y otro con un dedo.

—Nos conocimos en la decimoquinta carrera anual de zepelines de Lord Rudolph —contestó Nevada.

—Claro —dijo Stinky. Claramente, se dio cuenta de que no iba a sacarle nada más, porque añadió—: Bueno, entonces me voy.

Y recogió su abrigo.

—Gracias —dijo Nevada.

Acompañamos a Stinky hasta la puerta y nos despedimos de él. Las gatas ni se inmutaron. En cuanto se fue, Nevada se volvió hacia mí y me sorprendí al darme cuenta de que estaba furiosa.

—¿Cómo has podido hacer eso?

—¿Hacer qué?

—Dejar tus llaves fuera, sin protección alguna.

—Están escondidas.

—¿Escondidas? ¡Están debajo de una maceta! Enséñamela. —Salimos y se la mostré, pero siguió enfadada—. ¿Cómo se te ocurre? Cualquier persona podría entrar en tu casa y esperarte ahí.

—Difícilmente sería peor que Stinky.

Ella ignoró la broma y se quedó mirándome.

—¿Es que eres idiota? —me dijo.

—Mira, necesito tener un juego de llaves de repuesto, por si un día me quedo fuera.

—Pero no tienen por qué estar debajo de una maceta.

—Necesito que estén a mano —le dije, después de que volviéramos a entrar.

—Ya las guardo yo —anunció ella.

—¿Qué?

—Yo guardaré tus llaves. —Y las metió en su bolso.

—¿Estás segura?

No discutí con ella. De hecho, para ser sincero, su propuesta me pareció extrañamente atractiva.

Ella asintió.

—Si las necesitas, o si te quedas fuera, tienes mi número de teléfono. Llámame y te las traeré —. Hizo una pausa, pensativa—. Ah, y hay una cosa más que necesito hacer.

Sacó su pequeño cuaderno rojo y un bolígrafo y la seguí de nuevo a la calle. Abrió el cuaderno y escribió en letras grandes y en negrita: «Stinky, vete a tomar por culo». Arrancó la página, la dobló y la puso bajo la maceta, donde antes estaba la llave.

—Ahí va —dijo contenta—. Listo.

—Claramente, lo que va a hacer —dijo Tinkler— es colarse en tu casa una noche mientras duermes, desnudarse, andar a oscuras, golpearse un dedo del pie con una cubeta de discos que lleva años esperando a ser colocada y, luego, maldiciendo en susurros, meterse en tu cama y follarte hasta dejarte seco.

—Lo dices como si no fuera una posibilidad.

—Sí lo es, sí. ¿Qué otra razón podría tener para querer guardar tus llaves? —Sacudió la cabeza con desesperación—. Siempre vas a por las chicas guapas, y siempre te dan una patada en el trasero. ¿Cuándo vas a aprender?

—¿Aprender qué?

—Que a las chicas no les interesan los DJ arruinados y fracasados obsesionados con coleccionar discos. —Y añadió amablemente—: No digo que a mí me vaya mejor. Tampoco les gustan los administradores de bases de datos adinerados obsesionados con coleccionar discos. ¿Quieres comer algo?

—Ya voy yo —respondí—. No quiero que te caigas por las escaleras.

Subí varias cosas para picar y descubrí que, sorpresa, Tinkler se estaba liando un porro.

—Acabo de recibir un paquete de Hughie —dijo mirándome felizmente.

Hughie Mackinaw, conocido cariñosamente por nosotros como El Galés Escocés, tenía un negocio de elaboración y restauración de tocadiscos en su propia fábrica, cerca de Llandrindod Wells, en el Gales rural. Había reconstruido el Thorens TD 124 de Tinkler, y el resultado había sido muy bueno. Hughie trabajaba bien, y sus platos tenían muchos admiradores. También había fabricado una innovadora máquina para limpiar discos.

Pero no vendía lo suficiente para ganarse la vida con eso, por eso se dedicaba también a hacer "envíos" a gente como Tinkler.

Escondido detrás de su anticuada fábrica con vistas al frondoso Rock Park, Hughie tenía un patio donde había construido una red de túneles de polietileno en los que, protegidas por tomateras, cultivaba una impresionante cantidad de plantas de cannabis. Enviaba su producto a clientes de todo el Reino Unido en cajas que parecían contener equipos de alta fidelidad. Vi que una de ellas se encontraba en el suelo, y tenía una etiqueta que decía: «Componente de audio de precisión, manipular con cuidado».

Tinkler la había manipulado de todas las formas posibles menos con cuidado. Parecía que un guepardo la había destrozado. Supongo que estaba ansioso por sacar lo que había dentro.

—Toma, huele esto —me dijo mostrándome la droga en un sobre semitransparente.

Las plantas, de un intenso color verde, parecían pequeñas coles miniaturizadas por el rayo experimental de un científico loco. Se podían ver los pálidos cristales de THC en los cogollos, como si fueran minúsculos copos de azúcar glaseado.

—Es como si alguien hubiera combinado genéticamente a Bob Marley y Pepe Le Pew. —El olor era natural, fuerte y extraño—. Vamos. Prueba un poco.

—No, gracias. En algún momento de esta noche voy a necesitar recordar dónde está mi casa.

—Tú te lo pierdes —me dijo encogiéndose de hombros y encendiendo el porro.

—Hoy he encontrado más cosas del Desconocido Fan del Jazz —anuncié.

Él exhaló lentamente el humo y lo examinó mientras flotaba en el aire. Me estaba colocando con tan solo estar en esa habitación. Hughie, evidentemente, también sabía lo que hacía en materias que no fuesen fabricar tocadiscos. Tinkler se quedó mirando la pared más alejada de la habitación, que estaba casi llena de discos de vinilo.

—¿Sabes qué creo? —dijo—. Creo que cuando una colección de discos alcanza cierta complejidad se convierte en una especie de vórtice de posibilidades que atrae nuevos discos desde el vacío.

—¿Como un imán?

—Sí, como un imán de discos que buscas.

—Eso *sí* que parece sacado de Borges —pensé en alto.

Sus ojos volvieron a centrarse lentamente en mí.

—¿Has dicho que has encontrado más discos del Desconocido Fan del Jazz?

—Bienvenido de nuevo. Y sí.

—¿Algo de rock británico o R&B?

—Bueno, había una copia original de John Mayall and the Bluesbreakers en Deram con la portada de *Beano*. Estaba en perfecto estado, pero querían tres libras por ella, así que la dejé allí.

—¿Perdón? ¿Que hiciste qué? ¿Te has vuelto loco? —Sus ojos mostraban indignación. Entonces se dio cuenta de que le estaba tomando el pelo—. ¡Serás cabrón!

Al final sí conseguí recordar dónde estaba mi casa, pero cuando llegué ya era más de medianoche. En cuanto oyó el ruido de las llaves, Fanny acudió a mi encuentro, saliendo de la casa por la gatera, y justó después se le unió Turk, que apareció de entre la oscuridad del complejo residencial dando un gritito de triunfo al saltar la última valla.

Entramos. Encendí las luces y vi la pila de correo exactamente donde la había dejado esa tarde al empezar el drama a punta de cuchillo con Stinky. Un sobre en concreto destacaba. La dirección estaba escrita a mano por el remitente con una letra cursiva, y parecía que habían utilizado una pluma estilográfica.

Lo abrí con cuidado. Dentro había varias páginas manuscritas y dobladas.

Empecé a leer la carta y el estómago me dio un vuelco.

Era de Jerry.

5. LA CARTA DE JERRY

Recibir la carta de una persona muerta me hizo sentir muy extraño. Debajo de su dirección y los saludos habituales, decía:

Perdona que me ponga en contacto contigo de esta manera tan anticuada, pero escribir con bolígrafo sobre el papel me ayuda a organizar mis pensamientos.

Esta noche, al llegar a casa, me he dado cuenta de que para poner en orden la enorme colección de discos que hemos adquirido de forma tan precipitada tendré que realizar un enorme esfuerzo.

Así que me voy a tomar unos días libres en el trabajo para quedarme en casa y revisarlo todo. Ya he comenzado, y mañana pediré a los chicos que traigan la furgoneta para llevar el primer lote a la tienda. (No te preocupes, me encargaré de que seas el primero en echar un vistazo a los discos de jazz).

Pero sé que estás ansioso por escuchar la historia de Hathor Records, así que allá vamos. He mirado lo que tengo en mi biblioteca y he podido recopilar lo siguiente.

«Hathor fue un sello de Los Ángeles muy apreciado y especializado en jazz de la Costa Oeste, pero tuvo una vida muy corta: se abrió y cerró en el año 1955. En tan solo unos meses, Hathor publicó un total de catorce álbumes (con los números de catálogo Hathor HL-001 a 014) de los siguientes artistas, por orden de publicación: Easy Geary (el primero de dos álbumes), Marty Paich, Richie Kamuca, Johnny Richards, Jerry Fielding, Russ Garcia, Cy Coleman,

Howard Roberts, Rita Mae Pollini (dos álbumes consecuti-
vos, con números de referencia 009 y 010), Manny Albam,
Pepper Adams, Conte Candoli y, por supuesto, de nuevo
Easy Geary, con el segundo de dos álbumes, titulado Easy
Come, Easy Go *(HL-014)».*

Sabrás mejor que yo que en esta lista hay jazz de pri-
mera clase de la Costa Oeste (y material de buen nivel de
la Costa Este. Es decir, de Nueva York).

Como también sabes, Rita Mae canta en un tema del
Easy Come, Easy Go *y, en ese mismo disco, hay colabora-*
ciones de otros artistas, aunque el listado es demasiado
amplio como para nombrarlos a todos. Si te interesa, pue-
do fotocopiarte la discografía completa.

Sentí un escozor en los ojos. Durante un momento, las palabras se emborronaron tanto que no podía distinguirlas. Jerry
no llegó a fotocopiar nada para mí, ni para nadie. Me limpié las
lágrimas y seguí leyendo.

Como ves, Easy Geary marca el inicio de la historia de
Hathor. Algo muy apropiado, ya que también fue la pieza
clave que determinó el destino de la discográfica.
Hathor estuvo marcado por la mala suerte desde el prin-
cipio, a pesar de contar con un impresionante listado de
talentos y de lograr unas magníficas ventas en un primer
momento.

Bobby Schoolcraft, el propietario del sello, falleció
pocos días después de grabar la referencia HL-013.

En cuanto a Easy Geary desapareció poco después de
grabar el número de catálogo Hathor 14.

Como sin duda sabes, su desaparición está rodeada de
misterio. Algunos sostienen que Easy murió de un disparo
durante una pelea por una mujer, igual que ese famoso

trompetista de jazz. Una genial carrera truncada. Otros
insisten en que en realidad no murió. Como Elvis.

Se refería a Lee Morgan; el talentoso trompetista de jazz cuya vida acabó demasiado pronto. Fanny me estaba empujando suavemente el codo, así que levanté el brazo para que pudiera sentarse en mi regazo. Parecía no molestarle que apoyara la carta sobre su cabeza, así que lo hice y seguí leyendo.

Tal y como comenté antes, el caso de Bobby Schoolcraft
se trató en un principio como un suicidio. Pero todas mis
fuentes coinciden en que, en realidad, fue perseguido has-
ta la muerte por un hombre llamado Ox.

Ox es el apodo de un policía de Los Ángeles llamado
Oliver Xavier, un bruto asesino de origen irlandés, que
tenía fama de acosar a los miembros de la sociedad que no
cumplían con sus rígidos criterios morales; es decir, casi
todo el mundo excepto otros policías estadounidenses de
origen irlandés.

Trabajaba para las compañías discográficas, que lo
utilizaban como matón. Si uno de sus artistas se pasaba
de la raya o intentaba liberarse de un contrato que consi-
deraba abusivo, Ox se encargaba de meterle el miedo en el
cuerpo.

De repente, se escuchó en mitad de la noche un chillido sobrenatural proveniente del exterior. Fanny saltó de mi regazo, asustada, y permaneció en tensión en el suelo. Entonces volvió a escucharse el macabro y atormentado sonido. Se trataba del inconfundible gañido de un zorro. Esas cosas tuvimos que soportar en Londres hasta que alguien consiguió importar al chacal.

Mientras Fanny se paseaba nerviosa de un lado a otro, yo volví a la carta.

Lamentablemente, Easy Geary despertó la ira de esa gente, y de Ox, cuando publicó su primer disco para Hathor, que se titulaba Easy Geary plays Burns Hobartt.

Jerry se explayó a la hora de hablar de los primos Davenport. Los llamó «gente repugnante». Estaba claro que sentía un odio personal hacia esas personas, y resultaba conmovedor ver lo mucho que se enfadaba al pensar en ellos. Los primos Davenport fueron un par de jóvenes buscavidas, un hombre y una mujer con una peculiar relación que, según se rumoreaba, tendía hacia lo incestuoso, o como se califique al sexo entre primos. Y se las arreglaron para atrapar entre sus garras a algunos de los grandes compositores de jazz.

Y, como era costumbre en aquellos días, se acreditaron como compositores en las obras creadas por esos músicos. Algo parecido a lo que sucedió con Irving Mills y Duke Ellington. Duke era un genio de la música. Mills tan solo era la persona que gestionaba sus negocios, pero acabó constando como coautor en muchas de las obras maestras de Ellington, a pesar de que no había escrito ni una de sus notas.

Esto implicaba, por supuesto, que también se quedaba con una parte de los ingresos obtenidos.

Los primos Davenport, también llamados «esos jóvenes parásitos» en la carta de Jerry, habían realizado una estafa similar con la música de otra figura destacada del jazz; Burns Hobartt. Se habían apropiado —o, si lo prefieres, habían robado— parte de los derechos de todo lo que Burns había compuesto, aprovechándose de constar como coautores de sus obras.

Esto significa que, cada vez que alguien grababa algo de Burns Hobartt, el material se acreditaba como escrito por «Hobartt, Davenport y Davenport», aunque los malévolos primos no tuvieran nada que ver con la creación artística.

Al parecer, esa injusticia había sido demasiado para Easy Geary. En su álbum de clásicos de Hobartt solo aparecía él como compositor. Y nadie más. Solo la persona que realmente había escrito la música.

La pura verdad.

Pero los abogados de los Davenport no lo vieron así.

Evidentemente, los primos no merecían ninguna acreditación, pero, contractualmente, tenían derecho a ello. Y, aunque hacía tiempo que habían fallecido, AMI, la entidad corporativa que los representaba, seguía operativa, y no tardó en presentar una demanda.

Y, lo que es peor, envió a Ox para amedrentar al pobre Bobby Schoolcraft, el propietario del sello discográfico objeto de la demanda.

No está claro qué le ocurrió a Bobby, pero no era la primera vez que Ox participaba en chantajes, palizas e incluso amenazas de muerte. No debería sorprendernos que Bobby Schoolcraft tomara una decisión fatal para salir de esa situación. Al parecer, dejó una nota de suicidio en la que se nombraba específicamente a Ox y detallaba su campaña de persecución, pero la policía la ocultó.

Fanny se tranquilizó y volvió a sentarse conmigo en el sofá. Había llegado a la conclusión de que no iba a ser devorada por un enorme animal carnívoro, al menos por el momento. Así que volvió a acomodar su cuerpo cálido y firme cerca de mí mientras yo reanudaba mi lectura.

El último álbum del sello Hathor, el muy buscado Easy Come, Easy Go, *se grabó sabiendo que sería lo último que la compañía pensaba publicar; eran conscientes de que, después del fallecimiento de Bobby Schoolcraft, todo había terminado.*

Quizá por eso Geary y la Srta. Pollini incluyeron sus firmas en el espacio muerto del vinilo cuando se prensó el disco. Como una especie de recuerdo permanente.

Se comenta que Ox se pasó por la sesión de grabación del disco para regodearse. Pero eso no impidió que, musicalmente hablando, acabara siendo un álbum estupendo, de eso no hay ninguna duda. Si encuentras una copia, quizá podrías ponérmela (a veces escucho algo de jazz). Buena suerte en tu búsqueda.

Bueno, eso es todo por ahora. Si encuentro más información, te la cuento la próxima vez que te vea en la tienda.

Tengo que salir esta noche y, de camino, dejaré esta carta en el buzón.

Hasta la próxima.
Un abrazo,
Jerry

Doblé la carta con esmero y la volví a meter en el sobre. Estaba verdaderamente agradecido de haberla abierto cuidadosamente. Esa noche, Jerry había quedado con la persona que acabaría asesinándole. Una de las últimas cosas que hizo fue echar mi carta en el buzón.

6. EL MERCADILLO BENÉFICO

No vi a Nevada hasta la noche siguiente.

Cuando llegó estaba lloviendo. Una vez más, llevaba puesto su gorro blanco de punto con la fresa bordada.

—Bonito gorro.

—Vete a la mierda.

—No, en serio, me gusta. Te queda muy bien.

—Hace que no me moje —dijo mirándome con cierto recelo, como si estuviera valorando si estaba siendo sincero.

Caminamos hasta la calle principal y empezamos a buscar un taxi.

—¿Qué ha pasado con Cabeza Limpia? —le pregunté.

—¿Quién es Cabeza Limpia?

—Nuestra taxista.

—¿Por qué la llamas Cabeza Limpia? Su nombre es Agatha.

—Déjalo.

—*Agatha* se ha tomado la noche libre porque tiene una cita. —Ambos vimos acercarse un taxi que, por supuesto, se dirigía a la Abadía, y empezamos a hacerle señas—. Yo también estaría en una cita si no fuera porque tengo que estar aquí contigo en mitad de la lluvia.

—No te pongas así —le dije—. Pronto estarás en un bonito, cálido y seco taxi.

El vehículo negro se detuvo junto a nosotros, abrí la puerta y subimos. Nevada se había dejado el bolso en la acera y, cuando me dispuse a agacharme para recogérselo, ella salió del taxi y lo agarró.

—Vamos, sube —dijo mirándome.

Subí, le di la dirección al conductor y me senté junto a ella. El taxi se adentró en la noche.

—Increíble —comentó Nevada, con el bolso en el regazo y la mirada fija en las farolas que pasaban por la ventanilla—. Voy a pasar la noche en un mercadillo benéfico.

—Antes te quejabas de que no hubiéramos ido a ninguno. Ahora te quejas de que estemos yendo a uno.

—Ahora mismo podría estar en una cita —repitió.

—Y aprendiendo un montón sobre cómo se sirve el café.

El taxi se dirigía a toda velocidad a la puerta de Richmond Park. Ella apartó la mirada de la ventanilla y se giró hacia mí, desconcertada.

—¿Qué quieres decir?

—Dijiste que salías con un barista.

—Con un *jurista* —gruñó antes de darse cuenta de que había caído en mi broma—. ¡Oh, muy gracioso!

Apartó la mirada, pero yo ya había podido ver un destello de diversión en sus traviesos ojos azules.

Por alguna razón, algo en su reacción me hizo pensar que el idiota en cuestión, ya fuera un picapleitos, un experto en java o un monje cisterciense, no iba a seguir disfrutando por mucho tiempo el privilegio de recibir los favores de la señorita N. Warren.

Y me alegré de ello.

El tráfico mejoró cuando atravesamos Putney, y llegamos a tiempo a nuestro destino en Wandsworth. Nevada pagó al conductor y el taxi se alejó a toda velocidad.

—Qué conductor más decepcionante, ¿no? Quiero decir, en comparación con nuestra Cabeza Limpia. La echo de menos —me dijo.

—Yo también.

Se quedó mirando el complejo de edificios que teníamos delante. Eran unos bloques con paredes de yeso blanco que, en las pocas zonas que no se habían desprendido, con los años habían adquirido el color y la textura de una papilla grisácea. Las molduras verdes alrededor de las puertas y ventanas parecían haber recibido una mejor y más reciente atención. En los últimos veinte años, más o menos.

—Entonces, ¿qué es este lugar?

—Un centro *scout*.

—¿De los Boy Scouts?

—Sí. Exactamente.

La luz brillaba a través de las ventanas de cristal opaco como las de un baño, y se veían sombras difusas moviéndose en el interior.

—¿Por qué no entramos?

—No abre hasta dentro de casi una hora —respondí.

—¿Cómo? ¿Una hora? ¿Por qué me has traído hasta aquí, a este jardín, una hora antes de que abran el mercadillo?

—Queremos ser los primeros en entrar.

—¿Ah, sí? ¿Por qué?

—¿Te gustaría que alguien que estuviese por delante de nosotros en la cola llegara antes a los discos, encontrara una copia de *Easy Come, Easy Go* y la comprara?

—¿Qué si me gustaría? Pues claro que no —dijo mirándome—. No permitiría que eso pasara. Y espero que tú tampoco.

—¿Y cómo lo evitarías?

—Quitándole el disco de las manos. Y, si eso fallase, insistiendo en que nos lo vendiera.

—¿Y por qué iba a aceptar venderte el disco?

—Él, es decir, ese hipotético intruso, podría no saber qué disco es. O lo que vale. Seguro que lo vendería a un precio razonable.

—No estés tan segura —contesté.

—Entonces tendríamos que quitárselo.

—*Robárselo*, querrás decir.

—No entiendo por qué tienes que utilizar palabras como *robar* —apuntó ella.

—Bueno, en cualquier caso, es mucho más fácil llegar un poco antes de que abran.

—*Una hora* antes. —Se notaba que aún estaba irritada, pero pareció aceptar mi lógica a regañadientes. Se quedó mirando las sombras que se movían en el interior del edificio—. ¿Aún existen los Boy Scouts? Creía que todos habían sido sodomizados hasta la muerte por malvados maestros pervertidos que los habían engatusado por Internet.

—Tienes una imagen muy retorcida de la humanidad.

—Es que salgo más que tú.

—De todas formas, tú te refieres a los grupos de chicas *scout* —comenté.

Ella soltó una risita.

Por suerte, dejó de llover y, unos minutos después, se nos unieron otros madrugadores que esperaban impacientes a que abriera el mercadillo. En cuanto los vio, Nevada se dio cuenta de que yo no bromeaba.

—Dios mío, ya están llegando —susurró—. No tenía ni idea de que hubiera una competencia tan brutal en los mercadillos benéficos.

—Cuidado con que alguna abuelita no te meta el codo en el ojo cuando os peleéis por una prenda de alta costura.

—No seas idiota —dijo ella—. ¿De verdad crees que habrá alguna prenda de alta costura?

—Eso espero, así me dejas en paz.

Unos diez minutos antes de que el mercadillo abriera, salieron un hombre y una mujer de mediana edad, con jerséis a cuadros marrones y blancos a juego, y colocaron una mesita con una bandeja de monedas extraída de una antigua caja registradora. En ese momento, la fila de clientes llegaba hasta una manzana más abajo, donde se fundía en la oscuridad, y se respiraba una cierta inquietud, no solo por parte de mi acompañante.

Nevada miró la bandeja de monedas y dijo:

—¿Hay que pagar para entrar?

—Pensaba que era yo el que salía poco —le respondí riéndome.

—No suelo ir a estos sitios —dijo ella —. A mercadillos benéficos, me refiero. ¿Por qué iba a hacerlo?

Cuando se abrió la puerta, fui directamente a por los discos.

Había tres cubetas. Bueno, en realidad no eran exactamente cubetas. Eran los típicos estuches que todo propietario de discos de los años sesenta ha tenido alguna vez, con diseños de colores e imitación al cuero, tapas con asas y cerraduras baratas de hojalata. Era una buena señal. Eso significaba que, probablemente, los discos procedían de una colección decente y bien cuidada.

Me arrodillé ante las cajas, como si fuera a iniciar un acto de adoración.

Sentí detrás de mí la presencia de Nevada, como si quisiera protegerme del enjambre de entusiastas de los mercadillos benéficos que entraban en masa por la puerta. Levanté el primer estuche. Pesaba mucho, y un rápido vistazo a lo que contenía confirmó mis sospechas; estaba lleno de discos de 78 rpm. Lo dejé a un lado.

—¿No vas a mirarlos? —preguntó Nevada.

—Son discos de pizarra —dije—. Nosotros estamos buscando vinilos.

—Tú eres el experto.

La sala estaba abarrotada de gente que se acercaba como una nube de langostas para examinar los artículos amontonados en las mesas. Se notaba el calor en el ambiente. La segunda caja estaba llena de discos, tantos que no podía ni meter la mano entre ellos. Saqué unos pocos y los puse a un lado. Ahora había espacio suficiente para ver el resto.

—¿Puedo verlos? —dijo Nevada, señalando los que había apartado.

—Sin problema.

Ya iba por la mitad de la primera cubeta. Todo era música clásica, la mayoría de Deutsche Grammophon. Nevada terminó con su pila y volvió a dejarla a mi lado. Me di cuenta de que ya estaba aburrida.

—¿Por qué no te das una vuelta y echas un vistazo a otras cosas? —le propuse—. He visto zapatos por ahí.

—¿Zapatos? —respondió—. ¿De segunda mano?

—De segundo pie —bromeé.

—¿No me saldrán verrugas planares o algo por el estilo?

—*Verrugas plantares* —le corregí—. Un pequeño precio por un par de Jimmy Choos, ¿no crees?

—¿De verdad crees que tienen...? —dijo mientras se alejaba entre la multitud.

Volví a revisar el montón de discos —todos de clásica— que ella había ojeado y los dejé. Luego me dirigí a la tercera cubeta. Estaba llena. Saqué un puñado para poder manejarlos y les eché un vistazo. Eran de jazz, todo Dixieland, pero jazz, al fin y al cabo. No eran de mi gusto, pero parecían nuevos y, sin duda, harían muy feliz a algún fanático de Nueva Orleans. Miré bien cada disco. Había material de los últimos años de Louis Armstrong para hartarse. Y también de Acker Bilk. Y de Chris Barber.

Y de repente, ahí estaba, en mis manos.

Easy Come, Easy Go.

Me levanté, la sangre me subió de golpe a la cabeza, y me tambaleé un poco. Mi rostro debía reflejar una extraña expresión, porque Nevada me vio desde el otro lado de la sala e, inmediatamente, se abrió paso entre la multitud para llegar hasta mí.

—¿Qué pasa? ¿Qué es eso? ¿Lo tienes?

Levanté el álbum. La portada era de cartón grueso, como el que se utilizaba en los años cincuenta, y podía sentir el peso del disco en su interior. Desde luego, no era un vinilo moderno y endeble. Tenía que ser el auténtico. Nevada me miraba fijamente. Me temblaban las manos mientras sacaba el disco.

En el interior había dos trozos de papel. Uno tenía un texto en japonés.

—Mierda, mierda, mierda —dije.

—¿Qué? ¿Qué ocurre?

El disco tenía una funda interior de papel de arroz. Esto tampoco era una buena señal. Saqué el vinilo con cuidado. Era bonito y pesado, y la etiqueta tenía el diseño de Hathor en rojo y blanco. Pero en la letra pequeña, apenas perceptible, pude ver el logotipo de Jasrac.

—¿Qué pasa? —preguntó Nevada, que por la expresión de mi cara se dio cuenta de que algo iba mal.

—Es una reedición —le comuniqué.

Me miró como si la hubiera decepcionado. Y, en cierto modo, sentí que lo había hecho. Volví a agacharme para revisar el resto de discos, pero ya había perdido el entusiasmo. Compré la reedición y salí de la sala con Nevada a mi lado, inusualmente callada.

—¿Por qué lo has comprado? —me dijo finalmente.

—Puede que no sea lo que buscamos, pero sigue siendo un buen disco.

—¿Qué es exactamente?

—Una reedición. Una réplica. Una edición japonesa de los años setenta.

—¿Japonesa? —preguntó ella—. Entonces, definitivamente no le interesaría.

—¿A quién?

—A mi jefe. —Me miró—. Estoy agotada.

—Suele pasar después de ir a un mercadillo benéfico —dije.

Pero sabía que no era por eso. Era por la adrenalina del descubrimiento, seguida de la amarga y abrupta decepción.

—Y estoy hambrienta —anunció—. Quiero comer algo.

—Volvamos a mi casa y te preparo algo.

—Quiero comer algo ahora.

Miré a mi alrededor. Empezaba a llover otra vez.

—Pues busquemos un restaurante.

—¿Has escuchado la palabra *ahora*?

—También podemos comprar comida y pasar a ver a Tinkler. Vive aquí cerca.

—¿No le importará que nos presentemos en su casa de repente?

—La vida de Tinkler es tan peculiar que agradece cualquier interrupción.

Acabamos yendo a un minúsculo supermercado que estaba abierto hasta tarde y comprando una selección de pizzas, después de que Nevada examinara exhaustivamente sus ingredientes y las pusiera en la cesta de la compra junto con su bolso y una botella de vino que había tardado diez minutos en elegir en la diminuta selección de la tienda. Cuando llegamos a la caja, fui a coger su bolso, pero me lo arrebató por segunda vez aquella noche.

Esperé mientras el somnoliento dependiente escaneaba los productos y Nevada contaba el dinero para pagarle. Me dejó llevar sin protestar la bolsa de la compra mientras buscábamos un taxi. Cuando lo conseguimos, tardamos cinco minutos en llegar a casa de Tinkler, donde metimos las pizzas en el horno y subimos a su sala de escucha. Nevada se sentó en el sofá, dejó el bolso a su lado y se acurrucó con las rodillas bajo la barbilla. Parecía pequeña, triste y algo abatida. Pero Tinkler estaba en plena forma. Examinó nuestra adquisición, riendo entre dientes.

—Tan cerca y tan lejos, ¿eh? —dijo.

—¿Por qué no sirve? —preguntó Nevada.

—¿Qué? —le dije mirándola.

Señaló el álbum con cara de agotamiento.

—Eso. ¿Por qué no sirve? ¿Por qué tiene que ser una copia original?

—Vaya —aclaró Tinkler—. Esa pregunta es como una bala directa al corazón del coleccionista. Si no es el original, simplemente no es el original, y ya está.

—Menuda tontería —comentó ella.

—No es una tontería —le dije—. Es una edición japonesa, así que será la mejor que pueda existir, pero hay que tener en cuenta otros factores. Probablemente no tuvieron acceso a los másteres de primera generación. Así que, para la última pista, el tema vocal con Rita Mae, no podrían conseguir ninguna cinta, porque las originales se destruyeron. O sea que seguramente la remasterizaron a partir de una copia en vinilo.

—Es decir, que alguien, en algún lugar, tiene una copia del disco.

—O una cinta del disco —indicó Tinkler.

—Y luego está el aspecto físico —añadí yo.

—Claro, el aspecto físico —dijo Nevada, mirando al techo.

—El prensaje original tenía las firmas de Easy Geary y Rita Mae Pollini en el espacio muerto del vinilo —comenté.

—¿En serio? —preguntó Tinkler—. Pues eso lo convierte en una pieza de coleccionista.

Sacó la nota en japonés, la miró brevemente, la metió de nuevo dentro de la portada y sacó la otra hoja de papel.

—¿Crees que este disco viene de la colección del Desconocido Fan del Jazz? —me dijo.

—Sí, lo creo —respondí—. ¿Por qué?

—Porque dentro hay una factura con su nombre y dirección. —Me miró, meneando la cabeza y sonriendo con nostalgia—. Es una pena, ¿verdad? Ya no es un desconocido. Es el fin de una era. Es el fin de un enigma. El fin de una era enigmática.

Estaba a punto de preguntar cómo se llamaba el tipo y cuál era su dirección —aunque no me interesara especialmente— cuando Tinkler bajó de la repisa de la chimenea una caja con dibujos de dragones y dijo:

—¿Nos liamos uno?

Nevada levantó la vista por primera vez desde que habíamos llegado y preguntó:

—¿Nos liamos un qué?

—Nada —me apresuré a decir, acercándome a Tinkler.

Pero Nevada ya estaba alerta, sentada en el sofá.

—¿Cómo que nada?

—Vuelve a poner la caja en su sitio, Tinkler —le dije.

—Ay, qué mojigato eres —respondió él haciendo un gesto con la mano.

—¿Qué es? —preguntó Nevada—. ¿Es maría? Déjame ver.

Tinkler le dio la caja y ella la abrió.

—Dios mío, ¡cómo huele!

—Sí, es que es buena —comentó él con orgullo antes de empezar a liarse un porro—. ¿Quieres un poco?

—¡Por supuesto que sí! —respondió Nevada.

Tinkler soltó una risita y me miró.

—Somos dos contra uno —indicó antes de empezar a mojar el papel de fumar con los labios.

—Vale —dije—. Pero, cuando estéis babeando y revolcándoos en vuestra celda de aislamiento del hospital psiquiátrico, recordad que os lo advertí.

—¡Es tan conservador! —añadió Nevada. Cogió el porro de Tinkler, lo encendió e inhaló profundamente. Al cabo de un momento, soltó el humo y dijo con voz entrecortada—: Madre mía, ¡esto es increíble!

Tinkler volvió a reírse.

—¿A que sí?

Se pasaron el porro el uno al otro y, muy pronto, la habitación estaba tan llena de humo que cualquier abstención por mi parte era una auténtica absurdez. Tras un descanso indeterminado, Tinkler dijo:

—Oye, ¿y esas pizzas? Ya deben de estar listas.

—Joder, es verdad —contestó Nevada—. Tengo muchísima hambre.

—Bajaré a por ellas —dijo él dirigiéndose a la puerta.

—Será mejor que te acompañe —sugirió Nevada—. Por razones de salud y seguridad.

Ella lo siguió y los oí reírse a carcajadas mientras bajaban las escaleras.

Nevada había dejado su bolso en el sofá. Me acerqué y lo cogí. Pesaba mucho. Miré dentro y descubrí por qué. Saqué el objeto.

Me pareció extrañamente cómoda de sujetar.

Se trataba de una pistola.

7. UNA NOCHE EN CASA DE JERRY

El funeral de Jerry tuvo lugar dos días después.

Había llamado por teléfono a Nevada la noche anterior y le había dicho que no iba a estar disponible para buscar el disco. Para mi sorpresa, no solo lo aceptó de inmediato, sin ninguna discusión ni queja, sino que insistió en asistir también a la ceremonia.

Se presentó en mi casa como si hubiera salido de una revista *Vogue*. De *Vogue Francia*, concretamente. Llevaba un vestido negro sin mangas, unas medias que brillaban como el rocío sobre una tela de araña y una especie de elegante abrigo largo y negro de lana que le llegaba casi hasta los tobillos. Tenía un pañuelo de seda gris anudado en la garganta y, bajo él, pude ver el brillo de unas perlas. Su asombrosa belleza, a la que creía haberme vuelto inmune, se me presentó de nuevo con una nitidez casi dolorosa. Sus medias fueron lo que más me gustó.

Llevaba un paquete envuelto en papel azul oscuro.

—Toma —me dijo—. Esto es para ti. Tienes que abrirlo antes de salir. Y ponértelo.

Nuestro taxi nos llevó a Putney, donde recogimos a Tinkler, que también había insistido en venir. En una ocasión, Jerry le había vendido una espectacular colección de vinilos de blues —unas copias originales con la etiqueta negra de Muddy Waters y Bo Diddley en el sello Chess— a un precio muy razonable. Tinkler nunca lo olvidó. De hecho, creo que aún se le saltan las lágrimas al recordarlo.

Esperé impaciente junto a la puerta mientras terminaba de arreglarse. La casa de Tinkler estaba aún más desordenada que de costumbre. Se lo indiqué gritando desde el piso de abajo, y él me contestó desde arriba, también a voces:

—Mi hermana viene a visitarme.

—¿Por eso has desordenado aún más tu casa?

—Mi casa está *en proceso* de estar *ordenada*.

—Buena suerte con eso —le dije, mirando la hora—. ¡Vamos, Tinkler!

Pude oír el pulverizador de la colonia, y luego el estruendo de sus pasos.

—No bajes corriendo las escaleras —le pedí—. Solo puedo soportar un funeral esta semana.

Apareció con un traje y corbata azul marino; supongo que era lo más parecido al negro que tenía.

Se encontraba a mitad de camino cuando se paró en las escaleras y se quedó mirándome. Un gesto, tengo que admitir, bastante halagador.

—¡Dios santo! —exclamó—. ¿Qué te ha pasado?

—Es un traje de lana negro de Ozwald Boateng con una corbata de seda de Woodhouse y... una camisa de lino de Ralph Lauren, sea lo que sea eso. Nevada se aseguró de que supiera exactamente qué llevo puesto.

—¿Ella te ha comprado todo eso? —preguntó sin quitarme los ojos de encima.

—Al parecer se embarcó en una aventura por las tiendas en busca de esta ropa. Tiendas solidarias, claro.

—¿Tiendas solidarias? ¿Va a esos sitios?

—Sí. Me temo que he creado un monstruo.

—Increíble.

—Luego, por supuesto, mandó lavar todo.

—Ha acertado con tu talla. ¿O es que te ha medido el interior de la pierna? —Me dio una palmada en el hombro—. Lo siento. Soy un bocazas.

—Venga, será mejor que nos pongamos en marcha. No quiero llegar tarde.

Mientras abría la puerta, apuntó:

—Parecemos salidos de *Reservoir Dogs*.

—Parecemos salidos de *Granujas a todo ritmo* —le corregí yo.

Tanto Nevada como Cabeza Limpia nos lanzaron miradas de reproche e impaciencia cuando, por fin, salimos a la calle. Nevada ya había informado del destino a nuestra taxista, que iba vestida de forma sobria pero elegante, con una entallada chaqueta negra de un solo botón y una blusa de seda blanca con un pronunciado escote. Vi cómo Tinkler la miraba de arriba abajo. Y le costó aún más disimular cuando subimos a la parte trasera del coche.

—Podrías haberte dado más pisa —me riñó Nevada—. Vamos a llegar tarde.

«Lo dudo», pensé yo, porque antes incluso de que cerrara la puerta, el taxi ya estaba en marcha, dirigiéndose a gran velocidad hacia la calle principal.

—¡Por el amor de Dios, Tinkler! —dijo Nevada.

Se inclinó hacia delante, le alisó la corbata y le puso bien el cuello de la camisa. Por un momento pensé que sacaría un peine y le arreglaría el pelo, o que escupiría en un pañuelo para limpiarle la cara.

Pero se conformó con ajustarle la corbata y alisarle las solapas.

Durante todo el proceso, a Tinkler le costó no mirarle las piernas. No le culpo por ello.

Enterramos a Jerry Muscutt en el enorme cementerio de Waltham Abbey, junto a un tramo de autopista especialmente transitado, con el eterno e incesante zumbido del tráfico a lo lejos, lo cual hacía pensar que la paz eterna tal vez fuera mucho pedir en ese lugar, o, más bien, en cualquier sitio en la actualidad.

Cuando sepultaron el féretro, los asistentes nos agrupamos y nos quedamos mirando el montículo de tierra fresca, con un sentimiento compartido de pérdida repentina y vacío.

Al menos eso es lo que yo sentí.

Un perrito blanco y negro se nos acercó corriendo y se puso a juguetear alegremente entre nosotros. El dueño, un hombrecillo de aspecto preocupado y con un chubasquero amarillo, corrió detrás de él hasta que lo atrapó.

—Vamos, Dolly —dijo—. Este no es el mejor sitio para armar jaleo.

Sonrió a modo de disculpa, sin llegar a mirar a nadie en concreto, enganchó una correa al collar de Dolly y se la llevó.

Nos alejamos de la tumba de Jerry y la comitiva funeraria empezó a dispersarse. Nevada, Tinkler y yo deambulamos entre las lápidas. Parecían no tener fin. Fila tras fila de losas dedicadas a los muertos. Nevada se acercó a Tinkler y le dijo en voz baja:

—¿Has traído eso?

—Ah, sí —se rio Tinkler, dando unas palmaditas al bolsillo de su chaqueta.

—¿Qué es *eso*? —pregunté, aunque ya tenía mis sospechas.

Nevada se volvió y me miró con indiferencia.

—Le pedí a tu amigo Tinkler que me pasara un poco de ese espectacular contrabando inflamable que tiene.

—¿Contrabando inflamable?

—Solo es para consumo personal.

Miré a Tinkler, que tuvo la delicadeza de agachar tímidamente la cabeza.

—Ahora has sido tú el que ha creado un monstruo —dije.

Sentí una mano en el brazo y me giré, un poco sobresaltado, para ver allí de pie a Glenallen Brown y a Kempton, los empleados de la tienda.

Kempton, que parecía un poco avergonzado, me dio un pequeño papel cuadrado de color azul pálido.

—Hasta pronto —indicó Glenallen.

Ambos se marcharon a toda prisa. Eché un vistazo al papel. Era un folleto que anunciaba la reapertura de Styli. Recordaba haber escuchado que Glenallen había conseguido de alguna manera el dinero suficiente para hacerse cargo de la tienda. Me alegré de que no cerrara. Jerry hubiera sentido lo mismo. Doblé el papel y me lo metí en el bolsillo.

—¿Qué hacemos ahora? —preguntó Tinkler.

—Podemos ir a mi casa —sugerí.

Para mi sorpresa, los dos aceptaron entusiasmados. El taxi llegó muy pronto y, en poco más de una hora, ya estábamos bajando del vehículo delante de mi casa. Me dirigí a la puerta principal, saqué las llaves y las agité para que los gatos nos oyeran y supieran que habíamos llegado.

Nevada iba detrás de mí y, por alguna razón, Tinkler seguía en el taxi, hablando con Cabeza Limpia.

Nevada le gritó:

—No te preocupes, Tinkler. Ya he pagado yo. —Poco después, cuando él nos alcanzó, le preguntó—: ¿Qué hacías?

—Solo la estaba invitando a acompañarnos.

—¿Qué? —le dije—. ¿A Cabeza Limpia? ¿En serio?

—Sí, le he propuesto entrar con nosotros.

Nevada silbó en señal de admiración.

—¿Le has pedido salir?

—Le he pedido entrar —respondió Tinkler, sonrojándose.

—Vaya pícaro —le dijo Nevada clavándole un codo en el costado y guiñándole un ojo.

Tinkler estaba más contento que unas pascuas.

—¿Y qué ha dicho? —le pregunté.

—¿Cómo?

—Que qué te ha respondido.

—Ha dicho que le encantaría, pero que tiene trabajo.

—Es una chica muy ocupada —comentó Nevada.

Abrí la puerta principal y las gatas se acercaron corriendo para entrar con nosotros.

—Ha dicho que quizá en otra ocasión —añadió Tinkler.

Me quedé sujetando la puerta para que entraran Nevada, las gatas y, finalmente, Tinkler, que se detuvo a mi lado, sonriendo, y me dio un puñetazo en el brazo.

—¡Quizá en otra ocasión! —añadió Tinkler.

Cuando entré en la cocina, Nevada ya estaba poniendo pienso a Fanny y Turk. Solía pasarse con la cantidad, malcriándolas. Una gata gorda no es una gata sana. Pero por una vez no les haría ningún daño. Turk metió la cabeza en su cuenco rebosante, incapaz de creer su suerte, y empezó a comer como una máquina. Fanny jugueteó un poco con el suyo, dando pequeños saltitos y haciendo semicírculos alrededor de él, como si fuera un ritual, y después comenzó la seria tarea de disfrutar el enorme montón marrón.

Nevada las observó con cariño mientras yo iba a buscar a Tinkler, que estaba tirado en el sofá del salón. Él me sonrió.

—He encendido tus amplificadores —me dijo—. Para entrar en calor.

—Buena idea.

—Y mientras se calientan, me voy a liar un porro.

«¡Joder! ¿Por qué no puede tomar un café, como yo?», pensé mientras empezaba con la tarea.

—Menos mal que la vieja Dolly no era una perra antidroga —comenté—, o te habría arrancado la garganta.

—¿Qué has dicho? —preguntó Tinkler distraídamente mientras mojaba el papel de fumar.

—Nada, nada.

—¿Has oído lo que me ha respondido Cabeza Limpia? —dijo colocándose el porro detrás de la oreja de una forma desenfadada.

—Sí —contesté.

—¡*En otra ocasión*!

Me di cuenta de que, en su cabeza, ese comentario había pasado de ser algo provisional a definitivo.

—Tengo hambre —dijo Nevada volviendo de la cocina.

Reconocí la señal. Fui a la cocina y saqué la salsa que tenía en la nevera. La había preparado la noche anterior, y era de tomates asados en aceite de oliva, ajo, albahaca y tomillo. La calenté y puse a hervir unas *orecchiette*, un tipo de pasta llamada así por su forma similar a la de una oreja. La escurrí y le añadí la salsa. No tenía parmesano, pero sí un trozo de queso cheddar de Cornualles muy bueno que languidecía en el frigorífico.

Rallé pequeños trozos de queso amarillo pálido sobre tres platos de pasta con la sabrosa salsa roja, esperé a que se derritiera, los decoré con unas brillantes hojas verdes de albahaca fresca y los llevé al salón.

Tardé unos veinte minutos en hacer todo eso, tiempo en el que Tinkler se cortó lo suficiente como para no encender el porro, que aún sobresalía alegremente de su oreja. Mientras comía se le cayó el canuto en la pasta, y Nevada lo rescató, regañándole mientras lo limpiaba con una servilleta de papel.

—Será mejor que yo me ocupe de guardar esto —dijo ella, confiscándolo.

—¿Estos son los tomates que te di? —preguntó Tinkler—. ¿Los has usado para hacer la salsa?

—Que estaba deliciosa, por cierto —apuntó Nevada.

—Gracias —le respondí.

—No, gracias a ti.

—Está deliciosa por mi donación de tomates —añadió Tinkler—. Insistió en llevárselos todos. Varios kilos.

—¿Y qué hacía un fanático de la comida basura como tú con varios kilos de verduras frescas, Tinkler? —le preguntó Nevada.

—Nuestro amigo galés los cultiva junto con esa hierba que tanto os gusta. Cree que con eso oculta la verdadera naturaleza de sus actividades agrícolas —le dije.

—Y cultiva tantos tomates que siempre tiene problemas para deshacerse de ellos. Así que manda algunos con cada envío —confesó Tinkler.

—Hablando de la hierba —añadió Nevada, sacando el porro, todavía manchado de salsa de tomate y con un aspecto lamentable—, ¿lo encendemos?

—No, todavía no —respondió Tinkler agitando las manos—. Déjame poner algo de música primero.

—Mientras aún puedas moverte —apunté.

—Exacto.

—¿Qué vas a poner? —preguntó Nevada.

—¿Qué va a ser? —Tinkler nos enseñó la copia de *Easy Come, Easy Go* que habíamos encontrado en el mercadillo benéfico. La reedición japonesa.

—No sé si podré soportar el dolor —dije.

—Tú tranquilo —me respondió mientras sacaba el disco de la portada—. Te sentará bien. Será terapéutico.

—Me muero de ganas de saber a qué viene tanto jaleo con ese disco —dijo Nevada.

Se lo quité a Tinkler de las manos y saqué el disco del encarte interior. El vinilo negro brillaba cuando lo puse en el tocadiscos. Encendí el motor y bajé el brazo. El complejo cabezal de la cápsula se colocó sobre la superficie del vinilo, la aguja con punta de diamante encontró el surco y se deslizó suavemente hacia la música. Miré a Tinkler, que me sonreía.

—¿Lo escuchas? —dijo Tinkler.

—¿Qué? —dijo Nevada—. No oigo nada. Solo hay silencio.

—De eso se trata —le informé—. Eso significa que es una buena edición. En vinilo virgen.

—Me alegro de que alguien aquí pueda presumir de ser virgen —añadió Nevada.

Entonces empezó la música. Me recordó a aquellas sesiones de Monk y Coltrane de finales de los cincuenta, en las que el piano y el saxofón parecían venir del mismo lugar y hablar con la misma voz en un lenguaje perfectamente compartido. Pero lo que estábamos escuchando tenía una estructura más compleja, un mayor diseño, aunque aparentemente no planificado, como el de Mingus. Y estaba magníficamente grabado.

—No suena mejor que mi iPod —dijo Nevada, que seguía sentada en la mesa en la que habíamos comido.

—Ven aquí —le dije impacientemente—. Siéntate en el sofá.

Se levantó y se acercó, con cierto recelo.

—¿Dónde quieres que me ponga exactamente?

—Donde está este bufón oportunista.

Le di un codazo a Tinkler y le empujé para que dejara libre un hueco en mitad del sofá.

—Siéntate aquí.

—De acuerdo.

Nevada se sentó entre nosotros. Su perfume me distrajo un momento, y luego le dije:

—Eso es. Ahora inclínate un poco hacia delante.

—¿Para qué?

—Para buscar el mejor lugar desde el que escuchar la música —dijo Tinkler—. El llamado *punto dulce*. Desde la perspectiva de la imagen estéreo.

—La imagen estéreo. Entiendo.

—Estos altavoces, los Quad electrostáticos, no están diseñados para escucharlos de cerca —explicó Tinkler.

—No, claro que no —dijo Nevada—. Todo el mundo sabe eso. Altavoces para escuchar de cerca, ¡ja!

—Pero si los colocas en el lugar adecuado, el sonido es fantástico —expliqué—. Pon tu cabeza aquí.

—Esto es como estar en una orgía con reglas muy estrictas —manifestó Nevada, echándose hacia delante—. No lo digo por experiencia.

Se sentó a escuchar el disco pacientemente, pero con cierto escepticismo.

—Creo que no oigo nada especial —indicó.

—Enciende el porro, fuma un poco y prueba de nuevo —recomendó Tinkler.

Nevada lo hizo, y después de unos instantes, y de dar muchas caladas, dijo:

—Dios mío.

—Ahí está. ¿Lo oyes?

—¡Cielo santo!

Movió la cabeza, sacándola del punto dulce, y luego volvió a meterla. Soltó un silbido agudo y me miró de reojo. Sus pupilas estaban enormes y oscuras.

—Pero ¿sabes qué? —añadió—. Creo que solo son las drogas.

No eran las drogas. Yo no estaba fumando y también podía escucharlo.

Me coloqué en el lugar exacto, rozando con mi pierna el muslo caliente de Nevada y empujándola suavemente.

—¡Me estás aplastando! —gritó Tinkler—. ¡Me estás aplastando contra Nevada Warren! ¡Por el amor de Dios, no pares!

Él y Nevada empezaron a reírse como si sus cocientes intelectuales hubieran caído decenas de puntos. Pero siguieron fumando.

Me incliné hacia delante y escuché. Era como si los músicos estuvieran en la habitación.

—¿Por qué no lías otro de esos? —solicitó Nevada.

—Tengo papel de fumar —le respondió Tinkler—. Pero necesito un filtro. ¿Tienes alguna tarjeta de visita?

—No vas a usar una de mis tarjetas de visita, colega —dijo ella.

—Vale. Entonces, ¿qué tal si arrancamos un trozo de la portada de uno de estos exclusivos y caros discos?

Sabía que estaba de broma, pero aun así consiguió preocuparme. Al final, eran mis preciados discos de lo que estaba hablando.

—El cartón de las portadas es demasiado rígido para eso —les informé. Busqué en mi bolsillo el folleto que Kempton me había dado en el funeral—. Utilizad esto.

Al entregárselo, me di cuenta de que había algo escrito en el reverso. Decía:

A partir de esta medianoche, la policía permitirá el acceso a la casa de Jerry. Puedes ir allí mañana a primera hora y echar un vistazo a la colección que vamos a vender. Serás el primero en ver la sección jazz.

Tinkler agitaba su grande y pálida mano en el aire, tratando de agarrar el papel, que yo le había arrebatado. Conseguí que no me lo quitara y se lo pasé a Nevada.

—Dámelo —exigió Tinkler—. Tengo que acabar de liar este torpedo.

—Cállate, Tinkler —le ordenó ella mientras leía la nota. Cuando terminó me miró.

—Tenemos que ir ya. Esta noche.

—¿Esta noche? —le respondí.

—A medianoche. En cuanto la policía se haya marchado.

Tuvimos que llamar a Kempton tres veces para localizarlo y que nos diera las llaves de la casa de Jerry. Kempton vivía en la zona norte de Londres, a media hora de Jerry. Quedamos con Cabeza Limpia a las once y media en punto. Me disculpé por la intempestiva hora y le conté la historia que nos habíamos inventado —me iba de vacaciones y era mi única oportunidad para examinar el material—, una mentira que empezaba a arraigar en mi mente como una fantasmal sombra de la verdad.

Me convencí a mí mismo de que no estaba mintiendo del todo porque, si encontrábamos el disco, lo primero que haría sería irme de vacaciones para celebrarlo.

Kempton me entregó las llaves con una evidente reticencia, a pesar de nuestras previas conversaciones por teléfono.

—Si encuentras algo que quieras, ponle una nota, ¿vale? Pero no te lleves ningún disco —me dijo

—Claro, tranquilo—le respondí.

Aunque, si encontraba una copia de *Easy Come, Easy Go*, nada en el mundo me impediría llevármelo inmediatamente y ponerlo a buen recaudo. Pero también me aseguraría de pagarlo. O, mejor dicho, me aseguraría de que Nevada lo pagara. Kempton me pasó las llaves, aún calientes por el tiempo que habían pasado en su reacia mano, y me dirigí al taxi.

Kempton me observó con cierta inquietud desde la puerta de su casa mientras yo subía al vehículo y Cabeza Limpia arrancaba el motor.

Podía sentir a Nevada literalmente temblando de la emoción sentada a mi lado.

—¿Tienes las llaves? —me preguntó.

—Sí, por supuesto.

—¡Genial!

El taxi recorrió las oscuras calles para dirigirse hacia Primrose Hill. Durante todo el trayecto, Nevada dio golpecitos de impaciencia con los dedos en la ventanilla mientras miraba al exterior. Como si siguiera de luto tras el funeral, iba vestida con un jersey negro de cuello vuelto, pantalones de esquí negros y zapatillas Converse negras.

El sonido que estaba haciendo con su tic nervioso me estaba sacando de quicio.

—Por cierto —le comenté —. ¿A qué viene ese disfraz de asesina ninja?

Dejó de dar golpecitos y se dio la vuelta para mirarme.

—Dijiste que rebuscar entre discos era un trabajo sucio. Así que me he vestido para hacer trabajo sucio.

—Pareces una ladrona. —Pareció enfadarse, así que me corregí—: Una ladrona de guante blanco.

Eso pareció calmarla.

Íbamos a buen ritmo, gracias a la habitual ágil conducción de Cabeza Limpia, y solo nos encontramos con algo de tráfico en Belsize Road, en la zona de St. John's Wood. Me preocupaba aparecer en casa de Jerry antes de que la policía se hubiera marchado, pero, aunque llegamos cuando faltaban quince minutos para la medianoche, era evidente que ya se habían ido. La única señal de su presencia que quedaba era un trozo de cinta azul y blanca que colgaba del marco de la puerta.

—Tal vez se hayan ido pronto —dije.

—Espero que no demasiado pronto —apuntó Nevada—. No me gustaría que alguien hubiera tenido la oportunidad de saquear el lugar antes de llegar nosotros.

Nevada pagó y el taxi se adentró en la noche, dejándonos de pie sobre la acera. Miramos la casa. Era una elegante construcción georgiana adosada. El jardín delantero estaba cubierto de hormigón agrietado, y un ciruelo delgado pero floreciente se alzaba victorioso desde un trozo oscuro de tierra situado en el centro. La puerta de hierro forjado chirrió al abrirla. Aparte del lejano zumbido del tráfico, había un silencio inquietante. Me detuve cuando cruzamos la puerta. De repente, se oyeron unos pasos.

Miré a mi alrededor y descubrí que solo era una pareja corriendo.

Corriendo en mitad de la noche.

Pasaron por delante de la casa, sin mirarnos siquiera, con su respiración jadeante apenas audible.

Los vi alejarse mientras subíamos los estrechos escalones de piedra hasta una puerta verde y angosta. La cinta policial colgaba a ambos lados. Parecía cortada por la mitad. Esperaba que por ellos mismos. Miré una por una las llaves colgadas del anillo que las unía, hasta que encontré la correcta. Me pareció extraño que no nos siguiera una manada de gatos al interior.

La casa estaba oscura, fría y húmeda.

—No veo nada —dijo Nevada.

Encendí la luz y apareció ante nuestros ojos una imagen de caos. El pequeño vestíbulo, la escalera que subía y la habitación de la derecha estaban completamente cubiertos de discos de vinilo. O, al menos, lo estaba cuando la policía había empezado a investigar la escena del crimen. Los habían apartado a los lados, abriendo un estrecho camino a través del vestíbulo y las escaleras. Agarré uno. Tenía la huella de una bota del número 12.

—Nuestra policía británica —dije—. ¿No son maravillosos?

Para ser justos, era casi imposible moverse por aquel lugar sin pisar un disco. Estaban amontonados por todas partes, como olas congeladas.

—Parecen dunas de arena —observé.

—Dunas de vinilo —apuntó Nevada.

Miramos el desorden aparentemente interminable. Nuestra tarea parecía imposible.

—Bueno, pongámonos manos a la obra —sugirió Nevada. Percibí una pizca de desesperación bajo su aparente jovialidad—. ¿Por dónde empezamos?

—Por aquí mismo, supongo.

Me agaché y empecé a revisar los discos, empezando por aquellos que estaban más cerca de la puerta.

—Menos mal que me he acordado de ponerme los zapatos de buscador. De buscador de discos, me refiero, que es justo lo que estamos haciendo ahora.

—*Bucear* sería un término más preciso —dijo Nevada—, por cómo te sumerges en ellos.

Se fue a explorar la casa y yo seguí con mi labor, a mi ritmo. Incluso con el calzado adecuado, arrastrarme por el suelo durante la mitad de la noche implicaría un gran esfuerzo para mis piernas y la parte baja de mi espalda.

Y decir *la mitad de la noche* era una estimación demasiado optimista.

Pasaba rápidamente por los discos, examinando sus portadas y apilándolos de forma ordenada contra la pared, para quitarlos del medio. Unos cuantos habían sido salvajemente destrozados por pisadas de, posiblemente, policías. Pero la mayoría habían salido ilesos.

Los álbumes, al menos los que estaban cerca de la puerta, eran todos de música clásica. La mayoría eran de pequeños sellos europeos como Hungaroton y Supraphon. La luz del pasillo no era muy buena, ya que provenía de una bombilla de baja potencia en un cuenco de cristal con flores colgado del techo que las polillas golpeaban constantemente. Nevada bajó y se quedó en las escaleras, observándome y mostrando una paciencia poco habitual en ella.

Llegué a la escalera y empecé a subirla poco a poco mientras seguía revisando y apilando discos cuidadosamente. Nevada fue al descansillo de arriba y se sentó, aún observándome, con los pies balanceándose a través de la barandilla y el bolso entre las piernas. Sobre la escalera había un tubo fluorescente que alumbraba mejor la zona. Trabajé con rapidez y eficiencia. Nevada no se movió mientras yo avanzaba hacia ella. Cuando me puse con los discos que había junto a sus piernas, con mi barbilla a la altura de sus rodillas, ya había terminado con la escalera.

Nos miramos.

—¿Nada? —me preguntó.

—Por el momento no.

Ella suspiró.

—Será mejor que vuelva abajo y revise el resto de la planta baja —le dije.

—De acuerdo.

Pero se quedó sentada en lo alto de la escalera con aspecto desconsolado, dando golpecitos con los talones, mientras yo bajaba y empezaba a buscar de nuevo. Terminé de revisar el pasillo, ordenándolo y haciéndolo accesible a medida que apilaba los discos y me abría camino hasta la habitación delantera.

Era una sala de estar con una chimenea ornamentada que Jerry había utilizado con frecuencia, en vista de los utensilios para el fuego, los montones de ceniza y la gran caja de leña que había.

Cerré las cortinas y encendí una lámpara de escritorio que se encontraba sobre la repisa de la chimenea para complementar la débil luz de la lámpara de techo. Aunque hacía frío en la casa, porque la calefacción se encontraba apagada, yo estaba sudando por el esfuerzo.

Al menos, los discos que había en esa zona eran cada vez más interesantes. Seguían siendo de música clásica, pero con algunos sellos muy apreciados por los coleccionistas, como RCA y Mercury. Estos los revisé más despacio. Encontré una copia de la edición estéreo en Mercury Living Presence de *Seven studies on themes of Paul Klee*, de Gunther Schuller. Estaba en muy buen estado, así que lo dejé apartado. Al menos había sacado eso de la tarea nocturna.

Nevada vino corriendo, como si tuviera un sexto sentido.

—¿Has encontrado algo? —preguntó entusiasmada.

—Sí, pero no lo que buscamos —le respondí entregándole el álbum.

Dejó el bolso y agarró el disco, examinándolo con desgana.

—Pensaba que no escuchabas música clásica —dijo devolviéndomelo.

—De vez en cuando me dejan entrar en su mundo —le dije—. Siempre que me acuerde de limpiarme las botas.

—No sé lo que significa eso.

—¿Cómo has sabido que había encontrado algo?

—Porque has dejado de buscar. —Eso tenía sentido. Nevada miró a su alrededor—. ¿Vas a tardar mucho?

Era una habitación pequeña, pero todo el suelo, el sofá y dos sillones estaban prácticamente enterrados en discos.

—Sí, bastante —respondí.

—Pues seguiré buscando por ahí.

—Buena idea.

Su impaciente presencia en la habitación dificultaba la búsqueda. Además, al estar de pie bajo la luz, su oscura y angulosa sombra tapaba la pila de discos que yo estaba inspeccionando. Nevada recogió su bolso y salió. Volví a ponerme manos a la obra. Parecía haber acabado con la sección de música clásica, y ahora me encontraba con la de vocalistas y jazz. El corazón empezó a latirme más deprisa.

Encontré excelentes copias de los primeros discos de Sinatra en Reprise que alegrarían la vida a más de un coleccionista. Me hice una nota mental para buscar después alguno con arreglos de Johnny Mandel o Robert Farnon. Luego pasé al jazz. Todo era más o menos de la época que yo estaba buscando, y me empecé a emocionar.

De repente, Nevada estaba de nuevo en la puerta.

—Mira esto —dijo entusiasmada.

Sostenía un cilindro blanco, largo y delgado, con una cabeza lisa y redondeada, y lo agarraba con las dos manos como si fuera un sable láser. Tardé un momento en darme cuenta de lo que era.

—¡Hostia! —exclamé.

—*En garde* —indicó Nevada, empuñando el consolador como una duelista que blande su espada. Avanzó hacia mí y yo retrocedí un paso. Se rio a carcajadas.

—Nevada —dije, tapándome los ojos para no ver el objeto.

Parecía estar hecho de marfil y, ahora que había identificado su función, me di cuenta de que era enorme.

—Por el amor de Dios...

—¡Mira qué tamaño! —continuó ella, agitándolo con admiración—. Y no es nada flexible. Es más bien rígido. ¿Te lo imaginas?

—Preferiría no imaginármelo. Por favor...

—¿Cuál es el problema?

—Déjalo donde lo has encontrado.

Se acercó a la repisa de la chimenea, junto a la lámpara, y lo apoyó sobre su base. Se quedó allí, estable y en equilibrio, apuntando al techo. «Quizá fuera un objeto puramente decorativo», pensé con tristeza.

Nevada se quedó admirándolo.

—¿No es magnífico? —dijo.

—Es repugnante.

—¿Por qué?

—Es de marfil. Sacado de una especie en peligro de extinción.

—Sí, seguro que eso es lo que te molesta.

Empezó a colocarlo de diferentes maneras. Cuando estuvo contenta con su posición, movió la lámpara que tenía al lado. Entonces me di cuenta de lo que estaba haciendo. En ese sitio concreto y con la lámpara iluminándolo, proyectaba una monstruosa sombra diagonal por toda la habitación.

—No puedo trabajar así.

Ella me sonrió.

—¿Te sientes amenazado? ¿Insuficiente?

Pero, con un ruido sordo, dejó el objeto tumbado sobre la repisa de la chimenea y se dirigió a la puerta.

—¿Adónde vas?

—A seguir explorando —anunció.

Volvió a escabullirse. Al parecer, todo eso le divertía más que una percha llena de prendas de segunda mano de Dolce y Gabbana. Volví a rebuscar entre los discos. La habitación estaba cada vez más ordenada y transitable a medida que los clasificaba. Como ya sabía dónde estaba el material de jazz, fue lo primero que revisé.

Encontré media docena de discos de Woody Herman en CBS, de los años sesenta, cuando Duško Gojkovi tocaba la trompeta con el grupo. Se encontraban en muy buen estado, así que los dejé a un lado junto con los de Gunther Schuller. Ver la habitación cada vez más ordenada y mis descubrimientos me levantó el ánimo. Lo que al principio parecía una tarea hercúlea se estaba convirtiendo rápidamente en una labor asumible y, al rescatar la pequeña y ordenada casa del caos en el que se había convertido, sentí que estaba haciendo algo por Jerry.

Nevada volvió a entrar. Esta vez sostenía unas hojas de papel cuidadosamente dobladas, de color azul pálido y blanco. Las estaba leyendo mientras entraba.

—He encontrado unas cartas de amor —dijo—. Y son picantes.

—¿No tienes vergüenza?

—Estoy segura de que a Jerry no le hubiera importado que las lea. Parece un tipo estupendo. Y muy ocupado. Obviamente, también era muy popular. Hasta sirvió de inspiración para estas cartas tan calientes.

—No te sientas obligada a leerme alguna.

Se sentó en uno de los sillones que yo había despejado de discos y examinó las cartas con fascinación.

—¿Has apagado todas las luces antes de venir aquí? —le pregunté.

Asintió distraídamente y siguió absorta en lo que leía. No estaba nada convencido de que me hubiera escuchado.

—¿Recuerdas en qué hemos quedado antes? —le dije—. ¿En que encendiéramos las luces de una habitación solo mientras estuviéramos dentro de ella?

—Mmmm.

—No queremos que la casa sea como un faro en mitad de la noche. Especialmente porque la policía acaba de irse y porque esto es el escenario de un asesinato.

Levantó la vista de la carta y me miró distraída.

—¿Y eso?

—Para que te acuerdes de por qué tenemos que apagar las luces. ¿Has dejado la de arriba encendida?

—No. Calla —me interrumpió ella, dejando las cartas a un lado y girando la cabeza bruscamente—. Digo que qué ha sido eso.

Entonces yo también lo escuché. Un sonido de traqueteo que venía desde el otro extremo de la casa.

Nos miramos el uno al otro. Eran cerca de las tres de la madrugada y Londres estaba desierto y tranquilo a nuestro alrededor. Al otro lado de las ventanas, la noche estaba en silencio, salvo por el sonido suave y lejano de un coche. Nevada se levantó del sillón, dio un paso hacia la puerta y se quedó inmóvil.

Volvimos a oírlo. Un traqueteo metálico. Ella me miró. Al traqueteo le siguió un rápido roce. Para entonces ya sabía lo que estaba pasando. El traqueteo había sido el pomo de una puerta al girar. El roce, una llave entrando en una cerradura.

Alguien estaba intentando entrar desde la parte trasera de la casa, por la puerta del jardín.

Me acerqué a la ventana y abrí un poco la cortina. En la calle no había actividad alguna. Ni señales de vehículos policiales. De repente me di cuenta de que estábamos en el lugar en el que alguien había asesinado a Jerry.

El roce paró durante un momento y después volvió a sonar.

Nevada miraba alrededor frenéticamente. Yo sabía lo que estaba pensando; se había dejado el bolso en el piso de arriba.

Me miró.

Me acerqué a la chimenea y cogí unas pesadas pinzas de bronce.

—Voy a apagar la luz —susurré.

Ella asintió, se dio la vuelta y cogió el largo cilindro de marfil que había dejado antes en la repisa. De repente, en sus manos parecía un objeto sólido y letal.

—Cuando dé la orden, vuelve a encenderlas.

El raspado cesó y la cerradura se abrió.

Apagué la lámpara del escritorio y luego la del techo pulsando el interruptor. Nos quedamos a oscuras justo cuando, al fondo del pasillo, la puerta trasera se abrió con un chirrido.

Hubo una pausa seguida de un largo y extraño silencio. Sentí el peso tenebroso de la casa a mi alrededor. La puerta volvió a chirriar lentamente y, entonces, se oyeron lentos pasos acercándose hacia nosotros.

Esperé en tensión en la oscuridad. No veía nada, pero podía sentir a Nevada a mi lado. El corazón me latía con tanta fuerza que lo oía. Sentía el pecho como si alguien me hubiera puesto una camisa demasiado ajustada.

Los pasos venían del pasillo. Se acercaban cada vez más. Percibí la presencia de una persona a través de la pared de la habitación, como si estuviera viendo su forma en una radiografía. Las pisadas llegaron a la puerta abierta de la habitación donde nos encontrábamos y se detuvieron.

Intenté no respirar.

En ese punto temí que mi corazón pudieran oírlo también los demás. Alguien estaba de pie en mitad de la puerta. La fría oscuridad nos rodeaba. En algún lugar, a lo lejos, ladró un perro. Una tabla del suelo crujió. La figura avanzó hacia nosotros. Recordé el plan. Levanté sobre mi cabeza las pinzas que tenía en mi mano derecha y en medio de la oscuridad grité:

—¡Ahora!

Nevada pulsó el interruptor y se hizo la luz a nuestro alrededor.

Glenallen Brown estaba en la puerta, con la boca y los ojos abiertos de par en par. Llevaba un manojo de llaves en la mano y nos miraba asustado. Yo sostenía las pinzas como un jugador de béisbol que se prepara para batear. Nevada sujetaba el consolador de marfil en alto, lista para atacar.

—Vale —dijo Glenallen, mirándonos—. Vale... Tranquilos...

Dos horas más tarde, sin señales aún del amanecer en el cielo todavía oscuro, esperábamos frente a la casa a que llegara nuestro taxi.

—¿Has visto cómo le he manejado? —indico Nevada—. Le tenía dominado.

—Sí, tu despliegue de encantos le ha levantado el ánimo, sobre todo después de nuestro intento de volarle los sesos.

—No íbamos a volarle los sesos. De todos modos, ¿por qué se ha pasado por aquí, en medio de la noche y por sorpresa?

—Kempton debe de haberle llamado después de darnos las llaves. Me dio la sensación de que se estaba replanteando el dejarnos venir. —Miré hacia la casa—. Y llamó a Glenallen.

—Vaya nombre. Suena como un campo de golf escocés.

—Claramente le preocupaba cuántos discos podía robarle y no podía dormir.

Ella me miró. Unas sombras se acercaron rápidamente por la calle. Pero solo era otra pareja —o quizá la misma— de fanáticos corredores nocturnos.

En este caso, corredores madrugadores.

Pasaron por el lado opuesto de la calle.

—¿En serio lo crees? ¿Que pensó que tú harías eso? ¿Que *nosotros* haríamos eso? ¿Robarle? —dijo Nevada.

Observé a la pareja deportista desaparecer en la distancia.

—Obviamente, no podía soportar la posibilidad de que eso sucediera y, como tenía un juego de llaves de repuesto, decidió venir a ver qué pasaba.

—Pues aun así ha sido muy amable.

Asentí con la cabeza.

—Creo que se sentía mal por no confiar en mí.

—Sea como sea, qué generoso por su parte dejar que te los llevaras y los pagaras más adelante —comentó mientras señalaba mi bolsa llena de discos.

Por desgracia, no habíamos encontrado una copia de *Easy Come, Easy Go*. Nevada debió de leerme la mente, porque continuó:

—No se te habrá pasado, ¿verdad?

—¿Qué quieres? ¿Que revisemos todo de nuevo?

—En serio, ¿es posible que no lo hayas visto?

—No. —Sacudí la cabeza. De repente, me sentí vacío y profundamente agotado—. El disco no estaba ahí.

Un motor diésel petardeó con fuerza en la calle vacía y silenciosa, y unos faros nos iluminaron. Era un taxi negro con una conocida figura al volante. Me pregunté cuánto le estaríamos pagando. Subimos a la parte trasera, yo con los discos y Nevada con su bolso.

Hacía frío dentro, y nos sentamos juntos. Fuera había niebla y la luz de las farolas se veía borrosa al pasar por ellas.

—Estoy impresionada con tus reflejos —murmuró con voz baja y soñolienta.

—Lo mismo digo con los tuyos.

—Siempre quise utilizar un consolador como arma —me confesó.

Se rio suavemente y se acurrucó contra mí mientras el coche recorría las calles tranquilas y húmedas. Estando en el gran asiento trasero con ella a mi lado, me sentía como un bebé en una cuna. Nevada se durmió con la cabeza apoyada en mi hombro y empezó a roncar suavemente.

Cabeza Limpia me dejó en mi casa y luego llevó a Nevada donde fuera que residiera. Tal vez al Hotel Connaught, o al castillo de Drácula. Me froté los ojos y bostecé al abrir la puerta principal. No había ni rastro de las gatas, pero nunca antes había llegado a casa a esa hora, y ellas eran muy estrictas con su rutina. Mi llegada matinal probablemente sería recibida con una evidente desaprobación felina.

Cerré la puerta y entré en el salón, encendiendo las luces. Turk me miró somnolienta desde una silla y Fanny estaba tirada en el sofá. Dejé los discos en el suelo y me senté a su lado. Me recosté y me quedé observando la silenciosa habitación, demasiado cansado para irme a la cama. Una pálida luz rosada se abría camino en el cielo. Era una tranquila y preciosa imagen.

Entonces me fijé en algo que había sobre la mesita. Era la portada de la reedición de *Easy Come, Easy Go* que habíamos conseguido en el mercadillo benéfico, que seguía apoyada donde Tinkler la había dejado. Y recordé que el disco seguía en el tocadiscos.

Lo cogí, junto a la portada, volví al sofá y examiné la carpeta. Puse el disco en su interior y, al hacerlo, se cayeron dos trozos de papel. Uno era el encarte interior del álbum, con notas en japonés. El otro era una factura.

Recordé lo que Tinkler había dicho aquella noche: «Es una pena, ¿verdad? Ya no es un desconocido».

Por fin sabíamos quién era El Desconocido Fan del Jazz.

La factura estaba en alemán. Era de una tienda de discos de Frankfurt llamada Jumpin' Jive. Antes había estado a punto de decirle a Tinkler que el nombre del cliente no nos importaba en absoluto. Pero me equivocaba.

En cuanto lo leí lo reconocí.

Muchos meses antes se había fumado un puro en mi jardín. Era mi visitante no deseado que había escapado furtivamente de la Abadía. El arquitecto Tomas Helmer.

El hombre que se había caído de su propio tejado, con consecuencias fatales.

Miré por la ventana al jardín, donde le había conocido. Aún podía oír la música que sonaba aquel día. Podía oler su puro. Volví a mirar la factura.

Debajo de su nombre había una dirección ubicada en Richmond.

La de la casa en la que había fallecido.

«¿Cómo es posible que te caigas de tu propio tejado?», me pregunté. Luego eché un poco de pienso para los gatos y me fui a la cama.

8. CONFUSIÓN

La dirección que aparecía en la factura era la de una tranquila calle de Richmond con vistas a un parque que bajaba hasta el río. La casa era un gran edificio separado de la carretera por un tupido seto verde. Una valla de hierro negro se alzaba desde un muro blanco que llegaba hasta la cintura y se extendía hasta un portón de hierro forjado lo bastante ancho como para dejar pasar un autobús. Bueno, un minibús.

Aunque nosotros no íbamos en autobús, sino a pie. La verja estaba abierta y entramos, haciendo crujir la pálida gravilla que conducía hasta la casa. El jardín estaba lleno de coníferas que daban sombra al camino de entrada. Fue como si, al entrar, hubiéramos dejado atrás Londres. Era un lugar tranquilo, fresco, verde y un poco sobrenatural.

Miré la casa y estimé su valor en varios millones, como muchas otras del mismo barrio. Tinkler solía decirme que Mick Jagger vivía por ahí.

—Menuda choza —dijo Nevada.

Pulsamos el timbre y, en algún lugar del interior, sonó, sonó y sonó. Nos miramos el uno al otro.

—Aquí no hay nadie —comentó Nevada.

—No podemos rendirnos así como así —respondí.

—Recuérdame por qué estamos aquí.

Volvimos al camino de entrada. No había ningún coche a la vista, pero una rampa nos llevó a un garaje de doble puerta que parecía poder ocultar fácilmente toda una flota de vehículos.

—Durante meses he ido encontrando aquí y allá parte de la colección de discos de este tipo. Son inconfundibles. Y un material magnífico. Era como si sus discos fuesen fragmentos de oro arrastrados río abajo desde la veta madre y yo un astuto buscador esperando hallar su origen río arriba—dije.

—Y quizá vestido con demasiadas pieles —añadió Nevada—. Podría llegar a creerme esa fantasía tuya de sencillo leñador. Continúa.

Me quedé mirando la casa de color pálido bajo las frescas sombras de los árboles.

—Y ahora aquí está: la veta madre.

Ahí, en algún lugar, había una increíble colección de discos, o lo que quedaba de ella.

Nevada empezó a hablar, pero entonces comenzó a sonar el espantoso ruido de un taladro.

—Hay alguien en casa —dije.

Bajamos una escalerita y recorrimos el camino pavimentado, doblando la esquina hasta la parte trasera de la casa. Ahí había una piscina exterior, en ese momento cubierta con un plástico azul oscuro. Junto a la puerta trasera había una mesa y sillas de madera de pino, obviamente para las cenas al aire libre en las noches de verano.

En ese momento, sin embargo, estaban cubiertas con herramientas de aspecto grasiento. Había una escalera de metal apoyada contra la pared de la casa y, subida a ella, se encontraba una mujer joven.

Bajaba lentamente con algo en la mano. Parecía tener unos veinte años. Su piel era pálida y llevaba el pelo, largo y rojo, recogido con un pañuelo. Vestía un peto vaquero azul, una camiseta blanca y sandalias.

Se percató de nuestra presencia al llegar abajo, pero no pareció sorprenderse ni asustarse.

Vi que llevaba un taladro eléctrico en la mano, de los que funcionan con una batería en la base. Lo dejó en la mesa, entre las demás herramientas, y nos dedicó una media sonrisa.

—Hola —le dije a modo de saludo—. Hemos llamado a la puerta.

—No he debido de oírlo —respondió la mujer. Volvió a levantar el taladro—. Estaba limpiando los canalones.

—¿Con un taladro? —preguntó Nevada.

—Unos listillos trabajaron ahí arriba el año pasado, haciendo unas reparaciones en la chimenea —comentó, mirando al tejado—. Tuvieron que usar cemento, y, cuando terminaron, les sobró un poco. De hecho, les sobró bastante, y adivina cómo decidieron deshacerse de él.

—Vertiéndolo en los canalones.

Ella asintió.

—Así es, lo vertieron en los canalones. Era lo suficientemente líquido como para bajar por todo el sistema. Y lo suficientemente sólido como para endurecerse por completo antes de llegar al suelo, causando relativamente pocos daños. —Sonrió y añadió—: Hay que tener mucho talento para cagarla tantísimo.

—Creo que conozco a los que trabajaron en tu tejado. Una vez renovaron la caldera de mi comunidad —le dije.

Ella se giró hacia mí.

—Entonces, ¿no vives aquí? —preguntó Nevada, yendo al grano.

—No. Solo estoy limpiando el cemento de los canalones.

—¿El dueño de la casa no está?

—Ha fallecido —respondió la joven.

—Eso he oído —apunté—. Se cayó del tejado.

Miré arriba y observé las altas paredes blancas que llevaban hacia él. Las tejas verdes planas que lo cubrían parecían estar a mucha altura.

—Así es. Trabajo para su mujer. Su exmujer. —Miró hacia la casa—. Supongo que ella es la dueña ahora. Me contrató para que arreglase algunas cosas. Si no saco el cemento de esos canalones, el agua que caiga en el tejado no podrá filtrarse y habrá goteras en la casa.

Odiaba pensar en algo así. Los pobres discos se echarían a perder.

—Nos gustaría hablar con ella. Con la exmujer —le dije.

—No está por aquí.

—¿Sabes cuándo *sí* estará? —preguntó Nevada. Incluso un experto habría dicho que sonaba educada.

—Estamos interesados en su colección de discos —comenté.

La mujer se rio.

—Bueno, pues no vais a tener suerte. Ya se ha deshecho de la mitad.

«La mitad», pensé. Mi corazón empezó a latir más fuerte.

—¿Los ha vendido? —le pregunté.

La mujer se rio de nuevo.

—¡Oh, claro que no! Los ha estado dando. Gratis. Es su forma de vengarse de él. Creo que no fue un matrimonio de ensueño, precisamente.

—Eso parece —comentó Nevada.

La mujer asintió.

—Ha cogido la valiosa colección que él consiguió comprando discos por todo el mundo y se los está regalando a las tiendas solidarias. Bonita venganza, ¿eh?

—¿Y aún le queda algo de lo que quiera deshacerse?

—Supongo que sí.

La mujer se encogió de hombros. Levantó el taladro y lo encendió, volviendo a romper el silencio. Estaba lista para volver al trabajo.

—Escucha —le dije, sacando una tarjeta de visita del bolsillo y dándosela—, ¿podrías pedirle que se ponga en contacto conmigo? Estaré encantado de ahorrarle viajes a las tiendas solidarias.

—Creo que le gustan —dijo la mujer—. Me refiero a esos viajes.

Se volvió hacia la escalera, golpeando los peldaños con las sandalias al comenzar a subir.

—¿No te resbalan esos zapatos? —dijo Nevada.

—Cuando llego al tejado me los quito.

Siguió subiendo y, cuando la perdimos de vista, nos dimos la vuelta y volvimos a la entrada.

Cuando salimos por la verja principal y nos dirigimos hacia la carretera, nos apartamos para dejar que un corredor nos adelantara. Era una mujer, de aspecto serio y sudoroso.

—¿Y ahora qué? —comentó Nevada.

Me cogió del brazo y bajamos la colina hacia el río.

—¿Has oído hablar alguna vez de un mercadillo de artículos de segunda mano? —le respondí.

El despertador sonó a las cuatro de la mañana. Las gatas se sobresaltaron al oír ese estruendo, al que no estaban acostumbradas. De hecho, nunca en su peluda vida lo habían escuchado. Se despertaron de mala gana y saltaron de la cama cuando yo me levanté.

Darme un baño caliente de media hora y poner la mente en blanco me devolvió a un estado casi de plena conciencia, y una taza de buen café terminó por completar ese proceso. Las gatas huyeron al oír el molinillo, por supuesto, pero sentía que, al menos, me merecía ese pequeño placer. Hice tanto café que aproveché para llenar un termo, que gorgoteó alegremente y se calentó al tacto cuando vertí el aromático líquido dentro de él.

Miré por la ventana e imaginé que veía en el cielo los primeros hilos rosados de la salida del sol. Empezaba a entusiasmarme todo lo relacionado con la tarea que tenía ese día, incluyendo levantarme al amanecer.

Me encontraba cerrando la tapa del termo cuando sonó el timbre.

Nevada, que estaba allí de pie, me lanzó una mirada malvada.

—Me estoy volviendo loca —dijo.

—Bueno, estás en el lugar adecuado si necesitas una costosa atención psiquiátrica.

Señalé con la cabeza la elegante silueta blanca de la Abadía, que empezaba a distinguirse en el cielo oscuro. Se sentó en una silla y dejó el bolso entre sus pies. Giró la cabeza y me miró. Tenía la cara pálida y unas sombras bajo los ojos. Parecía una preciosa muerta viviente salida de una película erótica de terror europea.

—¿Dónde están las gatitas?

No las había visto desde que habían huido del ruido del molinillo de café.

—Por ahí. Probablemente han vuelto a la cama.

—Chicas listas.

Ella cerró los ojos y, por un momento, pensé que se había quedado dormida. Luego suspiró y empezó a levantarse de la silla, con gran esfuerzo y desgana.

—Bueno, será mejor que nos pongamos en marcha. —Se colgó el bolso al hombro y se dirigió a la puerta. La seguí y cogí el termo. Ella lo miró y preguntó—: ¿Café?

—Sí.

—¿Bueno?

—Sí.

—Bien.

El mercadillo de artículos de segunda mano, que a veces se hace desde los propios coches —o, en el caso de Estados Unidos, desde furgonetas—, iba a celebrarse en una campa justo al lado de la A205, donde Mortlake Road se convierte en Kew Road. Evidentemente, era un campo deportivo en el que al dueño no le importaba que cientos de coches aparcaran. Posiblemente, los serpenteantes surcos de barro dejados en la hierba harían más interesantes las competiciones. Cabeza Limpia nos dejó en la carretera principal y nos dirigimos hacia la puerta de entrada. Cuando llegamos, ya había una docena de personas esperando.

—¿Lo ves? —dije—. Madrugadores.

—*Buitres* madrugadores —matizó Nevada.

Seguía más que enfadada.

—Si hubiéramos venido más tarde nos habríamos encontrado a toda la competencia.

—Me parece que vamos a acabar empapados —dijo mirando con tristeza sus botas, que chapoteaban sobre la hierba mojada y se hundían en el barro.

—Te dije que vinieras con ropa adecuada.

—Para mí, esto es ropa adecuada. Y, de todos modos, no me contaste la pesadilla que me esperaba en este remoto lugar.

—Esto no es un lugar remoto. Es Kew. —Hice una pausa y comenté—: En seguida abrirán.

Los tenderos estaban ocupados colocando la mercancía, sacando cosas de sus maleteros y poniéndolas en mesas plegables tambaleantes. En una de ellas pude ver cubetas de discos. Estaba situada al fondo.

—Tenemos que ir allí cuando se abra la puerta —dije.

Compré dos entradas a un hombre un tanto malhumorado que llevaba un chaleco amarillo reflectante y luego eché a andar hacia la carretera.

—¿Adónde vamos? —preguntó Nevada.

Mientras nos alejábamos del campo, empezaba a llegar gente desde todas direcciones. Una bandada de buitres madrugadores. Ella los miró nerviosamente por encima del hombro mientras nos pasaban de largo.

—¿No vamos a perder nuestro sitio en la cola?

—No vamos a hacer cola —le contesté.

Me miró sorprendida y luego sonrió.

—Eres un chico malo. Eso me gusta.

Junto al campo había un terreno con huertos para los locales aficionados a cultivar. Se accedía a él a través de un estrecho callejón. Había visto varios lugares en esa zona, cerca de nuestro objetivo, desde los que se podía cruzar al campo deportivo. Nos abrimos paso con cuidado por las parcelas cuadradas llenas de hortalizas y flores.

—No pises las coles —advertí.

Llegamos a una hilera de cobertizos verdes de baja altura. Detrás había una valla de alambre. Más allá estaba el mercadillo. La alambrada era de poca altura, y en varios puntos se podía pasar sobre ella simplemente pisándola.

—Excelente —comentó Nevada. Me miró. Sus ojeras empezaban a desaparecer y el color había vuelto a sus mejillas—. Muy astuto por tu parte.

Se dirigió hacia la valla, pero le agarré por el codo.

Me miró perpleja.

—Tenemos que esperar —dije.

—¿Esperar a qué?

—A que abran. —Miré mi reloj—. Faltan diez minutos.

Ella suspiró.

—¿Qué sentido tiene que nos colemos por aquí si no vamos a adelantarnos a los demás?

Señalé a los vigilantes que patrullaban con sus chalecos reflectantes. Acompañaban fuera del recinto a una joven rubia y guapa. La chica intentaba engatusarlos, sin éxito. Si a ella la echaban, ¿qué me harían a mí?

—Si entramos antes de tiempo, nos echarán. Y puede que no nos dejen volver a entrar —le advertí.

Cuando los vigilantes y la mujer llegaron a la puerta, estos la empujaron fuera del recinto mientras la multitud observaba, con evidentes miradas de odio, cómo se marchaba.

—Además, seríamos objeto de odio de la multitud —añadió Nevada, observando con gran interés—. Entonces, ¿qué sentido tiene esto? Esperar aquí. Donde me has traído.

—Porque, cuando abran, podremos saltar la valla y... oh, ¡mira qué resulta que tenemos justo enfrente!

—Pues claro —dijo Nevada. La mesa con los discos estaba delante de nosotros. Tardaríamos unos tres segundos en llegar a ella—. Después de todo, tu locura tiene un propósito.

No lo quería reconocer, pero estaba impresionada.

—Tomemos un café mientras esperamos.

—Lo siento.

—¿Cómo que «lo siento»?

—Me he dejado el termo en el taxi.

—Joder —se quejó Nevada.

—La pobre chica parecía necesitarlo.

—Esa "pobre chica" me ha hecho pagarle aproximadamente el PIB de una pequeña nación por el privilegio de hacernos de chófer en esta excursión mañanera. Y ahora también tiene el puto café.

Entre esta y otras quejas pasaron los minutos y, antes de que me diera cuenta, eran las seis de la mañana, la hora de entrar.

Pasé por encima de la valla, sujetando parte del alambre para ayudar a Nevada, y luego ambos corrimos para adelantarnos a la repentina afluencia de clientes, que venían como una estampida. Nevada desapareció entre el gentío, seguramente en busca de gangas de alta costura, y yo me dirigí hacia la mesa con los discos.

La mitad de ellos estaban dentro de cajas de cartón en el suelo, así que me alegré de haber llegado pronto. En pocas horas, la humedad de la tierra se filtraría a través de ellas y estropearía los discos. Los vinilos apenas se verían afectados, pero las portadas acabarían destrozadas.

Me acuclillé —cómodamente, gracias a mis zapatos de buscador— ante las cajas y empecé a examinarlas. La primera no contenía jazz, sino un montón de discos de *easy listening* con influencias europeas, entre ellos varios de Nana Mouskouri.

Hice una nota mental para volver a buscar el disco editado en Philips producido por Quincy Jones, y rápidamente pasé a la siguiente caja.

La mesa estaba llena de discos baratos de música clásica. No había nada para mí ahí. Pero había dos cajas más. La siguiente tenía discos de doce pulgadas y hip hop. Así que fui a por la última.

En cuanto empecé a revisarla supe que procedía del Desconocido Fan del Jazz. O, más precisamente, de Tomas. O, en realidad, de su mujer. Era todo jazz, y estaba inmaculado. Pero era principalmente sonido de Nueva Orleans y Dixieland. Buen material, pero no de mi gusto.

Eran de una época muy temprana, anterior al swing. Ni siquiera había nada de Fats Waller. Pasé el último disco y acepté la realidad de mala gana.

El que buscaba no estaba ahí.

Estaba volviendo a la primera caja para coger el disco de Quincy Jones y Nana Mouskouri —¿Se llamaba *La chica de Atenas*? — cuando algo me golpeó tan fuerte que me tiró al suelo. Me encontré tumbado de espaldas sobre la hierba húmeda, sin aliento y mirando fijamente al matón que me había empujado.

Me había echado a un lado y ahora repasaba el contenido de la caja con una velocidad mecánica. Tenía el pelo rubio muy corto y llevaba puesto un grueso jersey marrón de punto, pantalones de combate caqui y unas zapatillas de correr que parecían caras. Sus grandes hombros subían y bajaban mientras revisaba los discos. Era enorme y corpulento, como un atleta. Y tenía la arrogancia física de un deportista.

Mi conmoción e incomprensión comenzaron a dar paso a una furia asesina. Me puse de rodillas y empecé a levantarme del suelo. Una mano me cogió del brazo y me ayudó a erguirme. Nevada estaba allí de pie.

—Ese cabrón me ha tirado al suelo —le dije con voz temblorosa.

—Lo sé. Lo he visto.

El armario rubio terminó con la caja, se dio la vuelta y se alejó rápidamente de nosotros. Al parecer, él tampoco había encontrado nada.

Ahora que había logrado ponerme en pie, exploté por la rabia. Viendo que se marchaba, le dije:

—Ojalá pudiera...

Me callé. Quería decir «meterle una bala en la cabeza», pero decidí que era mejor no hacerlo, por millones de razones. Nevada me miró.

—En fin, ¿quieres terminar con esa caja?

—Ya había terminado —le respondí—. Solo iba a buscar un disco de Nana Mouskouri.

—¿La chica de las gafas?

9. INTERRUPCIÓN

Para mi sorpresa, Nevada no se quedó en el taxi cuando volvimos a mi casa, sino que entró conmigo.

—Creía que estabas hecha polvo —le dije mientras abría la puerta principal.

—Qué forma más bonita de decirlo.

—Pensaba que querrías echarte a dormir.

Entré con ella al salón. Miró a su alrededor y luego me miró a mí.

—Pensaba que podría hacerlo aquí.

Por un instante se hubiera podido oír caer un alfiler, pero, entonces, Fanny salió arrastrándose de su escondite, debajo de un sillón, y se acercó a nosotros, emitiendo una serie de chillidos adorables. Nevada se arrodilló al instante.

—¡Oh, mira quién está aquí! ¿No eres encantadora? Sí que lo eres. ¿Quieres que te rasque la barbilla? Sí, sí que quieres. Sí que quieres. ¿Dónde está tu hermana? No es que a ti no te queramos, pero ¿dónde se ha metido?

—¿Quieres café? —le pregunté.

Me desilusionó mucho que la gata hubiera aparecido justo en ese momento. Sentí como si un momento de enorme importancia se hubiera desvanecido en un instante.

—No, gracias —respondió Nevada, rascando la cabeza de Fanny—. El café me desvelaría, y necesito dormir un rato. ¿Te importa?

Me lanzó una mirada.

—No, para nada —le contesté—. Puedes ir por...

—Por ahí —me interrumpió—. Lo sé. Gracias. Despiértame dentro de un par de horas.

Caminó hacia el dormitorio, y Fanny la siguió. Yo me quedé de pie en la sala de estar sintiéndome abandonado, contrariado, excitado y una serie de otras cosas a las que ni siquiera podía poner nombre.

—Bien —dije—. Esperaré aquí y... em... y... —La puerta del dormitorio se cerró justo cuando añadía—: Te despertaré en unas dos horas.

Tal vez esas dos horas no han sido las más largas de mi vida, pero sin duda han estado cerca. Primero me distraje preparando la comida, luego intenté leer, lo cual me resultó imposible, por lo que pasé a limpiar la cocina, luego a ordenar el salón y, finalmente, a clasificar mis discos de vinilo recién adquiridos. Cuando por fin habían pasado casi dos horas, fui al dormitorio y llamé suavemente a la puerta. No hubo respuesta, así que la abrí sin hacer ruido y me asomé.

Nevada había dejado su ropa amontonada en una silla.

Estaba tumbada en la cama, bajo el edredón. Tenía un brazo desnudo extendido sobre la funda y el otro bajo la almohada. Las dos gatas estaban en la cama con ella, acurrucadas felizmente a su lado como si fuera algo habitual. Juntas, formaban un puzle de cuerpos cálidos y durmientes.

Me acerqué y me senté con cuidado al borde de la cama. Nevada se movió ligeramente cuando el colchón se hundió bajo mi peso.

Giró la cara hacia mí y abrió un ojo soñoliento.

—Hola —murmuró.

Luego lo cerró de nuevo y, a efectos prácticos, volvió a dormirse.

Me quedé allí sentado durante un momento y luego alargué la mano, le toqué el hombro desnudo y le di una suave sacudida. Su piel estaba caliente. Podía oler su aroma por todo el dormitorio. Se movió perezosamente al sentir mi tacto, se dio la vuelta y me miró con los ojos abiertos. Las gatas se movieron con ella, manteniéndose perfectamente pegadas al contorno de su cuerpo.

—¿Ya es hora de levantarse? —preguntó sonriendo.

Me aclaré la garganta:

—Dijiste que...

Una de sus manos subió y se posó ligeramente en mi hombro, subiendo hacia mi cuello. Se detuvo allí un momento y luego pareció ejercer una ligera presión. No sabía si me lo estaba imaginando o no, pero me incliné hacia delante y acerqué mi cara a la suya.

Entonces sonó el timbre.

El sonido hizo que las dos gatas saltaran de la cama y huyeran como si las persiguiera el diablo. Salieron corriendo de la habitación y Nevada y yo nos quedamos mirándonos el uno al otro. Volvimos a oír el timbre, luego otra vez, y otra vez más. Me levanté de la cama, sintiendo una vertiginosa sensación de irrealidad. Esto no podía estar pasando. Salí al pasillo, donde las gatas esperaban tensas, observándome, y me dirigí a la puerta principal. La abrí.

Allí estaba Stinky, de pie esperando.

—Hola, hípster —dijo sonriéndome.

En algún rincón de mi cerebro me debatí sobre si se trataba de algún eslogan que estaba intentando popularizar. Pasó por mi lado y entró en la casa.

—Stinky...—le respondí a modo de saludo.

Quizá había algo en mi voz, o en mis ojos, porque se paró en seco y me miró de forma extraña.

—No estabas ocupado, ¿verdad? —comentó.

Observé el presuntuoso uso del pretérito imperfecto.

Eché un vistazo fuera. La maceta estaba intacta.

—¿No has buscado las llaves? —pregunté—. ¿Para entrar tú solo?

—Siempre llamo antes —contestó honradamente.

Se oyó un movimiento en el dormitorio y Nevada salió, despeinada y somnolienta, con una de mis camisetas, que le quedaban grandes. Nos miró y luego dijo:

—Ah, solo es él.

Y volvió a la habitación.

Pero esa breve imagen de ella, saliendo despeinada de mi dormitorio, bastó para que Stinky se echara hacia atrás, como si le hubieran dado un golpe. Me miró y, por una vez, se quedó mudo.

—Mira, Stinky, ahora no es un buen momento. —Retrocedí hasta la puerta y la abrí de par en par—. Si no te importa...

Él sacudió la cabeza, como un boxeador recuperándose de un puñetazo, se dio la vuelta y se marchó sin decir palabra. Cerré la puerta tras él y suspiré. Permanecí un momento en el pasillo, como si no pudiera moverme, y luego volví al dormitorio.

Nevada se había metido de nuevo en la cama, con las gatas acurrucadas a su lado. Incluso parecía que se había vuelto a dormir. Tuve una extraña, pero no desagradable, sensación de *déjà vu*.

Era como si hubiera viajado atrás en el tiempo.

Una vez más, me senté a su lado en la cama. Se movió, y las gatas también, aferrándose a su cuerpo. Me incliné y puse la mano sobre su cálido hombro desnudo. Ella se giró y levantó una mano hacia mi cara. Bajé a su encuentro, hacia su rostro. Se acercó a mí, con los ojos cerrados y la boca abierta.

Y volvió a sonar el timbre.

Las gatas volvieron a salir corriendo asustadas. El sonido del timbre se repitió, frenético y absurdo. Miré fijamente la cara de Nevada, pero no abrió los ojos. No la culpé.

Se giró de nuevo y me pareció oírla suspirar. Su cuerpo pareció encogerse bajo el edredón. El timbre de la puerta siguió sonando alegremente.

Me levanté y, moviéndome como si caminase sobre una capa de cemento fresco, me acerqué a la puerta y la abrí.

Tinkler estaba fuera, con una bolsa de la compra en la mano. Parecía un poco ansioso.

—Empezaba a pensar que no estabas —comentó—. He llamado sin parar. ¿Es que tus hábitos de escucha te han dejado sordo?

Entró en la casa sin esperar respuesta y añadió:

—O quizá sea consecuencia de incesantes actos de onanismo. Un momento, eso solo te deja ciego.

Me volví hacia él e intenté decir algo, pero me di cuenta de que, al menos temporalmente, había perdido la capacidad de hablar.

Las gatas saludaron a Tinkler, dando vueltas alrededor de sus tobillos felizmente.

—Vengo a hablarte de los gemelos —explicó. Se volvió para mirarme con una cara feliz, franca y expectante y, por fin, dijo—: ¡Hola!

—Tinkler —logré decir—. ¿Qué estás haciendo aquí?

Nevada salió del dormitorio. Ya estaba vestida, despierta y peinándose.

—¿Es Tinkler? Ah, sí. Hola.

—Hola.

—¿Qué haces aquí? —fue lo único que pude decir.

—Le he invitado —dijo Nevada.

Miré a ambos.

—Siento llegar un poco pronto —comentó Tinkler—. Ya sabéis cómo funciona el transporte público. Es imprevisible.

—No hay problema —respondió ella encogiéndose de hombros.

—¿Tú le has invitado a venir? —le pregunté.

Tinkler sonrió y metió la mano en la bolsa que llevaba, de la que sacó un paquete gigante de patatas fritas con sabor a queso cheddar.

—Traigo provisiones. —Metió de nuevo las patatas en la bolsa y, tras rebuscar en el bolsillo, sacó un conocido paquete de plástico lleno de densa hierba verde—. Y una entrega especial.

Miré a Nevada.

—¿Ya has acabado tu última remesa?

Ella se encogió de hombros.

—Qué te puedo decir, soy una chica a la que le encanta la fiesta.

Tinkler se sentó en el sofá y dejó la bolsa sobre la mesita.

—Me alegro de haber sacado esto de mi casa. Mi hermana llega mañana.

—¿Tu hermana y tú os parecéis, Tinkler? —le preguntó Nevada después de sentarse a su lado.

—Ella es una cristiana devota y campeona de tenis —le informé—. Son como dos gotas de agua.

Poco a poco fui recuperando mis facultades mentales, pero seguía sintiéndome como si alguien me hubiera sacado el cerebro de la cabeza, lo hubiera utilizado como pelota en una enérgica partida de croquet de *Alicia en el País de las Maravillas* y después me lo hubiera vuelto a colocar. Fui a la cocina, preparé comida para los tres y la llevé al salón. Comimos y, después, puse *Easy Come, Easy Go* en el tocadiscos.

Me senté en el sofá, colocándome en el punto dulce, para que lo escuchásemos juntos.

Era como si hubiera metido la cabeza por un agujero en la pared y, al otro lado, estuviera en el año 1955. Allí, en el preciso momento y lugar en el que se estaba interpretando esa música.

Miré a Tinkler y le dije:

—Esto es realmente bueno.

—Es impresionante.

Y, entonces, Rita Mae empezó a cantar.

—Es precioso —dijo Nevada.

—Escucha esta parte. Hay una imperfección justo aquí. —dije. Después miré a Tinkler—. ¿Has oído eso?

—Yo no he oído nada —indicó Nevada.

—¿Ese pequeño ruido? —dijo Tinkler—. Sí, lo he escuchado. ¿Crees que es un defecto del vinilo?

—En realidad —comenté—, lo he escuchado varias veces y creo que está en el master original. De hecho, creo que es algún tipo de problema ocasionado por el micrófono que usaron.

—¿Te refieres al ruido que se produce cuando la cantante se acerca demasiado al micrófono? Los micrófonos tienen pantallas protectoras para eso —indicó Tinkler.

—Tal vez tengas razón. Puede que hubiese algún tipo de ruido indeseado o algo así.

—«Ruido indeseado» —repitió Nevada—. Es un buen nombre para el héroe de una película aventuras. *Ruido indeseado: El azote de los siete mares.*

El disco había llegado a su fin y la aguja se deslizaba por el espacio muerto con un sonido rítmico y lento. Lo saqué del tocadiscos y lo volví a meter con cuidado en su encarte. Luego guardé en su portada. Posteriormente lo introduje en una de las fundas de plástico especiales que compro en Japón y la cerré.

—¿Para qué es eso? —preguntó Nevada.

—Para proteger el disco —respondí.

—¿Protegerlo de qué? ¿De una enfermedad venérea?

—De los grasientos deditos de Tinkler, para empezar.

Tras un buen rato y un prolongado ruido que parecía el sintetizador de la banda sonora de una película de terror, Tinkler por fin había conseguido abrir la bolsa de patatas con sabor a cheddar. No era algo digno de ver.

—Además —continué—, ayuda a colocarlo en su sitio más fácilmente.

Me dirigí a mi estantería de discos y, después de examinar los lomos —tan difíciles de leer—, encontré el lugar idóneo, justo entre Russ Garcia y Stan Getz.

—Así que ayuda a colocarlo más fácilmente, ¿eh? —dijo Nevada desde el sofá.

Entonces a Tinkler se le cayeron las patatas, que saltaron por todos lados. Ella se levantó y se acercó a mí.

—A ver, déjame a mí.

Agarró el disco y fue a colocarlo en su sitio. Pero lo hizo mal. Lo estaba poniendo al revés.

—¡Por el amor de Dios, no hagas eso! —gritó Tinkler—. Es al revés.

—¿Qué más da? —dijo ella mirándole con recelo.

—Si lo colocas así, la abertura quedará hacia fuera. Y el lomo, con el nombre del disco, estará hacia dentro, por lo que no podrás ver el título y el artista. Y al final se perderá entre los discos que tiene a ambos lados. —Negó solemnemente con la cabeza—. Algo que, en una colección de discos de este tamaño, significa que no volverás a encontrarlo. Desaparecerá, como un pez que se sumerge en el océano.

Poco después, Nevada llamó al taxi, y cuando la recogió, Tinkler se fue con ella para volver a Putney. Más tarde, esa noche, Tinkler me llamó.

—Ya sé por qué te has cabreado tanto antes —me dijo.

—¿Cuándo?

—Cuando he aparecido por sorpresa en tu casa. Sentías que había interrumpido algo.

—¿Qué quieres decir?

—¿De verdad crees que tienes alguna oportunidad?

—¿De qué estás hablando? —insistí.

—¡Sí que lo crees! ¡Lo crees! De verdad pensabas que ibas a echar un polvo.

—No sé de qué estás hablando.

—¡Con Nevada! Quiero decir, por Nevada. Quiero decir, en Nevada. Da igual. Ya sabes lo que quiero decir.

—Lo siento, no he entendido nada de toda esta conversación —le dije.

Tinkler suspiró y colgó.

Pasaron veinte minutos antes de que volviera a llamar.

—¿He interrumpido algo? —dijo—. Quiero decir, ¿*realmente* tenías alguna oportunidad?

—Voy a apagar el teléfono, Tinkler.

—En algún momento tendrás que encenderlo de nuevo. Y entonces te volveré a llamar.

A la mañana siguiente, Tinkler empezó a llamarme prácticamente desde que me desperté. No le contesté. Siguió llamándome después del desayuno, e incluso mientras salía de casa y me subía al autobús 493. A pesar de la siesta de Nevada el día anterior, estaba agotada, así que había decidido parar la búsqueda hasta las dos de esa tarde. Pero yo no quería desperdiciar la mañana, por lo que me subí al autobús y salí a buscar discos.

Me gustó ir solo, e incluso fue agradable utilizar el transporte público en lugar del taxi de Cabeza Limpia. Además, sentí cierto alivio al volver a usar mi tarjeta de transporte, que, al fin y al cabo, ya había pagado.

La línea del 493 era muy útil, porque iba hacia el sur, a Wimbledon, y pasaba por las tiendas solidarias de, prácticamente, todos los sitios recónditos que había de camino. Me bajé en cada uno de ellos para revisar las cubetas. Fue un viaje lento y, a menudo, con paradas, pero hacía buen tiempo y encontré un excelente alijo de discos del sello ECM, incluida la reedición de Jimmy Giuffre. Estaban todos en perfecto estado, y sospechaba que habían llegado allí arrastrados por la corriente del manantial de Tomas Helmer. Los compré, los guardé en la bolsa y me subí a otro autobús.

Tinkler seguía llamándome. Y, cada vez que veía su número en la pantalla parpadeante, lo ignoraba con una mezcla de afecto y malicia.

Eran cerca de las doce y media y estaba pensando en volver a casa cuando recibí una llamada de Nevada.

—¿Dónde estás? —preguntó, prescindiendo de formalidades y saludos.

—En Wimbledon. Quería empezar temprano. Así abarcamos más terreno.

—No *estamos* abarcando nada, porque no estamos juntos. Yo estoy aquí, en tu casa.

—¿Dentro? Ah, claro —recordé que ella tenía las llaves de repuesto—. ¿Cómo están las gatas?

—Yo estoy aquí y tú estás en el puto Wimbledon.

—Es un pueblecito bonito. Aquí hay más cosas que el torneo de tenis.

—Esto no es divertido. No deberías estar ahí fuera solo —dijo con una voz fría.

—Ya veo —dije—. Porque no soy de fiar.

—No es por eso —remarcó con un tono de enfado.

—Entonces, ¿por qué?

Se quedó callada un momento y luego respondió:

—¿Vas a volver?

—Sí, ahora mismo.

—De acuerdo. Te esperaré. Pero quiero que entiendas esto: si vuelves a irte por tu cuenta, nuestro acuerdo habrá terminado.

Pensé que era una amenaza infundada. Pero sonó bastante convincente.

Colgó antes de que pudiera contestarle. Me quedé mirando el teléfono, que volvió a sonar casi de inmediato, pero esta vez era Tinkler. Decidí cogerle, aunque solo fuera para quejarme de Nevada y su comportamiento, que me había dejado más que molesto. Tinkler lo entendería.

—Hola.

Una voz de mujer, tensa, dijo:

—Llevo todo el día intentando localizarte.

Me di cuenta de que era la hermana de Tinkler.

—¿Maggie? —pregunté.

—Te llamo desde el teléfono de Jordon.

—Sí, ya veo. Lo siento, yo...

—Será mejor que te sientes —me sugirió.

10. ESCALA DE COMA DE GLASGOW

El Hospital de Charing Cross no está cerca de Charing Cross. De hecho, está a muchos kilómetros al oeste de allí, en mi barrio, Hammersmith. No tengo ni idea de por qué. Y, para aumentar la confusión, también hay un Hospital de Hammersmith, que, por supuesto, no está cerca de Hammersmith, sino junto a Wormwood Scrubs, muy al norte.

La ambulancia llevó a Tinkler al hospital de Charing Cross. Como Maggie pertenecía al sector médico, recibimos un trato especial. Incluso nos permitieron ver al paciente en la Unidad de Ciudados Intensivos.

Ojalá no lo hubieran hecho.

Le habían rapado el pelo y tenía un enorme vendaje en un lado de la cabeza.

Tenía cables, unidos a monitores, pegados por todas partes, lo cual producía un aterrador efecto de cercanía y distancia al mismo tiempo. Su rostro estaba tan pálido que casi parecía gris, y sus facciones estaban contraídas, como las de una pobre criatura dormida.

Salimos a un colorido pasillo de la zona de urgencias. Todo el lugar estaba codificado por colores, con huellas y líneas pintadas en el suelo para indicarte por dónde ir a cada sitio.

—¿Qué ha pasado exactamente? —preguntó Nevada.

Había llegado al hospital justo antes de que Maggie y yo, impacientes, pudiéramos entrar a la UCI, y ella parecía tan conmocionada como yo.

—Gracias a Dios que tenía mi propio juego de llaves, y gracias a Dios que aparecí justo en ese momento —explicó Maggie.

—¿Lo encontraste... al final de las escaleras?

—Esas putas escaleras —dije.

Maggie se estremeció por mis palabras, pero asintió.

—No creo que llevara mucho tiempo allí tumbado. Gracias a Dios.

—¿Qué ocurrió? ¿Se cayó de cabeza?

Maggie volvió a asentir.

—Como habéis visto, ahora se encuentra estable, pero en coma.

—¿Cuándo se va a despertar?

Me miró seriamente, estableciendo un prolongado contacto visual que seguramente le habían enseñado en la carrera, y me respondió:

—Hay algo llamado *escala de coma de Glasgow*. Se puntúa a partir de tres variables: la función ocular, la función motora y la respuesta verbal del paciente.

—Te informa sobre la gravedad del coma —explicó Nevada.

Tenía tantas ganas como yo de saber más sobre lo ocurrido.

Maggie asintió, pero era evidente que no quería que le metieran prisa.

—El paciente recibe una puntuación acumulativa de tres a quince puntos. Antes eran catorce, pero ahora son quince.

Los detalles me estaban volviendo loco.

—¿Tinkler está muy mal?

Maggie frunció el ceño y volvió a asentir para que captáramos la gravedad de la situación, pero también que había aspectos positivos que debíamos tener en cuenta.

—Jordon tiene una puntación de siete.

Nevada dio un gran suspiro de alivio y exclamo:

—¡Eso es genial! —Maggie la miró fijamente, y Nevada añadió apresuradamente—: ¿No es genial?

Maggie negó con la cabeza. No, no era genial.

—De ocho para abajo se considera una lesión cerebral grave.

—Mierda —comentó Nevada, aceptando su error.

—Pero puede mejorar. Esperamos que mejore. Rezaremos para que mejore.

Hubo un largo silencio durante el cual todos permanecimos de pie en aquel pasillo color caramelo, mirándonos unos a otros.

—¿Por qué la escala subió de catorce a quince? ¿Es que ahora la gente que se despierta tiene más consciencia que antes? —preguntó Nevada

Maggie le miró un momento y luego anunció:

—En realidad no hay nada que podamos hacer aquí. Tienen mi número de teléfono y me avisarán en cuanto haya algún cambio. —Me miró y añadió—: Voy a la capilla del hospital. Podéis acompañarme si queréis.

—No, gracias, Maggie. Pero gracias por todo. De verdad.

—De acuerdo —contestó ella. Después se dio la vuelta y se marchó.

Nevada y yo nos quedamos allí de pie, mirándonos fijamente.

—Siento haber sido tan desagradable antes. Por teléfono. Estaba preocupada por ti —me dijo Nevada.

Miré por el pasillo hacia la habitación donde estaba Tinkler.

—Pues resulta que, al final, no era por mí por quien debías preocuparte —le respondí.

Nevada le había dicho a Cabeza Limpia que no se molestara en esperarnos, porque no teníamos ni idea de cuándo saldríamos del hospital, así que anduvimos por Fulham Palace Road y bajo la sombra del paso elevado hasta el centro comercial Broadway, donde intentaríamos ordenar nuestros pensamientos tomando un café. La única decisión lúcida que había tomado en las últimas tres horas había sido no beber cualquier cosa salida de una máquina del hospital que quisieran hacer pasar por café.

Pero resultó que el café que compramos en una cadena del centro comercial también era bastante malo. Y tampoco tuvimos mucha suerte con lo de ordenar nuestros pensamientos.

Nevada miró mi taza, que no había vuelto a tocar después de dar el primer sorbo, y preguntó:

—¿Quieres otra cosa?

—No, estoy bien.

—Escucha, siento mucho hacer esto, y puede que suene como una bruja malvada y sin corazón, pero... Tenemos que seguir buscando.

—Sí, tienes razón.

«El espectáculo debe continuar», pensé.

Dejamos los cafés en la mesa y salimos del centro comercial. Subimos por King Street hasta llegar al barrio lleno de tiendas polacas que estaba al lado de Chiswick, y luego emprendimos el camino de vuelta, pasando por todas las tiendas solidarias.

Empezamos por la librería de Amnistía Internacional, que suele tener algunos discos en la trastienda. Ese día tenían muchos, pero ninguno que nos interesara. Tardamos unos veinte minutos en revisarlos todos, y tampoco encontramos ropa para que Nevada se distrajera, lo que hizo que estuviera bastante nerviosa para cuando decidimos marcharnos de ahí.

En la tienda solidaria de al lado tenían una cubeta de discos y, cuando me agaché a mirarla, me invadió una sensación de desesperanza y tristeza. ¿Qué sentido tenía lo que estaba haciendo? No era más que un patético hombre con una misión ridícula, acuclillado sobre un puñado de discos enmohecidos. No me atrevía ni a examinarlos. Nevada debió de ver algo en mi rostro, porque me puso una mano en el hombro y dijo:

—Esto es lo que Tinkler querría.

Aunque sonase gracioso, tenía razón. Él me habría pedido que siguiera buscando, suponiendo que el cruelmente maltratado vegetal en el que se había convertido pudiese tener una opinión y expresarla. Nunca se sabía lo que podía haber en la siguiente cubeta.

Suspiré y me incliné sobre los discos. Inoportunamente cerca había una percha con abrigos colgados que me hacían cosquillas en la cabeza. Me pregunté si tendrían piojos en el pelo y me di cuenta de que pasaba demasiado tiempo con Nevada.

Examiné cuidadosamente los álbumes, inspeccionando cada uno de ellos. En la siguiente cubeta había música de guitarra hawaiana y canciones de órgano de iglesia, además de un buen puñado de discos con cánticos de rugby. A seguir buscando.

En la siguiente tienda, sin embargo, encontré una buena cantidad de material de jazz que seguramente procedía de la colección de Helmer. El santo grial no estaba entre ellos, pero encontré media docena para mi uso personal y me acerqué con ellos al mostrador. Detrás de él se encontraba un hombre rechoncho de mediana edad y una mujer menuda como un pajarito. El hombre tenía el pelo canoso y alocado a lo Einstein, un jersey color crema y unas gafas de leer colgadas del cuello con lo que parecía ser un cordón negro larguísimo. Le pregunté si tenía más discos y me dijo que había algunos en la parte de atrás de la tienda, y que si me gustaría verlos.

Empezó a aflorar en mí una conocida sensación de emoción. Nevada estaba ocupada con la ropa y una mueca de desdén se dibujaba en su rostro. Obviamente, había encontrado algo interesante, así que la dejé ahí y seguí al hombre. Una pesada cortina marrón colgaba sobre la puerta que conducía a la trastienda y, a través de sus polvorientos pliegues, nos adentramos en la penumbra del lugar.

—Se supone que no debo dejar pasar aquí a los clientes. Normas sobre salud y seguridad —dijo secamente—, así que intenta no caerte y romperte el cuello.

Empezó a mover varias cajas de cartón llenas de vajilla para dejar a la vista unos grandes maletines cuadrados de piel sintética, como los diseñados específicamente para guardar discos.

Los abrió y la decepción fue instantánea y total. Solo había discos de pizarra.

—Lo siento mucho —le comuniqué.

—¿No es lo que buscas? —dijo el hombre.

—No tengo un equipo para reproducir discos de 78 rpm.

Justo en ese momento se oyeron voces enfadadas en la parte delantera de la tienda. La pesada cortina las amortiguaba, así que solo pude discernir que Nevada discutía con otra mujer.

«Otra vez haciendo amigos», pensé.

El hombre me miró con diversión.

—Pelea entre bolsos —comentó—. Parece que tu señora no está dispuesta a dejar escapar una ganga.

Corrí de vuelta a la tienda, riéndome mentalmente por el error del tendero, y me encontré a "mi señora" de pie, triunfante y escandalizada a la vez. Sujetaba contra su pecho la pila de discos que yo había dejado en el mostrador. La nerviosa mujer que estaba detrás del mostrador la miraba fijamente, y vi a una tercera que desaparecía por la puerta de entrada.

—Ha intentado robar tus discos —dijo Nevada.

—Solo los estaba examinando —apuntó la ancianita.

—Quería comprarlos —continuó Nevada—, y lo hubiera hecho si hubiera podido. Se le iluminaron los ojos cuando los vio.

—Una mujer a la que le gusta el jazz —dije—. Por casualidad, no conseguirías su número de teléfono, ¿no?

—No soy tu celestina —contestó ella con frialdad, dándome los discos.

Por encima de su hombro vi que el hombre sonreía. Hizo como si diera un latigazo al aire con la mano derecha, el gesto universal para decir *calzonazos*. Pagué los discos y nos fuimos.

No había nada de interés en las demás tiendas solidarias de King Street, hasta que llegamos a la última. Estaba bien iluminada y era moderna, no como las otras. El encargado era joven y regordete, con el tipo de pelo largo retro que me recordaba —dolorosamente— a Tinkler. Me pregunté si Maggie tendría noticias sobre su estado. Pero nos habría llamado.

No tenían ningún disco a la vista, así que le pregunté al chico.

—¿Hablas de discos? —dijo el tendero.

—No los llamamos *discos* —explicó Nevada—, sino *vinilos,
álbumes* o *LP.*

Me sonó un poco pedante, aunque sabía de quién había
aprendido esa información. Pero a él no pareció importarle. Las
mujeres guapas se salen con la suya fácilmente.

—Teníamos algunos —contestó—, pero los hemos vendido.

—¿Todos? —dije.

Asintió con la cabeza.

—Teníamos una de esas grandes cajas de plástico...

—Una cubeta.

—Sí, estaba llena de esas cosas. De discos. —Sonrió y se
inclinó sobre el mostrador como si fuera a contarnos un secreto—. La jefa quería que me deshiciera de ellos. Los sacamos ayer,
pero dijo que hacían parecer el local desordenando. Que eran
cosas anticuadas. Y me pidió que los tirara.

—¿Y lo hiciste? —pregunté.

Negó con la cabeza, sonriendo ampliamente.

—No. Los he vendido. Toda la cubeta. Por cien libras. ¡Cien
libras por unos vinilos! Y pensar que íbamos a tirarlos. La jefa
acababa de ordenarme que me deshiciera de ellos, y justo ha
entrado esta mujer.

—¿Qué? ¿Justo ahora? —se sorprendió Nevada.

—Sí, justo ahora. ¡Ha entrado y nos ha ofrecido cien libras
por ellos! Ni siquiera los ha mirado. Se los ha llevado todos. Por
cien libras.

Sentía un vacío en el estómago.

—¿Por casualidad sabes si había discos de jazz?

—Oh sí, era todo jazz. Miles Davis. John Coltrane. Ese tipo
de cosas. —Nos sonrió feliz y añadió—: Voy a ser el empleado
del mes. ¡Cien libras!

No le informé de que en esa cubeta podría haber un disco
que costase varios miles de veces más.

—¿Qué aspecto tenía esta mujer? —preguntó Nevada—. ¿Era
rubia?

—Sí, era rubia.

Salimos de la tienda.

—Era esa zorra —dijo Nevada.

Llegué a casa, emocional y físicamente agotado, y me tumbé en el sofá. A Turk no se le veía por ninguna parte, probablemente estaba dormida en la cama, pero Fanny se paseaba inquieta por la cocina y daba golpecitos a su cuenco con la pata para decirme que tenía hambre. Le puse pienso y, al oírlo, Turk vino corriendo. Le serví un poco a ella también y volví al sofá.

Nevada y yo habíamos ido de nuevo al hospital antes de dar por terminada la jornada. Pero no había habido ningún cambio. Ni en el estado de Tinkler, ni en el de su hermana. Maggie seguía encerrada en la capilla y nos culpaba silenciosa y pacientemente por no acompañarla. Por un instante me pregunté si tal vez debería ir con ella. Quizá Dios me castigase con que Tinkler nunca recuperase el conocimiento por haberme arrodillado frente a cubetas de discos en lugar de frente altar de la capilla del hospital.

Para poner fin a esos pensamientos, saqué el teléfono. Llamé a Alan, de Jazz House, en Leicester, y luego, desesperado, a Ken, de Dusty Groove, en Chicago. Todo apuntaba a que el disco estaba en algún lugar del suroeste de Londres, pero nunca se sabe.

Cuando oyeron lo que estaba buscando, ambos se rieron de mí. Lo hicieron sin mala intención, y me lo merecía. Alan dijo que si él hubiera encontrado una copia original de *Easy Come, Easy Go* estaría en una playa del sur de la India en lugar de en un polígono industrial de las Midlands. Charlamos un rato más sobre otras cosas y luego nos despedimos.

Colgué y me quedé un momento con la mirada perdida. No sabía qué hacer a continuación. Entonces sonó el teléfono. Lo cogí y contesté. Una voz de mujer me dijo:

—¿Sabes quién soy?

Tuve dudas durante un momento, pero luego lo supe.

—Cemento en los canalones.

—La misma —dijo—. Escucha, tengo algunas noticias para ti.

Mi corazón latía a mil por hora.

—¿En serio?

—Sí, hablé con ella, con la exmujer, y me dijo que de acuerdo.

—¿De acuerdo?

—Si quieres el resto de los discos, puedes quedártelos.

—¿Qué? —exclamé.

Ella se rio.

—Intenta no caerte de la silla. No te los va a dar así como así. O tal vez sí. No lo ha especificado. Dice que puedes venir mañana por la mañana si quieres y echarles un vistazo para ver si hay algo que te interese.

—¿Mañana? —repetí—. ¿Mañana por la mañana?

La mujer volvió a reírse.

—Sí. Supongo que así es como se siente Papá Noel.

—En la casa de Richmond.

Entonces se puso seria, en modo negociación.

—No, en el piso de Turnham Green. Tengo que darte la dirección. ¿Tienes un bolígrafo a mano?

—Sí, no, sí, no, ¡mierda!

Las gatas me miraban asombradas mientras yo rebuscaba frenéticamente entre los montones de trastos que tenía encima de mi mesita, buscando el bolígrafo que sabía que debía estar ahí, en alguna parte. Ella se rio.

—Tranquilo, tranquilo.

Encontré el bolígrafo y apunté la dirección.

Conocía una tienda gourmet de Turnham Green Terrace llamada Theobroma especializada en chocolate. También servían café de muy buena calidad, así que quedé con Nevada allí a la mañana siguiente, antes de ir a ver a la señora Helmer, cuyo nombre, según había averiguado, era Aisling, que se pronuncia como Ash-ling.

Tomé el autobús a Hammersmith y, luego, la línea de metro District Line en dirección oeste, donde había convencido a Nevada de que nos viéramos. Nos quedaba a ambos a mitad de camino —por entonces ya sabía que no se alojaba en el hotel Connaught ni en el castillo de Drácula, sino en un piso en Maida Vale—, así que tenía más sentido quedar ahí que pedirle a Cabeza Limpia que la llevara en taxi hasta mi casa para luego volver hacia atrás.

Además, para ser sincero, me gustaba estar utilizando de nuevo mi tarjeta de viaje.

Me pasé mi parada de metro y bajé en la más cercana a la dirección que me habían dado, para poder explorar el lugar antes de reunirme con Nevada. Me gusta que parezca que conozco los sitios a los que voy, sobre todo cuando me acompaña alguien tan riguroso como ella. Salí de la estación a la luz del sol y el aire fresco de la mañana. Tenía una leve sensación de que ese podía ser el día. Ese día encontraríamos el disco.

Durante la mañana había hablado ya dos veces con Maggie sobre Tinkler, pero seguía sintiéndome culpable por estar pensando también en otras cosas. Busqué en mi bolsillo el mapa que había encontrado en Internet e impreso, me detuve para orientarme y después me puse en marcha de nuevo.

No fue difícil encontrar la casa.

Toda la calle estaba llena de coches policiales.

Diez minutos más tarde, me reuní con Nevada en la cafetería. Cuando entré, me dijo:

—Tenías razón. Este café es muy bueno. —Entonces me vio la cara—. ¿Qué pasa?

Me senté frente a ella.

—Me he pasado por el piso antes de venir —le conté—. Había policías por toda la zona. La calle estaba acordonada. He preguntado a un vecino qué pasaba y me ha dicho que habían matado a una mujer.

—No sería...

Asentí con la cabeza.

—Pues sí. Al parecer, anoche hubo un robo y la señora Aisling Helmer se topó con el ladrón. —Negué con la cabeza—. La golpearon hasta matarla.

Nevada me miró fijamente.

—¿No te suena esa historia? —añadí.

11. *SPOOK STORE*

La habitación que le habían dado a Tinkler era privada y estaba en un rincón muy agradable; una esquina de una planta alta. Tenía una bonita vista; desde la ventana se veían los tejados de la ciudad, e incluso una zona verde a lo lejos. Supuse que Maggie habría influido en la asignación de esa habitación, o tal vez simplemente trataban muy bien a su hermano por cortesía profesional.

O puede que Tinkler estuviese muy grave.

Junto a la cama tenía un cuenco lleno de uvas, lo cual me pareció especialmente cruel. Su rostro estaba al aire, golpeado y vulnerable. En algún lugar bajo esa triste inactividad estaba mi amigo. Me sentí mal por mirarlo. Si yo hubiera estado en su lugar, no me hubiera gustado que me vieran así, en ese estado de indefensión y desamparo.

Sentí una dulce explosión de sabor en la boca y entonces me percaté, con cierta vergüenza, de que mientras miraba con tristeza a mi amigo salvajemente lesionado, también le estaba robando, comiéndome sus uvas sin darme cuenta.

Nevada me echó una mirada de desaprobación.

—Esas uvas son suyas. Y te las estás comiendo tú.

—Esperaba que se despertara y que se peleara conmigo por ellas.

Estaba realmente enfadada. Me arrebató el cuenco y lo dejó de nuevo en la mesita con un ruido seco.

—No puedes comportarte así —me recriminó—. Es insensible. Y detestable.

—Es por el choque de verlo así —apunté.

—Lo sé —comentó, con un tono algo más calmado.

Se sentó, y yo la imité. El único sonido que se escuchaba era la débil respiración de Tinkler.

—Bueno, será mejor que nos pongamos manos a la obra —sugerí.

Mientras caminábamos por el pasillo, alejándonos de la habitación de Tinkler, me di cuenta de que la lejana zona verde que se veía desde su ventana era el cementerio de Fulham Palace.

Cabeza Limpia salió del aparcamiento del hospital por la calle principal y giró a la izquierda.

—Un momento —dije—, pensaba que íbamos a Goldhawk Road.

Nevada negó con la cabeza.

—No vamos a buscar más discos por el momento.

Condujimos hacia el sur, pasando Parsons Green, por Broomhouse Lane, para cruzar el río a través del puente de Wandsworth. Diez minutos más tarde estábamos lidiando con el tráfico en Clapham Junction para subir después a toda velocidad por Lavender Hill y, finalmente, detenernos frente a una tienda discreta y ultramoderna con el nombre Spook Store escrito en sobrias letras blancas sobre la puerta.

El número de la calle era el 7, pero en la entrada se podía leer un ostentoso «007».

Miré a Nevada y le pregunté:

—¿A qué locura de sitio me has traído?

—Ven conmigo y estate callado.

Entró en la tienda, que resultó ser una extraña mezcla entre una joyería de lujo, con moqueta y discretas vitrinas de buen gusto, y el típico templo de frikis tecnológicos. Todos los aparatos, de diversos tipos y expuestos en aburridas cajas grises, eran electrónicos. En ese momento, un joven apareció por una puerta al fondo de la tienda.

Era delgado, estaba bronceado y vestía un traje marrón claro con un buen corte y de aspecto caro que supuse que atraería a Nevada. Se había rapado el pelo hasta reducirlo a una fina capa oscura, al igual que la barba, que parecía de tres días. Además, en ambos habían rasurado una serie de patrones curvos. Como resultado, su cara y su cabeza parecían cubiertas por unas formas en espiral, que a primera vista parecían un tatuaje maorí. Resultaba tan moderno como espeluznante. Sospeché que los puntos que habría ganado para Nevada por el traje los habría perdido de inmediato con esta aberración.

—Buenos días —nos saludó el chico.

Tenía acento de Birmingham, y sonaba tan incongruentemente cotidiano por ello que, al instante, dejó de parecerme espeluznante.

—He llamado antes por teléfono —dijo Nevada.

—Ah, sí. Estaba interesada en...

—Contravigilancia.

El chico asintió.

—Por favor, venga conmigo —indicó.

Mientras le seguíamos hasta una vitrina, me contuve para no preguntar quién debía ir primero.

—He seleccionado una gama de detectores de dispositivos para que los vea —nos informó.

—¿Detectores de dispositivos? —pregunté con un tono de voz que me pareció totalmente neutro e inocente, pero al que Nevada, de todas formas, respondió lanzándome una mirada asesina.

El hombre sacó dos dispositivos portátiles y los puso sobre el mostrador para que los viéramos. Uno era el doble de grande que el otro, pero ambos cabrían cómodamente en la palma de la mano. El más grande parecía un *walkie-talkie* y, el más pequeño, una de esas baterías que lleva la gente cuando usa un micrófono inalámbrico. El hombre levantó el más pequeño y nos regaló su mejor sonrisa de vendedor.

—Este es el monitor digital de radiofrecuencia Stone Circle 48. Un detector de dispositivos de alta calidad a un precio asequible —le dio unos golpecitos con la mano—. Cuesta poco más de quinientas libras. IVA incluido.

—¿Qué es lo que hace, exactamente? —preguntó Nevada con una franqueza que me pareció admirable.

—Querrás decir «qué es lo que *no* hace». —El chico volvió a esbozar esa falsa sonrisa y presagié el inicio de una charla que seguramente había ensayado y repetido muchas veces—. Detecta cualquier dispositivo que emita una señal de radio entre 1 megahercio y 4,8 gigahercios. Eso incluye transmisores telefónicos, de vídeo, pequeños transmisores alimentados por baterías o por la red eléctrica y...

—¿Dispositivos de seguimiento? —le interrumpió Nevada.

—Oh sí, claro, dispositivos de seguimiento también. Por supuesto.

—Perfecto. ¿Y el otro?

Él volvió a sonreír, pero esta vez de una forma que parecía sincera. Dejó el aparato pequeño y cogió el otro, manejándolo con cuidado.

—Este es el Stone Circle 10. Vale mil quinientas libras.

—¡Mil quinientas libras! —exclamé.

Nevada me ordenó que cerrara la boca con un codazo.

—¿Cuál es la diferencia entre ambos? —preguntó.

Nuestro experto se entusiasmó con esa pregunta.

—Este modelo abarca una gama de frecuencias realmente asombrosa, de 0 a 10 gigahercios. —Reprimí el impulso de preguntarle si llegaba hasta once—. Cubre todos los micrófonos que se han comercializado recientemente.

Nevada asintió. Lo había entendido.

—Entonces, el otro abarca frecuencias hasta de 4,8 y este hasta 10.

—Eso es. —El vendedor miró con cariño el aparato que tenía en la mano. Incluso pensé que le haría cosquillas en la barriga—. Hasta 10 gigahercios. También tiene opción de pitido.

Nevada asintió con decisión.

—Nos llevamos ese.

—¿Cuál? —Su acento de Birmingham se pronunció con el entusiasmo, como si apenas pudiera creer su suerte.

—El más caro, el de la «gama de frecuencias realmente asombrosa» —dijo señalándolo con la cabeza—. Son mil quinientas libras, ¿verdad?

—Mil ochocientas, IVA incluido.

—¿Qué? —dije.

Nevada me dio un pisotón y le entregó al hombre su tarjeta de crédito.

—Muy bien.

Pensaba que el tipo se mostraría reacio a dejar escapar su querido Stone Circle 10, pero se deshizo de él como si le quemara en las manos y aceptó rápidamente la tarjeta de Nevada, antes de que esta pudiera cambiar de opinión. Completó el pago y nos envolvió la compra. Por ese precio, esperaba que lo metiera en un cisne de origami hecho a mano con papel de lino, pero se limitó a meterlo en una bolsa de plástico con un manual de instrucciones enormemente grueso. La bolsa llevaba el logotipo de Spook Store, que, por desgracia, resultó ser una vulgar doble *s* angulosa que —probablemente como a muchos otros— me recordó a cierta conocida insignia nazi.

Mientras salíamos de la tienda, le dije a Nevada:

—¿Ha sido la opción del pitido lo que te ha convencido?

—No seas sarcástico.

Al entrar en el taxi, me dio la bolsa y me ordenó:

—Encárgate tú de esto.

—¿Qué?

—Tú eres el más tecnológico de los dos.

De mala gana, saqué el dispositivo y empecé a intentar descifrar su manual de instrucciones. Bajamos hacia el oeste por St. John's Hill, luego Cabeza Limpia condujo por carreteras secundarias, siguiendo alguna ruta complicada que solo ella conocía, hasta que, milagrosamente, volvimos a la A3 por Huguenot Place.

A esas alturas, ya me había dado cuenta de que, por suerte, el manual incluía instrucciones impresas en varios idiomas, lo que me llevó a la sección en inglés, que tenía un tamaño más manejable.

Giramos a la izquierda en Garratt Lane, frente al centro comercial, y bajamos por esa calle hasta llegar a un supermercado Sainsbury's. Cabeza Limpia puso el intermitente para girar a la izquierda de nuevo y entró en el aparcamiento.

Ignoró las plazas libres y nos llevó a una esquina lejana y solitaria donde apenas había vehículos. Apagó el motor cuando nos acercamos a la plaza que había elegido y dejó que el taxi recorriera solo los últimos metros hasta detenerse exactamente en el centro del rectángulo.

—Le encanta chulear —dijo Nevada. Después se dirigió a mí, expectante—. ¿Y bien?

—¿Qué?

—¿Ya has entendido el manual?

Así era. Ya sabía cómo utilizar el dispositivo.

—Supongo que sí. Más o menos, sí.

—Entonces empecemos.

La miré.

—¿De verdad crees que han puesto micrófonos en el taxi? ¿Que están escuchando cada una de nuestras palabras?

Fueran quienes fueran «ellos».

—Me preocupa que nos hayan puesto un dispositivo de seguimiento. Digamos que quiero descartar esa posibilidad.

—¿Crees que alguien nos ha puesto un dispositivo de seguimiento?

—Como te he dicho, quiero descartar esa posibilidad.

Encendí el aparato. Para mi alivio, la pequeña pantalla negra y verde se activó de inmediato.

—Parece que las pilas estaban incluidas. Y por tan solo mil ochocientas libras.

La puerta delantera del taxi se abrió y Cabeza Limpia salió del vehículo. Abrió la puerta trasera y subió con nosotros. Se sentó y sonrió.

—Esto es un poco humillante —dijo.

—¿Por qué? —preguntó Nevada.

—Porque es mi taxi —respondió, y se encogió de hombros.

Parecía algo avergonzada.

—Es como ir a la clínica de salud sexual a que te hagan pruebas de ETS.

—Para nada suena a que hablas por experiencia —dijo Nevada.

Cabeza Limpia sonrió.

—Para nada.

El libro de instrucciones estaba escrito en una variante creativa del inglés, aunque lo suficientemente parecida como para crear una falsa sensación de seguridad en el lector. Pero me las arreglé para averiguar la información esencial y, acto seguido, pusimos a prueba el dispositivo escaneando el interior de la parte trasera del taxi. Luego bajamos y Cabeza Limpia me dejó entrar en el compartimento de la conductora. Me sorprendió un poco que no insistiera en comprobar ella misma ese espacio privado, y me sentí en cierto modo privilegiado por poder hacerlo yo. Averigüé que bebía agua mineral San Pellegrino y estaba leyendo un libro de Françoise Sagan.

Aunque no detectamos ningún dispositivo.

Salí del taxi de nuevo y pasé el aparato por toda su superficie.

Nada. Nos miramos.

—Pues ya está.

Nevada negó con la cabeza.

—No está. Aún tenemos que comprobar los bajos del vehículo.

—Con «tenemos» te refieres a mí, ¿verdad? —dije.

Las dos mujeres me miraron.

—Lo estás haciendo muy bien —indicó Nevada. No llegó a ponerme ojitos, pero podría haberlo hecho—. No quisiera interferir.

—Pues será la primera vez.

Cabeza Limpia señaló la solapa de su chaqueta, a modo de explicación.

—Esta ropa es nueva.

—Tenéis suerte de que hoy no lleve puesta mi Paul Smith —advertí.

Me puse de rodillas en el mugriento asfalto y encendí de nuevo el dispositivo de mala gana. La idea era pasarlo desde varios ángulos para asegurarme de escanear todo. Empecé por la parte delantera. Después de unos segundos, tuve que darme la vuelta y cambiar de mano.

—Me ha dado un calambre en el hombro.

—Pobrecito —dijo Nevada—. Luego te damos un masaje.

—Compraremos aceite para bebés en Sainsbury's —añadió Cabeza Limpia.

Las dos se rieron a carcajadas. Era un vehículo grande y, para asegurarme de que exploraba cada centímetro, tuve que tirarme al suelo en seis ocasiones: en cada esquina y en cada lado del centro.

Una familia pasó por nuestro lado y se detuvo para mirarnos con curiosidad mientras yo miraba debajo del coche.

—Es un tacaño. Está buscando una moneda de una libra que se le ha caído —les dijo Nevada.

—Una moneda de *dos* libras —gruñí.

La pantalla del monitor seguía verde, la lectura de RF no parpadeaba y el pitido no sonaba. Me puse de pie.

—Nada.

Nevada miró a Cabeza Limpia y le dijo:

—La clínica no ha visto nada preocupante.

Compramos unos cafés en el Starbucks de la esquina y nos sentamos en la parte trasera del taxi. Olía de maravilla gracias a las tres tazas humeantes.

—Muy bien, hemos descartado la presencia de un dispositivo de seguimiento —afirmó Nevada. Se había metido tanto en el papel de mujer de negocios que me sorprendió un poco que no nos pidiera que tomáramos notas—. Pero aún es posible que nos estén siguiendo.

—Si lo estuvieran haciendo, no lo sabríamos —anunció Cabeza Limpia.

—¿Por qué no?

—Porque si hacen bien su trabajo, serán casi imposibles de detectar.

—Bueno, no son tan buenos. Ya los pillamos una vez. —Nevada me miró—. ¿Te acuerdas? Volviendo de Brompton, cruzando el puente de Putney. Y conseguimos quitárnoslos de encima.

—Eso no quiere decir que hayan desistido —dijo Cabeza Limpia—. Quizá simplemente se hayan vuelto más cautelosos.

Dio un sorbo a su café.

—Yo sé cómo lo haría —continuó.

—¿Cómo?

—Pondría un vehículo delante y otro detrás. No demasiado cerca. De esa manera, si uno te pierde, el otro aún puede seguirte. Fácil.

—¿Y qué tipo de vehículos usarían? —preguntó Nevada.

—Eso es imposible saberlo. Pero definitivamente serían plateados —respondió Cabeza Limpia sacudiendo la cabeza.

—¿Por qué plateado? —dije yo.

—Mira a tu alrededor.

Nevada y yo observamos el aparcamiento. Al menos uno de cada dos coches era de un tono gris plateado casi idéntico. Nunca antes me había dado cuenta, pero ella tenía razón.

—Pero ahora sé qué buscar —explicó Cabeza Limpia—. Y sé qué hacer al respecto.

Estaba eufórica, y no solo por el café. Esto le parecía claramente más divertido que *Buenos días, tristeza*, el libro que se estaba leyendo. Nos pusimos en marcha, salimos del aparcamiento, giramos a la derecha y nos dirigimos a Armoury Way. Después fuimos a Goldhawk Road, donde reanudamos nuestra búsqueda del disco.

Cuando volvimos a cruzar el río en dirección norte, me di cuenta de algo.

—No nos los quitamos de encima.

—¿Qué? —Nevada me miró.

—Esa noche, cuando cruzamos el puente de Putney. No nos los quitamos de encima —comenté—. Los llevamos a casa de Tinkler.

12. MONOVOLUMEN

Cuando te pones a buscarlos, empiezas a ser consciente de la cantidad de vehículos plateados que hay en las calles de Londres. Perdí la cuenta de con cuántos nos cruzamos o nos adelantaron mientras conducíamos hasta Hammersmith y, luego, hacia el norte hasta Goldhawk Road.

Fui a todas las tiendas solidarias. No tardé demasiado, porque no tenían muchos discos. Luego pasamos por Shepherd's Bush Common y nos detuvimos en la esquina de Wood Lane. Después tenía pensado ir a Uxbridge Road. La primera tienda de esa calle tenía una impresionante selección de música de acordeón en LP, la mayoría alemanes, por alguna razón, pero no vi nada de jazz.

Había una mujer regordeta sentada detrás del mostrador intentando poner los cordones a un par de patines de hielo antiguos. Le sonreí y le dije:

—Por casualidad no tendrá algún disco de jazz, ¿verdad?

Ella levantó la vista y me contestó:

—Teníamos una caja llena. Pero acabamos de venderla.

—¿A una mujer rubia? —preguntó Nevada.

—Sí. Una chica muy guapa. Los ha comprado todos.

En cuanto salimos de la tienda, la vi.

Llevaba un conjunto azul oscuro de chaqueta y pantalones de esquí, idóneo para el frío, pero también para impedir que alguien la identificara. Completaban el atuendo unas gafas de sol. Eran bastante eficaces disimulando sus rasgos, pero a mí me sirvieron de ayuda. No fue su cara lo que reconocí de inmediato, sino algo más instintivo, más animal: la forma en la que se movía.

—Es la mujer del mercadillo, la que echaron —comuniqué.

—Y la zorra que está comprando todos los discos de jazz —murmuró Nevada—. Con la que me peleé.

Nos escondimos en un portal y observamos a la mujer. No nos había visto. Echó un vistazo calle arriba y calle abajo y luego giró a la izquierda, en dirección a la estación de metro. Había un prometedor grupo de tiendas solidarias en esa dirección, hacia donde también nos dirigíamos nosotros. En cuanto la mujer se puso en marcha, Nevada echó a andar en su dirección. La detuve.

—¿Qué haces? —me dijo—. Si dejamos que vaya por delante, vaciará todas las tiendas antes de que lleguemos. Tenemos que adelantarnos a ella.

—No, solo tenemos que seguirla.

—¿De qué estás hablando? Si hacemos eso se llevará todos los discos.

—Y nosotros queremos que lo haga. Queremos que compre muchísimos discos. Más de los que pueda llevar por sí misma.

Por un momento me miró como si estuviera loco. Y entonces lo entendió.

—Tendrá que meterlos en su coche —dijo Nevada.

Asentí.

—Y así averiguaremos qué coche tiene. —Frunció el ceño durante un segundo y luego dijo—: Vale, pero si por culpa de este plan consigue el disco que buscamos...

—No lo hará —afirmé—. Al fin y al cabo, ¿cuáles son las probabilidades?

En realidad, no estaba en absoluto seguro de eso. Pero era una oportunidad, y pensé que debíamos aprovecharla.

—Si lo hace, te cortaré la cabeza.

—¡Qué motivador!

Salimos de nuestro escondite y fuimos tras la chica rubia. Sabía cuál sería la siguiente tienda que visitase, y esperamos cerca de ella, lo cual resultó ser una buena idea, porque al de un rato la vimos entrar en la tienda y salir en pocos segundos. Evidentemente, ahí no había discos que le interesaran. Lo mismo pasó con la siguiente.

En la tercera se quedó un par de minutos y, al salir, llevaba una gran bolsa de lona en la que hubieran cabido hasta dos docenas de discos. Debía de pesar mucho, pero cargaba con ella sin ningún problema. Estaba claro que era una mujer fuerte. Intenté evitar especular ansiosamente qué podría haber en la bolsa. Permanecimos escondidos en una parada de autobús hasta que entró en la cuarta y última tienda, donde llevaba un buen rato.

Nevada y yo esperábamos dentro de una cabina telefónica. A pesar de ser estrecha, era lo suficientemente grande como para que pudiéramos ocultarnos en ella.

—No sabía que estas cabinas aún existían —comentó Nevada—. Qué reconfortante. Y qué gusto saber que aún apestan a orina.

—Ahí está —anuncié.

La mujer había salido por fin. Llevaba la misma bolsa que antes, pero seguía vacía. ¿Es que no había encontrado nada? Había estado bastante tiempo en la tienda. Lo cual solo tenía sentido si había estado revisando cubetas. Pero ese no era su estilo.

Ella arrasaba con todo el material. Comprar y después mirar.

Se quedó en la calle, mirando alrededor. Nevada y yo nos pegamos a las paredes de la cabina todo lo que pudimos.

—¿Cuánto tiempo va a estar ahí de pie? —dijo Nevada.

En ese momento, un vehículo paró en la acera de en frente.

Era un SUV grande, un monovolumen, como se les llama ahora.

Y era plateado.

La mujer se acercó a la tienda de nuevo, abrió la puerta y le habló a alguien del interior. Se apartó y salieron dos adolescentes delgados, cada uno con una cubeta de plástico amarilla llena de discos. Supuse que eran trabajadores de la tienda a los que había pagado para que la ayudaran. Evidentemente, llevar al coche las cubetas era parte del acuerdo. La "esquiadora" lo había comprado todo. Parecía lo suficientemente rica como para poder pagar por, prácticamente, todo lo que quisiera.

La gran puerta lateral del monovolumen se abrió. Un hombre musculoso salió y ayudó a los chicos a meter las cubetas dentro del vehículo. Me fijé bien en su cara y en su pelo corto y rubio.

Era el idiota del mercadillo. El imbécil que me había empujado.

Me asombró lo poco que me sorprendí por lo que estaba pasando.

Metieron los discos, los chicos volvieron a la tienda y el hombre y la mujer se subieron al coche y se marcharon.

Le dijimos a Cabeza Limpia que nos llevara de vuelta al hospital por la ruta más enrevesada y larga, de al menos una hora. Queríamos visitar de nuevo a Tinkler y, de paso, observar qué hacían nuestros nuevos amigos. Pero saber cómo era su vehículo resultó ser una ventaja sorprendentemente escasa para nosotros.

De vez en cuando veíamos el monovolumen plateado, o un vehículo muy parecido. A veces estaba delante de nosotros, otras detrás, y la mayoría no lo veíamos en absoluto.

Al cabo de unos veinte minutos, Cabeza Limpia abrió la ventanilla que separaba su habitáculo de la parte trasera y dijo:

—Creo que tienes razón. Un monovolumen plateado nos está siguiendo. Pero eso no nos ayuda mucho, a no ser que averigüemos cuál es el otro vehículo.

—¿De verdad crees que tienen otro? —preguntó Nevada.

—Es la única manera de hacerlo bien.

Miré por la ventanilla que había a nuestra derecha y vi pasar a toda velocidad a una figura en una pequeña motocicleta. No pude identificar el sexo del conductor, que llevaba una bolsa al hombro, como si fuera un mensajero, y mantenía su anonimato gracias a un casco integral. Moto y motorista desaparecieron en el tráfico delante de nosotros.

—He estado viendo muchas motos pequeñas. Ya sabes, motos *trail*, de unos 60cc —comenté.

—Hay muchas de esas, sí —afirmó Cabeza Limpia.

—¿Y si esa es la clave? —indiqué—. Alguien que se cambia el casco y la chaqueta para parecer distintas personas en motos diferentes.

—¿Una moto? —preguntó Nevada—. Yo buscaba un coche. Pero una moto podrían meterla en el monovolumen y llevársela a donde quisieran.

—Si fuera lo suficientemente pequeña —indicó Cabeza Limpia.

—De unos 60cc —sugerí. Se hizo el silencio—. Podrían incluso cambiar algunos detalles de la moto. Como ponerle pegatinas y hacer que parezca de otro color. Incluso cambiar la matrícula. Nosotros pensaríamos que se trata de una moto diferente, pero sería la misma.

—Podría ser —indicó Cabeza Limpia—. Pero también puede que simplemente haya muchas motos pequeñas en esta ciudad.

—Repasemos lo que sabemos hasta ahora. Son dos. Un hombre y una mujer. Ambos rubios. Ambos atléticos. De aspecto germánico. Para abreviar, llamémosles *los gemelos arios* —indiqué.

—Me gusta —afirmó Nevada—. *Los gemelos arios*. Heinz y Heidi. Y también están buscando una copia de *Easy Come, Easy Go*.

—No lo sabemos con certeza. Para ser justos, todo lo que sabemos es que están comprando cada disco de jazz que encuentran. No podemos estar seguros de que buscan ese en concreto.

Llevaba unos días pensando en eso.

—Cuando estaba en el mercadillo de artículos de segunda mano, ese tipo...

—Heinz —apuntó Nevada.

—Eso. Me empujó para apartarme de una caja de discos que yo estaba a punto de mirar. Pero no sabía que en realidad ya la había revisado.

—¿Y qué? —preguntó Nevada encogiéndose de hombros.

—Pues que me apartó, miró en esa caja y luego se marchó.

—¿Y?

—Que no se molestó con las otras —le dije.

Nevada me miró. Podía ver su mente funcionando tras sus ojos azules.

—Creo que es porque me había visto revisar las dos primeras cajas. Por eso no estaba interesado en ellas.

—Porque ya las habías examinado —dijo Nevada.

—Exactamente. No comprobó las otras cajas porque no tenía que hacerlo. Yo lo había hecho por él.

—Porque buscamos lo mismo.

—Así es —confirmé—. Pero la buena noticia es que aún no lo han encontrado. Nosotros no lo hemos encontrado, pero ellos tampoco.

Nevada me miró por un momento, procesando lo que yo había comentado, y luego asintió.

—Si lo hubieran encontrado no seguirían buscando —concluyó.

—Exactamente. Así que todos buscamos lo mismo y ellos aún no lo han encontrado.

—Pero se están convirtiendo en una auténtica molestia.

—Estoy de acuerdo —dije—. Así que voy a vengarme.

—¿Qué quieres decir? —preguntó Nevada.

—A mí nadie me jode una búsqueda de discos de vinilo en Londres —le dije.

13. LA CRIPTA DEL VINILO

Al día siguiente puse el plan en marcha.

Condujimos hacia el norte, usando prudentemente el carril bus en Barnes y cruzando a toda velocidad el puente de Hammersmith. Desde ahí pude ver a los pájaros chapoteando en el agua. El sol brillaba sobre el Támesis. Las aves se abrían paso delicadamente por el barro.

—No dejes que el otro vehículo nos pierda de vista —le dije a Cabeza Limpia.

—Si es que hay otro vehículo.

Fuimos a visitar a Tinkler al hospital e intentamos pensar en algo alentador que decirnos el uno al otro mientras mirábamos su rostro ausente. Luego fuimos a la Cripta de Vinilo.

La Cripta del Vinilo se encuentra en lo que solía ser un garaje de autobuses en el norte de Londres, cerca de Highgate. Elegimos una ruta bastante compleja para llegar allí, zigzagueando desde Victoria hasta Ladbroke Grove y Regent's Park. Me incliné hacia delante en el taxi y le dije a nuestra conductora:

—Está bien que no se lo pongas fácil, pero asegúrate de no perderlos de vista.

Desde su habitáculo solo se oyó un suspiro de disgusto. Miré a Nevada en busca de apoyo, pero no me ofreció ninguno. En lugar de eso, me miró lánguidamente y comentó:

—¿Qué estamos haciendo, exactamente?

—En una palabra —indiqué—; *sabotage*.

—El francés es una lengua tan expresiva.

La Cripta del Vinilo de Lenny era una leyenda entre los coleccionistas de discos.

163

Puede que alguna vez hayas encontrado una joya en Cheapo, en el Soho, o incluso te hayas encontrado con algo que nadie ha visto antes en el Record and Tape Exchange de Notting Hill. Pero nadie ha encontrado nunca nada de valor en la tienda de Lenny.

Varias veces he pensado que había conseguido algo, un tesoro maravilloso, pero cuando lo llevaba a casa y lo ponía en el tocadiscos, resultaba estar hecho polvo. Durante años, tontamente, seguí comprando allí. Cada vez pensaba que había dejado atrás la mala suerte, y cada vez acababa encontrando algún rasguño oculto o fallo de prensado que arruinaba la experiencia auditiva.

—Era como un hospital de muñecas para discos estropeados —comenté—. Nadie que quisiera vender algún LP bueno o interesante lo llevaba a la tienda de Lenny. Es un sitio para los discos que nadie quiere. Si en tu tienda solidaria no puedes vender los que tienes o si tras participar en un mercadillo te sobra material, vas a la tienda de Lenny y la dejas ahí a cambio de unos céntimos.

Miré a Nevada y añadí:

—Es donde acaban los discos malos que no rezan ni se lavan los dientes antes de ir a dormir —comenté.

—Pobres discos malos —respondió ella—. ¿Y cuál de esas razones habría hecho que la exmujer de Tomas Helmer no dejase algunos en esa tienda?

—Ninguna —respondí.

—Entonces, ¿por qué narices no hemos ido antes?

—Porque hasta ahora no sabíamos cuál era su *raison d'être*[1].

—Genial —dijo irónicamente—. Más francés. Debería ser *raison d'agir*[2], de hecho, porque estamos hablando de su objetivo personal, no existencial.

---

1 N. de la E.: Razón de ser, propósito.
2 N. de la E.: Razón para actuar, móvil.

—Apuntado.

—Sea como sea, al menos ahora vamos hacia allí a toda velocidad.

—Exactamente.

—Y puede que tengan el disco.

—Incluso si no lo tienen, esa tienda podría sernos muy útil —dije sonriendo.

Lenny llevaba una boina que podría haberse visto alegre o moderna en otra persona. Alguien que no tuviera la combinación de pelo canoso y barba larga y espeluznante que ZZ Top popularizó hace muchos años. También llevaba un elegante abrigo de pelo de camello y una bufanda de cuadros escoceses muy apropiada, en vista de la gélida temperatura dentro de la Cripta del Vinilo.

La tienda era un gran espacio húmedo de cemento iluminado por la despiadada luz de unos largos tubos fluorescentes colgados con cadenas del alto techo curvo. Las paredes eran de acero corrugado verde reforzado por vigas empotradas. El lugar era lo bastante grande como para albergar varios autobuses de dos pisos, algo que, evidentemente, en otro tiempo había hecho. Siempre me recordó a un hangar de aviones, por el ligero olor a combustible que te recibía al entrar. Lenny había colocado estrechas mesas rectangulares de un antiguo comedor de colegio a lo largo de ambas paredes de la larga estructura.

Sobre todas ellas había cubetas de discos. Y también debajo. En el centro había más mesas, de diferentes formas y tamaños; suficientes para que el gran espacio pareciera casi estrecho.

Una de las mesas era de madera de nogal, elegante y antigua. En otro tiempo había disfrutado de las cariñosas atenciones de un encerador francés. Dios sabe cómo había caído en las manos de Lenny. Ahora estaba desconchada y llena de arañazos, y le servía de mostrador. Se quedó sentado tras ella y desde ahí observó cómo yo repasaba las novedades de la sección de jazz.

Junto a Lenny había un frigorífico portátil blanco que no paraba de emitir sonidos extraños, y él sorbía un vaso de un líquido entre rosa y morado pálido. Nadie sabía lo que guardaba en esa nevera, y Lenny, que tenía fama de ser poco amable, nunca lo había dicho. También era un misterio qué bebía, aunque las teorías iban desde Ribena hasta sangre de recién nacidos.

Nevada se plantó delante de la mesa de Lenny con una expresión de duda en su rostro. Podría estar fuera, sentada en un bonito, cálido y cómodo taxi.

—Tengo entendido que quiere verme —le dijo ella.

—Lo que quiere ver es tu tarjeta platino —le comenté, levantando la vista de la cubeta que estaba inspeccionando.

—¿Es que no confía en ti? —me preguntó girándose hacia mí.

—Confía en mí, pero no tanto en mi poder adquisitivo.

Reanudé mi búsqueda. Mi nariz cosquilleaba por el picante olor de algún hongo exótico que estaría creciendo en los mugrientos vinilos.

—¿Qué demonios es eso que bebes? —oí decir a Nevada.

Los músculos de mis hombros se tensaron mientras me preparaba para escuchar uno de los desprecios más groseros de Lenny. Pero, para mi asombro, respondió:

—Agua mineral con un poco de Crème de Cassis.

—¿Cassis? —se sorprendió Nevada—. Me encanta. ¿Lo has probado con champán? Está buenísimo con champán.

—Por desgracia no tengo champán aquí —apuntó Lenny.

—Eso es inadmisible —se quejó ella.

Por primera vez en mi vida, oí a Lenny reír entre dientes.

—¿Has probado la Crème de Framboise? —preguntó Lenny.

—Por supuesto. También está buenísimo.

—Sí, a veces lo bebo. Depende de mi estado de ánimo.

—Depende de lo *afrutado* que te sientas.

—¡Eso es!

Ambos se rieron, él sonaba como una bisagra oxidada de una puerta rara vez abierta, ella como un gorgoteo alegre. No me lo podía creer. Con la excusa de mirar unas cubetas de espantoso material eurodisco, me acerqué a la mesa más cercana a ellos. Nunca había visto a Lenny así de feliz. Nevada lo tenía prácticamente comiendo de su mano. Si hubiera sido un gato, estaría ronroneando.

—No tengo champán —dijo Lenny—. Pero tengo esto.

Se giró y abrió la nevera. Sacó una botella de vino verde y alta, con una etiqueta blanca, y la posó en la mesa. Nevada soltó un ostentoso chillido de alegría.

—Es un Chablis —dijo Lenny con modestia.

—Un Chablis muy bueno —confirmó Nevada—. Dios mío, el Valmur.

Lenny asintió y sacó dos copas. A diferencia del vaso en el que había estado bebiendo antes, estas eran auténticas copas de vino, de cristal fino y curvilíneo. El cuello de la botella tintineó armónicamente contra ellas cuando las llenó.

—Es un Grand Cru, ¿verdad? —preguntó Nevada.

—Sí, el Moreau-Naudet —contestó Lenny alegremente.

—¿De 2007?

—Sí, de 2007.

Me sentí excluido, como un palurdo contratado para examinar malolientes vinilos en un rincón de la sala. Pero sabía la respuesta que recibiría si pedía una copa.

—¡Puedes saborear la piedra caliza! —gritó Nevada.

Miré el lado positivo de la situación. Ahí no podía satisfacer su fetiche por la ropa, pero sí su obsesión por el vino. Y eso la mantendría distraída mientras yo miraba discos.

—Normalmente guardo el vino —explicó Lenny— para el final de la jornada laboral o para una ocasión especial.

—Yo siempre digo que el final de la jornada laboral *es* una ocasión especial —indicó Nevada.

Cuando terminé de mirar las cubetas, ya habían vaciado sus copas y estaban llenándolas de nuevo. Me acerqué con decisión y me uní a ellos.

—No está aquí —dije.

—¿Estás seguro? —preguntó Nevada.

—Sí —afirmé—. Y nadie que se parezca a la exmujer de Helmer, ni nadie en general, ha traído aquí ningún disco de jazz interesante desde hace meses, incluso años.

—Así es —confirmó Lenny alegremente, dando un sorbo a su vino.

Miré a Nevada y le dije:

—Es perfecto.

Mientras nos alejábamos en el taxi, Nevada dijo:

—Vale, explícame qué acabamos de conseguir exactamente.

—¿Además de, en tu caso, beberte un Grand Cru Chablis?

—Y gastarme una pasta, sí.

—No es una pasta —repliqué—. Es menos de lo que gastaste en ese detector de dispositivos Stone Circle 10.

—Por lo menos hemos sacado algo de eso. Algún beneficio. No le veo ningún sentido a comprar una enorme cantidad de vinilos basura entre los que tú mismo me aseguras que no está el que buscamos.

—Todavía no los has comprado —apunté.

—Pero me he comprometido a hacerlo —apuntó Nevada—. Y le he enseñado mi tarjeta platino como promesa.

Le dediqué mi mejor sonrisa confiada.

—Si todo sale bien, no tendrás que comprar nada.

—¿Y qué probabilidades hay de que todo salga bien?

—Pregúntale a Cabeza Limpia —respondí.

—¿A Cabeza Limpia? ¿Por qué? ¿Preguntarle qué?

—Si está segura de que antes nos han seguido hasta allí.

—No voy a preguntarle eso —dijo Nevada—. Me arrancaría la cabeza. Tú ya se lo has recordado unas veinte veces de camino a ese sitio.

No había conseguido trasladarle mi confianza, y sentí que mi sonrisa empezaba a desaparecer un poco. En ese momento, sonó mi teléfono. Contesté.

Era Lenny.

—He intentado llamar a tu amiga, pero algo le pasa a su teléfono, así que te llamo a ti en su lugar.

—De acuerdo —respondí, reprimiendo el impulso de apremiarle.

—Bien —continuó—. Ha ido tal y como dijiste.

Y me lo contó todo. Cuando terminó, colgué y miré a Nevada. Me estaba sonriendo.

—Ha funcionado, ¿verdad? —dijo—. Tu perverso plan ha funcionado.

—Sí —afirmé—. Ha funcionado. ¿Cómo lo has sabido?

Sacudió la cabeza.

—Se te nota en la cara. Bueno, adelante. Cuéntame qué ha pasado.

Me recosté en el asiento del taxi y suspiré. En ese momento atravesábamos Belsize Park a toda velocidad, de camino a casa.

—Aparecieron unos diez minutos después de salir nosotros —expliqué.

—¿Quiénes? ¿Los gemelos arios?

—Sí. Al parecer fueron muy amistosos y encantadores.

—Me cuesta creerlo.

—Al menos ella lo fue —indiqué.

—Heidi.

—Sí. Heidi quería comprarle a Lenny todos sus discos de jazz. Él le explicó con mucha pena que acababa de venderlos, o más bien que los tenía reservados para alguien, incluyendo la morralla que tenía en el sótano. Bueno, obviamente él no dijo *morralla*, ya me entiendes.

—E hicieron una contraoferta —adivinó ella.

—Exactamente. Pero Lenny dijo que no podía hacerle eso a un amigo. Así que doblaron la oferta. —Nevada chilló y yo sonreí—. Pero Lenny se mantuvo firme. Y ellos siguieron subiendo la oferta. Al final le pagaron cinco veces más de lo que nosotros habíamos acordado.

—¡Cinco veces!

—Así es. Y, al parecer, ahora han ido a alquilar un camión lo suficientemente grande para poder llevarse los discos.

—¡Un camión!

Nevada estalló en carcajadas. Rio hasta llorar. Se rio tanto que Cabeza Limpia nos miró, un poco sorprendida y ansiosa, y luego volvió a concentrarse en la carretera. Nevada se fue calmando poco a poco y se secó las lágrimas.

—Cinco veces —repitió—. Así que eso es lo que cuesta traicionar a un amigo.

—Eso parece.

Suspiró y se frotó la cara.

—De acuerdo. Pero ¿en qué nos ayuda esto realmente, además de en hacer que Heinz y Heidi pierdan la mañana gestionando esa operación comercial?

Empecé a contar nuestras ventajas con los dedos mientras decía:

—También han perdido dinero. Mucho dinero.

—Muchísimo puto dinero —recalcó Nevada.

—Hemos dado a Lenny un aumento significativo de sus ingresos.

—Es un buen tipo. Así podrá comprar más increíbles Chablis.

—Y —añadí— le hemos ayudado a deshacerse de una de las mayores colecciones de discos de jazz de peor calidad que puedan existir en el mundo.

—Todo eso está muy bien, pero...

—Pero, además, hemos cargado a los gemelos arios con la tarea de recoger y revisar cada uno de esos putos discos. Eso debería hacer que nos dejen en paz durante un tiempo.

Nevada soltó una risa.

—Tienes una mente muy retorcida, ¿verdad?

Miró satisfecha por la ventanilla del taxi mientras pasábamos rápidamente por las calles de Fulham en dirección al puente de Putney. En ese instante se me ocurrió algo. Saqué el teléfono y marqué un número.

—¿A quién llamas? —preguntó Nevada.

—A Lenny otra vez. Se me acaba de ocurrir algo. —Cuando contestó, le comenté—: Escucha, en cuanto se lleven los discos, tómate unas vacaciones.

Lenny entendió a qué me refería de inmediato.

—¿Crees que podría haber repercusiones por el engaño?

—Creo que sería buena idea que salieras del país y estuvieras ilocalizable unas semanas.

Hubo una larga pausa al otro lado del teléfono.

—Ahora tienes dinero de sobra para unas vacaciones, ¿no? —continué.

—Sí, podría ir a Grecia, ¿qué te parece? Miconos estará precioso en esta época del año —dijo, aceptando poco a poco la idea.

—¡Así me gusta!

El tono de Lenny se volvió más alegre.

—¿Podrías preguntarle a tu amiga si ha estado alguna vez en Miconos? Y, si no ha estado, ¿le gustaría ir? Y, si sí ha estado, ¿le gustaría volver? ¿Puedes preguntárselo? ¿Si le gustaría ir conmigo?

—¿Sabes qué, Lenny? No, no se lo voy a preguntar.

—De acuerdo, lo entiendo perfectamente.

Cuando llegamos a mi casa, Nevada me preguntó si podía entrar conmigo.

—Estoy esperando una llamada y mi móvil no funciona. Así que he dado tu número de casa.

Entramos y las gatas se levantaron perezosamente para saludarnos. Cuando Nevada se sentó en el sofá, ellas se acomodaron a su lado.

—Deberían llamar sobre las cinco —dijo, echando un vistazo al teléfono que estaba junto al sofá. Eran las cinco menos cinco.

—¿Quién? —pregunté.

—Mi oficina.

Por mucho que lo intentara, no podía imaginarme a Nevada trabajando en una oficina. Me senté en uno de los brazos del sofá y la miré acariciar a las gatas.

—¿Te apetece un café? —le ofrecí.

Me pregunté si tendría siquiera energía para prepararlo. En ese momento sonó el teléfono, y las gatas salieron corriendo asustadas. Miré el reloj. La llamada había llegado un poco antes de tiempo.

Nevada levantó el auricular, escuchó un momento, luego lo tapó y me miró.

—¿Te importaría...? —me dijo en voz muy baja—. Sé que es de muy mala educación, pero tengo que hablar de algo confidencial.

—No hay problema —contesté.

En realidad, me molestó un poco que me echaran de mi propia casa. Salí al jardín por la puerta trasera. El cielo estaba oscuro y cargado durante el temprano atardecer de invierno. El aire era frío y limpio y traía un lejano aroma a hojas quemadas. Recordé la figura de Tomas Helmer ahí de pie y el olor de su puro. Escuché la gatera detrás de mí y vi a Fanny saliendo para hacerme compañía. Turk, la muy traidora, se quedó dentro. A través de la ventana pude ver a Nevada jugando distraídamente con ella mientras hablaba por teléfono. Luego colgó y me hizo un gesto con la mano.

Volví a entrar. Fanny se quedó en el jardín, acurrucada sobre una de las piedras planas que formaban el camino en dirección a la puerta.

En el salón, Nevada se levantó del sofá, estirándose.

—Perdona. Gracias por ser tan comprensivo.

—No te preocupes. ¿Cómo van las cosas en la oficina?

—Viento en popa. —Volvió a sentarse, mirándome—. ¿Te importa si uso el servicio? Para darme un baño, me refiero. Me siento muy sucia después de haber estado en ese espantoso almacén.

Su petición me sorprendió.

—Claro, por supuesto. Puedes darte un baño.

—Gracias —dijo Nevada.

Sin perder tiempo, cogió su bolso y se lo llevó al servicio. Oí el pestillo de la puerta al cerrarse, el chirrido de los grifos al abrirse y el estruendo del agua al caer. Yo me quedé en el salón mirando el teléfono.

Lo descolgué y busqué el número de la última llamada recibida. Cogí un bolígrafo y un trozo de papel y lo anoté. Después encendí mi portátil y busqué el número en Internet.

El prefijo del país y del área era 0081 956.

Se trataba de la ciudad de Sasebo, en la prefectura de Nagasaki, Japón.

El sonido del agua había parado hacía algún tiempo y había sido sustituido por un chapoteo débil y desganado. Fanny se acercó a la puerta del cuarto de baño y la miró con curiosidad. No estaba acostumbrada a verla cerrada. Se levantó sobre sus patas traseras y empezó a rascarla vigorosa y continuamente. Parecía que tenía intención de seguir eternamente. Estaba a punto de levantarme para hacer que parara cuando la puerta se abrió unos centímetros con cautela, Fanny se coló rápidamente por la abertura y desapareció dentro. La puerta se cerró tras ella.

Al ver eso, Turk se acercó e imitó a su hermana. La puerta volvió a abrirse y, después de que ella entrara corriendo, a cerrarse. Entonces escuché la voz de Nevada hablando con cariño a las gatas.

Me quedé mirando la puerta cerrada y me sentí excluido.

Unos diez minutos después, la puerta se abrió y me vino una cálida ráfaga de aire húmedo y perfumado. Al instante, las gatas salieron del baño caminando lentamente, seguidas por Nevada. Se había cubierto el pelo con una toalla, y me sorprendió ver que llevaba puesto mi albornoz. Debió de verlo colgado detrás de la puerta. De una de sus manos colgaba su bolso, que dejó en el único sillón que no estaba lleno de discos.

—Así está mejor —dijo Nevada sentándose en el sofá. Se quitó la toalla del pelo y la dejó sobre el brazo del sofá, dándose la vuelta para poder mirarme.

—Las chicas me han hecho compañía.

—Ya lo he visto.

—Turk se ha subido al borde de la bañera y Fanny se ha tumbado en el lavabo, acurrucada. Es tan mona.

—Les gusta el vapor.

—A mí también.

Nevada bostezó y se desperezó. No mirar sus largas piernas desnudas fue una de las cosas más difíciles que he tenido que hacer nunca. Su piel era muy pálida y sorprendentemente suave. Me aclaré la garganta.

—Tenemos que hablar —le dije.

Me miró con ojos inocentes y sin malicia.

—Por supuesto —respondió—. ¿Sobre qué?

—Sobre esto, sobre la situación. Los gemelos arios, Jerry, Tinkler... Todo.

—¿Qué quieres decir? —preguntó.

Suspiré y me senté en el sofá junto a ella. No me lo iba a poner fácil.

—¿Quiénes son esas personas que compiten contra nosotros para encontrar el disco?

Negó con la cabeza. Tenía el pelo húmedo y el flequillo negro y brillante le cubrió los ojos con el movimiento.

—No tengo ni idea.

—Alguna idea sí tienes.

—No más que tú. No sé quiénes son, solo sé que parecen estar, como dices, compitiendo contra nosotros.

—¿No sabes de dónde vienen o quién los ha enviado? —insistí.

Se hizo un ovillo, flexionando las piernas. Sus pies descalzos se apoyaron en mi muslo.

—Lo único que sé es que no somos los únicos que queremos ese disco. Vale más de lo que te imaginas.

—Y me imagino bastante.

Dudó.

—Éramos conscientes... Yo era consciente de la posibilidad de que todo esto pudiera ocurrir.

—Háblame como un ser humano.

Suspiró y se abrazó las rodillas. Ya no podía verle los ojos.

—Era casi inevitable que alguien más quiera encontrar ese disco.

—¿Esa gente asesinó a Jerry?

—No lo sé —confesó encogiéndose de hombros.

—¿Y a la mujer de Helmer? ¿Su exmujer?

Volvió a encogerse de hombros.

—No lo sé. Podría ser.

—¿Y qué me dices del propio Helmer?

—Pero él se cayó del tejado. Fue un accidente, ¿no? —Parecía asustada.

—¿Lo fue? —pregunté—. ¿Y qué pasa con Tinkler?

Se incorporó y me miró directamente a los ojos.

—Escucha, sé que estás disgustado por lo de Tinkler y yo también. Pero no debes culparte por lo que le ocurrió.

—Los llevamos hasta él. Ellos nos siguieron y nosotros los llevamos hasta su casa.

Ella negó con la cabeza.

—Eso no lo sabes. Por lo que sabemos, Tinkler se cayó por las escaleras. Es muy probable que eso fuera lo que le sucedió.

Eso era cierto. Empecé a dudar. Ella pareció percibir que estaba ganando terreno y volvió a mirarme a los ojos.

—No creo que los lleváramos hasta él. Ni creo que le hicieran algo a Tinkler. —Extendió una mano tentativa y la dejó descansar sobre la mía—. Pero si lo hicimos, fue culpa mía. Fue todo por mi culpa. No por la tuya.

Sentí el tacto frío de su mano. Sentí su olor a champú y jabón. Aparté la mirada de ella y me fijé en el bolso que había colocado en el sillón.

—¿Por qué tienes...? —empecé a decir.

Levantó la mano y me tocó la cara. Luego cambió de posición en el sofá, se inclinó hacia delante y se acercó a mí. La besé, sus labios se abrieron y saboreé su boca. Se abrió el albornoz y yo posé la mano en su pecho, que tenía el pezón duro como una piedra.

Nos levantamos, moviéndonos como una sola criatura de cuatro patas, y, sin separarnos, nos dirigimos al dormitorio. Me iba despojando de la ropa por el camino mientras ella me ayudaba impaciente y la tiraba a un lado. Caímos juntos en la cama y ella se quitó del todo el albornoz, que acabó en el suelo con el resto de la ropa. Su cuerpo desnudo y cálido se apretó contra el mío. Bajé la mano desde sus pechos, acariciando su terso vientre, su pequeño ombligo y más abajo, donde le introduje los dedos.

Estaba húmeda y resbaladiza, y se abrió con facilidad para mí. Me coloqué encima de ella, me atrapó entre sus dedos y me guio hacia su interior. Era suave como la sed e infinita. Subió las piernas, las apoyó en mis hombros y dijo:

—Sí, sí, suave. Sí, suave. Sí, amor, así. Sí, así. Así, así. Sí, cariño, sí. —Me mordió la oreja y me susurró—: ¿Quién es el más adorable? Sí, tú eres el más adorable.

14. EL DESPERTAR

—Entonces, ¿me estás diciendo que te habla como a las gatas?
—preguntó Tinkler.

—Sí.

—Mientras estáis...

—Entregados a la pasión.

—Déjate de eufemismos —dijo—. ¿Quieres decir mientras estáis teniendo sexo?

—Sí.

Tinkler emitió un silbido desafinado. Siempre había silbado así. La conmoción cerebral no le había arrebatado ese gran talento.

De hecho, incluso con los visibles daños físicos, incluyendo el corte radical de su abundante cabello, se seguía pareciendo mucho a su antiguo yo. Llevaba tres días despierto. El primero no dejaron que lo visitara, pero a Maggie sí por ser familiar cercano. Estuvo con él mientras le hacían unas pruebas cognitivas.

—Lo único en lo que se equivocó —me informó más tarde—, fue en que, cuando le enseñaron la foto de una cebra, dijo que era una jirafa.

Teniendo en cuenta la cantidad de droga que fumaba, pensé que probablemente nunca hubiera contestado bien esa pregunta, aunque no se lo dije a Maggie.

—¿Y cómo es? —dijo Tinkler, echándose hacia atrás en la cama y mirándome con una curiosidad francamente graciosa.

—¿Que me hable como a las gatas?

—Sí.

—Curiosamente, bastante excitante.

—¡Estás de broma!

—Me resulta extrañamente excitante.

—¡Esa confesión es muy fuerte! —dijo Tinkler, partiéndose de la risa.

Sentí que me estaba poniendo rojo.

—Solo te lo cuento porque, ya sabes...

—¿Sí?

—Porque...

—¿Porque he estado a punto de morirme?

—Iba a decir «por haber estado como un vegetal». Pero vale. —Me recosté en la silla—. De todos modos, ya no voy a contarte más detalles íntimos.

—¿Qué detalles íntimos? Si apenas me has contado nada.

—Te he contado mucho —dije—. Te lo he contado todo.

—¡Mientras estaba inconsciente! Eso no cuenta.

—Bueno, pues después de hoy no te voy a contar más. Vamos a dar por concluido este asunto.

Tinkler suspiró y se tumbó apoyándose en las almohadas.

—Bien —respondió de manera definitiva—. De acuerdo, pero con una condición. Si empieza a vestirse con un traje de gata, bigotes y cola, me lo dirás *inmediatamente*.

Llamaron a la puerta y Maggie entró, mirándonos con cara de desaprobación.

—¿De qué estabais hablando? He oído las risas desde el pasillo.

—De nada —contestó Tinkler.

Maggie me miró.

—De nada —afirmé.

Ella negó con la cabeza y se acercó a la mesilla de noche para poner unas uvas frescas en el cuenco. Tinkler la observó con interés. Se había convertido en una especie de experto en la fruta de la vid durante ese tiempo en el hospital recibiendo visitas.

—Espero que sean sin semillas —indicó.

—Te las estás comiendo todas igualmente —dijo ella riéndose mientras sacaba del cuenco algunos tallos de uva secos y los dejaba caer, con un gran estruendo, en la papelera metálica del suelo.

—Son mis supuestos amigos —aclaró Tinkler—, que se han comido mi fruta mientras yo estaba en coma.

Al oír la palabra *coma*, Maggie lo miró con cariño, se acercó y le dio un beso en la mejilla. Estaba tan evidentemente feliz de tenerlo de vuelta que la perdoné por su habitual actitud autoritaria. Nos quedamos allí otros veinte minutos y, luego, Maggie dijo algo sobre no querer cansar al paciente, así que nos dispusimos a marcharnos.

Tinkler parecía triste. Cuando nos íbamos, me dijo:

—No te olvides: *vestida de gata, aviso instantáneo.*

Caminamos por el pasillo. Maggie me agarró del brazo y me dijo:

—Muchas gracias.

—¿Por qué?

—Por Jordon. Por todo. —Apretó un poco con la mano—. Estas pequeñas charlas tuyas lo han animado. De repente, está despierto y lleno de vida. Uno de los especialistas dijo el otro día que es como si lo hubieran sacado del coma.

—¿Sacado?

—No sé qué le dijiste cuando viniste a verlo, cuando te sentaste con él y le hablaste, pero, desde luego, parece que surtió efecto. Es como si lo hubiera despertado una descarga eléctrica. El médico lo describió como «una absurda sensación de indignación y asombro». Lo primero que hizo Jordon fue echarse a reír.

—¿Se echó a reír?

—Sí, al principio estaban un poco preocupados, hasta que se calmó y le hicieron las pruebas cognitivas. —Me miró con lágrimas de felicidad en los ojos—. Y, luego, todo volvió a la normalidad.

—¿Cómo estaba Tinkler? —preguntó Nevada.

—Realmente bien. Sigue mejorando.

—Eso está bien.

Me pasó un brazo por el pecho y hundió la cabeza en mi hombro.

—Iré a verlo mañana.

Estábamos tumbados en mi cama. Las gatas acababan de unirse a nosotros. Mientras hacíamos el amor habían mantenido una distancia respetuosa e indiferente, observándonos en silencio e inexpresivas desde el alféizar de la ventana y lo alto de una cómoda. En ningún momento de sus cortas vidas habían presenciado esa conducta, pero parecían estar adaptándose a ella.

—¿Podrías disfrazarte de gata? —le dije.

—¿Qué?

—Cosas de Tinkler. Le haría muy feliz que fueras a verlo disfrazada de gata.

Me besó en el cuello.

—Escucha —comentó—. Sé que han sido unos días complicados, con él despertándose del coma y... —se incorporó y dirigió su mirada hacia mí— nosotros juntos y todo eso. Pero...

—Pero tenemos que volver al trabajo.

Me besó de nuevo.

—No debemos perder el hilo. Por decirlo de alguna manera.

—Y, a estas alturas, Heinz y Heidi ya habrán rebuscado entre la enorme pila de vinilos de dudosa calidad que compraron a Lenny, y sabrán que no aún no han conseguido el disco. —Se levantó y empezó a ponerse el sujetador—. Y sabrán que les hemos jodido.

—Es probable.

Se puso el sujetador al revés, lo abrochó por delante y, tras girarlo, lo deslizó sobre sus pechos. Podría haberme quedado viéndola hacer eso eternamente.

—Voy a darme una ducha —anunció. Encontró sus bragas en el suelo y se las puso—. Y luego vamos a elaborar un plan. —Se acercó, se sentó en la cama, me besó y añadió—: Y quizá podrías prepararnos algo de cenar.

—Sí, podría.

—Ese pollo del otro día estaba muy bueno. ¿Qué eran? ¿Muslitos? ¿Los que hiciste la otra noche con limón y ajo? He visto que tienes el congelador lleno de ellos.

—Es que compro alitas de pollo para las gatas —le dije.

Se inclinó y empezó a acariciar a Fanny y Turk, que ya se habían instalado en la cama.

—Creía que el pollo era malo para ellas. Que los huesos se podían astillar y asfixiarlas.

—Solo si está cocido. Si están crudos no hay problema. Incluso pueden comer roedores y aves, que están llenos de pequeños huesos. Son pequeños carnívoros.

—Eres una pequeña carnívora, ¿a que sí? —le dijo a Fanny mientras la acariciaba—. ¿Lo eres, lo eres, lo eres?

—Las alas crudas son buenas para sus dientes. De hecho, son esenciales. ¿Alguna vez has intentado cepillarle los dientes a un gato?

—¿Tienes unos dientes preciosos? —comentó, dirigiendo su atención a Turk esta vez— Los tienes, ¿verdad?

—Pero solo se comen las dos articulaciones más pequeñas. Así que tengo que utilizar de alguna forma el resto. Por eso siempre tengo el congelador lleno de muslitos. Y los preparo en la cazuela con aceite de oliva, limón y ajo.

—Vale, entiendo —dijo Nevada, levantándose—. Pensaba que era tu plato estrella. Preparado con cariño especialmente para mí. Y ahora resulta que son las sobras de las gatas.

—Así es. —Se dirigió hacia la puerta y, de repente, dije—: Creo que tenemos que cambiar de táctica.

Se detuvo y se giró a mirarme.

—¿Qué quieres decir?

Me incorporé.

—No creo que esta búsqueda aleatoria en tiendas solidarias, ferias de discos y mercadillos esté funcionando.

Volvió y se sentó de nuevo en la cama, mirándome. Parecía preocupada.

—¿Y qué sugieres? —dijo ella.

—Cuanto más lo pienso, más convencido estoy de que el disco aún está en la colección de Helmer. Después de todo, solo se deshizo de la mitad.

—¿Hablas de la exmujer?

—Sí, creo que todavía tenía el disco cuando falleció. Que aún no se había deshecho de él.

—¿Por qué piensas eso?

—Digamos que es una corazonada.

Nevada se acercó para ponerse a mi lado en la cama, con la espalda apoyada en una de las almohadas de la cabecera.

—Pero eso puede presentar algunas dificultades. Si queremos ir a buscarlo, quiero decir. Su piso de Chiswick seguirá siendo el escenario de un crimen. La policía no nos dejará acercarnos.

—No creo que los discos estén en el piso de Chiswick.

—Pero ella nos citó ahí, para que pudiéramos echarles un vistazo —dijo ella.

Asentí con la cabeza.

—Sí, nos citó allí. Pero ¿por qué iba tenerlos ella? Ese era *su* piso. Intuyo que lo compró después de separarse de Tomas. Así que, ¿por qué iba a tenerlos allí? Lo más probable es que Helmer los guardara en su casa de Richmond.

—Pero ella podría habérselos llevado —opinó Nevada—. Podría haberlos trasladado al piso de Chiswick.

—¿Por qué? Lo único que quería era deshacerse de ellos. Bien podría haberlos dejado directamente en una tienda solidaria. ¿Por qué iba a llevárselos primero a Chiswick? ¿Por qué iba a moverlos dos veces? No tiene sentido.

Se tumbó de lado para poder mirarme y me cogió la mano.

—¿Crees que simplemente quería vernos en el piso para conocernos?

—Sí.

—Y, por eso, los discos...

—Todavía están en la casa de Richmond.

A la mañana siguiente volvíamos a casa en taxi cuando Cabeza Limpia dijo:

—Hay algo que tengo que contarte. —Me miró por el retrovisor—. Tenías razón con lo de la moto ligera.

—¿Qué?

—Que tenías razón, con lo de que la meten en el monovolumen y todo eso.

—¿Qué? —repitió Nevada.

—Le dije a un amigo mío, otro taxista, que estuviera atento —hizo una pausa para concentrarse en una complicada maniobra de conducción y luego continuó—. Los encontró aparcados delante de una tienda. Le había pedido que se fijara en si había algún monovolumen plateado por la zona. Así que, cuando lo vio, aparcó cerca, fue a por un café y pasó junto al coche para echarle un vistazo. Me contó que, en la parte de atrás, llevaban una moto ligera como las que se utilizan para hacer *motocross* —volvió a mirarme—. Incluso tenías razón sobre el tamaño. Era de 60cc.

—Joder —exclamé.

—Solo echó un vistazo rápido, porque no quería llamar la atención.

—Bien —dije.

—Pero me comentó que también tenían una especie de kit de montaje.

—¿Qué tipo de kit de montaje?

—No lo vio. No tuvo tiempo.

—¿Qué clase de tienda era? —soltó Nevada de repente.

—¿Tienda? —preguntó Cabeza Limpia.

—Has dicho que habían aparcado fuera de una tienda. ¿Te dijo tu amigo qué tipo de tienda era?

—De alimentación saludable.

—Lógico —respondió Nevada.

—Será por el programa de nutrición ario —le dije. Ella soltó una risita.

Llegamos a casa con las bolsas de Spook Store, donde Nevada se había gastado más miles de libras. El señor Barba Rasurada y Tatuaje Maorí había quedado muy satisfecho.

—¿De verdad necesitamos todo esto? —pregunté a Nevada.

—No podemos escatimar en recursos. Ni queremos acabar entre rejas —respondió.

—Cierto.

Puso las bolsas sobre la mesa del salón y las gatas se subieron de un salto y merodearon a su alrededor, fascinadas.

—Aquí tienes —dijo entregándome una bolsa especialmente pesada que contenía todos los manuales, lo cual la convertía en una pequeña biblioteca en sí misma.

—¿Quieres que los lea?

—Sí, y será mejor que te pongas a ello ya—consultó su reloj—, queremos llegar lo suficientemente tarde para que no haya demasiada actividad en el barrio, pero no tanto como para llamar la atención.

—¿Esta noche? —le dije.

—Por supuesto, esta noche. Tenemos que entrar antes de que los Gemelos Arios tengan la misma idea.

Calculé el peso de la bolsa que me había dado.

—Tienes mucha fe en mis habilidades.

—Tú montaste esos amplificadores, ¿verdad? —Señaló con la cabeza los monobloques, colocados a ambos lados de mi tocadiscos—. Tus viejos amplificadores de válvulas termoiónicas.

Me había pillado.

—Eres mi mago de la electrónica —dijo mientras me besaba.

Dejé caer la bolsa sobre el sofá. Hizo suficiente ruido como para hacer saltar a las gatas.

—Y parece que tengo que aprender un montón de nuevos malditos hechizos.

—Mira el lado positivo —apuntó ella—; adquirirás nuevas habilidades.

—Como el allanamiento de morada.

—Nunca se sabe cuándo podría ser útil —sonrió.

—Creo que deberíamos entrar por el garaje.

—¿En la casa de Richmond?

—Sí.

—¿Por el garaje? ¿Por qué?

—Porque será más fácil. Y, cuando estemos dentro, nadie nos verá, así que podremos desactivar el sistema de seguridad cuando queramos.

—Bueno, yo no diría «cuando queramos» —indicó Nevada—, pero entiendo a qué te refieres.

Lo pensó un momento y luego continuó:

—¿Cómo sabes que el garaje no va a tener más medidas de seguridad que el resto de la casa?

—¿Por qué iba a tenerlas?

—Tal vez era un fanático de los coches antiguos y tiene algunos valiosos ahí aparcados.

—No era un fanático de los coches antiguos —dije—. Era un fanático de los vinilos antiguos.

—Bueno, tal vez deberías preguntarle a tu amiga —sugirió ella.

—¿A mi amiga?

—A la chica que del cemento en los canalones. La trabajadora descalza del tejado.

—Sí —respondí—. Y, de paso, puedo preguntarle por el sistema de alarma de la casa. No sería nada sospechoso.

—Supongo que tienes razón —comentó Nevada—. Entraremos por el garaje, entonces.

Para última hora de la tarde, ya había leído los manuales y aprendido todo lo que podía en esos momentos.

—De acuerdo —dije.

—¿De acuerdo? —respondió Nevada.

—Vamos a las tiendas.

—Pensé que habíamos acordado mantener un perfil bajo hasta que llegara el momento de ir esta noche a Richmond para hacer el trabajo —comentó con tono dudoso.

—Me encanta que lo llames *trabajo* —indiqué.

—Incluso he conseguido unos pasamontañas negros —siguió.

—Aun así, tenemos que ir a las tiendas.

Nevada estaba sentada en la mesa examinando todo el equipo que había comprado y colocado delante de ella. Y me miraba con un aire de escepticismo.

—¿Es que necesitamos algo más? He comprado media tienda. Todo lo necesario para detectar, acceder y neutralizar alarmas.

Escuché en mi cabeza el eco de las técnicas de venta del chico Barba Rasurada.

—Sí —dije—, ya lo veo. Cuando logremos acceder al sistema, podremos desactivar cualquier tipo de alarma que tengan conectada.

Nevada me miró sin comprender.

—Entonces, ¿qué nos falta?

—Un taladro. Para perforar.

—Mierda, es verdad. El tipo dijo que podíamos comprar uno en cualquier ferretería.

—Y podemos. Pero tenemos que hacerlo antes de que las ferreterías de nuestro amistoso vecindario empiecen a cerrar.

—Cierto —dijo Nevada.

Las gatas salieron a despedirnos, nos siguieron por la zona durante un rato y, luego, se desvanecieron en las sombras mientras caminábamos hacia la carretera principal. Allí giramos a la izquierda y nos dirigimos a la calle comercial. Estaba a poca distancia andando, pero yo tenía mi bono de viaje y Nevada el poder económico de algún enigmático titán industrial, por lo que decidimos ir en autobús.

Pasamos por una pequeña tienda de bricolaje que conocía. Allí examiné los distintos taladros disponibles y elegí uno muy resistente con varios paquetes de baterías recargables. Me hizo pensar en la mujer de la escalera. Me pregunté si adivinaría quién había entrado en la casa. Si éramos lo bastante cuidadosos, nunca se enteraría.

Me detuve junto a Nevada, que miraba arriba y abajo por la calle comercial.

—¿Quieres volver a casa? —sugerí.

—No especialmente. Me he preparado todo lo que he podido y empezaré a subirme por las paredes de los nervios cuando se acerque el momento.

—Todo va a salir bien —dije.

—Gracias —respondió mientras me tocaba el brazo.

—Vamos a tomar un café.

—¿Conoces algún sitio? Qué estoy diciendo. Claro que sí, este es tu barrio.

De hecho, había una pequeña cafetería que me gustaba cerca del paso a nivel de la estación de Mortlake. Por el camino había cuatro tiendas solidarias y, por pura costumbre, entramos en todas.

Y, como ya era costumbre, Nevada se dedicó en cada una a mirar ropa.

Cuando fuimos a la tercera tienda, al mirar en la primera caja, lo encontré.

Easy Come, Easy Go.

Lo levanté y, al instante, supe que era la versión original. Tenía una portada pesada, como las de antes, ligeramente amarillenta por el paso del tiempo. Le di la vuelta y comprobé la letra pequeña del reverso para asegurarme de que no era una reedición japonesa, aunque ya sabía que no lo era. Nevada me estaba mirando. Estaba de pie junto a una sección de camisetas de tirantes, con la mano a punto de tocar una percha de la que colgaba una prenda dorada sin forma.

Me levanté, como si me moviera a cámara lenta. Pensé que me temblarían las manos al sacar el disco. Pero me mantuve firme. Nevada se acercó a mí. La funda interior era de polietileno grueso, del que se usaba en los años cincuenta. Se podía ver la etiqueta a través de ella.

Era la equivocada. En lugar de un LP en el sello Hathor de los años cincuenta contenía, era un disco de Arista de los ochenta. Nevada me miró. Percibió que algo iba mal.

—¿Es una reedición?

—No —dije—. Tiene dentro el disco equivocado.

Leí la etiqueta. En lugar del *Easy Come, Easy Go* de Easy Geary ponía *2:00 AM Paradise Café* de Barry Manilow. No sabía si reír o llorar. Con el piloto automático puesto, fui al mostrador y pagué. Nos dirigimos a la puerta y dejé que Nevada saliera primero. Me miraba preocupada, y con razón.

—Por un momento he pensado que lo habíamos encontrado —comentó.

Yo no dije nada.

—Así que, supongo que tenemos que continuar con nuestro plan para esta noche.

—No —respondí.

Mi voz sonó seca y extraña.

—¿No?

—Se acabó —concluí.

No dijimos ni una palabra en el autobús. Y Nevada no me cogió de la mano mientras caminábamos desde la parada hasta casa. Parecía que yo la asustaba, o tal vez era el sentimiento de total abatimiento que se había apoderado de mí. Finalmente, cuando abrimos la puerta principal y las gatas vinieron corriendo a reunirse con nosotros, dijo:

—No lo entiendo.

Mostré mi bolsa con la compra.

—Es la portada correcta —comuniqué.

—¿Y qué?

—Tiene dentro el disco equivocado.

Nevada se sentó en el sofá y Turk no tardó en saltar para acompañarla.

—Eso lo entiendo.

Suspiré y me senté a su lado.

—No, no lo entiendes.

—Entonces, explícamelo —exigió mientras se giraba para mirarme.

Levanté el álbum.

—No hay nada que hacer. Es el disco que buscamos. O, al menos, la portada. Es auténtico. Es americano. Es de los años cincuenta. No hay duda de que es la portada del disco que queremos. Pero el disco no está. Alguien lo cambió. Y no creo que haya sido Tomas Helmer. No me pareció el tipo de hombre que guardara en la portada equivocada un LP.

Nevada parecía preocupada.

—Así que... —me instó a seguir.

—Así que disco y portada estaban juntos mientras los tuvo en su colección. Pero, en algún momento después de su muerte, alguien los ha separado. —Hice una pausa y después continué—: Sin el disco, la portada no nos sirve. Y el disco podría estar en cualquier parte, literalmente en cualquier parte. Al menos, cuando tenía la portada, era fácil de localizar. Pero ahora nuestra misión es aún más difícil. Podría estar en cualquier sitio. En cualquier portada. O en ninguna. Si está en la portada equivocada, tal vez incluso sea uno de los miles que ya hemos revisado y descartado.

Ya no podía ni mirarla a los ojos. No podía ver la decepción y la derrota en su rostro.

Miré hacia la mesita y, por alguna razón, me llamó la atención una pila de CD. Eran los que Stinky había estado escuchando el día que se había metido en casa a esperar a que volviéramos de la Feria del Disco. «Maldito Stinky», pensé.

Me puse en pie de un salto.

Las dos gatas y Nevada se estremecieron ante mi repentino movimiento. Pero yo ya corría hacia la puerta. Detrás de mí oí un grito:

—¿Adónde vas?

No podía parar. Salí a la carretera principal y me dirigí a la parada de autobús. No había ninguno a la vista y, de todos modos, en esos momentos había mucho tráfico, era la hora punta. Miré el reloj, maldije y eché a correr.

Llegué a la tienda solidaria en diez minutos después de caminar y correr por varios atajos. Eran las cinco y veinticinco, y el cartel de la puerta decía que abrían hasta las cinco y media, pero las luces ya estaban apagadas en el interior, excepto una que brillaba tenuemente a través de una puerta al fondo de la tienda. Llamé. Llamé insistentemente, aunque con cortesía, y, finalmente, apareció el hombre que llevaba la tienda. Era regordete, con gafas gruesas y el pelo alborotado. Llevaba un jersey morado holgado y vaqueros.

Alzó las manos y dijo:

—Hemos cerrado.

Lo miré desesperado. Por su cara, supe que no había nada que pudiera hacer para convencerlo. Solo era un hombre que había terminado su jornada laboral.

Oí pasos a mi lado. Me giré y vi a Nevada.

Había juntado las manos en un gesto de oración y miraba con ojos suplicantes al dependiente. Aleteó las pestañas. Él la miró un momento, con el ceño fruncido y una expresión poco amigable. Entonces, de repente, todo en él pareció ablandarse. Suspiró y se encogió de hombros, y supe que ya había caído preso de sus encantos.

Cogió las llaves y nos abrió la puerta con un tintineo de llaves. Luego se dirigió al interruptor de la pared, detrás de la caja registradora, y encendió las luces.

—Es como ese maldito gato de *Shrek* —me dijo.

Fui inmediatamente a revisar los discos mientras Nevada esperaba, entreteniendo al propietario. Hablaban, pero yo estaba tan concentrado que no podía distinguir lo que decían.

Había tres cubetas. Cuatro, si incluía en la que había encontrado la portada. Ya la había revisado a fondo, pero ahora sabía algo que entonces no.

Empecé de nuevo con la primera cubeta, repasando todos los discos.

Iba por la mitad de la tercera y empezaba a preocuparme seriamente cuando lo encontré: *2:00 AM Paradise Café* de Barry Manilow. En cuanto lo vi, supe que tenía en las manos algo importante. Pesaba demasiado. Saqué el disco. Estaba en una funda interior de papel blanco con un agujero en el centro. A través del agujero pude ver la etiqueta roja y blanca de Hathor.

Easy Come, Easy Go.

Lo saqué de la funda y le di la vuelta. Allí estaban, los autógrafos de Easy Geary y Rita Mae Pollini en el espacio muerto, escritos de forma que se adaptasen a la curvatura del vinilo. Nevada me miraba y sonreía. Lo sabía.

Pagué al tipo. Esta vez sí me temblaban las manos. El hombre echó un vistazo al disco mientras lo guardaba en una bolsa.

—Respeto mucho a Barry Manilow —me dijo.

Después, Nevada y yo salimos de la tienda.

Lo teníamos. En nuestras manos.

15. DOMINGO

De vuelta a casa, reunimos el disco con su portada y lo colocamos en el dormitorio, como si fuera un trofeo, encima de mi armario. Me da un poco de vergüenza admitirlo, pero me resultaba muy excitante verlo allí. Era una prueba de nuestra victoria. Pasamos la mayor parte de esa noche haciendo el amor y tumbados en la cama agotados y mirando el LP.

Solo lo bajamos de ahí al amanecer, cuando parecía que las gatas iban a tirarlo.

Nos despertamos tarde y muy hambrientos, y, mientras Nevada se daba uno de sus baños maratonianos —tan placenteros para las gatas— yo preparé el desayuno; tortilla con queso. Todavía tenía en la nevera un trozo de cheddar de Cornualles.

Nevada salió del baño secándose el pelo. Colgó la toalla en el respaldo de la silla de plástico naranja que tenía en el salón. Recordé cuando se había sentado en esa misma silla durante su primera visita. Sonrió, se acercó a mí y me abrazó, rodeándome por detrás con los brazos mientras yo cocinaba. Olía bien.

—Vamos a ponerlo —sugirió.

—¿Qué?

—El disco. *Easy Come, Easy Go.*

—No podemos —respondí—. No se puede poner en el tocadiscos.

Añadí el queso rallado a la tortilla. Se hizo el silencio mientras Nevada se daba cuenta de que no estaba bromeando. Entonces me soltó y se puso a mi lado de espaldas al fregadero para poder verme la cara.

—¿No se puede poner? —preguntó. Sus ojos transmitían verdadera preocupación—. Eso no puede ser. No son buenas noticias. Mi jefe no lo va a aceptar.

Parecía realmente alarmada, así que, inmediatamente, bajé un poco el fuego en el que estaba cocinando, la cogí de la mano y la llevé al salón. Abrí las cortinas, saqué el disco y lo puse en el tocadiscos. A la luz del día, pudo ver que la superficie del vinilo estaba llena de polvo y tenía unas pequeñas manchas blancas en forma de estrella, que parecían el producto de una especie de moho tenaz.

—No se puede reproducir. Por el momento. Pero no te preocupes —le dije.

—¿Que no me preocupe? Mi jefe querrá ponerlo y disfrutar de una experiencia audiófila de calidad. ¿Y qué quieres decir con «de momento»? —preguntó mientras me miraba.

—Hay dos tipos de daños en los discos. Los hay permanentes e irreversibles, como el desgaste, el maltrato y los arañazos. Y luego están los que se deben al abandono y la falta de cuidado, como dejar un disco por ahí tirado acumulando. Creo que aquí tenemos el segundo caso —le expliqué.

Sabía por dónde iba, pero aun así se impacientó. Así que fui al grano.

—El daño irreversible suele ocurrirle a un disco que ha sido reproducido cientos de veces.

—Pero no es el caso de este, ¿verdad? Esto no es un daño irreversible. Dime que no, por favor, cariño. Esto es como montar en una puta montaña rusa.

—Lo siento. Solo digo que este... —levanté el disco— parece tener el problema contrario.

Incliné el disco hacia la luz e inspeccioné la gruesa capa gris de polvo que se había acumulado en su superficie.

—Sospecho que el disco apenas se ha puesto. Quizá lo pusieron una vez, o nunca. Después, parece que alguien lo dejó por ahí, quizá en un tocadiscos, durante meses o incluso años —expliqué dando la vuelta al vinilo—. Una de las caras está mucho más limpia, lo que corrobora mi hipótesis. Creo que, debajo de esta capa de polvo, el disco podría estar perfecto —finalicé mientras miraba a Nevada.

Ella me observaba atentamente, como si su futuro pendiera de un hilo.

—La suciedad se puede quitar, ¿verdad?

Asentí con la cabeza.

—Si utilizamos un limpiador de discos adecuado.

—Bueno, tú tienes uno, ¿no? —preguntó ella con un tono más relajado.

—No.

—Sí que lo tienes. Recuerdo haberlo visto la primera vez que estuve aquí —afirmó.

—¡Mierda! —exclamé—. ¡La tortilla!

Fui rápidamente a la cocina y pude rescatar la tortilla justo a tiempo. Apagué el fuego. Nevada me había seguido hasta la cocina.

—Lo recuerdo perfectamente. Hablabas de los filtros de café que tenías en la caja del limpiador de discos, o alguna locura por el estilo. Pero la cuestión es que tenías uno, un limpiador de discos —insistió.

Saqué los platos del horno, donde los había metido para mantenerlos calientes.

—Lo tengo. Pero es un sistema primitivo de limpieza húmeda.

—Creo que te sigo, y tengo ganas de gritar.

Corté la tortilla en dos y la puse en los platos.

—Deja que yo los lleve —se ofreció.

Los cogió y los puso sobre la mesa, colocando ruidosamente los cubiertos a sus lados mientras yo untaba unas tostadas con mantequilla y las ponía sobre una bandeja. Cuando tuvimos toda la comida sobre la mesa, volví a enseñarle el disco.

—Para esto se necesita una máquina limpiadora concreta, con un aspirador incorporado para succionar el polvo de la superficie al tiempo que lo limpia.

—«Succionar el polvo», ¿has dicho? Eso parece terminología audiófila, y debo decir que no suena muy apetecible.

Por cómo la devoró, no podía decir lo mismo de la tortilla. A pesar de todo, estaba cocinada a la perfección.

—Son unos aparatos muy ruidosos —dije entre bocado y bocado. El chédar estaba en su punto—. Otra razón por la que nunca tuve uno. El aspirador no tiene ningún tipo de aislamiento acústico, y es tan molesto que tienes que ponerte tapones en los oídos cuando lo usas. Para no quedarte sordo.

—Sí, entiendo la ironía. Perder el oído por buscar la perfección sonora.

—Además, las gatas lo odiarían.

Nevada se agachó y acarició a Fanny, que se había emocionado al oírnos comer y ahora se dirigía hacia su cuenco de comida.

—Y no querríamos hacer daño a tus orejitas, ¿verdad? ¿Verdad? Orejitas, orejitas.

—Por si fuera poco, nunca podría permitirme uno.

Me miró y sonrió.

—Ahora sí podrás.

Después de ayudarme a llevar los platos a la cocina y ponerlos en el fregadero, continuó con el tema:

—¿Dónde podemos conseguir una de estas máquinas?

—No es tan sencillo.

—No, por supuesto que no —se quejó mientas me seguía de vuelta hasta el salón.

—Si compráramos ahora una máquina muy cara para limpiar discos y alguien nos estuviera vigilando, ¿no crees que les parecería un poco sospechoso?

Me miró, con unos ojos que indicaban comprensión.

—Por supuesto. ¿Para qué querrías un limpiadiscos especial? Quizá para limpiar un disco especial.

Asentí con la cabeza.

—No queremos que los Gemelos Arios se den cuenta de lo que tenemos entre manos —dije—. Que descubran nuestro hallazgo.

Nevada resopló. Volví a sentarme y cogí otra tostada, la última superviviente solitaria de la bandeja.

—Así que no vamos a comprar una de esas máquinas. En lugar de eso, vamos a buscar a alguien que ya tenga una, para uso profesional o personal. Alguien en quien podamos confiar.

—Pensaba comerme esa tostada —dijo Nevada—. ¿Conoces a alguien así?

—Sí, pero vive en Gales —respondí mientras nos repartíamos la tostada.

—No es que no me encante la idea de salir ahora mismo hacia Gales, pero ¿es la única opción?

—Podríamos enviarle el disco por correo.

—Bien, dijo ella. Vamos a Gales, entonces.

Cuando nos decidimos a conducir hasta la casa de Hughie para limpiar el disco, Nevada quiso ponerse en marcha de inmediato.

—Pues vamos —dijo.

—Aún no. Primero tenemos que pasarnos por las tiendas solidarias.

—¿Qué? ¿Por qué?

—No queremos dar a entender que hemos encontrado el disco.

—Claro. Debemos mantener nuestra rutina habitual.

—Exactamente. Tenemos que engañar calculadamente a esos ojitos arios.

—Si creen que seguimos buscándolo, si nos ven haciéndolo, no podrán ni imaginarse que lo hemos encontrado —me sonrió—. Eres tan listo. Quién lo diría. Tienes un talento natural para esto.

Pasamos el día de tienda en tienda, esta vez en Chelsea. Los barrios más elegantes de Londres no suelen tener tiendas solidarias. Son demasiado cutres. Una lástima. Sin embargo, King's Road es una interesante excepción, y siempre merece la pena echar un vistazo por ahí. Ese día las visitamos todas. Fue divertido. No encontré nada, pero tampoco importaba. Estaba satisfecho, contento como un pescador que ya ha llenado el cubo.

Es más, habíamos atrapado a nuestro Moby Dick.

—Por cierto, ¿montas en bicicleta? —le pregunté esa noche a Nevada cuando estábamos en la cama.

Se dio la vuelta y me miró.

—¿Tengo pinta de haber montado en bicicleta después de cumplir doce años?

—A eso iba.

Aun así, al día siguiente lo hizo sorprendentemente bien. Pasamos cerca de la Abadía, que tenía un aspecto fantasmagórico en la bruma matinal.

Era domingo y, por lo general, ese día no buscábamos discos, porque muchas tiendas están cerradas.

—Ojalá no se den cuenta de que nos hemos ido...

—Eso suponiendo que nos estén vigilando. Por lo que sabemos, ellos también se toman los domingos libres.

Había pedido prestadas las bicicletas a dos simpáticas mujeres, Ginnie y Sue, que vivían en la casa de al lado. Gracias a eso, pudimos salir por mi puerta trasera y entrar por la suya prácticamente sin ser vistos. Las bicicletas tenían unos impresionantes candados de acero muy resistentes. Los abrimos con las llaves que Ginnie había introducido en mi buzón la noche anterior y las sacamos, con su monótono tictac, a la oscuridad y la tranquilidad de la calle brumosa.

Cerramos la verja a nuestra espalda y nos situamos en el pequeño camino paralelo al muro posterior de la Abadía. Un centenar de metros más abajo, a nuestra izquierda, una entrada permitía el acceso peatonal a una pequeña zona de la Abadía que había sido una vía pública durante siglos. Pedaleamos a lo largo de los senderos, guiados por las tenues luces ámbar que marcaban el camino, y ganando confianza a medida que nos acostumbrábamos a nuestros vehículos.

—Es como montar en bicicleta. —Mi voz parecía desvanecerse en la niebla. No había nadie más alrededor, así que hablé un poco más alto—. Nunca olvidas cómo hacerlo.

—¿A quién dices que le hemos pedimos prestado esto? —preguntó Nevada.

—A mis encantadoras vecinas lesbianas.

—¿Crees que me convertiré en lesbiana por sentarme en este sillín? —dijo mientras se movía en el asiento.

—Tendremos que esperar para comprobarlo.

Después de haber recorrido la serpenteante y zigzagueante ruta a través de los terrenos de la Abadía, nos dirigimos a la carretera principal, a unos ochocientos metros de la salida del complejo residencial donde vivo. Nos pasamos esa salida para dar la vuelta después y volver a ella desde otra dirección, esperando parecer una simple pareja de ciclistas anónimos.

Bajamos a toda velocidad por la avenida Abbey, en dirección a Upper Richmond Road. La calle estaba silenciosa y vacía, envuelta en niebla. La luz amarillenta de las farolas creaba una especie de nubes brillantes que fluían a nuestro alrededor. Podía sentir cómo Nevada se relajaba a mi lado mientras se acostumbraba a la bicicleta. Me miró y me sonrió. Empezaba a disfrutar del viaje. Yo también.

El aire era húmedo, frío y limpio. Podías sentir que la nieve estaba a punto de caer.

Más adelante, vimos dos círculos rojos tenues, mal definidos y flotando en el aire. Semáforos. Nos detuvimos y esperamos, manteniendo el equilibrio. Cuando el inquietante resplandor verde de los semáforos brilló a través de la niebla, volvimos a ponernos en marcha y giramos a la derecha.

No había coches por ninguna parte. Lo único que se oía era el ruido de un avión que descendía hacia Heathrow, muy por encima de nosotros en la inmensidad del cielo matutino. Pedaleamos hacia el siguiente semáforo. Cuando redujimos la velocidad, escuchamos un susurro detrás de nosotros.

Ruedas de bicicleta.

Un ciclista apareció entre la niebla y se colocó a nuestro lado. Era una figura indeterminada, delgada, y llevaba casco, gafas y ropa negra con una franja amarilla en el lateral. Él o ella se detuvo y esperó, como nosotros, a que cambiara el semáforo. A través de la niebla, la suave luz roja nos iluminaba a los tres.

Justo entonces, se escuchó el ruido de otra bicicleta más. Se detuvo lentamente a nuestro otro lado. Esa persona también iba vestida completamente de negro con una franja amarilla en el lateral. Era más grande que la otra; sin duda era un hombre. Mi corazón empezó a latir con fuerza. El semáforo cambió de color.

Avanzamos todos a la vez. Los dos desconocidos se quedaron a los lados. Vi que Nevada se esforzaba, como yo, en pedalear más rápido, pero no avanzábamos mucho. Nuestra escolta mantenía su ritmo sin esfuerzo.

Avanzamos por las carreteras vacías en perfecta formación. Para entonces yo pedaleaba a toda velocidad y sudaba a mares. La mochila que llevaba a la espalda me daba aún más calor.

Mochila en la que había una caja. La caja en la que estaba el disco.

Miré a Nevada con impotencia. Los ciclistas seguían nuestro ritmo como autómatas. No había nadie más a la vista. Estábamos solos en la carretera. Empecé a pensar en el error que había cometido.

Y entonces se oyó el ruido de una tercera bicicleta.

Luego una cuarta y una quinta. Salieron de la niebla. Todos vestían el mismo uniforme; negro con una franja amarilla en el lateral. Nos rodearon, todos idénticamente equipados. Y fueron saliendo cada vez más hasta que, finalmente, habría una docena de ellos.

Eran como un banco de peces acechando a dos de otra especie. Estaban pedaleando junto a nosotros y, de repente, aceleraron y se alejaron desdeñosamente de nosotros, dos domingueros madrugadores. Desaparecieron en la niebla, posiblemente pensando en competir en los Juegos Olímpicos.

Nevada y yo nos miramos y aminoramos la marcha.

El corazón me iba a mil por hora, y no solo por el ejercicio.

Cuando llegamos a las instalaciones de la empresa de alquiler de coches en Putney cargamos las bicicletas en la parte trasera del Volvo que nos habían dado y salimos hacia Hammersmith y la autopista M4.

Yo conducía, Nevada iba a mi lado con un gran libro de mapas, preparada para servir de complemento al sistema de navegación del vehículo en caso necesario, además de llevar algo más útil; una bolsa de naranjas que estaba dispuesta a pelar bajo demanda y dar gajo a gajo al conductor para renovar sus energías.

—¿Tienen pepitas?

—Empiezas a parecerte a Tinkler.

Pasamos por Fulham Palace Road y por delante del Hospital Charing Cross. Pero no entramos.

—Puede que lo tengan vigilado. Puede que nos estén esperando —dije.

—¿En serio lo crees?

—No —admití—. Pero no podemos arriesgarnos.

Ella asintió y empezó a pelar una naranja, que desprendía un maravilloso aroma.

Acordamos que no nos pasaríamos a ver a Tinkler.

Y me arrepentiría de ello el resto de mi vida.

El sol estaba saliendo y disipaba la niebla mientras conducíamos hacia el oeste, salíamos de Hammersmith y entrábamos en la autopista. Nevada se quedó dormida un rato, luego se despertó y reanudó nuestra conversación como si nunca hubiera parado.

—Háblame de tu amigo.

—Hughie Mackinaw —dije—. El Escocés Galés.

—Así le llama Tinkler.

—Así le llama todo el mundo. El bueno de Hughie... ¿Qué se puede decir de un hombre blanco con un peinado afro? Menos mal que no es pelirrojo.

—Algo es algo —comentó ella.

—Tiene una mujer que se llama Albina, un niño que se llama Mickey y una niña que se llama Boo.

—¿Boo? ¿Es el diminutivo de algo?

—No lo sé. Pero es adorable.

—Es un nombre bonito.

—Ella me cae mucho mejor que su hermano.

—¿Por qué?

Pensé en la respuesta.

—Hughie es uno de esos machotes que ha malcriado a su hijo hasta la saciedad. Así que el niño es un tipo enfurruñado que siempre va por ahí con berrinches y enfadado.

—Tiene una pinta estupenda.

—Lo que quiero decir es que el hijo es la antítesis de mi amigo.

—Entiendo. ¿Por qué dices que Hughie es un machote?

—Solía formar parte de una pandilla de motoristas en Escocia. Era el mecánico del grupo. Un gran mecánico, de hecho, podía fabricar repuestos desde cero. Podía fabricar cualquier cosa. Pero un día descubrió que era más seguro y rentable hacer tocadiscos.

—Un extraño giro de 180 grados en su carrera.

—La verdad es que no tanto. Siempre le gustó la música. Tenía buen oído. De ahí su interés.

—¿Y ahora se gana la vida fabricando tocadiscos?

—Vende unos cuantos cada año. Sobre todo, a Estados Unidos y Japón. No son baratos, son equipos de gama alta, pero nunca consigue lo suficiente para ganarse la vida.

—Por eso también cultiva grandes cantidades de marihuana, ¿no?

—Sí, digamos que ha vuelto a las andadas.

—¿Cómo es su mujer?

—En realidad son pareja de hecho.

—Normal —indicó Nevada—. En los tiempos que corren...

—No está mal. Es simpática, pero un poco despistada.

El estómago de Nevada emitió un rugido que retumbó en todo el coche. Nos reímos.

—Espero que nos hayan preparado comida —dijo ella.

—Te aseguro que lo han hecho. Pero eso va a ser un campo de minas, estratégicamente hablando.

—¿Por qué? ¿Qué quieres decir?

—Porque, probablemente, Albina es la única madre pagana de Gales que no tiene ni idea de cocinar —contesté.

—Qué irónico.

—Así que el almuerzo probablemente será una combinación de congelador, abrelatas y microondas.

—Genial —respondió Nevada.

Estuvimos en silencio mientras veíamos pasar el paisaje y el tráfico, que era escaso, aunque aumentó a medida que nos dirigíamos hacia el oeste.

—Cuando limpiemos el disco, ¿tendrás que llevarlo a Japón? —comenté finalmente.

—¿Japón? —contestó mirándome.

—Miré el número que te llamó. En mi teléfono fijo. La noche que el tuyo no funcionaba —me atreví a decirle.

—Vaya, muy listo. Sí. La persona que me ha contratado está en Japón.

—Pero tu tarjeta dice GmbH.

—Sí. Fue un plan diabólicamente enrevesado, ¿verdad? —sonrió, mirando hacia el horizonte a través de la ventanilla—. Hacerte pensar que era un encargo de Alemania.

—En realidad, empecé a sospechar cuando Tinkler te preguntó por ese álbum alemán de los Rolling Stones que quiere y tú no sabías qué significaba *sonderauflage* —le confesé.

—El Detective del Vinilo —dijo mirándome con recelo, pero, al mismo tiempo, con cariño.

El sol estaba alto y brillaba en una despejada mañana de invierno, iluminando los árboles desnudos y los campos cubiertos de escarcha. Llegamos a casa de Hughie poco antes de las once, un poco cansados por los kilómetros recorridos.

Hicimos nuestra primera parada en su fábrica, como habíamos acordado por teléfono. Hughie estaba allí para recibirnos, con unas relucientes botas Dr. Martens negras, unos vaqueros hechos jirones y una chaqueta de trabajo azul marino. La única prenda de abrigo que llevaba era lo que parecía ser una bufanda de la Universidad de Cambridge, aunque, para ser honesto, no tenía derecho a lucir. Pero ese era el menor de los delitos de Hughie. Llevaba la cabeza descubierta, como si quisiera mostrar con orgullo el pelo afro del que le había hablado a Nevada.

Estaba fumando un porro, que tiró a un lado mientras nos saludaba. Lo acompañaba un perro delgado y de color ocre. Estaban en el estrecho camino que accedía desde la carretera principal, pasaba junto al edificio de dos plantas que servía de fábrica y se adentraba en los terrenos de atrás. Entré y aparqué junto a la puerta trasera del viejo edificio marrón, al lado del BMW destartalado de Hughie.

Salimos del coche, bostezando y estirándonos. Casi se me olvida coger el disco, que estaba en el suelo de la parte trasera, protegido por la caja y la mochila y lo más lejos posible de cualquier fuente de luz solar o calor.

Escuchamos los pasos de Hughie y las garras del perro en el suelo helado viniendo hacia nosotros.

—Hagas lo que hagas, no menciones su pelo afro —advertí a Nevada.

—Me encanta tu pelo —le dijo en cuanto Hughie se acercó.

Él sonrió y se frotó la cabeza alegremente, como si la estuviera descubriendo por primera vez, y supe que, una vez más, Nevada se había salido con la suya.

—Sería un buen *jewfro* —dijo él— si fuese judío.

Se adelantó para estrecharme la mano y darle a Nevada un abrazo y un beso en la mejilla bastante descarados. En ambas mejillas, de hecho.

Tuve que recordarme a mí mismo que estábamos en territorio neojipi.

El perro desapareció rápidamente por una gran trampilla que había en la puerta de la fábrica, resguardándose del frío y dejándonos con nuestras humanas preocupaciones.

Detrás, los terrenos se extendían un largo trecho antes de llegar a un muro alto que lindaba con un parque. Perfecto para la privacidad que requerían las actividades agrícolas de Hughie. Conocía la distribución de las instalaciones, porque había acompañado a Tinkler a restaurar su Thorens, pero desde entonces se había añadido una gran estructura a la izquierda del patio.

Era lo que parecía ser un tanque de agua que se elevaba sobre cuatro patas de acero como un gigante alienígena regordete que, cansado, hubiera renunciado a su intento de invadir nuestro planeta.

—¿Qué es eso, Hughie? ¿Un tanque de agua?

—No, es un depósito de combustible. Para alimentar el generador —me respondió. Señaló con orgullo un cobertizo cercano, y me di cuenta de que eso también era nuevo—. Ahora produzco mi propia energía.

—¿Quemando gasolina?

Hughie sonrió.

—Y, lo que es más importante, evitando picos en la red que puedan apagar las luces o el sistema de riego. Para cultivar ya sabes qué —indicó, señalando los invernaderos.

—Tengo entendido que habéis tenido una cosecha abundante este año —le dije.

Tinkler siempre me mantenía al tanto de las novedades de Hughie.

Asintió con la cabeza, meneando su gran pelo afro. Vi que tenía algunos mechones grises entre el cabello castaño.

—Así es. Por eso pude pagar el generador. Por no hablar del combustible. —Me miró, con los ojos un poco excitados, pero no más que de costumbre—. Conseguí un camión cisterna entero a cambio de un cargamento de hierba.

—Estás de broma.

—No, así es la economía alternativa. —Miró con cariño los invernaderos—. Plantas cosas en la tierra, crecen y luego puedes cambiarlas por un camión cisterna lleno de combustible —señaló el tanque con la cabeza, caminando bajo su sombra—. Y tenía que almacenarlo en algún sitio, así que construí esto. Ahora somos autosuficientes energéticamente —repitió.

Nevada se quedó mirando los invernaderos, construidos con plástico transparente muy resistente. Eran unos túneles grandes y largos cerrados en cada extremo, como una versión gigante de esos en los que los agricultores cultivan tomates. Este sistema era bastante adecuado, porque lo único que se veía desde fuera era el rojo borroso de los tomates que crecían en densos racimos.

En el paisaje invernal, proporcionaban una estampa alegre y festiva.

Por supuesto, detrás de los cultivos de tomates se escondía la verdadera cosecha, que simplemente parecía un exuberante fondo de hojas verdes.

Los invernaderos descansaban sobre rectángulos planos de tierra con profundas zanjas cavadas a su alrededor, a modo de fosos. En su fondo había escarcha, lo cual creaba un dibujo blanco alrededor de cada invernadero. Para acceder a ellos, tenías que pasar por encima de las zanjas a través de unos puentes o pasarelas en miniatura bastante precarias, hechas con planchas de aluminio que no estaban agarradas a nada. En mi anterior visita ya había descubierto que eran preocupantemente inestables.

Pero a Hughie le gustaban así, porque podía quitarlas cuando quisiera, impidiendo el acceso a los invernaderos a quien quisiera. Nevada estaba mirando uno de ellos en ese preciso instante.

—¿Para qué sirven esos fosos? ¿Es que tienes miedo de que te asedien caballeros con artilugios medievales? —dijo.

—Para nada —respondió Hughie, con un repentino acento de Glasgow muy marcado, quizá para impresionarla—. Es para impedir el paso a las ratas —sonrió, asintiendo en mi dirección—. Supongo que nuestro amigo te ha hablado de mi pequeño proyecto agrícola.

—Sí. Es más, he tenido la oportunidad de probar tus productos, y déjame decir que la agricultura es la columna vertebral de esta nación.

Hughie soltó una risita rasposa y su aliento se convirtió en vaho por el frío.

—En fin, ¿qué decías de las ratas? —preguntó Nevada.

La sonrisa de Hughie se desvaneció.

—Oh, sí. Esas pequeñas cabronas. Se metían en los invernaderos. Daba igual lo que hiciéramos: usábamos PVC muy resistente, poníamos planchas de hierro debajo... Nada servía.

Siempre se las arreglaban para cavar o morder lo que fuera para entrar.

—¿Y, luego, atacaban el... mmm... cultivo comercial?

—Se comían los tomates y, luego, el cultivo comercial.

—¿En serio? —se sorprendió Nevada.

—Oh, sí. Roían los tallos verdes de las plantas jóvenes, matándolas con un par de mordiscos. Te rompía el corazón ver esas pequeñas y desagradables marcas de dientes.

—¿Crees que se pegaban un buen colocón?

—Ya no —contestó Hughie, sonriendo sombríamente—. Al menos no con mi hierba.

—¿Gracias a los fosos?

—Exacto. En primavera, los llenamos de agua y las pequeñas cabronas no pueden cruzar —afirmó Hughie.

—Igual saben nadar —dijo Nevada.

—Pues parece que disuaden a la mayoría.

—Debo decir que eso demuestra la falta de esfuerzo e iniciativa que asola a esta nuestra hermosa nación.

Hughie sonrió encantado con las ocurrencias de Nevada, mostrando todo su surtido de dientes desiguales.

—Tienes que llevarte algunos tomates —dijo.

—Que les den a los tomates —soltó ella—. Nos llevaremos un paquete de hierba.

Hughie soltó una carcajada y se dirigió hacia la fábrica dando pequeños pasos garbosos. Toda esa charla sobre el cultivo ilegal de cáñamo le había entusiasmado. Estaba mucho más emocionado de lo que nunca le había visto con un equipo de alta fidelidad.

Me dio una palmada en el hombro.

—¿Lo tienes ahí? —preguntó, señalando la mochila con el disco dentro.

—Sí —dije—. ¿Le damos una buena limpieza?

Pero insistió en primero llevarnos a su casa a comer lo que Albina hubiera preparado. Un horrible panorama, sabiendo lo que nos esperaba.

16. CÍRCULO NEGRO EN LA NIEVE

El almuerzo fue tan mediocre como cabía esperar, y el hijo de Hughie se comportó como un niño malcriado. Sin embargo, la pequeña, Boo, era encantadora, y Nevada se encariñó tanto con ella como con Albina, su madre. El sentimiento era mutuo. Parecían tristes cuando se despidieron de nosotros.

Estaba anocheciendo cuando condujimos hacia la fábrica. El cielo estaba despejado, pero había estado nevando mientras comíamos. Poco a poco, se habían acumulado a ambos lados de la carretera unos montículos blancos de contornos suaves y redondeados. Esta vez fuimos por una ruta diferente, pasando por la estación de ferrocarril local, que se encontraba tan solo a ochocientos metros.

—Podríamos haber venido en tren y luego andar un poco —comenté.

—¿No habría hecho eso más fácil que alguien pudiera seguirnos?

—Supongo que por eso no se nos ha ocurrido.

—¿Crees que, a pesar de todas las precauciones que hemos tomado, alguien podría habernos seguido? —me preguntó.

—Si lo han hecho, me cabrearé mucho.

Eché un vistazo a la carretera serpenteante. Las luces traseras de Hughie empezaron a parpadear para indicar un giro a la izquierda, el resplandor rojo y ámbar se reflejaba en la nieve.

Nos esperaba junto a la puerta trasera de la fábrica, que estaba abierta. El perro se encontraba a su lado, moviéndose impaciente, como preguntándose por qué no entrábamos todos en el agradable y cálido edificio y cerrábamos bien la puerta detrás de nosotros. El patio estaba iluminado por el resplandor nacarado de la luz del interior de los invernaderos, que brillaba sobre la nieve de forma suave, inquietante y difusa. Oía el débil traqueteo del generador.

—¿Has encendido el generador? —le pregunté.

—Se enciende automáticamente al anochecer —respondió.

El perro estaba tenso junto a él, deseando que entráramos. Y lo hicimos. Hughie nos guio a través del sombrío y reverberante taller que ocupaba la planta baja, hasta una escalera que conducía a las oficinas, algunos almacenes y una sala de escucha. El limpiador de discos estaba en una de las oficinas, junto con algunos tocadiscos a medio reparar y un circuito cerrado de televisión sorprendentemente bien instalado.

Dos grandes pantallas de ordenador colocadas una al lado de la otra ofrecían unas vistas variadas y desde varios ángulos de los patios delantero y trasero de la fábrica. Junto a ellas, montado en la pared, se encontraba un robusto armario metálico. Hughie lo abrió y sacó de él una escopeta de dos cañones. Extrajo un puñado de cartuchos del bolsillo y los dejó sobre el escritorio.

—¿Qué demonios es eso? —pregunté

—¿Es para las ratas? —se interesó Nevada.

Hughie negó con la cabeza.

—Las ratas no nos molestan en invierno.

Procedió a cargar la escopeta. Nevada cogió uno de los cartuchos y lo miró con curiosidad. Tenía una carcasa amarilla en lugar de la roja habitual.

—Nunca he visto unos así. ¿Qué tienen dentro? —indicó.

Hughie volvió a esbozar su sonrisa pícara.

—Sal marina. La mejor sal marina de Gales. Cargada a mano dentro del cartucho. He tenido algunos problemas con chavales que irrumpen en los invernaderos. Y, si los veo, los voy a disuadir un poco.

—Los vas a sazonar bien —bromeó Nevada.

Hughie soltó una risita. Dejó la escopeta sobre el escritorio, frente a las pantallas, y las señaló con la cabeza cuando dijo:

—Tendremos que estar pendientes de ellas mientras trabajamos. Por si esos pequeños cabrones intentan entrar de nuevo.

—¿Tan grave es el problema? —comenté, echando un vistazo a las imágenes de las cámaras.

Los patios estaban desiertos y vacíos, como si nadie hubiera puesto un pie allí jamás.

—Al principio eran solo algunos cogollos —explicó Hughie—. Luego, empezaron a desaparecer plantas enteras.

—¿Tienes idea de quién puede ser?

—No —contestó negando con la cabeza.

—Los delitos a gran escala suele cometerlos alguien de dentro —indicó Nevada.

—Bueno, esto es un delito a pequeña escala —apuntó Hughie mientas ponía en marcha la máquina limpiadiscos.

La había fabricado él mismo, con un diseño exactamente igual al de la mayoría de los modelos de alta gama. Básicamente, se parecía a un enorme tocadiscos, pero con un esbelto cabezal aspirador en lugar de un brazo reproductor.

Hughie extendió su mano. Sentí una extraña reticencia a sacar el disco y dárselo, pero lo hice. Lo puse en el aparato, colocando una pequeña abrazadera circular para cubrir la etiqueta central. Luego sacó una botella de plástico y roció el líquido que tenía dentro por toda la superficie del vinilo. Nevada me miró inquieta y perpleja, pero yo me limité a asentir con la cabeza y ofrecerle lo que esperaba que fuera una sonrisa tranquilizadora. El líquido era lo que Hughie llamaba su «fórmula secreta», pero seguramente contenía los mismos componentes que todos los demás limpiadores de discos: agua destilada, alcohol isopropílico, algún tipo de tensioactivo y, quizá, algo especial para contrarrestar la aparición de moho.

Hughie empapó el vinilo y examinó con satisfacción su superficie mojada y reluciente.

—Ahora lo dejamos un rato en remojo.

Se dio la vuelta y empezó a rebuscar en una caja de cartón, de la que finalmente extrajo tres pares de potentes cascos antiruido. Eran como unos auriculares con grandes discos de espuma para tapar los oídos. Me dio unos a mí y otros a Nevada.

—¿De verdad son necesarios? —dijo ella, inspeccionándolos.

—Espera y verás —le dije.

—Bueno, espero que estén limpios —contestó Nevada, colocándoselos de mala gana.

Una vez que todos estuvimos a salvo, Hughie puso en marcha el tocadiscos. El disco empezó a girar. Colocó el cabezal de limpieza sobre el vinilo y encendió la aspiradora. Como le había explicado a Nevada, una aspiradora doméstica normal cuenta con aislamiento para reducir el ruido que genera. Pero el modelo de Hughie, como la mayoría de estas máquinas, carecía de esos extras.

El dispositivo emitió un rugido como el de dos dinosaurios luchando en un pantano prehistórico. Dos enormes dinosaurios.

Nevada me miró asombrada y se ajustó un poco más los auriculares. Ahora se alegraba de llevarlos, sin importarle si estaban sucios o limpios. Observamos cómo el cabezal de limpieza recorría el disco, absorbiendo el líquido que tenía. Cuando llegó al final, Hughie guio con cuidado el cabezal hasta su punto de reposo y apagó el tocadiscos.

Dio la vuelta al disco y repitió el proceso por la otra cara.

Cuando terminó, nos quitamos los auriculares y nos miramos. Hughie quitó la abrazadera de la etiqueta y sacó el vinilo. Me lo entregó sonriendo.

Estaba reluciente, con un negro intenso y brillante y reflejos de arco iris. El denso y bello dibujo de los microsurcos brillaba, preciso y prístino. Parecía nuevo.

Estaba perfecto.

—Normalmente cobro dos libras por este servicio —dijo Hughie.

—Creo que podemos pagarte esa cantidad sin problema —indicó Nevada, exultante—. Puede que incluso compremos una bolsa de tu, sin duda, caro cannabinoide verde.

—Sí, como has dicho antes —comentó Hughie—. Y tienes que llevarte algunos tomates.

Siempre estaba ansioso por deshacerse de los tomates. Se volvió hacia mí y señaló el disco.

—¿Quieres ponerlo?

La sala de escucha de Hughie estaba al lado de la oficina. Era una habitación grande y rectangular con un tocadiscos, un amplificador, altavoces en un extremo y un sofá en el otro. Así que allí había ido a parar su sofá. En el salón de su casa solo tenía sillones. Ahora ya sabíamos la razón.

Los altavoces estaban colocados contra la pared del fondo para que el sonido llegara a nosotros, que estábamos sentados al otro extremo de la sala, a través de un eje longitudinal. Era la configuración ideal.

Hughie encendió los amplificadores mientras yo sujetaba el disco por los bordes con sumo cuidado. El vinilo aún estaba ligeramente húmedo.

—Qué raro —dije.

Nevada se puso en alerta al instante.

—¿Pasa algo?

—No, no, en absoluto —levanté el disco hacia la luz—. Es que he visto algo en el espacio muerto del vinilo.

—¿Dudas de que sea una copia original? —comentó mientras me observaba con aprensión.

—Al contrario, lo verifica como tal. Tiene los autógrafos de Geary y Rita Mae. Y las iniciales DDP, Danny DePriest, el ingeniero de sonido. Incluso los números correctos del estampador y de la matriz. —Me acerqué más a la luz—. Pero aquí hay algo más.

—¿El qué? —preguntó ella acercándose también.

—Dos letras. Una *b* mayúscula en un círculo en la cara A, y una *y* mayúscula en un círculo en la cara B.

—¿Y qué quieren decir?

—No tengo ni idea.

—Ya está —dijo Hughie con impaciencia.

Se llevó el disco y sonrió con compasión cuando insistí en ponerlo en el tocadiscos y bajar la aguja yo mismo.

—No se fía de mí —comentó, guiñando un ojo a Nevada.

—Hace bien —respondió ella.

Volvimos al otro extremo de la sala y nos sentamos en el sofá mientras empezaba a sonar la música. Hughie había colocado los altavoces con sumo cuidado, y el sonido era excelente. Pero, lo que es más importante; el disco estaba en perfecto estado.

—Suena bien, ¿verdad? —afirmó Hughie con orgullo.

Asentí con la cabeza.

—Como si nunca se hubiera puesto antes.

—Tal y como dijiste —comentó Nevada.

Se acercó más a mí. También parecía orgullosa.

La cara B del disco sonaba, si cabe, aún mejor. Esperé con especial impaciencia el tema vocal del final. Se trataba de una vieja composición de Red Jellaway, un número escalofriante llamado «Running from a Spell», en el que Rita Mae Pollini brillaba con una belleza inquietante. Pero, a estas alturas, ya me había acostumbrado a las cualidades sonoras y musicales del álbum, y solo estaba esperando el pequeño fallo que había escuchado anteriormente en la copia que yo tenía en casa.

El sonido que Tinkler había atribuido a que el cantante se encuentra demasiado cerca del micrófono.

Era la primera vez que escuchaba una copia de primera generación del tema, prensada directamente de la cinta original. Y ahí estaba, el innegable chasquido.

—¿Ese es el conocido Ruido Indeseado? —preguntó Nevada mirándome.

Asentí con la cabeza.

—Sí. Pero creo que no tiene nada que ver con el cantante o el micrófono.

—Sí, es raro, ¿verdad? —comentó Hughie, escuchando atentamente. Luego añadió, un poco a la defensiva—: No es suciedad en el disco.

—Nadie está diciendo que lo sea.

—Mi limpiador habría eliminado todo eso.

—Por supuesto.

—Y no parece un fallo de prensaje. —Ahora que no había duda de que él no era el culpable, Hughie sonaba pensativo—. Probablemente sea un ruido en la grabación.

Cuando terminó el tema, se acercó al tocadiscos y lo puso otra vez. Esta vez no interferí, aunque tuve que reprimir el impulso de hacerlo. La canción volvió a empezar y, de nuevo, escuchamos ese sonido. Hughie parecía un perro de caza, con la cabeza hacia un lado. Eso me hizo pensar en dónde se habría metido su perro.

—Es el sonido de alguien tirando un atril —sugirió.

—Es posible.

Pero yo no lo creía. La canción terminó y, con ella, también el disco. Hughie se acercó al tocadiscos, levantó el brazo y lo apagó. Yo dejé que lo hiciera. Por fin empecé a ser consciente de lo que habíamos conseguido. Una tranquila sensación de triunfo comenzó a invadirme, arrullarme y relajarme. Me recordé a mí mismo que todavía teníamos que volver en coche. Y Nevada había bebido demasiado durante la comida.

Hughie volvió al sofá. Nevada me miraba y esbozaba una sonrisa serena y satisfecha. Me apretó la mano y se inclinó hacia Hughie.

—Bueno, me parece que te debemos dos libras —dijo.

—Acepto efectivo, tarjetas de crédito o PayPal —respondió él.

En ese momento, se apagaron las luces.

—Mierda —exclamó Hughie, con un tono de irritación, pero no de sorpresa—. El puto generador.

—Hughie —dije, intentando que la tensión no se notara en mi voz mientras estábamos sentados a oscuras—. ¿Esto pasa a menudo?

—Todo el puto tiempo.

Se levantó del sofá y empezó a dar vueltas. La única luz de la habitación era el suave resplandor anaranjado de los amplificadores de válvulas, que se apagaron lentamente cuando dejaron de recibir electricidad. De repente, Nevada soltó una risita.

—Tengo que ir al baño —dijo.

—Traeré unas velas —anunció Hughie—. Así podrás ver dónde pisas.

—No te preocupes —contestó ella.

Sacó su teléfono y, al encenderlo, el brillo espectral de la pantalla creó un espacio de luz azul pálido. Se lo ofreció a Hughie.

—Toma, te lo presto.

—Tranquila —gruñó él, buscando en sus bolsillos—. Yo también tengo uno. Pero siempre se me olvida usarlo.

Sacó su teléfono y utilizó su luz para llegar a la puerta. Nevada lo siguió. Estuvieron fuera lo que pareció ser una eternidad. Luego, Nevada regresó sola, iluminada por el fantasmal resplandor de su teléfono.

—¿Dónde está Hughie? —le pregunté.

—Ha ido a comprobar el generador, sin parar de maldecir.

Apagó el teléfono y volvimos a quedarnos a oscuras. El sofá chirrió cuando se sentó a mi lado. Nos buscamos a tientas y nos cogimos de la mano.

—Esto es divertido —dijo Nevada—. Un apagón en Gales. En invierno. Me llevas a los mejores sitios.

El perro empezó a ladrar antes de que pudiera contestar. El animal estaba en la parte de abajo y, evidentemente, algo lo había asustado.

—Dios mío —solté—. ¿Qué está pasando?

Apenas podía oír mi propia voz. Los siniestros y desesperados aullidos del perro resonaban por todo el edificio. Nevada dijo algo, pero no la entendí. Ambos nos levantamos a la vez, como si estuviéramos sincronizados. Y, en ese preciso momento, volvieron a encenderse las luces.

Oímos la voz de Hughie abajo y el perro dejó de ladrar. Volvimos a sentarnos. Un minuto después, Hughie entró en la habitación, sacudiendo la cabeza.

—Spencer tenía hambre —explicó—. Le he dado unas galletas.

—Oye, Hughie —comenté—. Si no te importa, será mejor que nos vayamos.

De repente, pareció cabizbajo. Supuse que había imaginado una agradable sesión nocturna escuchando música y fumando porros.

—¿De verdad tenéis que iros? —nos preguntó.

—Tenemos un largo viaje de vuelta por delante —dije asintiendo con firmeza.

—Claro, lo entiendo —suspiró.

Nevada me puso una mano en la rodilla y se levantó. Bostezó y se estiró. No había dicho nada, pero sabía que estaba tan ansiosa por marcharse como yo. El corte de luz y los ladridos del perro nos habían puesto a los dos al borde de un ataque de nervios. Me levanté y me acerqué al tocadiscos para recuperar el disco.

Pero había desaparecido.

Me giré y miré a Hughie y a Nevada.

—Hughie —dije.

Luego me giré y miré a la pared, detrás de los altavoces. Ahí había una puerta en la que no había reparado antes. La abrí y miré dentro. Nevada gritaba algo detrás de mí, pero no la escuchaba. La habitación estaba a oscuras. Busqué a tientas un interruptor y lo encontré. Era otra oficina, pero esta estaba vacía, a excepción de un escritorio y unos viejos archivadores.

En el suelo había huellas, aún húmedas, de nieve derretida.

Las seguí hasta la puerta, el pasillo y las escaleras. Hughie y Nevada venían detrás de mí, caminando rápida y ansiosamente. También se habían percatado de que el disco había desaparecido.

Spencer, el perro, estaba sentado junto a la puerta trasera. Me miró como diciendo: «Os he avisado». Abrí la puerta de un empujón y salí al frío aire nocturno. Oí el crujido de pies moviéndose rápidamente sobre la nieve y, entonces, vi una figura. Era pequeña y delgada, y se movía deprisa. Llevaba un traje de esquí oscuro que podría haber sido negro o azul marino.

Estaba seguro de que era una mujer. Y estaba seguro de que sabía qué mujer.

Mientras corría, intentaba meter el disco en su portada. Había conseguido robar las dos cosas.

—¡Espera! —grité tontamente.

Salí tras ella. Miré hacia atrás y vi a Nevada y a Hughie siguiéndome. Él levantó su escopeta en el aire y disparó hacia el cielo nocturno.

—¡Alto! —exclamó.

En lugar de detenerse, la mujer se giró. Sujetaba el disco con una mano. En la otra tenía algo que no pude distinguir. El objeto brillaba intensamente, y entonces oí detrás de mí un ruido como de ramas partiéndose y una ventana rompiéndose en mil pedazos.

Me di cuenta de que me estaban disparando. Me paré en seco y la mujer siguió corriendo. Nevada llegó donde yo estaba rápidamente.

—Agáchate —me ordenó empujándome, con fuerza, sobre la nieve.

Vi que llevaba su propia pistola en la mano, aquella por la que nunca le había preguntado.

Se detuvo, empuñó el arma con ambas manos, de forma profesional, y disparó.

La mujer cayó al suelo.

El disco salió volando de su mano. Vinilo y portada se separaron, y el primero voló como en una competición de lanzamiento de disco. Aterrizó de forma inclinada en un banco de nieve. En contraste con la blancura, parecía un círculo negro perfecto. En un lejano rincón de mi conciencia, me convencí de que estaría bien. Un suave lecho de nieve era, probablemente, una de las mejores cosas en las que podría haber aterrizado, siempre y cuando la nieve no se convirtiera en agua.

Me levanté y me dirigí hacia el disco. Nevada me miró.

—¡Quédate ahí! —me gritó—. Yo voy a por él.

Hice lo que me ordenó.

De repente, la mujer desconocida se levantó, aparentemente ilesa. Nevada le había dado, pero debía de llevar algún tipo de chaleco antibalas. Uní las piezas y la situación empezó a tener cierto sentido, pero, de repente, en mi cabeza, me sentí como si estuviera en medio de una partida de paintball. No había ningún peligro, y nadie iba a acabar realmente herido.

Así que me levanté y seguí a Nevada.

La mujer se alejó corriendo hacia la oscuridad del otro extremo del terreno, dejando atrás el disco. Nevada me miró por encima del hombro.

—¡No te acerques! —gritó.

De repente, Hughie pasó corriendo junto a nosotros, recargando la escopeta. Nevada soltó unas palabrotas y salió tras él.

Hughie disparó a la mujer que huía en medio de la oscuridad.

Y entonces alguien empezó a dispararnos a nosotros.

En ese momento Nevada corría junto a una de las zanjas del invernadero y, tras oír un disparo, vi cómo se tambaleaba por el impacto de una bala.

Pude sentirlo. Fue como si me hubieran dado a mí.

Nevada no llevaba chaleco antibalas.

Cayó de lado, desapareciendo dentro de la zanja.

Corrí hacia ella. Volvió a oírse el sonido de la escopeta de Hughie y, luego, una salvaje ráfaga de disparos de lo que supe que era un arma automática. Hughie volvió, huyendo.

Las balas silbaban sobre mi cabeza. Las oí chocar contra algo metálico, encima de mí y a la izquierda, con un sonido tintineante. Mi amigo vino corriendo hacia mí.

—¡Atrás! —chilló.

—¡Nevada! —le dije yo a modo de respuesta.

—Está muerta. La he visto. No hay nada que hacer.

Hubo más disparos. Los oía repiquetear, rebotar y golpear salvajemente varias cosas.

Hughie y yo estábamos agachados, tratando de ocultarnos. Detrás de nosotros oí ladrar frenéticamente al perro. Hughie me miraba desesperadamente a la cara, yo asentí con la cabeza y él volvió corriendo hacia la fábrica.

Le hice creer que iría con él, pero en realidad corrí en dirección contraria, hacia donde me había dirigido antes.

A la zanja donde yacía Nevada.

Pero, cuando estaba acercándome, escuché un chisporroteo tremendo, un estallido y, luego, un alarmante sonido chirriante. De repente, vi que la nieve parecía tener un tono amarillo brillante, como si la iluminase una luz cálida y parpadeante. Miré hacia arriba y vi llamas saliendo del depósito de combustible. Probablemente, había sido alcanzado por las balas y, en consecuencia, se había incendiado.

Entonces, la estructura empezó a romperse.

Se desplomó sobre sus cuatro patas como un gigante herido que cae de rodillas. El tanque se abrió de golpe y su ardiente contenido se vertió por el suelo helado.

Una lengua de fuego se derramó sobre la zona en la que había visto por última vez a Nevada.

La masa de combustible se vertió al caer el tanque. Y la zanja se llenó de un torrente caliente, brillante y crepitante.

La zanja donde Nevada había caído.

Mi mente no podía asimilar lo que estaba pasando. Sentía el calor en la cara, como si el sol me estuviera quemando. Mis pulmones ardían por el olor a gasolina quemada. Las sombras se retorcían en el suelo. El humo negro empezó a extenderse por el cielo, ocultando las llamas.

Oí un ruido, me volví y vi que Hughie estaba de pie detrás de mí, con el perro a su lado. El silencio era sepulcral, salvo por el crepitar de las llamas. Del cielo empezaron a caer pequeños y delicados copos de nieve.

La calma del momento parecía una locura, pero solo duró unos segundos.

De repente, empezaron a sonar sirenas a lo lejos.

—Vete de aquí —dijo Hughie—. Tienes que irte de aquí.

—Nevada...

Sacudió la cabeza. Las lágrimas le corrían por la cara. Señaló hacia la zanja, ahora rebosante de combustible ardiendo; una masa de humo y llamas. No había esperanza.

Me agarró del brazo y empezó a empujarme, alejándome del fuego, hacia mi coche.

Entonces me di cuenta de que el disco yacía en el suelo cubierto de nieve, donde había caído.

Había sido alcanzado por salpicaduras de combustible. La portada era ahora un cartón chamuscado, y el disco un charco de vinilo derretido.

La elegante etiqueta de Hathor aún era reconocible en el centro del objeto negro y deforme.

Lo dejé allí.

Mientras me alejaba de la fábrica, miré hacia atrás por el retrovisor. El lejano resplandor de las llamas parecía unas luces festivas en el cielo. Me di cuenta de que, desde esa distancia, podía parecer una especie de espectáculo navideño. Dejé atrás las carreteras rurales y me incorporé a la autopista.

De vuelta a Inglaterra.

De vuelta a casa.

Unos copos grandes y blancos empezaron a caer, iluminados por los faros del coche.

Estaba nevando.

Nevada.

17. HONORARIOS DE LIQUIDACIÓN

Las carreteras estaban despejadas y llegué a casa a última hora de la tarde, pero ya era prácticamente de noche por el horario invernal. Iba en modo piloto automático, mi mente funcionaba y se preparaba meticulosa y eficazmente.

Primero conduje hasta mi casa, porque tenía que devolver las bicicletas a mis vecinas. Después, dejé el coche en la empresa de alquiler de vehículos.

Tuve que hacerlo en ese orden porque ya no éramos dos para llevar las bicicletas.

Así que dejé el coche y usé el autobús para ir a casa desde Putney. Abrí la puerta principal, entré y sentí que mi mundo se derrumbaba. Las gatas, que habían salido corriendo a mi encuentro, se detuvieron y se quedaron mirando mientras yo me doblaba con un grito de angustia y, poco a poco, caía al suelo como si me estuviera aplastando una mano gigante. Me observaron con cautela mientras lloraba y me encogía de dolor. Fanny me rodeó con incertidumbre y Turk soltó un extraño gritito que pareció un eco de mis lamentos.

No dormí en toda la noche. Cada vez que cerraba los ojos, lo único que veía era su cuerpo, acurrucado en la zanja y, luego, incinerado por una lengua de fuego.

Ella sola, allí tumbada.

En cuanto salió el sol, llamé a Hughie. Contestó al instante.

—Voy a volver —anuncié.

—No. No vengas. Por favor.

—Tengo que verla. Tengo que encargarme de ella.

—Ya está todo arreglado. Se ha ido. Se acabó.

—¿Qué quieres decir?

—Está enterrada. Está todo arreglado —dijo, y colgó.

Fui al hospital a ver a Tinkler en cuanto se abrió el horario de visitas. No tenía otro sitio al que ir. En cuanto me vio, supo que algo iba muy mal. Cuando le conté lo que había pasado, se quedó de piedra. Me derrumbé por completo y, hacia el final de mi relato, hablaba casi sin sentido, inclinado hacia delante, sollozando. Su mano rechoncha se arrastró por la sábana, alcanzó la mía y la apretó, torpe pero poderosamente.

En cuanto volví a casa llamé de nuevo a Hughie. Tenía que ir. A donde ella estuviera enterrada. Tenía que ponerle flores. No podría descansar hasta que lo hubiera hecho. De repente, entendí los tristes altares que hay en las carreteras como homenaje a víctimas de accidentes.

—Tengo que ir, Hughie —dije.

—Quédate donde estás. Iré a Londres mañana.

—Necesito saber...

—Te lo contaré todo cuando te vea mañana. Te lo contaré todo.

—¿Qué quieres decir con eso?

Pero ya había colgado. Cinco minutos más tarde, recibí un mensaje suyo con información sobre la hora y el lugar donde nos encontraríamos.

Yo estaba allí esperándole al día siguiente, en la cafetería del cine Curzon Soho. Entró cargado con dos grandes bolsas de la compra. Me vio, me saludó con la mano y me dedicó una enorme sonrisa falsa antes de acercarse y sentarse. Era una situación extraña. Ninguno de los dos quería volver a ver al otro y, sin embargo, yo sentía que tenía que hacerlo. Y él parecía sentir lo mismo. Antes de que pudiera decir nada, comenzó a hablar.

—Qué alivio. Esas sirenas que oíste. No eran de la policía, sino de los bomberos. Tengo amigos en el servicio de bomberos. Rociaron espuma sobre la gasolina y la apagaron. Los invernaderos no sufrieron daño alguno. —Me lanzó una mirada rápida y preocupada, como si se diera cuenta de lo poco que me interesaba que sus cultivos estuvieran bien—. Nadie escuchó el tiroteo. Solo me echaron la bronca por el depósito de combustible. Dijeron que era peligroso, que deberían llevarme a juicio y esas cosas, pero solo intentaban meterme el miedo en el cuerpo. Les di algunos regalos de Navidad anticipados y todos se fueron contentos a casa —intentó sonreír, pero finalmente desistió.

—¿Cuándo vas a volver? —le pregunté.

—Esta noche.

—Iré contigo.

—¿Para qué? —me dijo con una mirada de consternación.

—Tengo que ver el lugar.

—¿Qué lugar?

—En el que está enterrada. Quiero llevarle flores.

Me miraba como si estuviera loco. Quizá lo estaba.

—¿De qué estás hablando?

—Dijiste que la habías enterrado.

—No, no lo hice. Yo no hice eso. No podría.

—Dijiste que ya estaba todo arreglado. Que estaba enterrada.

—No, no lo hice —indicó Hughie. Sí lo había hecho, pero ¿para qué discutir?

Se inclinó hacia mí y bajó la voz hasta convertirla en un susurro.

—Dije que se habían ocupado de ella y que su cuerpo había desaparecido. Cuando volví a la mañana siguiente, justo después del amanecer, ya no estaba. Creo que volvieron y se lo llevaron.

—¿Quiénes?

—Ellos. Los cabronazos. Los que la dispararon.

—¿Por qué crees eso?

—Porque también se llevaron ese disco tuyo. O lo que quedaba de él.

—¿El trozo de vinilo derretido? —dije.

—Y la portada.

—¿Por qué harían eso?

—No lo sé. —Negó con la cabeza para, posteriormente, continuar—: Tu amiga fue muy valiente. Cómo corrió detrás de esos cabrones.

Se levantó y me puso una mano en el hombro.

—Tienes que seguir adelante —dijo.

Ahora que se marchaba parecía sentir que podía permitirse el lujo de ser cariñoso conmigo. Se dirigió hacia la puerta. Había dejado las bolsas en la silla.

—¡Hughie —grité—, tus bolsas!

—Son para ti.

Empujó la puerta de cristal de la cafetería y desapareció entre la multitud de Shaftesbury Avenue. Miré dentro de las bolsas. Estaban llenas de tomates.

Ver a Hughie había relajado algo en mí. El agotamiento se extendió por mis venas como una droga y me di cuenta de que, por fin, podría dormir. Desde el incidente, había permanecido tendido en la cama en un estado de angustia intensa, con todos los sentidos a flor de piel y alerta. De repente, todo eso había desaparecido. Cuando entré en casa empecé a quitarme la ropa y a tirarla a un lado. Me recordó las veces que había estado allí con ella, cuando nos apresurábamos a ir juntos a la cama, desnudándonos por el camino. Y, cuando apoyé la cara en la almohada, las lágrimas comenzaron a correr por mis mejillas. En la oscuridad oí los suaves golpes de unas patitas en el suelo y las gatas aparecieron de repente para unirse a mí.

Mientras me quedaba dormido, me di cuenta de por qué habían querido recuperar el disco destruido.

Para demostrar que ya no existía.

A la mañana siguiente, me desperté con un nuevo objetivo. Tenía que contarle a alguien lo que le había ocurrido a Nevada.

Ella tendría familia en alguna parte, y debían saberlo. No sabía cómo contactar con ellos, pero conocía a alguien que sí. Empecé a buscar su tarjeta de visita. La que me había dado aquel primer día. La busqué por todas partes, pero no la encontré. Empecé a tirar cosas. Las gatas me miraban, desconcertadas por mi mal genio y porque no les había dado de desayunar.

Me obligué a parar y respirar hondo. Di de comer a las gatas. Luego entré en Internet. No sé por qué había estado tan obsesionado con encontrar la tarjeta. De todos modos, recordaba lo que ponía; su nombre y el de la empresa: International Industries GmbH. Cualquier compañía importante necesita presencia en Internet.

Pero este caso era una excepción. Cuando escribí en el navegador «International Industries GmbH» aparecieron muchos resultados. Pero todos correspondían a empresas en cuyo nombre esas palabras iban precedidas de otras.

—Como Krautrock International Industries, GmbH —dijo Tinkler cuando se lo conté.

—Exactamente.

—Creo recordar que me diste su tarjeta de visita —comentó él, frunciendo el ceño.

—No te preocupes —le dije.

—Puede que la haya usado como filtro para liarme un porro. Lo siento mucho.

—No te preocupes —insití—. Estoy seguro de que eso es todo lo que ponía.

—Su nombre e Industrial Industries GmbH —repitió Tinkler con un asentimiento.

—International Industries.

—Eso quería decir —dijo mirándome—. Entonces, ¿crees que no existe realmente? ¿Por eso no puedes encontrar ningún rastro de esa empresa?

—No lo sé. Es posible.

Pero resultó que sí existía de alguna forma, porque, cuando llegué a casa, había un sobre esperándome. Iba dirigido a mí y tenía un logotipo en la esquina en el que se podía leer «i i GmbH» con las íes en minúscula. Lo abrí con manos temblorosas. Dentro solo había un cheque. A mi nombre. De 1000 libras.

En él figuraba el nombre de International Industries, pero no aparecía una dirección ni ninguna otra información.

Lo miré fijamente, asimilando poco a poco la situación. Eso significaba que debían saber lo que le había ocurrido a Nevada. ¿Cómo podían saberlo? Pero no parecía haber otra explicación.

¿Por qué 1000 libras? Obviamente era una cifra redonda, pero, más allá de eso, parecía una suma extrañamente familiar. Entonces me acordé. Era lo que iban a pagarme si les encontraba el disco de música clásica. El falso Stravinsky en el sello Everest.

Me pagaban por no haberles conseguido el disco que realmente querían. La misma cantidad que si les hubiera encontrado uno que no existía.

Supuse que era lo que se llaman *honorarios de liquidación*.

De la noche a la mañana, el invierno se volvió profundo, feroz y amargo. Mucho más frío. O quizá solo me lo parecía porque Nevada ya no estaba. Las gatas cruzaban el suelo helado con miedo, corriendo tan rápido como podían o saltando de un mueble a otro para evitar poner sus patitas en la superficie helada.

Así que en seguida supe lo que tenía que hacer con el dinero.

Compré un sistema de calefacción por suelo radiante y lo instalé. Era una sencilla tecnología de película de carbono con elementos calefactores planos de cobre en láminas de plástico. Simplemente levanté el suelo y coloqué los calefactores dentro. Desenrollé las grandes láminas por el suelo, las fijé sobre una capa de aislamiento, coloqué encima una membrana para evitar la humedad y volví a tapar todo con el suelo laminado. Las gatas contemplaban fascinadas cómo unía los cables de la calefacción y los conectaba a un termostato en la pared. Luego lo encendí. Y *voilà*. Suelo caliente.

Fanny y Turk me miraban como si fuera un dios.

Ese trabajo me había sentado bien. No había pensado en nada mientras me concentraba en esa tarea. Ahora que había terminado, tenía que encontrar otra cosa a la que dedicarme. Otro proyecto.

Me había sobrado dinero suficiente para comprar unas maderas con las que hacer estanterías. Era mi oportunidad de realizar un trabajo que llevaba posponiendo, al menos, diez años. Porque hacía diez años que un clérigo al que había llegado a considerar el Divino Digital —que vivía cerca de mí, en Barnes— había decidido deshacerse de su enorme y maravillosa colección de discos raros de jazz.

Los había pasado todos a DAT y, por ello, había decidido, locamente, deshacerse de los vinilos. Quizá Dios se lo había ordenado. Aunque, personalmente, sospechaba que había sido más bien el diablo.

En fin, me enteré de su decisión y fui el primero en proponerle comprar su colección. Él aceptó mi oferta y se mostró dispuesto a negociar el precio, con una condición.

Debía llevármelo todo.

Los tesoros que pudiera haber, pero también la basura y la morralla. Quería deshacerse de todo de una vez. Así que acabé llevándome cada caja a casa y viví entre ellas durante semanas. Conseguí deshacerme de lo peor en tiendas solidarias (¿dónde si no?) y me quedé las verdaderas joyas, entre las que encontré algunos discos asombrosos. Material original de Dizzy Reece y Tubby Hayes en el sello Tempo, y algo de Shake Keane y Joe Harriott en el sello Lansdowne.

También había algunos lanzamientos de pequeños sellos californianos, incluyendo discos de Marty Paich y Lucy Ann Polk en la discográfica Mode. Los mejores vinilos que tengo vienen de esa colección. Los que el Divino Digital no quiso conservar.

Pero también quedaba material de segunda categoría. Discos que no eran tan malos como para deshacerse de ellos en las tiendas solidarias, pero tampoco eran lo bastante buenos como para venderlos y obtener alguna ganancia importante.

Algunas cosas merecían ser escuchadas, aunque ninguna era realmente emocionante. Todo era un caos. Aproximadamente la mitad de esos discos estaban en las estanterías de un armario donde anteriormente se encontraba mi caldera. El resto estaba en cubetas en el suelo de ese mismo armario.

Había muchos discos. Tinkler los había visto una vez. Soltó un silbido y dijo:

—De cajas vinieron y a cajas volverán.

Era una idea deprimente, así que me prometí que un día los ordenaría. Solo necesitaba poner nuevas estanterías.

Y por fin había llegado ese día. El trabajo exigente y mecánico fue mi salvación. Comprar la madera, medirla, cortarla e instalarla. Y, una vez hechas las estanterías, aún quedaba tarea. Tenía que sacar los discos de las cubetas y colocarlos en su nuevo lugar.

Y, después de eso, había más.

Los coloqué en tandas, pero de forma aleatoria. Tenía que ordenarlos. Revisarlos minuciosamente, uno por uno. Para mí, eso era como un sedante, algo sencillo. Y me entregué a ello. Me sirvió para evadirme de mi sufrimiento.

Poner los discos en orden alfabético fue un trabajo maratoniano. Pensé que tardaría un par de horas, pero, en realidad, me llevó doce, contando con los descansos para comer y las gatas saltando de una estantería a otra en cuanto aparecía el suficiente espacio, viéndose obligadas a saltar de nuevo cuando este se llenaba de discos.

Finalmente, a las tres de la madrugada, llegué a los últimos, con una sensación de cansancio y vacío, pero también con una felicidad fruto de ese mismo cansancio. Solo quedaban unos pocos, que se encontraban en esos momentos en un estante a la altura de los ojos.

Había mirado esos discos, de vez en cuando, durante diez años o más. Los dos primeros eran de Duke Ellington, pero no tenía ninguna prisa por ponerlos.

Aunque amo y venero a Ellington, no podía ignorar que su elección de vocalistas había sido, como mínimo, excéntrica. Sí, había trabajado con grandes figuras como Billie Holiday y Ella Fitzgerald, pero las cantantes habituales de su banda habían sido desde auténticas maravillas hasta artistas extrañas y escalofriantemente mediocres.

Algunas personas llegaron a decir que Duke había elegido deliberadamente a cantantes tan dispares porque no quería que su banda acabara asociándose con una en concreto, convirtiéndola en el componente más importante.

Independientemente de la razón, esa costumbre hace que sea necesario evitar algunas grabaciones de Ellington. Y esos discos eran un buen ejemplo de ello.

Hablo de los volúmenes uno y dos de una colección de sesiones en directo publicadas en un pequeño sello británico especializado, que bien podrían haberse titulado *The Duke's Dodgiest Singers*, reuniendo a todas las vocalistas por primera vez.

Supongo que era algo positivo que alguien se hubiera encargado de conservarlos para la posteridad, pero nunca, desde que los encontré en el lote del Divino Digital, me había animado a escucharlos.

Pero, al sacarlos de la estantería, me di cuenta de que en realidad eran tres discos, no dos.

Entre los álbumes de Ellington había otro LP.

Estaba guardado al revés, por lo que su lomo no se veía, haciendo el disco prácticamente invisible durante todos esos años. Recordé que Tinkler y yo habíamos descrito esta misma situación a Nevada.

Alejé mis pensamientos de ella. Aparté las dos recopilaciones de Ellington y ahí estaba.

La ya conocida portada de *Easy Come, Easy Go.*

Sabía que era una alucinación. Fui al baño y me limpié la cara con agua fría. Luego la dejé correr. Fanny saltó al lavabo y se agazapó para poder beber del grifo. Mientras lamía el agua, me miré en el espejo. Sabía que lo que había visto era solo producto del cansancio, la conmoción y la nostalgia.

Sin embargo, al mismo tiempo, una parte incontrolable de mi mente analizaba las posibilidades, razonando, justificando y sopesando las posibilidades.

El clérigo había acumulado una enorme cantidad de rarezas de la Costa Oeste editadas en Mode, Tampa y Contemporary. No resultaba extraño que hubiera adquirido algo del sello Hathor.

Después de beber hasta hartarse, Fanny bajó del lavabo. Cerré el grifo y me sequé las manos. Volví al pasillo y miré de nuevo el disco.

Allí seguía. Lo cogí. La portada estaba en mejor estado que la que habíamos encontrado en la tienda solidaria. Esta había estado protegida de la luz, por lo que estaba menos amarillenta por el paso del tiempo. Saqué el vinilo. Era pesado y auténtico. Y estaba guardado en lo que parecía la funda de plástico transparente original.

A veces, con el paso de los años, estas bolsas empiezan a pegarse a los discos que supuestamente protegen. Cosas relacionadas con los plásticos derivados del petróleo que se utilizan. En el peor de los casos, se adhieren a la superficie, con unos efectos terribles, dejando residuos permanentes e imposibles de eliminar del microsurco.

Pero este disco estaba perfecto. Lo saqué por la parte superior abierta. Lo deslicé entre mis manos y lo miré. Parecía nuevo. De hecho, en cierto sentido, lo era. Nunca lo había puesto. Encendí los amplificadores y coloqué el vinilo en el tocadiscos. Lo puse en marcha y me mareé cuando vi girar la etiqueta de Hathor y sus pequeños símbolos a treinta y tres revoluciones y un tercio por minuto. Bajé el brazo fonocaptor y empezó la música.

Me senté en el sofá y escuché. Con todo lo que había sucedido en mi vida, me sentí como si estuviera al final de un túnel infinito. En cuanto a la música, parecía como si los artistas estuvieran en la misma habitación. Los muertos cobraban vida a mi alrededor.

Poco a poco, me di cuenta de que el disco estaba en perfecto estado. Me costaba recordar un mundo donde esas cosas importaban, parecía realmente lejano. Pero, aun así, acepté esa circunstancia con una relativa indiferencia. Cuando llegué al final de la cara A, decidí no molestarme en escuchar la otra, excepto la canción «Running from a Spell».

De hecho, ni siquiera llegué a escucharla entera.

Cuando me incliné sobre el tocadiscos, me sentí mareado. Dirigí con cuidado el brazo fonocaptor para que la aguja se posara en el punto concreto que buscaba de la canción. Al hacerlo, oí claramente una voz detrás de mí.

—Nuestro viejo amigo el Ruido Indeseado —dijo Nevada.

Levanté la vista, pero, por supuesto, ella no estaba allí, y yo lo sabía. Era solo el eco de algo que había dicho una vez, reproduciéndose en algún surco de mi memoria. Estaba tan agotado que oía voces que surgían de algún surco de mi memoria, como el suave murmullo del mar. Fragmentos de cosas que la gente había dicho, retazos de recuerdos de los últimos días.

Sacudí la cabeza. Había estado despierto toda la noche. Apenas había comido. Estaba aturdido por el cansancio.

Bajé la aguja sobre el disco. Logré colocarla unos segundos antes del chasquido. Perfecto. Volví al sofá para sentarme y escuchar. Me incliné hacia adelante para encontrar el punto dulce. Y llegó el momento esperado.

Y, con la nitidez —y la confianza— de reproducirlo en mi propio equipo de sonido, era obvio lo que se oía. Un disparo.

Guardé el disco y me fui a la cama. Sentí que mi consciencia se esfumaba en cuanto coloqué mi cabeza sobre la almohada. Apenas noté cómo las gatas saltaban a la cama para acompañarme.

La mañana siguiente salí a caminar, justo cuando salía el sol sobre la Abadía. Tenía un extraño color amarillo pálido. Nevada caminaba a mi lado, agarrándome la mano.

—Entonces, ¿lo has encontrado? —me preguntó.

—Siempre he tenido una copia y ni lo sabía, porque estaba perdida entre todos los demás discos. Es la clásica historia del coleccionista —respondí.

—Así que lo buscamos por todas partes y siempre estuvo aquí —indicó—. Siempre. Es como esa espantosa novela de Coelho.

—A mí me gustó ese libro—dije.

—Dios mío, ¿en serio? —criticó ella.

Hablamos sobre las virtudes de la novela de Coelho hasta que la absurdez de la escena me despertó.

Me senté en la cama, con las gatas removiéndose a mi alrededor. Era mediodía, el sol entraba por la ventana y yo estaba sudando y aturdido. De forma lenta y angustiosa, comprendí que todo había sido un sueño.

Pero ¿y el disco?

Fui a la sala de estar. Seguía allí.

Lo miré durante un buen rato y, luego, me puse a buscar el trozo de papel en el que había escrito un número de teléfono. Durante un tiempo pensé que lo había tirado, pero lo había encontrado mientras instalaba la calefacción. Ahora parecía que se había vuelto a perder.

Al final di con él.

Leí el número con el prefijo de Japón.

Y llamé.

18. JAPÓN

Nunca he podido dormir en los aviones, pero siempre había sospechado que se debía a que soy un tipo alto y larguirucho que se ve obligado a plegarse en un asiento minúsculo e incómodo. Supuse que, si alguna vez pudiese volar en primera clase —o *business,* o como quiera que se llame—, podría dormir perfectamente.

Resulta que esta suposición era totalmente correcta.

En el vuelo a Omura dormí sin soñar siquiera, algo de lo que no había podido disfrutar en los últimos días. Mi muñeca estaba un poco resentida, por supuesto, pero aun así era preferible a viajar en turista. Me resultaba un poco extraño llevar conmigo un maletín incluso cuando iba al baño, pero las azafatas fueron muy amables y, sin duda, habían visto cosas así antes.

También, extrañamente, me daba cierto caché entre los demás pasajeros. Aunque dificultaba lavarse las manos.

El maletín era realmente bonito. Me lo había entregado un mensajero pocas horas después de mi llamada. Era de cuero negro mate, reforzado con una fina capa de acero y forrado con algodón blanco de un grosor considerable. Tenía un gran hueco cuadrado cuidadosamente situado en su interior, del tamaño justo para un LP.

El disco se encontraba perfectamente dentro. La gruesa capa de algodón incluso lo protegería de cambios de temperatura extremos.

Era el maletín de discos definitivo.

Me preguntaba si dejarían que me lo quedara después de la transacción.

Sin las esposas, por supuesto.

Me recibió en el aeropuerto un joven de aspecto tranquilo que llevaba puesto un jersey de cuello vuelto amarillo mostaza y una chaqueta marrón de tweed. Tenía un cartel con mi nombre. Me identifiqué, pero él ya sabía quién era por el maletín que llevaba. Tras enseñarme su documentación, que confirmaba que era Atsushi, el ayudante personal del señor Hibiki, me guio al coche.

El aeropuerto de Nagasaki se encuentra en una isla, en medio de la ciudad de Ōmura. Está conectado con tierra firme, y con el resto de la ciudad, por un largo puente con una carretera de dos carriles. Mientras lo cruzábamos, podía ver, difuminadas en la distancia, algunas islas y nubes más allá del agua resplandeciente.

Atravesamos la ciudad y la autopista de Nagasaki, por lo que, según mi mapa, seguíamos la ruta 444, que nos llevó a las afueras para adentrarnos en el campo con una sorprendente rapidez. Pronto atravesamos lo que parecía ser un parque. Me sorprendió que, en un país tan poblado, estuviera tan de repente en mitad de la naturaleza.

Cuando pasamos un pequeño pueblo de casas blancas llamado Nakadakemachi, nos desviamos por una carretera secundaria que nos llevó a las montañas. El paisaje estaba repleto de árboles verdes.

La casa del señor Hibiki estaba rodeada de un muro bajo de piedra natural que parecía surgir orgánicamente —o más bien mineralmente— del suelo. Más allá había una cuesta de gravilla blanca y, luego, una densa franja de árboles. A continuación, se encontraba un gran estanque lleno de nenúfares y unos peces naranjas que se movían rápidamente. Los neumáticos rodaron sobre una especie de puente flotante que cruzaba el estanque. Luego, recorrimos otra ladera de gravilla, esta con un camino pavimentado, salpicada de pequeños círculos de tierra en los que crecían unos arbustos verdes y brillantes.

Todo era muy elegante y minimalista, aunque también vi algunos artilugios ocultos entre los setos, como luces de jardín, entre otras cosas.

Cuando nos bajamos del coche, observé la casa. Había sido construida en una ladera, y tenía grandes ventanales que daban al exterior. En ellos había siluetas de aves recortadas en papel pinocho negro. A primera vista parecían meramente decorativos, pero luego me di cuenta de que evocaban aves rapaces. Su objetivo era evitar que los pobres pájaros no vieran los cristales, se estrellaran contra ellos y se rompieran sus pequeños cuellos.

Al parecer, el sistema funcionaba bastante bien.

Entre las ventanas había una pesada pieza de madera elegante. Pensé que sería algún tipo de refuerzo de la estructura o un pilar, pero Atsushi se acercó a ella y la abrió empujándola.

Era la puerta principal.

Se apartó para dejarme entrar. Nos descalzamos en un atrio blanco a ras de suelo, nos pusimos unas zapatillas de papel y subimos unas escaleras de madera de cerezo pulida hasta un pasillo también de reluciente madera. Notaba calor en los pies, lo cual me recordó a mi propia calefacción por suelo radiante y mis gatas felizmente dormidas sobre él. Les hubiera encantado esa casa. Justo en ese momento, pasamos por delante de una habitación en la que había un gato gris tumbado. No había nada más que el pequeño gato pálido tendido en un rincón sobre la madera oscura. Quizá era su habitación.

Más allá, había una sala con tan solo un piano de cola, un taburete y unos grandes cojines. Llegamos a un corto pasillo con ventanales que daban a un jardín zen con un cerezo y una pequeña escultura acuática.

Parecía muy tranquilo y pacífico.

Entramos a una habitación que parecía ocupar toda la parte trasera de la casa. Las paredes eran de piedra. Una escalera de cemento en la pared del fondo conducía a la planta superior. Subimos por ella, con nuestras zapatillas rozando los escalones de cemento. Me di cuenta de que tenían que ser ásperos. Si fueran lisos y pulidos, ese calzado haría que la gente resbalara y cayera por la empinada escalera hasta quedarse inconsciente, al estilo Tinkler.

Una vez llegamos arriba, giramos a la izquierda y nos encontramos en una sala que tenía un cuadro en la pared. Era el retrato de Miles Davis realizado por Leo y Diane Dillon. No tenía ninguna duda de que era el original. Atravesando la habitación se accedía a otra, una pequeña y acogedora, en la que entramos.

El señor Hibiki tenía el pelo negro y corto, con mechas canosas. Sus ojos daban la impresión de estar recordando algo divertido. Vestía de forma informal pero impecable, con mocasines, pantalones chinos y una delicada camisa azul claro.

Parecía un hípster adinerado recién llegado del Festival de Newport, allá por 1958.

Me estrechó la mano, la que no tenía esposada al maletín.

—Siéntese, por favor —dijo con un acento ligeramente americano.

Me senté en una de las sillas oscuras que hacían juego con el sofá en el que estaba él. Era una habitación cuadrada, pequeña e íntima, con una gruesa alfombra blanca. Las sillas y el sofá eran los únicos muebles. Las paredes estaban forradas de —cómo no— discos, colocados casi a presión, pero ordenados. El techo, alto y de madera, formaba un elegante arco.

Miré a mi alrededor. Las sólidas paredes llenas de discos tenían de vez en cuando un pequeño nicho más profundo, discretamente iluminado y con equipos de alta fidelidad. Vi un tocadiscos y dos grupos de amplificadores de válvulas de alta gama.

Sin embargo, no había ningún altavoz.

El señor Hibiki metió una mano en su bolsillo, sacó una llave y me la entregó. Abrí las esposas y le entregué el maletín. Mientras lo abría, yo me masajeaba la muñeca, que estaba pálida e irritada.

—Muy bonito —indicó el señor Hibiki, mirando dentro del maletín.

—¿Quiere tomar algo? —preguntó levantando la vista hacia mí.

—Un café, por favor —respondí.

Atsushi, el ayudante, se acercó a un pequeño rincón, que yo no había visto, en el que había un termo, algunas tazas y platos pequeños. Abrió el termo y, al instante, pude oler el café. El aroma me animó. Sirvió dos tazas, las colocó en dos platos pequeños y me dio una a mí y otra al señor Hibiki, que la ignoró por completo.

Había sacado el disco.

Yo había puesto una funda de plástico protectora sobre la portada, y él la abrió y retiró con cuidado.

Sorbí un poco de café. Era excelente y estaba recién hecho. Con toda seguridad, lo habían elaborado pocos minutos antes. El señor Hibiki sostuvo la portada, admirándola.

—Impecable —dijo.

—Creo que ha pasado la mayor parte de su vida entre otros dos álbumes sin ver la luz —le dije.

Asintió y sacó con cuidado el vinilo de su bolsa de plástico. Se acercó a una lámpara de pie y lo examinó en el discreto haz de luz que proyectaba. Entonces me di cuenta de que la habitación no tenía ventanas.

Su rostro se volvió serio mientras miraba atentamente la etiqueta, luego dio la vuelta al disco y comprobó la otra cara, volviendo a inspeccionar cuidadosamente la etiqueta. Finalmente, gruñó satisfecho y volvió a guardarlo.

Acarició con los dedos las pequeñas irregularidades dejadas por el lado abierto en la parte superior de la portada. Me miró.

—¿Estaba precintado cuando lo adquiriste?

—Sí, lo siento.

En cierto modo, la experiencia definitiva de un coleccionista es conseguir la copia precintada y abrirla uno mismo. Es el santo grial. Y debe evitarse enérgicamente cualquier comparación de mal gusto con desflorar vírgenes.

—Tenía que abrirlo. Para comprobar que estaba bien.

—Por supuesto —sonrió para mostrar que todo estaba bien—. ¿Qué tipo de cápsula usas?

—Ortofon Rohmann.

Era una cápsula de alta gama de más de 1000 libras que había conseguido en un complicado intercambio que incluía una copia original en perfecto estado del *White Album* de los Beatles que había encontrado en un mercadillo. Pero, básicamente, el objetivo de su pregunta era comprobar que no había reproducido el disco con una aguja de hacer punto oxidada. Pareció satisfecho.

—Muy bonito —insistió. Dejó el LP a un lado y dio un sorbo a su café—. ¿Qué tal el vuelo?

—Sin contratiempos.

—Eso está bien.

—¿Le importa si echo un vistazo? —le pregunté.

—No. Adelante —contestó sonriendo.

Me levanté e inspeccioné el tocadiscos. Era un Roksan Xerxes, un equipo británico. En una ocasión, en una exposición, había escuchado uno igual. Su precisión rítmica era insuperable. La cápsula era japonesa, una Koetsu increíblemente cara. Luego me acerqué a los amplificadores de válvulas. Eran WAVAC, también japoneses, que utilizaban válvulas 833A de calentamiento directo. Lo más caro del mercado.

Sin embargo, seguía sin ver ningún altavoz.

Examiné sus discos. Todo jazz, por supuesto. Había una estantería llena de discos originales del sello Blue Note.

—¿Puedo? —solicité.

—Por favor —contestó, haciendo un gesto con la mano.

Extraje algunos álbumes y los miré. Se me ocurrió una idea.

—¿Qué hace usted con los álbumes de bordes planos?

—El tocadiscos que está mirando es el que utilizo para ese tipo de vinilos. El que uso habitualmente está allí —señaló al otro lado de la habitación, donde, entonces me di cuenta, había otro nicho con un Roksan Xerxes idéntico.

¿Por qué no? Si tienes el dinero para disfrutar de ellos... En otro rincón más pequeño se encontraba una caja de control negra que conectaba un tocadiscos u otro a la ruta de señal que alimentaba los amplificadores. La examiné. Era una unidad pasiva diseñada por David Heaton.

Pero aún no había rastro de los altavoces. Recorrí la sala con la mirada mientras volvía a mi silla. El señor Hibiki me sonrió amablemente.

—¿Hay algo que le gustaría escuchar?

—Todo —respondí, y ambos nos reímos.

—Bueno, tal vez más tarde —comentó—. Pero, ahora, escuchemos esto.

Levantó la copia de *Easy Come, Easy Go* y se la entregó a Atsushi, quien la cogió y se acercó al tocadiscos. Extrajo el disco de la portada con la habilidad de alguien que ya lo había hecho varias veces antes.

Mientras ponía el LP, yo seguía examinando con la mirada la habitación. ¿Dónde estaban los malditos altavoces?

—¿Así que has podido escucharlo? —dijo el señor Hibiki.

—Sí, lo siento, pero tenía que hacerlo.

—No, está bien. Lo comprendo —dio un sorbo a su café y volvió a dejar la taza—. Y ¿cómo sonaba?

—Como nuevo. Vinilo de alta calidad, sin ruidos ni defectos de prensaje. Simplemente perfecto.

Atsushi encendió el tocadiscos y bajó el brazo fonocaptor.

El ruido que se produjo fue la cacofonía más ridícula y chirriante imaginable. Sonaba como si alguien hubiera pasado una lijadora por la superficie del vinilo, borrando los microsurcos.

Todos nos miramos fijamente.

El estruendo continuó. Una distorsión crepitante. Una enorme cantidad de ruido blanco.

Atsushi se había apartado rápidamente del tocadiscos como si fuera un animal rabioso. Me puse en pie, me acerqué al aparato y levanté el brazo del vinilo. Silencio. Los dos me miraban fijamente. Podía sentir claramente sus miradas en mi nuca, entre mis omóplatos sudorosos.

Me agaché e inspeccioné el brazo fonocaptor.

Como sospechaba, en el extremo de la aguja había una bolita de pelusa gris que se había acumulado al reproducir docenas de discos durante semanas. Acerqué la cara y soplé suavemente. La ráfaga de aire se llevó el polvo flotando tranquilamente. Volví a levantar el brazo fonocaptor y lo bajé sobre el surco inicial.

Primero, un suave silencio mientras la aguja se deslizaba hacia el interior y, luego, la música llenó la habitación. Una música cálida, rica y hermosa.

El señor Hibiki miraba fijamente a Atsushi, que parecía aturdido.

Supuse que, en breve, tendría lugar una reestructuración en la línea de mando.

La música sonaba maravillosamente. Al sentarme me di cuenta de que venía de arriba. Miré al techo y por fin lo entendí. Los elegantes paneles curvos de madera que se alzaban desde las paredes tenían la forma de un altavoz de bocina. El techo era un altavoz.

De hecho, toda la habitación lo era.

¿Buscabas el altavoz? Ah, estás sentado dentro de él.

Probablemente por alguna señal de su jefe, Atsushi desapareció sigilosamente. Ahora solo estábamos el señor Hibiki y yo, escuchando el disco. Se notaba que estaba relajado, disfrutando de la música. Cuando llegó el final de la cara, me acerqué al tocadiscos y di la vuelta al vinilo.

—Esto está muy bien —afirmó, observándome—. De hecho, resultaría difícil mejorarlo.

—Hay una anomalía. —Pensé que sería mejor mencionarlo antes de que llegara el momento—. En el último tema de esta cara, en la voz de Rita Mae Pollini. Hay un pequeño ruido... indeseado.

Me miraba tranquilamente, con atención, asimilándolo todo.

—Pero es de la sesión original. El disco no está dañado ni tiene ningún tipo de defecto.

Él asintió.

—Creo que es un atril que se cae —mentí.

Escuchamos y, cuando se oyó el ruido, volvió a asentir.

—Sin duda está en el master —comentó—. Creo que tienes razón. Un atril cayéndose. —Me sonrió—. En todo caso, añade encanto a la grabación. Como si estuviéramos allí.

—Me alegro de que le guste —le dije.

El disco terminó y el señor Hibiki se levantó y apagó el tocadiscos. Volvió a meter el LP dentro de la portada y se acercó a una de las estanterías. Antes me había fijado en que, de ella, sobresalía una fina tira de papel. La quitó y colocó el disco en su lugar, completando las trece referencias; la serie de grabaciones del sello Hathor. Ahora eran catorce.

Cuando lo hizo, ocurrió algo extraño. Percibí cómo todo su cuerpo se relajaba visiblemente, sus hombros se hundieron placenteramente en señal de alivio. Suspiró —un suspiro largo, bajo y tranquilo— y una extraña sonrisa rebelde se dibujó en su rostro. Fue la primera vez que vi cierta espontaneidad en él, el niño que llevaba dentro. En un instante, todo eso desapareció, pero nunca olvidaré aquella sonrisa, una atrevida sonrisa de victoria.

Con *Easy Come, Easy Go*, tenía toda la serie. El sueño de un coleccionista hecho realidad.

Me preguntaba cuándo volvería a ponerlo (si es que pensaba hacerlo).

Se sentó y asintió afablemente.

—Bien hecho. Gracias.

Atsushi volvió a entrar en la habitación con un iPhone en la mano. Me lo dio. La página web para hacer la transferencia de dinero ya estaba preparada. Introduje mis datos bancarios y accedí a mi cuenta. Luego le pasé el teléfono a Atsushi, quien se lo entregó al señor Hibiki.

Este introdujo sus propios datos y luego se levantó y me devolvió el teléfono, ignorando a Atsushi, que cada vez parecía más angustiado. Miré la pantalla. La transferencia se estaba realizando. Rápidamente apareció un mensaje indicando que la transacción se había completado. Me quedé mirando la pantalla. Leyendo la cantidad total.

La cabeza me daba vueltas. No podía asimilar la cifra. Tuve que poner la punta del dedo sobre la pantalla para tapar dos ceros, luego otros dos, y así sucesivamente, para contarlos.

Cuando por fin tuve clara la cantidad, entré en un sitio web de conversión de divisas y, con solo pulsar un botón, convertí la suma de yenes a dólares.

Era algo más de 1 millón.

Pulsé algunos botones más y lo pasé a libras esterlinas. Luego salí del navegador e hice una llamada. Llamé a Tinkler, utilizando el prefijo internacional de Inglaterra. Solo escuché dos tonos, con un sonido apagado y distante, antes de que contestara.

—¿Diga?

—Soy yo.

—Bien —dijo Tinkler—. Estoy listo. Venga, venga. Estoy listo.

Esperé pacientemente. Tinkler estaba en la cama del hospital con mi teléfono, su teléfono y un papel con toda la información necesaria para acceder a mi cuenta bancaria. Esperé mientras él llamaba al banco, escuché su voz nerviosa respondiendo a las preguntas de seguridad que le hacían. Básicamente, tenía que hacerse pasar por mí.

Poco después, por fin les colgó y volvió a hablarme a mí.

—El dinero ha llegado —dijo—. Dios mío. Es mucho, ¿verdad? Hasta la chica del servicio de atención al cliente estaba impresionada. Por cierto, estoy enamorado de ella.

—Me alegra saberlo.

—Bien —continuó—. Ahora accederé a tu cuenta y enviaré a la mía hasta el último penique con toda la información que me diste. Vamos, que te voy a robar, ¿me oyes?

Soltó una carcajada de loco y añadió:

—Espero que te parezca bien.

—Buena suerte con eso.

—Bien. Vale. Cuídate —y colgó.

Apagué el teléfono. Tenía las palmas de las manos húmedas. Miré al señor Hibiki, que me observaba con un educado interés.

—Lo siento —le dije.

—No hay problema. Tranquilo.

Le entregué el teléfono a Atsushi, que, tras cogerlo, se volvió a marchar. Respiré hondo y me relajé. En realidad, todo eso había sido una absurdez, desde luego. Si hubieran querido robarme, podrían haberse limitado a llevarse el disco y darme una paliza con un bate de béisbol. Estaba solo en esa casa, en un lugar desconocido de un país desconocido.

—¿Quiere comer algo? —me preguntó el señor Hibiki.

—Me dieron de comer bien en el avión, e imagino que también lo harán en el vuelo de vuelta —contesté negando con la cabeza.

—Hay tiempo de sobra. El viaje al aeropuerto es bastante largo. Si es como yo, quizá quiera llegar con antelación —sonrió mientras consultaba su reloj.

Era una señal de despedida. Me levanté. Nos dimos la mano de nuevo. Miré la estantería donde ahora estaba el disco. De repente, sentí una extraña y dolorosa sensación de pérdida.

Como si hubiera ido al veterinario y hubiera dejado allí a una mascota querida para que la sacrificaran. Me armé de valor y me giré. Quizá mi anfitrión leyó algo en mi cara, porque me dijo:

—Cuando salga, debería pararse un rato por el jardín zen. Hará que se sienta mejor. Hay tiempo de sobra. —Me dio una palmada en el brazo—. Adiós.

Atsushi me esperaba en la puerta. Me acompañó a la salida.

Ahora que todo había terminado, me invadió una sensación de vacío. Todo me parecía extraño. Incluso recibir el dinero había sido decepcionante. Mientras me alejaba de aquella pequeña habitación donde se encontraba sentado Hibiki, sentía que dejaba asuntos sin resolver. Preguntas sin responder.

Preguntas que, ahora, nunca tendrían respuesta.

Primero estaba el tema del dinero. La cantidad recibida. Ningún vinilo valía lo que me había pagado. Sin embargo, lo había abonado alegremente. De hecho, el señor Hibiki había actuado como su hubiera conseguido una ganga. Lo que había obtenido gracias a mí era claramente mucho más valioso que el dinero que yo acababa de recibir de él.

¿Por qué?

Quería saberlo. *Necesitaba* saberlo. Tenía la sensación de que, a mi alrededor, estaban ocurriendo cosas enormes y convulsas, más de lo que pudiera imaginar.

Algo de gran magnitud estaba pasando, lo suficientemente cerca como para tocarme. Como un barco invisible que navega por un mar silencioso. Inmenso y fantasmal. Y no tenía ni idea de lo que era. Y, ahora, probablemente nunca llegaría a saberlo.

Además, estaba el pequeño problema de la "anomalía", el ruido extraño que aparecía la cara B.

Un atril cayéndose... Y una mierda.

Ahora tenía aún más claro que había sido un disparo.

Bajamos por la escalera de piedra, cruzamos el amplio vestíbulo que atravesaba la casa y llegamos al otro pasillo. Ahí, a la derecha, se encontraba la cristalera que daba al jardín zen.

En él había una mujer joven de pie. Una mujer de pelo corto y negro con un vestido también negro. Durante un doloroso segundo pensé que se parecía a Nevada.

Luego se dio la vuelta.

Era Nevada.

19. JARDÍN ZEN

Lo que parecían ser unas paredes de cristal eran en realidad una serie de puertas correderas. Abrí una de ellas y salí al jardín. El aire era fresco y húmedo. Una fina niebla flotaba en el ambiente como si cayera una lluvia fantasmal. Ella me miró a través de la bruma. Luego se acercó y tocó la solapa de mi chaqueta.

—Llevas puesto tu traje. El que te compré. Te queda muy bien.

La atraje hacia mí, la abracé y la apreté con todas mis fuerzas. Noté su calor. Era real. Me devolvió el abrazo. Respiré su perfume. Todo era real. Mi corazón latía tan rápidamente que pensé que necesitaría llamar a la ambulancia. Pero por una emergencia buena.

La aparté un poco de mí para poder mirarla.

—Llevabas chaleco. Cuando te dispararon. Un chaleco antibalas —le dije.

Negó con la cabeza.

—Fue algo más sencillo. Vi el fogonazo de un disparo en la oscuridad. Supongo que era Heinz, porque Heidi huía de nosotros. Disparaba en nuestra dirección, en mi dirección. Pero tenía que tener cuidado de no disparar a su compañera. Así que tuve tiempo de apartarme antes de que me diera. Cuando vi el fogonazo, intenté agacharme sigilosamente para salir de la línea de fuego, pero no me di cuenta de que tenía al lado la zanja. Esa maldita zanja. La de las ratas. Y me caí dentro de ella.

—Y saliste antes de que... —continué mientras ataba cabos en mi cabeza.

—Antes de que el río de petróleo en llamas cayera dentro, sí. Tuve suerte.

—Saltaste al otro lado del invernadero. Por eso no te vi.

—Así es.

Nevada indicó algo en dirección a la casa.

—¿Qué le ha pasado a Atsushi? —Miré por la ventana y vi que mi acompañante había desaparecido—. Parecía bastante conmocionado.

—Se ha olvidado de quitar la pelusa de la aguja del tocadiscos de su jefe —le informé.

—Ni siquiera voy a preguntar qué significa eso.

El jardín era un lugar extraño. Ni interior ni exterior, era un cubo en el centro de la casa, todas sus paredes eran cristaleras y el techo abierto. Sin embargo, tenía la misma calefacción que el interior de la casa. Por eso Nevada podía estar allí de pie con ese vestido, sin tiritar y sin que su tersa piel se erizara. Yo sospechaba que, bajo las piedrecillas blancas y redondeadas, había un suelo artificial. En el centro se encontraba una fuente rodeada de piedras negras planas por las que fluía un hilo de agua que manaba de un origen invisible y desaparecía hacia algún destino desconocido, presumiblemente ese mismo suelo.

Miré el cerezo. Al menos estaba plantado en un lecho de tierra auténtica. Pero era surrealista verlo en flor en pleno invierno. Las pequeñas hojas lucían un color rosado intenso. Al parecer, el dinero te permite comprar incluso eso.

—¿Llevas aquí desde entonces? —me atreví a preguntar.

—Más o menos —respondió Nevada—. ¿Cómo podría alejarme del viejo Nakadakemachi? Cuando aprendes a pronunciarlo, no puedes estar fuera mucho tiempo.

—Claro, para algo has dedicado tiempo y energía a ello —comenté.

—Exacto. —Un pétalo cayó sobre mi hombro y ella me lo quitó—. ¿Quién cuida de las chicas mientras tú estás aquí?

—Maggie las vigila y alimenta mientras no estoy.

—¿La hermana de Tinkler?

—Sí.

—¿Y cómo está él?

Esta vez, un pétalo cayó en su pelo. Rosa sobre negro. No lo toqué. Era una imagen perfecta.

—Se alegrará de esto —le comuniqué.

Dio un paso hacia mí.

Yo di un paso atrás.

—Escucha —dijo.

—¿Por qué no me dijiste nada? —le recriminé.

—Escucha.

Me puso las manos en los hombros. Yo me las quité de encima.

—¿Cómo pudiste dejarme pensar que estabas muerta?

—Lo siento.

—¿Lo siento? ¿Sabes lo que se siente? ¿Cómo pudiste no decirme nada?

Sacudió la cabeza. El pétalo cayó lentamente hasta el suelo.

—No fue así.

—¿Y cómo fue entonces?

—Al principio, todo era confuso. Iba tras los Gemelos Arios y, de repente, oí cómo estallaba el tanque de combustible, después oí el fuego. Pero tenía que asegurarme de que ellos, y sus armas arias, se iban. Así que los perseguí mientras huían. Estaban aparcados fuera, en la carretera. En el viejo monovolumen plateado de siempre. Se marcharon y, entonces, escuché sirenas a lo lejos. Así que me apresuré a volver al patio de la fábrica o, mejor dicho, a la gran conflagración del invernadero de cannabis, y vi...

—Viste que el disco había sido destruido.

—Sí —dijo ella—. Y también que te habías ido.

—¿Qué?

—Tenías un poco de prisa, ¿no? —comentó.

—Hughie me dijo que habías muerto. Dijo que te había visto allí tirada y muerta.

—Tirada sí que estaba, sí.

—Y luego me dijo que te habían enterrado. Que habían enterrado tu cuerpo.

—El bueno de Hughie. El Galés Escocés. Bueno, aun así, ha criado a una buena hija, por lo que algo debe estar haciendo bien —indicó, mirándome—. ¿Cómo está Boo?

—Como el resto de nosotros. Se sentirá aliviada cuando sepa que no has muerto.

—Mira... lo siento.

—¿Cómo pudiste no decirme que estabas viva? —insistí.

—Te lo estoy diciendo ahora, ¿no?

—Sí, porque estoy aquí.

—¿Qué quieres decir?

—Estoy aquí porque encontré el disco.

—Sí —dijo ella—. Es increíble, ¿verdad? No puedo creer que lo encontraras así, en tu casa. Quiero decir, habiéndolo tendido allí todo el tiempo.

Me miró a través de la niebla.

—Es como esa horrible novela de Coelho.

Por un momento me quedé petrificado por el *déjà vu*.

—A mí me gustó ese libro.

—¿En serio? De todos modos, fue una buena idea traer los fragmentos del *Easy Come, Easy Go*. Bueno, lo que quedaba de él, después de la gran conflagración del cannabis.

—¿Tú te lo llevaste?

—Sí, no quedaba mucho de la portada, y el vinilo quedó reducido a una mancha derretida. Pero estaba lo suficientemente reconocible como para demostrar que lo habíamos encontrado. Por suerte para mí —comentó, mirándome—. Porque, de lo contrario, el señor Hibiki podría haber pensado que tú y yo estábamos compinchados.

—¿Para hacer qué? —le pregunté.

—Para fingir que el disco se había destruido y, luego, que habías encontrado otra copia. Así, te llevarías todo el dinero.

—Pero no estamos compinchados —le indiqué.

—No, no lo estamos —contestó, mirándome como si buscara algo en mi cara. Supongo que no encontró nada, porque continuó—: No estás viendo el lado positivo de todo esto.

Me quedé mirando el cerezo. Pensándolo bien, era posible que tampoco fuera real.

—Te diré lo que pienso: creo que, cuando viste que el disco estaba destruido, pensaste que no tenía sentido volver a ponerte en contacto conmigo. Ya no necesitabas mis servicios. Porque la misión había terminado. Así que regresaste aquí para entregarle tu informe al señor Hibiki. Y ese fue el final de la historia. Si no hubiera encontrado el disco y venido, ni siquiera me habrías dicho que estabas viva.

—Como en un primer momento no te lo dije y el tiempo siguió pasando, cada vez se me hizo más y más difícil contártelo —me respondió con lágrimas en los ojos.

—Si no hubiera encontrado el disco, aún seguiría pensando que habías muerto —insistí mirándola—. Me habrías dejado creer que eso es lo que te había sucedido.

Le di la espalda y me alejé. Entré en la casa de nuevo a través de la puerta corredera y me dirigí hacia la puerta principal, donde Atsushi esperaba impaciente. Luego me llevó al aeropuerto. El perfume de Nevada me acompañó durante todo el camino de vuelta a Londres.

CARA B

20. LLÁMAME REE

Me desperté tan bruscamente que Fanny saltó de la cama con un maullido de protesta. El corazón me latía con fuerza.

El ruido que me había despertado seguía resonando en mis oídos.

Me quedé tumbado esperando a que se volviera a producir. Todavía estaba desorientado por el desfase horario de mi viaje a Japón. Lo único que oía era el canto de los pájaros fuera de casa. Fanny se detuvo despreocupadamente en el suelo para limpiarse, como si quisiera demostrar que en realidad no se había asustado. ¿Qué me había despertado? Un sonido repentino y violento. Fuera lo que fuese, me había dado un susto de muerte. Estaba empapado de sudor.

Al parecer, Fanny había decidido trasladarse a la silla que tenía en la esquina del dormitorio y saltó sobre ella. Se acurrucó en el cojín, me miró mal por haberla molestado y volvió a dormirse.

Turk entró perezosamente, apenas golpeando el suelo con sus patitas, y saltó sobre la cama. Me sorprendió verla. A pesar de ser una intrépida gata exploradora y una implacable asesina de ratones, era sorprendentemente asustadiza. Cualquier ruido la hacía esconderse.

Si el sonido hubiera sido real, ya se habría refugiado en un escondido rincón de la casa.

En lugar de eso, se paseó por la cama, pisoteándome descaradamente, de camino hacia el alféizar de la ventana. Se detuvo y luego saltó, ocultándose cuidadosamente tras las cortinas. Solo sobresalía su cola mientras miraba lo que ocurría en el exterior.

Así que debía haberlo soñado. El ruido. Mi mente lo había imaginado con una nitidez hipnagógica. Y ahora sabía lo que era. Lo reconocí.

El disparo del disco.

Hasta en sueños me perseguía esa maldita grabación.

Cuando vi a Nevada, todas las preguntas desaparecieron de mi mente, pero ahora habían vuelto. El día anterior, al llegar de Japón, me esperaba un mensaje del banco. Una confirmación de la transferencia del señor Hibiki.

Y, una vez más, pensé que ningún disco valía tanto dinero. Entonces, ¿qué estaba pasando? Me tumbé de nuevo en la cama, mirando al techo. Turk se removió en el alféizar. Fanny resoplaba en sueños.

¿Por qué era tan valioso para él? Y no solo para él.

Alguien más lo había querido, tanto como para estar dispuesto a matar por él.

Pero lo único que no podía quitarme de la cabeza era la sonrisa que el señor Hibiki había esbozado al colocar el disco junto a los demás. No había sonreído así al sostenerlo por primera vez, ni al escucharlo por primera vez.

Solo al guardarlo seguro con los otros trece álbumes del sello Hathor.

Había sido una sonrisa de triunfo.

Había intentado convencerme de que se trataba de un coleccionista obsesivo que, por fin, completaba algo. Llenaba un molesto vacío. Lo eliminaba de su lista de pendientes.

Pero no me lo creía. Se trataba de algo más.

Detrás de la cortina, Turk castañeteaba los dientes cuando veía un pájaro que volaba bajo. Me giré e intenté acomodar mi cabeza en la almohada. Mi mente no dejaba de darle vueltas a la pregunta. Necesitaba saberlo. ¿Qué demonios tramaba Hibiki? ¿Quiénes eran sus competidores (la pareja que se escondía detrás de los Gemelos Arios)? ¿Qué estaba pasando?

Obviamente, sabía quién podría decírmelo.

Pero por nada del mundo pensaba llamarla.

Intenté volver a dormirme. Fanny roncaba en su silla. Turk se movía de vez en cuando en el alféizar de la ventana, para conseguir mejores vistas. Mi mente no paraba de pensar y, finalmente, me rendí y salí de la cama. Miré el reloj.

Esa mañana tenía que ir a recoger a Tinkler.

Algunas personas salen del hospital siendo adictas a los analgésicos. Tinkler salió siendo adicto a las uvas. Lo primero que hicimos cuando le dieron el alta fue ir al Marks and Spencer local y comprar uvas. Después le pedimos a Cabeza Limpia que nos llevara a Hammersmith.

Abrió la mampara que separa al conductor de los pasajeros y me preguntó por Nevada. Le dije que estaba en Japón por negocios. Esa explicación pareció satisfacer a Cabeza Limpia, e incluso hizo algún comentario sobre lo afortunada que era. Ni siquiera se había enterado de que, durante un tiempo, Nevada había estado muerta. Resultaba extraño pensar en ello.

El teléfono de Tinkler comenzó a sonar. Lo miró.

—Es Maggie. Un mensaje de texto —frunció el ceño—. Dice: «¿Has visto los periódicos?».

—Menuda pregunta —dije.

Seguramente, en todo Londres no había otros dos hombres adultos con menos probabilidades de leer un periódico. Tinkler miró el teléfono con el ceño fruncido.

—También me ha enviado algunos enlaces —nos miramos—. Será mejor que les echemos un vistazo.

Ambas eran páginas web de periódicos. El primer titular decía: «DJ encuentra un LP de un millón de dólares».

El segundo: «Buscador de discos encuentra un tesoro».

En el primer artículo aparecía una fotografía de mí tomada por algún don nadie en una Feria del Disco hacía años, en la que parecía a la vez un pretencioso y un anormal. Estaba claro que esa foto absurda sobre la que no tenía ningún control sería la que se colase en el ciberespacio, y ahora se estaba utilizando para anunciar al mundo mi presencia.

Pero, en ese momento, esa no era mi mayor preocupación. Nos miramos el uno al otro.

—¿Cómo demonios se han enterado? —dijo Tinkler.

—Lo ha debido filtrar alguna persona relacionada con Nevada.

—¿Por qué? —preguntó con el ceño fruncido.

Me encogí de hombros, pero en realidad ya tenía alguna teoría.

—¿De qué sirve ganar a la competencia si no lo saben? —contesté.

—Entiendo —dijo asintiendo.

—Además, así también los eliminas.

Me di cuenta de que, ahora que había superado la conmoción por todo lo que me había ocurrido, me sentía extrañamente aliviado.

—¿Te refieres a los Gemelos Arios?

—Sí.

—¿Quieres decir que, ahora, pueden hacer las maletas y marcharse de vuelta a... Aria? ¿Eso es un país?

—No.

—Bueno, entonces ya no vas a verlos más —afirmó Tinkler.

Al cabo de un momento, añadió amablemente:

—Suponiendo que no sean vengativos.

Guardó el teléfono y se recostó en el asiento del taxi.

—Hablando de Nevada...

—¿Sí?

—Entonces... está viva y todos nos alegramos por ello —suspiró.

—Correcto.

—Pero ya no quieres seguir con ella.

—Correcto.

—A pesar de que te dio todas las señales de que ella quería seguir contigo.

—No puedo hacerlo. ¿Cómo podría? Después de lo que hizo —respondí.

Tinkler volvió a suspirar.

—No todo el mundo tiene una moral tan elevada como tú —contestó suspirando.

—Mira, ella nunca se preocupó por mí.

—Pues parecía que le gustaba mucho comprarte ropa bonita.

—Solo me estaba controlando. Me necesitaban para encontrar el disco. Así que la utilizaron como un caramelo para mí.

—Bueno —dijo—, sí que era una chica muy dulce.

Cuando me di cuenta de que, por primera vez en mi vida, tenía una gran cantidad de dinero, una de las primeras cosas que hice fue gastarme una pequeña fortuna en café de alta calidad *ca phe cut chon* de Vietnam. Con ellos podría prepararme una taza del mejor café del mundo. La idea debería haberme entusiasmado, pero, por alguna razón, mientras lo elaboraba en casa, moliendo cuidadosamente los granos en mi pequeña cocina, solo podía pensar en el trabajo que me estaba suponiendo. Quizá debería haber comprado un tarro de café instantáneo.

Sin embargo, ahora que había regresado de casa de Tinkler, estaba decidido a preparar mi primera taza. Y estaba casi lista cuando sonó el timbre.

Las gatas se escondieron, como solían hacer, y fui a ver quién era.

Era una joven esbelta, de estatura media y unos veinte años. Llevaba unas botas de ante, vaqueros desteñidos y una chaqueta acolchada con un inusual estampado de cuadros blancos y negros que parecía vagamente indio. Sus facciones afiladas eran tan llamativas que habría cometido el mismo error que con Nevada —suponer que era otra modelo o estrella en busca de rehabilitación—, pero, en esta ocasión, la chica llevaba colgado al hombro un bolso negro con el vistoso logotipo rojo y amarillo del famoso establecimiento Amoeba Music, de Hollywood.

Conocía Amoeba. Era una de las mayores tiendas de discos de Estados Unidos.

Me miró. Su piel era del color del *ca phe cut chon* mezclado con un generoso toque de nata. Sus ojos tenían un desconcertante tono bronce. El abundante pelo rizado que enmarcaba su rostro era castaño, con mechas de un pardo rojizo que me recordaron a un león.

Parecía cansada, pero extrañamente alerta.

—Eso huele bien —dijo sonriendo.

Tenía acento americano.

—Estaba haciendo café, pero de la manera difícil.

—¿Cómo de difícil puede ser hacer un café? Mira, lo siento mucho si me he equivocado de dirección, pero ¿eres esta persona?

Me dio una copia de uno de los artículos que había visto en el teléfono de Tinkler. Esa maldita foto, cómo no. Miré el periódico y a la chica que lo sostenía en su mano, ansiosa y algo ilusionada.

«Y así empieza», pensé.

—Me temo que sí —dije.

Dobló el trozo de papel.

—La foto no te hace justicia.

—Esa foto no le haría justicia ni al jorobado de Notre Dame.

—Sabes, eso que estás preparando huele realmente bien —dijo mirando por encima de mi hombro.

Volvió a sonreír. Quería una taza de café. No la culpé por ello. Yo también la quería.

—Mira... —empecé.

—Oh, escucha, no vengo a pedirte dinero ni nada parecido —explicó, mientras levantaba el papel doblado— por tu repentina nueva riqueza o algo así.

Me había leído el pensamiento.

—Yo no hago esas cosas —dijo sonriendo.

—¿Cómo has conseguido mi dirección?

Sacó otro papel. En él había impresa una página web en la que un bromista había colgado en Internet una copia escaneada de mi tarjeta del Detective del Vinilo, en la que aparecían mis datos de contacto, incluyendo mi dirección, para compartirlo con el mundo entero.

—¿Por eso has venido? —le pregunté—. ¿Quieres que te encuentre un disco?

Se encogió de hombros.

—¿Podemos hablar dentro?

Negué con la cabeza.

—Lo siento —respondí—. Me he jubilado.

—¿No es un poco pronto para eso? —preguntó, con una mirada divertida.

—Ha sido una carrera corta pero intensa.

—Quizá pueda convencerte para que vuelvas al trabajo. —Me sonrió. No se daba por vencida. Suspiré. El café se estaba enfriando—. He venido desde Los Ángeles.

Con eso me ganó. Incluso si era una loca total, ahora tenía que hablar con ella.

—De acuerdo, entra.

—Gracias.

Cuando pasó por mi lado, percibí su fragancia, con tonos especiados, ahumados y persistentes. Serví café para los dos y ella le dio un sorbo.

—El café de verdad es siempre mejor que el instantáneo —afirmó, como si el destino la hubiera enviado como advertencia.

Luego, miró a su alrededor, observando con detalle la cocina.

—¡La leche! ¿De dónde has sacado todos esos tomates?

—Es una larga historia. Si simplemente dijera «de Gales», te estaría contando la versión abreviada.

—De acuerdo.

Ambos bebimos de nuestras tazas. Cuando la cafeína corrió por mis venas, empecé a sentirme impaciente y un poco irritable.

—Entonces... —la insté.

Ella levantó la vista.

—Bueno... —dijo mientras volvía a sacar el trozo de papel con el artículo—. He venido porque has encontrado el disco de mi abuela.

Se me encogió el corazón. Vi cómo la historia iba tomando forma.

—Aunque ese disco hubiera pertenecido alguna vez a tu abuela, hace tiempo que ha perdido cualquier derecho sobre su propiedad —le dije.

Se me quedó mirando un momento y luego se echó a reír.

—¿De qué te ríes? —le pregunté.

—Cuando digo que era el disco de mi abuela, me refiero a que ella canta en él.

—¿Rita Mae Pollini era tu abuela?

—Exacto.

Debió de ver mi cara de sorpresa, porque chasqueó los dedos unas cuantas veces, subiendo y bajando la mano con regularidad metronómica, y empezó a cantar «Running from a Spell».

Se me pusieron los pelos de punta. La voz era muy parecida, pero lo que realmente la delataba era la calidad rítmica, la rápida inflexión bebop que aportaba a la pieza.

Estaba seguro de dos cosas: realmente sabía cantar y podría haber sido la reencarnación misma de Rita Mae Pollini.

Me senté sin apartar la vista de ella. No sabía qué decir. Terminó su café, dejó la taza a un lado y sacó lo que parecía una pitillera de plata con las iniciales REE grabadas en la parte superior.

—¿Lleva grabado FER en el otro lado? —le pregunté.

—¿Qué? —miró la pitillera—. ¿FER? ¡Oh, ya lo pillo! ¡*Reefer*, *porro* en inglés! Muy gracioso. Pero es solo tabaco.

Aquello debería haber sido un alivio, después de los recientes acontecimientos, pero lo último que quería era el olor de un cigarrillo apestando mi casa. Debió leerme el pensamiento, porque preguntó:

—¿Te parece bien si fumo en el jardín?

—Como si estuvieras en tu casa...

Ella se dirigió a la puerta principal, pero le indiqué que en la parte de atrás de la casa había jardín más grande y bonito. La conduje a través de la sala de estar.

—¡Hola, gatos!

Saludó con la cabeza a Fanny y Turk, que estaban tiradas en el suelo bajo la luz del sol, y luego no les prestó más atención. No era muy amante de los gatos, al parecer.

Abrí la puerta trasera y salí con ella. Parecía sociable.

Salimos juntos al jardín, con nuestros alientos convirtiéndose en vaho por el aire frío y cortante. Era una soleada mañana de invierno, de esas en las que las piedras brillan por la escarcha derretida. Mi acompañante sacó un cigarrillo de la pitillera y uno de esos mecheros que parecen un soplete de butano en miniatura. El artilugio siseó y lanzó una pequeña llama azul, casi invisible a la luz del día, con la que encendió el cigarrillo.

Inspiró ansiosamente, exhaló una nube de humo, volvió a meter el mechero en la pitillera de plata y la cerró. Luego me miró a mí.

—Son las iniciales de Rodima Eden Esterbridge —explicó, señalando las letras grabadas.

—Menudo nombre.

—Por eso mis amigos me llaman Ree. Para abreviar.

—Mira —le dije—. Es un placer conocerte...

—Igualmente.

—Pero si quieres que te encuentre un disco...

—No quiero que me encuentres un disco.

—¿Entonces?

—Quiero que me encuentres varios discos.

—Todo empezó en uno de los cumpleaños de mi abuela. Decidió que iba a escribir sus memorias. Llevaba diciéndolo desde que tengo uso de razón, así que nadie le hizo mucho caso. Pero ese año subió al desván a buscar lo que ella llamaba su «memoria-bilia». Y descubrió que unas abejas habían hecho una colmena enorme en un rincón.

—¿Abejas? ¿Abejas de miel? —pregunté.

Asintió con la cabeza.

—Abejas de miel, sí. Habían hecho un nido enorme justo encima de sus cosas. Así que llamó al servicio de control de plagas. Dijeron que tenían que fumigar la habitación. —Ree me miró. Hacía fresco en el jardín y el cielo estaba nítido, de un azul claro, con unas pequeñas nubes blancas que indicaban que pronto bajaría aún más la temperatura—. Mi abuela no quería estar ahí cuando rociaran el veneno, por lo que decidió salir de la casa.

—Muy buena idea —comenté.

—Tal vez no tanto. Porque no solo acabamos con un desván lleno de abejas muertas, sino también con media tonelada de miel derretida y derramada por todas las cosas que mi abuela tenía allí guardadas. Resulta que las abejas mantienen fría la miel abanicándola con sus pequeñas alas. Si matas a las abejas, apagas el aire acondicionado natural de la colmena —continuó explicando con una sonrisa triste.

—Y la miel se derrite.

—Exactamente. Pensábamos que los exterminadores, esos supuestos especialistas en insectos, conocerían esta interesante información sobre nuestra amiga la abeja.

—Aquí pasa algo parecido. Pero con el mantenimiento de calderas —le indiqué.

—El caso es que los de control de plagas pensaron que lo que había quedado enterrado bajo la miel ya era inservible, así que limpiaron el desván y tiraron todo a la basura. Cuando mi abuela volvió, toda su "memoria-bilia" había desaparecido. Para siempre.

—Supongo que no estaría muy contenta.

—Estaba histérica. Se puso azul de la rabia y pensamos que le iba a dar un infarto. Cuando, por fin, conseguimos que se tranquilizara, resultó que lo único realmente esencial, lo que no podía permitirse perder, era su colección de discos del sello Hathor —me miró—. Tenía todas las copias originales. Catorce álbumes.

—Estoy impresionado. Una chica joven que se sabe la discografía de un sello de jazz de la Costa Oeste.

—¿Cómo podría olvidarlo? Esos malditos catorce álbumes me atormentaron durante mi adolescencia. —Intentó dar una calada a su cigarrillo, pero se había apagado mientras hablaba. Sacó el mechero y volvió a encenderlo—. En fin... Después del gran desastre de la miel buscamos los discos que había perdido. Y, sin decírselo, acabamos encontrando un juego completo de los catorce títulos. No fue fácil. Nos recorrimos todas las tiendas de discos del sur de California. Buscamos por todo Internet. Nos volvimos locos. Gastamos mucho dinero. Tardamos un año, pero los encontramos. Y se los regalamos a la abuela en su siguiente cumpleaños.

Dio una calada a su cigarrillo, exhaló y me miró, entrecerrando los ojos a través del humo.

—Ni siquiera los escuchó. Les echó un vistazo, dijo que no eran los originales y los tiró a la basura. Bueno... Todos menos dos. Pero esos los encontramos después.

—¿No eran los originales?

—No —dijo ella—. Parece que eso era esencial.

Un avión surcó el cielo por encima de nosotros, preparándose para aterrizar en Heathrow, mientras dejaba una estela blanca que contrastaba con el azul de fondo. Ree contempló la huella de vapor y luego me miró.

—Todos lloramos, pero a ella le dio igual. Estaba furiosa. Rescaté los discos de la basura, pero me pidió que los quemara.

—Parece que el regalo de cumpleaños no tuvo mucho éxito.

Ree negó con la cabeza y sonrió.

—No. Dijo que, si no eran los originales, no le servían.

—Me pregunto cuáles eran —comenté—. Los que no eran originales.

—Los tengo aquí.

—¿Aquí? ¿Los discos?

—Oh, sí —dijo.

Empecé a sentir de nuevo una vieja pero conocida sensación.

—¿Puedo verlos?

Apagó el cigarrillo y entramos en casa. Mientras pasábamos por la cocina me dijo:

—¿Qué vas a hacer con todos estos tomates?

—Los uso para hacer salsa para pasta y pizzas. Es la salsa más fácil y sabrosa del mundo.

—Bueno, colega, pues dame la receta.

—Solo tienes que guisar los tomates con ajo, albahaca y tomillo. Y aceite de oliva —le expliqué.

—Espera, espera.

Sacó un papel, anotó lo que le había dicho, me preguntó por los tiempos de cocción y las temperaturas, dobló el papel y lo guardó de nuevo en el bolsillo.

—Gracias —dijo—. Ahora, vamos con los discos. Lo más curioso fue que la abuela no parecía muy interesada en ponerlos. Quería tenerlos, pero no escucharlos.

—¿En serio? —Eso era intrigante.

Y me recordó a alguien.

Al señor Hibiki.

Parecía ansioso por conseguir una copia original del *Easy Come, Easy Go*, pero no le interesó mucho ponerlo cuando ya lo tuvo en sus manos. Intenté achacarlo a que era un coleccionista obsesivo-compulsivo, como le sucedía a mucha gente chiflada por los discos, pero no creía que la abuela de Ree fuera una de esas personas.

Ni tampoco el señor Hibiki.

—Mi abuela estaba furiosa —indicó Ree—. Porque, durante años, esos discos habían podido comprarse por solo un dólar con noventa y nueve centavos. Pero entonces se convirtieron en objetos de coleccionista imposibles de encontrar con un valor incalculable. A veces se emborrachaba y lloraba en mi hombro por eso.

Empezó a rebuscar en su bolso.

—Solía comentar que esos discos eran mi patrimonio, mi herencia, mi destino. Y luego maldecía como una loca. Quería que yo lo supiera, decía.

—¿Saber qué?

Hizo una pausa en su búsqueda, mientras sostenía en la mano un par de calcetines rosas enrollados.

—No lo sé. Dijo que quería que fuera un secreto hasta después de su fallecimiento. Pero, luego empezó a decir que quería que yo lo supiera. Que *tenía* que saberlo. Que era una prueba.

—¿Una prueba de qué?

Se encogió de hombros.

—Tampoco lo sé. —Justo entonces sacó un montón de discos envueltos en plástico de burbujas—. Estos son los que tiró a la basura. Y los dos que conservó.

Me los entregó. Retiré el plástico con cuidado y les eché un vistazo. La mayoría eran reediciones de V.S.O.P., Fresh Sound y Jasmine, pero dos eran originales.

—Encontraste ediciones originales de Hathor —reafirmé.

Ella asintió.

—Mi abuela estaba realmente feliz de haber recuperado esos dos. Pero eso fue todo lo que encontramos. Cuando falleció, aún estábamos buscando el resto —dijo mirándome—. Se puso muy enferma. Fue de repente. Estuvo en el hospital un tiempo, perdiendo y recuperando el conocimiento de vez en cuando. Me hizo prometerle que buscaría los discos para ella.

Todos los demás. Lo intenté, pero no los encontré. No antes de que falleciera. Ella estaba segura de que se recuperaría. Pero estaba equivocada.

Miré los dos discos originales y confirmé que lo eran. Eran los de Jerry Fielding, con referencia HL-005, y Russ Garcia, con referencia HL-006. El de Fielding estaba en buen estado, pero no tenía portada. El de Garcia, en cambio, tenía la portada, pero el vinilo estaba en muy mal estado, parecía un mapa de la luna en 3D.

Me senté y los observé con atención.

—Entonces, ¿con estos estaba contenta? —le pregunté.

—Sí.

Ella me miró mientras yo intentaba encontrar la lógica a lo que me había contado.

—¿En qué estás pensando?

—En que creo que sabemos bastante —indiqué.

—¿Qué sabemos? —dijo mientras se sentaba en el único sillón que no estaba lleno de discos.

—Tu abuela dijo que había algo esencial, una información de vital importancia en todos los álbumes del sello Hathor.

—Sí.

—Y necesitaba tener los catorce.

—Exacto.

Recordé la pequeña y ordenada colección en las estanterías del señor Hibiki, inmaculada y completa. Recordé su sonrisa cuando añadió el último.

De repente, por primera vez desde que había vuelto de Japón, sentí que se me levantaba el ánimo. Empezaba a intuir una respuesta. Había algo en los catorce álbumes, cuando unías todos...

—Bueno, no lo dijo con esas palabras. Pero esa era la idea, más o menos, sí —continuó Ree.

—Y estos dos los conservó.

—Sí. Se rio con maldad cuando los vio.

Examiné uno de los discos, la referencia HL-005, el de Jerry Fielding.

—Bueno, uno no tiene portada, así que sabemos que, sea lo que sea, no está en la portada.

Y el señor Hibiki no se había mostrado interesado en la portada de *Easy Come, Easy Go*. Había agradecido que la copia estuviera en tan buen estado, nada más. Apenas le había echado un vistazo.

Miré el otro LP, la referencia HL-006, el de Russ Garcia.

—Y este está tan rayado que no se puede poner, es como si algún idiota hubiera jugado al *frisbee* con él en una habitación llena de cristales rotos, así que tampoco tiene que ver con reproducir los discos.

Hibiki había escuchado con una educada satisfacción el disco de Easy Geary, pero estaba claro que eso no era lo que realmente le interesaba. No se trataba de la música.

—Entonces, ¿qué nos queda? —preguntó Ree mientras me observaba.

Saqué el disco de Garcia de la portada. No tenía funda interior protectora, y ya era demasiado tarde para ponérsela. Miré la etiqueta roja y blanca con pequeños símbolos egipcios.

—Para empezar, las etiquetas.

Recordé que el señor Hibiki había examinado minuciosamente la etiqueta de cada cara del disco.

—No lo había pensado —comentó—. Entonces, ¿crees que tiene que ver con eso?

—No —declaré tras pensarlo un momento. Señalé la pila de discos que tenía a su lado y pregunté—: ¿Dices que tu abuela los tiró a un cubo de basura?

—¡Oh, sí! A un cubo lleno de mierda, de hecho.

—La cuestión es que la mayoría de estas reediciones son réplicas exactas, sobre todo las españolas. A la vista, son prácticamente idénticas, incluyendo las etiquetas.

—Así que tampoco es eso —dijo.

—No.

Recordé la intensa mirada de Hibiki. Podría no haber estado examinando la etiqueta. Podría haber estado revisando algo que se encontraba *al lado* de esta.

—Entonces, ¿qué es?

—Creo que es lo que está escrito en el espacio muerto.

—Ya. ¿Y qué es eso?

—Es la última sección, donde acaba la aguja cuando termina el disco. Ahí hay un amplio espacio donde se puede grabar información a mano, en el propio vinilo.

—La información —repitió ella.

Asentí con la cabeza.

—La música es lo principal de un disco, pero hay otras cosas que también son información. Como el número de matriz, que identifica el máster que se utilizó. Y los números del estampador, que te dicen dónde y cuándo se fabricó el disco. —Hice una pausa e indiqué—: Y, a veces, también hay información en el espacio muerto.

—¿Qué tipo de información? —preguntó.

Me acerqué a su pila de discos y saqué el ejemplar de *Easy Come, Easy Go*. Era una reedición japonesa, como la que había encontrado en el mercadillo, hacía lo que parecían diez millones de años.

—Mira este, por ejemplo. Easy Geary y tu abuela grabaron sus nombres en el vinilo. Si este fuera el original, tendría sus autógrafos. Algo muy poco habitual.

Me quitó el álbum de las manos y lo miró.

—Entonces, ¿esta copia no tiene sus firmas?

—No. Solo la original de 1955. Pero también tenía más cosas.

—¿Quieres decir que había algo más... escrito en el espacio muerto?

Asentí con la cabeza, volviendo a mirar los discos de Fielding y Garcia. Podía sentir cómo se me aceleraba el pulso. «Hibiki, cabronazo, te he pillado», pensé.

—En la copia original de *Easy Come, Easy Go* había otras dos letras extrañas.

—¿Extrañas?

—No tenían nada que ver con los números de los estampadores o la matriz. Tampoco eran las iniciales del ingeniero de sonido. Eran otra cosa. En la cara A había una *B*. En la cara B había una *Y*. De esa forma, si las juntamos tenemos *BY*, que es *por* en inglés.

—¿Y eso qué significa? —dijo mirándome fijamente.

Examiné los álbumes de Fielding y Russ Garcia, con referencias HL-005 y HL-006.

—Y en estos dos tenemos las letras *YI* y *ST*.

Se acercó y se puso a mi lado, mirando los discos.

—¿Y qué nos dice eso?

Me levanté. Por fin empezaba a sentir que avanzaba. La confusión y la frustración que había sentido desde que había vuelto de Japón se empezaban a disipar. Como si me estuvieran quitando un peso de encima.

—Nos dice lo siguiente: hay catorce álbumes —pensé en ellos, colocados en la estantería del señor Hibiki—. Cada uno, supongo, con dos letras grabadas, una en la cara A y otra en la cara B.

Encontré un cuaderno y puse una página en blanco y empecé a escribir en ella mientras decía:

—Si ponemos las letras en el lugar correcto siguiendo su número de referencia, obtenemos lo siguiente.

Puse guiones en las letras que nos faltaban, las de los otros once álbumes:

_ _ _ _ _ _ _ _ Y I S T _ _ _ _ _ _ _ _ _ _ _ _ _ B Y

Asintió con la cabeza, leyendo las letras mientras yo servía más café. Cuando volví a la mesa y le puse una taza delante, preguntó:

—¿Crees que ahí puede haber un mensaje?

—Tu abuela parecía creer que sí.

—Es como un rompecabezas —dijo mientras volvía a examinar el papel.

—¿Por qué no te dejó una carta? —le pregunté.

—¿Qué quieres decir? —respondió mirándome.

—En lugar de este gran misterio, ¿por qué no te dejó una carta explicándolo todo?

—Lo hizo —explicó Ree—. Bueno, me dejó una carta diciéndome que todo estaba en su diario.

—¿Y te dejó su diario?

—Sí. Pero desapareció.

—¿Desapareció?

—Sí. Fue todo muy sospechoso —explicó.

—¿Crees que alguien pudo robarlo?

Se encogió de hombros.

—Estaba allí y de repente desapareció. Quizá se deslizó a través de una grieta del universo —dio un sorbo a su café—. O tal vez sí, alguien lo robó.

—¿Quién podría habérselo llevado?

—Había un tipo horripilante que se suponía que estaba escribiendo la biografía de mi abuela. Desapareció casi al mismo tiempo que el diario.

—Eso parece suficiente prueba.

—Yo también lo creo. Estoy intentando localizarlo. De todos modos, ¿puedes ayudarme? A encontrar los discos, quiero decir.

«No hace falta ni que lo pidas», pensé.

—Claro. Por supuesto. Supongo que sí.

Apuntó mis números de teléfono y se fue.

Esa noche, cuando me disponía a acostarme, vi que mi móvil seguía donde lo había dejado cargando. Volvía a tener batería y la pantalla parpadeaba. Tenía un mensaje. Varios mensajes.

Cuando lo desenchufé, empezó a sonar. Era Cabeza Limpia. Contesté.

—¿Dónde demonios estabas? Llevo intentando localizarte desde esta mañana.

—Lo siento. Me quedé sin batería.

—No quería decírtelo delante de Tinkler —dijo—. Como acaban de darle el alta y todo eso, no quería asustarlo, pero...

—¿Pero?

—Cuando íbamos hoy en el coche. Cuando os recogí del hospital...

—¿Sí?

—Alguien nos estaba siguiendo.

21. THE BULL'S HEAD

—Te dije que Cabeza Limpia nos traería a tiempo —dijo Tinkler.

—No llames a Agatha *Cabeza Limpia*—le indiqué, horrorizado, mirando nervioso hacia donde ella estaba sentada, en la parte delantera del taxi.

—No pasa nada, me ha dado un permiso especial —y, echándose hacia delante, añadió—: ¿A que sí?

—Así es —respondió ella, mirando hacia la noche mientras los limpiaparabrisas se movían—. Siempre y cuando no lo convierta en una costumbre.

Llegamos a la minúscula rotonda entre Barnes High Street y The Terrace y el tráfico del viernes nos paró en seco. La nieve caía sobre el río como una suave cortina blanca.

—De todos modos —comentó Tinkler, mirándome fijamente—, tú eres el menos indicado para decir eso. Tú le pusiste el apodo.

Era cierto.

—¿Cómo te sentirías si alguien te hiciera eso a ti? —insistió—. Si te pusiera un estúpido apodo.

—Que irónico que tú digas eso.

Cabeza Limpia nos dejó junto a la estación de Barnes Bridge y anduvimos, con los pies crujiendo sobre la nieve, la corta distancia que separa el Támesis del pub.

—Gustav Holst vivió ahí —comenté, señalando una hermosa casa de ladrillo rojo con un balcón de enrejado blanco y una placa azul en la pared.

—Ya lo sé —suspiró Tinkler—. Me lo has dicho unas cincuenta veces.

El Bull's Head es un amplio bar abierto de techos altos y, según Tinkler, una selección «peligrosamente excelente» de *whiskies* de malta.

—¿Estás seguro de que ya puedes beber después de tu grave lesión en la cabeza? —le pregunté mientras le servían un Cragganmore.

—Lo único que me dijeron fue que evitase caerme rodando por las escaleras.

—Está claro que no conocen tus problemas con el abuso de sustancias.

Olfateó el *whisky* con alegría.

—Debería haberlo pedido doble.

Yo me tomé una copa de vino tinto, a pesar de que me entristecía cada vez que veía cualquier vino, porque me recordaba a Nevada.

Atravesamos el pub y entramos en el pequeño auditorio situado al fondo, después de pagar en la puerta. Una adolescente sentada en un taburete con un vaso de pinta lleno de monedas de 1 libra y un rollo de billetes de 5 cogió el dinero. Tinkler insistió en pagar. Me había dado cuenta de que, al parecer, ahora que yo era rico todo el mundo tenía ese gesto conmigo. Lo cual era irónico, porque esa conducta habría tenido mucho más sentido antes, cuando no tenía un céntimo.

Tinkler también quiso que nos sentáramos en primera fila, con los pies prácticamente tocando el escenario, donde había un reluciente piano de cola Yamaha, una batería y varios micrófonos con cables de colores serpenteando a su alrededor. Sacó tapones protectores para los oídos.

—¿Por qué no te sientas más atrás y así no los necesitas? —le sugerí.

—¿Qué?

—Que por qué no te sientas más lejos del escenario y así no usas los tapones.

—No sería lo mismo. Perdería la sensación de inmediatez. Toma, ¿quieres probarlos? Me sobra un par.

—Quizá más tarde —le dije.

Se abrió una puerta en un lateral del edificio, detrás del piano, y Ree entró acompañada por un par de hombres barrigones de mediana edad que tenían el aspecto cordial y ligeramente irónico de los músicos. Me sorprendió lo contento que estaba de verla. Me sonrió.

—Hola, chef —me saludó mientras ella y sus compañeros se dirigían a la pequeña barra al fondo de la sala.

Tinkler me miró fijamente.

—¿Chef? ¿Ya te ha puesto un apodo atrevido?

—Le gustó mi salsa de tomate.

—Maravilloso.

Tinkler sonreía de oreja a oreja cuando cerraron las puertas y empezó el concierto. Cuando Ree comenzó a cantar, mi amigo me miró y susurró:

—Es buena. —Se quitó los tapones y añadió—: Es muy buena.

Luego me miró y comentó:

—Suena igual que...

—Su abuela, lo sé. Ahora cállate.

La primera parte del concierto terminó con «Joy House Blues», un tema de Professor Jellaway.

Supuestamente, la canción era un homenaje a la breve etapa de Jellaway como pianista de un prostíbulo en Nueva Orleans, y su irónico título aludía a cómo se había sentido este gigante de la música en tal situación. Pero en realidad le había dado la vuelta a la tortilla para componer un alegato contra quienes explotaban y degradaban a los músicos, llegando a convertirla en una canción popular de éxito y en una de las primeras pequeñas obras maestras del jazz.

Durante el descanso, la mayor parte del público y todos los músicos se dirigieron al bar que se encontraba al fondo o salieron a la zona de pub. Tinkler y yo nos quedamos allí dentro.

—Ha sido... increíble —dijo.

Sacó una fiambrera de plástico azul pálido y la abrió. Dentro había un racimo de uvas relucientes y cubiertas de gotas de agua. Eran enormes y tan moradas que casi parecían negras. Empezó a arrancarlas de los tallos y a comérselas.

—Tinkler, por el amor de Dios. —Miré a mi alrededor para asegurarme de que nadie lo estaba viendo—. Se supone que la comida la compras en el pub, no te la traes.

—Bueno, no creo que aquí tengan uvas, ¿verdad? —Dijo con la boca llena. Luego tragó saliva, sonrió y añadió—: ¡Eh, mira, aquí está!

Sonrió mientras Ree se acercaba con una copa en la mano y se unía a nosotros, sentándose en la tarima del escenario y entre un montón de cables, con las rodillas rozando las nuestras.

Dejó su bebida sobre el escenario y preguntó:

—¿Eso son uvas?

—Coge las que quieras —dijo Tinkler generosamente. Ella le tomó la palabra y se comió algunas con alegría.

—¿Llevabas tapones para los oídos? —comentó.

—No quería perderse la inmediatez —le expliqué.

Ella asintió, como si aquello tuviera sentido, y luego se metió la mano en un bolsillo y sacó un pequeño fajo de billetes.

—Aquí está el dinero —dijo ella orgullosamente—. Ya he reunido lo suficiente. He estado haciendo un montón de conciertos.

—No lo quiero hasta que haya conseguido los discos —indiqué moviendo las manos en el aire.

—¿De qué habláis? —dijo Tinkler.

—Me ha contratado para encontrarle unos discos. Quiere que le consiga todos los originales del sello Hathor.

—Y ya tiene algunos —comentó Ree.

Tinkler se inclinó hacia delante con impaciencia.

—¿En serio?

—Bueno, Ree tenía dos para empezar, y yo he encontrado dos más.

—¿Ya los has encontrado? —preguntó Tinkler—. ¡Bien hecho! ¿Cómo? ¿Por Internet?

—No, Alan en Jazz House tenía el HL-003, el de Richie Kamuca, y en la tienda de Jerry tienen una copia del HL-012, el de Pepper Adams. En Styli, quiero decir.

Todavía no me había hecho a la idea de que Jerry estaba muerto.

—Hoy he hablado con ellos por teléfono —comenté, mirando a Ree—. Les he dicho que este fin de semana nos pasaríamos por la tienda para recogerlo.

—¿Tienes una lista de esos malditos discos? —dijo Tinkler—. Quizá pueda ayudarte.

Aunque lo dudaba, saqué mi cuaderno y le enseñé la lista. Necesitábamos toda la ayuda posible.

HL-001 EASY GEARY (TOCA LAS COMPOSICIONES
        DE BURNS HOBARTT)
HL-002 MARTY PAICH
HL-003 RICHIE KAMUCA
HL-004 JOHNNY RICHARDS
HL-005 JERRY FIELDING
HL-006 RUSS GARCIA
HL-007 CY COLEMAN
HL-008 HOWARD ROBERTS
HL-009 RITA MAE POLLINI (CANTA LAS
        COMPOSICIONES DE BURNS HOBARTT)
HL-010 RITA MAE POLLINI (CANTA LAS
        COMPOSICIONES DE PROFESSOR JELLAWAY)
HL-011 MANNY ALBAM
HL-012 PIMIENTA ADAMS
HL-013 CONTE CANDOLI
HL-014 EASY GEARY (*EASY COME, EASY GO*)

En ese momento, los músicos volvieron al escenario con sus cervezas y se colocaron junto a sus instrumentos. La gente volvió a entrar, se cerraron las puertas y empezaron a tocar de nuevo. Ree no participó en las primeras canciones, y se unió a la banda más tarde. Cuando salió al escenario, el público respondió con entusiasmo.

Tinkler aplaudió como una foca en pleno espectáculo.

El concierto concluyó con una escalofriante versión de «Running from a Spell». Cuando la canción llegó a determinado momento, casi se me hizo extraño no escuchar un disparo.

Ree estaba sentada en el patio del pub, en el banco de una mesa verde de plástico para pícnic. Todo estaba cubierto de nieve. La habíamos retirado para sentarnos.

—Gracias por estar aquí, chicos. El bajista quiere ligar conmigo. Por alguna razón, los tíos que hacen eso siempre son los que tocan el bajo eléctrico. En cambio, los contrabajistas suelen ser unos perfectos caballeros —nos comentó ella.

Dio una calada a su cigarrillo. Los copos de nieve brillaban en su pelo bajo el resplandor de los focos que iluminaban el jardín.

—Quizá sea porque sus instrumentos son más grandes —indicó Tinkler.

Ella lo miró.

Tinkler se puso rojo.

—Me refiero a los contrabajistas. Quizá no se muevan tanto, o con tanta agilidad, porque tienen que cargar con esos enormes instrumentos, ya sabes, el contrabajo, o un violonchelo gigante, ¿entiendes?

—Has metido la pata y no sabes por dónde salir —comenté, dándole una palmadita en la espalda.

—Aquí viene —anunció Ree, señalando con la cabeza hacia el pub.

Un hombre delgado, enfundado en cuero y vaqueros, camina-ba hacia nosotros. Era el bajista del grupo. Tenía una cresta de pelo oscuro salpicada de canas. Su figura esbelta, como la de un galgo, contrastaba con el resto de los miembros de la banda. Me pregun-té si sería un adicto al *speed*. Eso explicaría su relativa delgadez.

El hombre se acercó y se sentó con nosotros.

—Este es Jimmy Genower —aclaró Ree.

Nos presentamos y nos dimos la mano. Me percaté de que tenía tatuajes que nacían en sus delgadas y peludas muñecas y se extendían, formando unas oscuras formas retorcidas, hasta esconderse bajo las mangas de la camisa.

Después de las presentaciones, él nos ignoró, centrando toda su atención en Ree. Empecé a aburrirme y a tener frío. Mientras se inclinaba deseoso hacia la chica, su intención era evidente. E igual de evidente era —al menos a mí me lo parecía— que no tenía ninguna posibilidad; Ree lo dejaba claro de todas las formas posibles, tanto verbal como físicamente. Solo le faltaba clavarle el cigarrillo en el ojo.

—La última canción —dijo él como si estuviera diciendo una revelación sorprendente— era de Professor Jellaway. Dicen que vendió su alma al diablo en Nueva Orleans a cambio de su enorme talento.

Comenzó entonces a contarnos una breve historia del músi-co, basada en numerosos relatos que yo ya conocía. Jellaway se había dedicado de forma incansable y cargante a construir su propia leyenda; la mayoría de los hechos sorprendentes y sensa-cionales que él decía que habían ocurrido a lo largo de su vida sencillamente no encajaban. Algunos no eran más que adornos inofensivos (como cuando Louis Armstrong dijo que había inven-tado el scat al caérsele una partitura), pero otros iban más allá.

Los alardes, o las mentiras, si llamamos a las cosas por su nombre, siempre formaron parte del entramado de la vida de los primeros músicos de jazz. Tampoco ayudó que las generaciones de biógrafos posteriores se sintieran obligadas a añadir aún más relatos fantásticos.

Al final, lo único cierto sobre Jellaway era que había sido un genio.

—Su vida está llena de historias terroríficas —dijo Jimmy Genower—. Nació justo en la medianoche de un viernes trece. En 1917, aunque era demasiado joven para alistarse, vino a Francia con el ejército estadounidense, en la 369ª Banda de Infantería de Jim Europe.

Hizo una pausa dramática y continuó:

—El apodo de su regimiento era *Los luchadores del infierno*.

Tinkler me lanzó una mirada de asombro, como diciendo «pero, ¿quién es este tipo?».

—Dicen que fue en los sangrientos campos de batalla de la Primera Guerra Mundial donde vendió su alma al diablo, a cambio de su vida.

—Espera un momento —le interrumpí—. Creía que habías dicho que vendió su alma al diablo en Nueva Orleans a cambio de su enorme talento.

—Sí —confirmó Tinkler—. ¿Es que hizo dos tratos con el diablo? Eso no es justo.

—Quizá renegoció el primero —bromeé.

Jimmy Genower nos miró con repugnancia. Estábamos estropeando su tan cuidadosamente creada estampa. Ree, en cambio, nos miraba con una cara de regocijo apenas disimulada.

—¿Queréis escuchar una historia de Red Jellaway realmente aterradora? —dijo ella.

Todos dijimos que sí, incluso Genower, a quien yo creía incapaz de escuchar otra voz que no fuera la suya.

Ree continuó:

—Professor Jellaway estaba siempre apostando. Y estaba hasta el cuello. Ya sabéis a qué me refiero; deudas. Nosotros los llamamos *marcadores*. Un día, dos hombres blancos que se hacían llamar *los hermanos Spike* le compraron todas sus deudas, que eran muchas. Al convertirse en propietarios de todos los marcadores, dieron por hecho que él también les pertenecía. —Apagó el cigarrillo—: Los hermanos Spike eran unos empresarios muy listos. Ya tenían su compañía montada; una empresa de música para cuyo nombre no se estrujaron la cabeza: Spike Brothers Music. Iban a entrar en el negocio editorial, y Professor Jellaway sería su esclavo. Él se encargaría de componer las canciones y ellos se harían ricos con los frutos de su trabajo.

Sacó otro cigarrillo y lo encendió.

—Cuando supo lo que tenían en mente, Professor se rio en sus caras. Les dijo que podían tener una canción. Solo una. Como pago de todos los marcadores. Ellos rechazaron la oferta. Dijeron que sus condiciones eran innegociables. Pero resultó que no. Professor Jellaway llevó su canción a otra editorial y obtuvo un éxito considerable, y el dinero conseguido lo utilizó para pagar todas sus deudas —relató sonriendo—. Él era más consciente de su propio valor que los hermanos Spike. ¿No es asombroso? Un tipo que había crecido en el gueto fue más listo que esos imbéciles capitalistas que intentaban ponerle una soga al cuello.

—¡Poder para el pueblo! —exclamó Jimmy.

Ree no se dignó a responder.

—Como decía, les pagó las deudas con una única canción. Pero eso resultó ser una mala idea, porque los hermanos Spike se dieron cuenta, esta vez sí, de su potencial. Ahora sabían lo que valía. Y no iban a dejarlo escapar. —Su mirada se encontró con la mía—. Además de las apuestas, Professor Jellaway tenía otra debilidad; las mujeres. Y los hermanos Spike contrataron a una hermosa prostituta...

—Una hermosa prostituta —repitió Tinkler alegremente. Luego nos miró a los tres y añadió—: Es que me gusta decirlo.

—En fin —continuó Ree—. Contrataron a esa chica y la utilizaron como cebo. Y Professor Jellaway picó. Pasó un fin de semana de pasión con ella y los hermanos Spike se aseguraron de que la feliz pareja fuera fotografiada en todos los clubes y garitos que visitaron. El lunes por la mañana, Red Jellaway descubrió que ahora tenía una "esposa". La mujer iba diciendo por ahí que estaban casados. Incluso tenía documentos que lo demostraban. Y quería la mitad del dinero de todo lo que él había compuesto y compondría en el futuro.

Dio una calada a su cigarrillo y siguió hablando:

—Un juez blanco ratificó aquel fraude total, tened en cuenta que esto fue en Los Ángeles de 1924. Así, la prostituta acabó poseyendo los derechos de la mitad de todas las ganancias obtenidas con sus canciones, que, posteriormente, cedió a Spike Brothers Music.

—Odio a esa preciosa prostituta —dijo Tinkler—. Lo cual es extraño, porque, normalmente, me gustan mucho.

Ree exhaló una iluminada nube de humo.

—Bueno... —comentó ella—, lo siento si me estoy explayando. Para mí la verdadera historia de terror aquí es la de un músico puteado por los altos cargos.

—Dilo, hermana —dijo Jimmy.

Todos intentamos ignorarlo, y Ree fue la que mejor lo hizo, limitándose a continuar con su relato, mirándonos a Tinkler y a mí.

—Fue una enorme y descarada estafa. Si Professor Jellaway viviera hoy, podría acudir a los tribunales y exigir justicia, y tendrían que reorganizar el entorno corporativo empresarial. Pero aquello era la América blanca de principios del siglo XX. Así que estaba atrapado. Professor no podía soportar vivir en esa situación. Con lo que los hermanos Spike le habían hecho.

—No lo culpo —dije.

Ella asintió.

—Tenía que hacer algo al respecto. Pronto empezó a correr el rumor de que Professor había contratado a unos sicarios para matar a los hermanos.

Miró el humo de su cigarrillo, que se elevaba hasta fundirse con los copos de nieve.

—Al enterarse, los hermanos decidieron que tenían que ser los primeros en atacar. Localizaron a Professor en Chicago, donde vivía por entonces, lo golpearon con bates de béisbol hasta matarlo y arrojaron su cuerpo al río. Nunca se encontró el cadáver. —Dio una calada al cigarrillo, que brilló como una pequeña luciérnaga roja en la noche—. Pero, al cabo de un año, los dos hermanos Spike fallecieron de forma violenta.

—Tal vez Professor Jellaway sí que había contratado sicarios —comenté.

—O quizá era una venganza por parte de la comunidad de color —dijo ella.

Nos miramos los unos a los otros.

—O puede que fuera una maldición —sugirió Jimmy Genower, intentando meterse en la conversación por todos los medios.

De repente, Jimmy se fijó en la fiambrera de Tinkler.

—¿Qué es eso, colega? ¿Es que te has traído tus putos sándwiches? Eso es graciosísimo.

—En realidad son uvas —respondió Tinkler.

Jimmy anunció que iba a la barra a por otra bebida. Preguntó a Ree si quería que le trajera algo, ignorándonos a nosotros, pero ella dijo que no quería nada. Cuando se levantó, ella comentó:

—Jimmy tiene algo que decirnos.

Él se quedó en blanco por un momento y luego dijo:

—Oh sí, es verdad. Voy a venderte ese disco.

—¿Qué disco?

—Uno en el que cantaba mi abuela —dijo Ree.

—*Rita Mae Pollini Sings Professor Jellaway* — respondió Jimmy, sonriendo.

—¿Es una copia original en Hathor?

—Oh, sí.

Acordamos quedar con Jimmy Genower en su casa —que se encontraba cerca del pub— el lunes a la hora de comer. Yo me encargaría de examinar al disco y, si le daba el visto bueno, cosa que, personalmente, me parecía poco probable, Ree pagaría la exagerada suma que Jimmy quería por él.

Y, entonces, habríamos conseguido cinco de los catorce álbumes que necesitaba.

Pero antes teníamos que recoger el que yo había encontrado en Styli.

Había quedado con los chicos de la tienda para ir a por él el fin de semana, y me presenté el domingo. Para mi asombro, la tienda estaba cerrada. Eso nunca había sucedido cuando Jerry dirigía el lugar. Como buen ateo, abría todos los domingos, todo el día.

El lunes fui diez minutos después de la hora de apertura. Podía haber llegado media hora antes, pero el taxi de Cabeza Limpia había sido víctima de los atascos en Waterloo. Tuve que salir del vehículo y correr al metro, que resultó ser igual de problemático, con tres cancelaciones de trenes seguidas. Probablemente habría sido más rápido cruzar a pie el puente de Hungerford.

Cuando llegué, subí corriendo a la sección de jazz. Kempton estaba detrás del mostrador con Gilbert, el chico nuevo que habían contratado después de la muerte de Jerry. Kempton y yo nos saludamos. Estaba al teléfono, así que me volví hacia Gilbert. Le sonreí.

—He venido a recoger el álbum de Pepper Adams.

Me miró como si estuviera hablando en un idioma ininteligible.

—El del sello Hathor —concreté—. Con número de catálogo HL-012. Llamé el otro día. Lo tenéis reservado para mí.

—No, no lo tenemos —respondió.

Respiré hondo y empecé de nuevo.

—Es el disco de Pepper Adams. El saxo barítono.

—Sé quién es. Conozco el disco. Ya está vendido.

—¿Qué quieres decir? —pregunté—. ¿Qué quieres decir con *vendido*?

—Acabo de venderlo. Hace solo cinco minutos

—No puedes haberlo vendido —respondí, alzando ligeramente la voz—. Me lo habéis reservado.

En ese momento, Kempton acabó apresuradamente su llamada telefónica y se acercó a nosotros.

—¿Qué ocurre? —dijo.

—Dice que el disco está vendido.

—Pero lo teníamos reservado para ti —indicó Kempton.

—No sabía que había un disco reservado —dijo Gilbert, con un tono chillón y lastimero, como diciendo «no es mi culpa».

No podía creer lo que estaba pasando.

—Os dije que vendría a por él este fin de semana.

—Ah, bueno —comentó Gilbert—. Pero ya no es fin de semana.

Le habría estrangulado con mis propias manos en ese preciso instante.

En lugar de eso, me giré hacia Kempton y le dije:

—Esto es inaceptable. Con Jerry nunca habría ocurrido.

Kempton parecía realmente disgustado.

—Mira, lo siento. Lo sentimos. Aquí tienes un cupón para un descuento del diez por ciento. Mejor lo dejamos en un quince. Un descuento para tu próxima compra.

Lo ignoré totalmente.

—¿Quién lo ha comprado? —solté—. ¿Quién ha comprado el disco?

—¿Ha sido esa mujer? —preguntó Kempton, esta vez dirigiéndose a Gilbert—. ¿La que he visto bajando las escaleras?

—Es la única clienta que hemos tenido hoy —asintió Gilbert.

—¿Qué aspecto tenía? ¿Era rubia? —me interesé.

—No, tenía el pelo rojo —dijo Kempton—. Lo he visto al cruzármela en las escaleras.

—¿Seguro que no era rubia?

—No. Tenía el pelo rojo. Y largo.

—Llevaba una peluca —dijo Gilbert de repente.

Los dos lo miramos.

—¿Qué?

Su rostro adoptó una expresión obstinada.

—Era una buena peluca, pero definitivamente llevaba peluca.

—Me inclino ante tu vasto conocimiento en postizos femeninos —respondió Kempton con lo que me pareció que era sarcasmo. Luego me habló a mí y me dijo—: Escucha, mejor te hacemos un descuento del veinte por ciento. O del veinticinco.

Quedé con Ree a mediodía en el Bull's Head. Nos habíamos citado allí para ir juntos a casa de Jimmy Genower. No había podido hablar por teléfono con ella esa mañana, y tenía miedo de contarle que el disco que tenía reservado en Styli había desaparecido. No había querido dejarle un mensaje. Me parecía una cobardía. Por eso se lo dije en persona.

Se lo tomó con filosofía, encogiéndose de hombros.

—Solo es un poco de mala suerte.

—La suerte no ha tenido nada que ver. Sospecho que han sido los Gemelos Arios. Heinz y Heidi. O, en este caso, únicamente Heidi.

—¿Quiénes son esos? —preguntó.

—Unos sicarios rubios.

—¿Sicarios? ¿Rubios?

—Pero ahora ella lleva una peluca roja.

—Y dices que son sicarios.

—Un hombre y una mujer.

—¿De verdad han matado a alguien?

—Estoy bastante seguro de que sí. Y lo han intentado en muchas otras ocasiones.

Ree pareció no reaccionar de manera especial a esta información. Quizá no me creía.

—Creo que la culpa es mía —confesé.

—¿La culpa de qué?

—De que hayan conseguido el disco antes que nosotros.

—¿Por qué dices eso?

—Alguien los contrató para impedir que me hiciera con una copia de *Easy Come, Easy Go*. La compra preventiva era su marca de la casa. Llegar justo antes que yo y quitarme el material.

—Pero lograste hacerte con una copia de *Easy Come, Easy Go*. Así que, ¿por qué siguen intentando pararte los pies?

Era una buena pregunta. ¿Tal vez no habían visto la noticia de mi hallazgo en la prensa? O quizá, lo más probable, no se lo habían creído. Mis especulaciones se vieron interrumpidas cuando Ree miró su reloj y dijo:

—Será mejor que nos pongamos en marcha. Incluso alguien como Jimmy ya debería estar despierto.

La casa de Jimmy Genower estaba en Elms Avenue, justo al otro lado de la rotonda. Como gran parte de Barnes, la zona tenía una mezcla extraña; con viviendas sociales entre propiedades muy caras. Era normal ver a un millonario agente de bolsa teniendo como vecino a un pintoresco lugareño que se creía con el derecho a dejar una motocicleta medio desmontada tirada en el jardín delantero.

Algo que, al parecer, el propio Jimmyh hacía.

—Bonito lugar —dijo Ree irónicamente—. Muy de área de autocaravanas.

Caminamos por la grava manchada de aceite, esquivando piezas, hasta la puerta principal. Llegué antes que ella y golpeé bien fuerte con la aldaba negra de hierro en forma de cabeza de león. Había decidido que yo iba a dirigir ese encuentro para asegurarme de que Jimmy Puto Genower no le cobrara a Ree la ridícula suma que le había pedido por su disco de segunda mano.

Me sorprendería incluso que realmente fuera el disco que buscábamos.

Ree estaba a mi lado, al comienzo de la escalera. No se oía nada en el interior de la casa. Toda la calle estaba en silencio. Pensé en volver a llamar, pero entonces me fijé en la puerta del jardín. Estaba justo a nuestra izquierda.

—Quizá esté en el jardín trasero —comenté.

La pequeña puerta se abrió con un chirrido y entré en el estrecho pasillo sombreado que estaba entre las casas, con Ree detrás de mí. Me seguía tan de cerca que se chocó conmigo cuando me detuve de repente.

Efectivamente, Jimmy Genower estaba allí, sentado en una vieja tumbona de rayas blancas y negras. Tenía una lata de cerveza entre los pies y nos miraba.

O, al menos, lo habría hecho si hubiera podido ver algo.

Empujé a Ree hacia atrás hasta la puerta.

—¿Qué pasa? —preguntó—. ¿Qué pasa?

Sentí náuseas.

—Está muerto —dije.

—¿Qué?

—Está sentado en una silla, muerto.

—¿Estás seguro?

Asentí con la cabeza. Nunca antes había estado tan seguro de algo.

—Déjame ir a echar un vistazo —indicó ella.

—No, tenemos que salir de aquí.

—¿Por qué?

—Porque la gente que lo ha hecho podría estar cerca todavía. —Intentaba con todas mis fuerzas pensar con claridad—. Pásame tu mechero, por favor.

—¿La gente que lo hizo? —repitió ella, confusa.

—Tu mechero, por favor.

Se metió la mano en el bolsillo, rebuscó un momento y me lo dio. Me miraba con extrañeza mientras yo intentaba averiguar cómo encender el mechero.

—Presionas la cosa que está...

—Ya está.

Volví a la puerta del jardín y encendí el encendedor, para colocar luego la llama azul sobre la manilla metálica que había tocado. Después, fui a la puerta principal de la casa y repetí el proceso en la aldaba con la cabeza de león.

Ree me estaba mirando.

—¿ADN? —preguntó.

—Sí.

Cuando terminé le devolví el mechero.

—¿En serio?

La llevé de nuevo afuera y miré a ambos lados. La calle seguía vacía. Ree no quería marcharse, pero la cogí del brazo y la alejé de la casa. Caminamos a paso ligero por la avenida Elms, como si fuéramos una pareja que salía a dar un tonificante paseo en un día de invierno. Cuando llegamos a la calle principal empecé a respirar de nuevo. Giramos a la derecha, hacia mi casa.

—Debería haberle echado un vistazo —dijo Ree de repente.

—Tenemos que irnos —le comuniqué.

Empezó a caminar más lentamente.

—Tal vez no estaba muerto.

—Sí que lo estaba.

Pero entonces se paró, así que yo también tuve que hacerlo. Estábamos en la puerta del pequeño supermercado local, con los clientes pasando a nuestro lado para entrar, mientras la nieve empezaba a caer de un cielo extrañamente despejado. Ree tenía una mirada de obstinación en su rostro y yo temí estar librando una batalla que no podía ganar.

—Tal vez solo esté enfermo —dijo ella—. Puede que no se encuentre bien y necesite nuestra ayuda.

Respiré hondo antes de responder y, justo entonces, oímos las sirenas.

Venían desde el río. Desde Hammersmith. Llegaron a la curva que se encontraba junto al Bull's Head, entraron en la minúscula rotonda y giraron a la derecha en Elms Avenue. Eran una ambulancia y dos coches de policía. Un grupo de niños pasó corriendo junto a nosotros para seguirlos.

Miré a Ree. Y salimos detrás de los niños. Cuando llegamos a Elms Avenue nos encontramos a una docena de vecinos y transeúntes que se habían detenido a echar un vistazo. Era una multitud lo bastante grande como para pasar desapercibidos en ella. Nos quedamos ahí plantados viendo a la policía y los médicos dirigirse a toda velocidad hacia la casa de Jimmy Genower.

Ree me miró.

—Vale —dijo—. No hay nada que podamos hacer. Vámonos.

La nieve empezó a caer con fuerza mientras caminábamos de vuelta por Barnes Pond. Los copos blancos desaparecían en el agua negra y fría. Ree volvió a hablar.

—La policía ha llegado muy rápido.

—Sí —respondí—. Como si alguien quisiera que nos pillaran allí dentro con él.

22. UNA PELUCA ROJA

Llamé por teléfono a Tinkler mientras volvíamos a casa y, cuando llegamos, nos estaba esperando allí.

—¿Qué ha pasado? —dijo mientras seguía nuestros pasos.

Ree y yo nos miramos, pero no sabíamos qué decir.

—¿Y bien? —insistió él.

Me aclaré la garganta.

—¿Recuerdas a ese tipo que conocimos la otra noche en el Bull's Head?

—¿Qué tipo? Ah, ¿el bajista imbécil que contaba historias estúpidas? ¿El arrogante, descerebrado y patán tatuado?

Algo en nuestras caras debió alertarlo, porque de repente se calló.

—Ha tenido un accidente —le comenté.

—¿Justo antes de venderte el disco? —dijo Tinkler mientras nos miraba.

—Exactamente.

—Dios mío.

Recorrimos el resto del camino en silencio.

Estaba atardeciendo en el cielo invernal y el sol proyectaba sobre nosotros la sombra angulosa de una grúa mientras cruzábamos la plaza en dirección a mi casa. La máquina, pesada y de color rojo y blanco, acababa de traerla un camión de la compañía de alquiler de grúas Redgear. La habían dejado en el callejón que salía de la plaza, desde donde la estaban usando para desmontar la caldera.

Nos detuvimos un momento para contemplar cómo lo hacían. La sala de calderas estaba en una especie de socavón, a unos seis metros por debajo de nosotros, donde antes había habido un aparcamiento. No podíamos acercarnos demasiado al borde porque lo primero que habían quitado los trabajadores era, por supuesto, la barandilla que servía de barrera de seguridad.

Ya habían desmontado la caldera, y ahora estaba tirada por ahí en forma de gigantescas piezas de acero sueltas. Recordé que solía pensar en aquel enorme aparato como si fuera un dragón dormido.

«Son sus huesos», pensé.

Las gatas nos habían oído llegar y entraron corriendo en la casa en cuanto abrimos la puerta. Habían dado por terminadas sus aventuras en la nieve. Me quité los zapatos, colgué el abrigo y, con una excusa, me retiré al cuarto de baño, donde vomité violenta y ruidosamente. Pensaba en los ojos cadavéricos de Jimmy Genower. Tiré de la cadena, me lavé los dientes y salí para encontrarme a Ree y a Tinkler mirándome con cara de preocupación.

Los ignoré y me dirigí a la cocina para dar de comer a los gatos. Eché algo de pienso en sus cuencos, pero lo ignoraron tras olerlo tímidamente, como era costumbre últimamente.

—Han perdido el apetito —informé a Tinkler, que había entrado para hacerme compañía.

—¿Qué?

El concepto de *no tener apetito* era totalmente ajeno a Tinkler.

—Parece que no quieren comer —dije.

—Algo deben estar comiendo.

—No lo suficiente. Es invierno, necesitan muchas calorías.

—Y no son las únicas —comentó él, abriendo el frigorífico y mirando en su interior—¿Tienes uvas?

Antes de que pudiera responder, sonó el timbre y fui a abrir. Era Tanya, mi cartera. Parecía nerviosa.

—No te lo vas a creer —soltó—. Me acaban de robar.

—¿Qué? —respondí.

—Dios mío —dijo Ree, mirando por encima de mi hombro—. ¿Cómo ha sido?

—Estaba haciendo los repartos, de hecho, me dirigía a tu casa, había sacado el correo y estaba a punto de tocar el timbre cuando un tipo ha pasado corriendo.

—¿Era grande? —le pregunté—. ¿Tenía aspecto atlético?

Me lanzó una mirada extraña.

—Sí. Al principio pensé que solo era una persona haciendo *footing*. Yo llevaba los auriculares puestos, así que no me fijé en él. Pero, entonces, pasó rápidamente a mi lado y me arrebató algo. Me lo quitó directamente de la mano. Menudo sinvergüenza.

Obviamente, estaba enfadada, y aún algo conmocionada.

—¿Qué te ha quitado?

—¿Qué?

—Has dicho que te ha robado algo. ¿El qué?

—Creo que era un calendario.

—¿Un calendario?

—Sí. Era para una de tus vecinas. ¿Por qué alguien querría robar un calendario?

—¿Pudiste ver de qué color era el pelo del hombre?

—No. Llevaba un gorro de lana.

A estas alturas no me habría sorprendido que llevara una peluca castaña larga y suelta. Tanya estaba un poco pálida por la conmoción de lo que le había sucedido.

—¿Estás bien? —le dije.

—Sí.

—¿Quieres un café? —le ofrecí—. O una taza de té.

—No, estoy bien —me ofreció una media sonrisa—. Por un momento pensé que era uno de tus discos, pero gracias a Dios, creo que solo era un calendario. Probablemente era de esos que tienen imágenes de suricatas.

Me dio mis cartas y se fue. Cuando cerré la puerta miré a Ree.

—¿Sabes? Creo que era un LP, no un calendario —comentó Ree—. ¿Estabas esperando que te llegara un LP por correo?

—No tan pronto —respondí—. Y creo que vamos a tener que hacer un pequeño cambio de planes respecto a eso.

Me apresuré a abrir mi portátil y escribí un email a Alan, de Jazz House, para decirle que no me enviara todavía el disco con referencia HL-003, el de Richie Kamuca, y que me lo guardara. A continuación, le pedí que me hiciera un favor y le dije brevemente lo que necesitaba. Luego me senté de nuevo en el sofá. Por la ventana podía ver a Ree en el jardín trasero, fumándose un cigarrillo. Había anochecido y se habían encendido las farolas. Observé que el humo tenía un brillo extraño bajo la luz amarillenta de las bombillas de vapor de sodio.

Me puse a pensar.

Tinkler entró de la cocina.

—¿Qué hay de las uvas? —exigió.

—Están al fondo del estante de abajo —le indiqué.

—¿Estás seguro?

—Sí.

Me miró con escepticismo y entró de nuevo a la cocina. Volví a mis pensamientos. Ree entró acompañada de una ráfaga de aire frío, cerró la puerta y se quitó los zapatos. Al mismo tiempo, Tinkler regresó con un cuenco de uvas.

—¿Alguien necesita ir al servicio? —pregunté.

Ambos me miraron con extrañeza, pero negaron a la vez con la cabeza, como si los manejara el mismo titiritero.

—De acuerdo.

Saqué el teléfono y, sosteniéndolo de forma que todos lo vieran, entré con él en el cuarto de baño. Lo coloqué en un estante junto a la ventana y salí de nuevo, cerrando la puerta detrás de mí. Volví al salón, donde Tinkler y Ree me esperaban. Las miradas de confusión que me habían dirigido antes no eran nada en comparación con la de ahora.

—¿Qué estás tramando? —dijo Tinkler.

—Deja que te lo explique.

—Sí, por favor. Estaría bien.

Respiré hondo.

—Esos cabrones van siempre un paso por delante de nosotros —empecé.

—Imagino que hablas de los putos arios —comentó Ree.

—Correcto. Y necesitamos que eso se acabe. Por una vez, quiero que nosotros vayamos un paso por delante de ellos.

—Me parece bien —dijo Tinkler.

—A mí también —comentó Ree —. Pero ¿cómo lo hacemos?

Me senté.

—Bueno... para empezar, averiguamos cómo han conseguido hacerlo ellos todo este tiempo.

—Te has dejado el teléfono en el baño —me recordó Ree.

—Crees que lo han pinchado —indicó Tinkler.

Asentí con la cabeza.

—Estoy seguro de que alguien escucha mis llamadas. Y, por lo que sabemos...

—También podrían estar escuchando a través de él—dedujo Ree—. Incluso cuando el teléfono está apagado.

Asentí de nuevo con la cabeza.

—Si instalaron en él algún tipo de micrófono.

—Tío —exclamó Tinkler, mirando hacia el baño—. Sí que han pinchado tu teléfono.

—Pero ¿estás seguro de que se trata del teléfono? —dijo Ree.

—No.

Podría haberlo comprobado usando el hardware que compramos en la Spook Store, si todavía lo tuviera. Cuando creí que Nevada había muerto me deshice de todo. Era demasiado doloroso mirarlo, así que, simplemente, lo tiré todo al cubo de la basura, miles de libras en aparatos electrónicos cayendo con estrépito en el olvido.

Justo entonces, sonó una notificación de mi correo electrónico. Era Alan, de Jazz House, que respondía a mi consulta.

Había examinado el disco y me enviaba las dos letras que aparecían en el espacio muerto del vinilo.

Ree miró por encima de mi hombro mientras yo sacaba mi cuaderno y apuntaba la nueva información.

`_ _ _ _ _ E G _ _ Y I S T _ _ _ _ _ _ _ _ _ _ _ _ _ B Y`

—¿Y ahora qué? —preguntó Tinkler.

—Ahora vamos al gran mercado de discos de Wembley.

—¿Crees que vas a encontrar algo allí?

—Habrá al menos dos vendedores que, probablemente, tengan algo que nos interese. Así que iremos a verlos mañana. Pero lo haremos con mucho cuidado. Sobre todo, no debemos mencionar nada delante de mi teléfono.

—¿Qué hacemos con él? —preguntó Tinkler.

Ree levantó la mano.

—Lo pondré en un lugar seguro. Hasta que encontremos una forma de usarlo. Contra ellos.

—Responder al ataque del enemigo. Bien.

Después de cenar, Ree se tumbó en el sofá y se acurrucó, como un gato que ha encontrado un lugar donde dormir.

—Lo siento —bostezó—. Es el *jet lag*.

A la mañana siguiente, preparé café auténtico. Había descubierto el truco para disfrutar de él a diario. Al levantarte, te tomas una taza de café instantáneo para tener energía y dedicarte a la odisea que supone preparar el café de verdad. Acababa de moler los granos (la parte más estresante) cuando sonó el timbre.

Fui a abrirla. Era Nevada.

—¿Puedo pasar? —dijo.

—Vale —respondí.

No podía pensar ni, por un momento, hablar.

Pasó por mi lado. Al oler de nuevo su perfume, mi corazón empezó a latir con fuerza. Cerré la puerta y me volví hacia ella.

—Mira... —empecé a decir.

—No digas nada —me interrumpió—. Déjame decirte algo primero.

—Pero...

—Por favor.

—Es que...

—No. Tú escúchame. Solo escucha. —Fue a la cocina y se sentó en la que siempre había sido su silla favorita. Me miró—. Muchas de las cosas que dijiste en Japón eran ciertas. Realmente me comporté de una forma imperdonable.

—Nevada...

—Simplemente escucha, por favor. Esto no es fácil. Sé que nunca deberías perdonarme por dejarte creer que había muerto. Pero quiero intentar explicártelo. No quiero que me perdones. Solo que me entiendas. —Hizo una pausa y preguntó—: ¿Puedes hacerlo?

—Pero, Nevada... —insistí.

—Escucha. Al menos tienes que intentar entender cómo ocurrió todo. Estaba oscuro, y nos estaban disparando, ¿recuerdas? Y yo estaba cagada de miedo, como lo estaría cualquier persona en esa situación. Pero los perseguí. Y se escaparon. Desaparecieron en la oscuridad de la noche y, cuando volví, encontré todo el lugar en llamas. Y tú te habías ido. Pensé que me habías abandonado —dijo, mirándome—. No sabía que me dabas por muerta. No se me ocurrió hasta mucho tiempo después.

Bajó la mirada y continuó:

—Después de verte en Japón, llamé a Hughie. Para decirle, a él y a todo el mundo, que todavía estaba viva. —Me miró de nuevo, esta vez con enfado—. Le pregunté por qué te había dicho que yo había muerto. ¿Sabes lo que respondió? Que me vio tirada en la cuneta y le pareció que me habían disparado y que no había nada que hacer. Aunque tampoco esperó para asegurarse, ¿sabes? Salí de esa zanja un par segundos después. Pero el bueno de Hughie ya tenía la idea marcada a fuego en su mente, por muy absurda que fuera.

Nevada se acercó y me agarró la mano.

—Por eso, por su culpa, tú creíste que yo había muerto y yo que tú me habías abandonado. Estaba conmocionada. Recogí el disco y la portada (o lo que quedaba de ellos), caminé hasta la estación y me subí al primer tren de vuelta a Londres. Durante todo el trayecto, pensé en cómo me reencontraría contigo y, cara a cara, aclararíamos qué había pasado. Pero, cuando llegué a Londres, seguí hasta Heathrow, donde había un vuelo a punto de despegar. Con destino Japón. —Me miró a los ojos—. Todo parecía el destino, como si eso fuese lo que tenía que suceder.

—Escucha —le interrumpí de nuevo—. Tengo que decirte algo...

—Todavía no. Déjame terminar. Volé con los fragmentos del disco en mi bolsa y supe que la misión había terminado y que habíamos fracasado. Supe que todo lo que había hecho era poner tu vida en peligro. Casi consigo que te maten. No me parecía bien volver contigo, porque eso podría ponerte en peligro de nuevo. Y no quería —comentó, apretándome la mano—. Ya ves. Pensé que estarías más seguro sin mí.

Cuando se abrió la puerta del dormitorio, Nevada giró la cabeza. Se quedó en silencio mientras miraba a Ree entrar en la cocina. Llevaba puesta una de mis camisetas.

Una de las que le gustaba ponerse a Nevada.

Ree se acercó, me besó y puso su brazo sobre mi hombro.

Nevada nos miró fijamente.

—No sabía que tuvieras compañía —dijo lentamente.

—He intentado decírtelo —contesté.

—Sí. Supongo que sí.

Ree se sentó y se sirvió una taza de café, tomándose su tiempo. El ambiente estaba claramente tenso, como la sensación de electricidad estática en el aire antes de una tormenta.

La puerta principal se abrió y una voz conocida gritó:

—¡Hola, colegas! ¡Hola, gatas! —Unos pasos se acercaron por el pasillo y la misma voz dijo—: La puerta estaba abierta, así que...

Stinky entró en la cocina y se quedó helado. Miró a Nevada, luego a Ree, luego a mí, luego a Ree otra vez. Ree me miró y preguntó:

—¿Es amigo tuyo, Chef?

—Stinky —le informé—. No llegas en un buen momento.

Lo acompañé de vuelta al vestíbulo. Al instante empezó a hablar en un tono bajo, apremiante y confidencial.

—Escucha, Chef —dijo—. ¿Por qué no salimos alguna vez? Trae a tus chicas y yo llevaré a las mías. Podemos tener una cita doble. O cuádruple. O quíntuple, porque invitaré a tres acompañantes.

—Stinky, por favor.

Lo llevé hasta la puerta de entrada y sentí que todo mi cuerpo se relajaba cuando, por fin, se marchó y cerré la puerta tras él. Era de admirar lo rápido que se había quedado con el apodo de *Chef*. En su obsesión por estar a la última, Stinky siempre era el primero en utilizar la más nueva palabra o expresión de moda.

Volví a la cocina.

—¿Has conseguido librarte de él? —preguntó Nevada.

—Tenía prisa por llamar a un servicio de chicas de compañía.

Ree acabó su café y se levantó.

—Podéis terminar vuestra charla. Yo voy a vestirme y saldré a fumarme un cigarrillo.

—¿Fumas? —dijo Nevada.

—Sí.

—Para ser fumadora, no tienes arrugas. Qué raro. Pero, bueno, aún hay tiempo para que salgan.

—Aún hay tiempo para muchas cosas —dijo Ree. Después, entró en mi dormitorio.

Cuando la puerta se cerró, Nevada me miró.

—¿Te has acostado con ella? —preguntó.

No tenía sentido negarlo o andarse con rodeos.

—Eeeh... —titubeé—. ¿Sí?

—¿Es buena en la cama?

—¿Qué?

—¿Lo es?

—Por favor, Nevada.

—¿Es mejor que yo?

—No —dije negando con la cabeza.

—¿Igual de buena?

—No.

Miró hacia el dormitorio.

—Bueno, al menos sé que es mala en la cama.

—Yo no he dicho eso —contesté.

Me fulminó con la mirada.

—¿Entonces?

—Las cosas iban mejor contigo porque a ti te quería.

—¿Y a ella no la quieres?

Me encogí de hombros.

—Acabo de conocerla.

—Bueno, dale tiempo. Hay tiempo para todo —comentó.

Después se levantó y dijo:

—Supongo que será mejor que me vaya. —Luego hizo una pausa—. Ah, casi lo olvido. Te he traído un *souvenir*.

Sacó algo del bolso y lo puso sobre la encimera. Era la portada chamuscada de *Easy Come, Easy Go* y el trozo de vinilo derretido y deformado.

—Buena suerte —finalizó—. Con todo lo que te suceda en la vida.

Salió, la puerta se cerró tras ella y, así, Nevada desapareció.

Ree y yo fuimos por separado al mercado de discos de Wembley. A mí me llevó Cabeza Limpia, y un amigo suyo llevó a Ree en su propio taxi. Ambos se esforzaron por evitar que los siguieran y mantuvieron contacto por radio durante todo el trayecto. Llegamos al recinto ferial sin problemas.

Conocía la disposición del mercado por visitas anteriores y sabía todos los atajos. Mientras nos abríamos paso entre la multitud, un tipo delgado vestido con vaqueros desgastados y con una tarjeta que lo identificaba como el fotógrafo oficial del evento nos seguía, sacándonos varias fotos con su enorme cámara digital.

Cuando digo *sacándonos*, en realidad me refiero a Ree.

—¿Es que soy famosa? —dijo.

—Más o menos. No está acostumbrado a tener una mujer atractiva que fotografiar. En este tipo de eventos hay gente un poco rara.

—Tal vez debería quitarme la camiseta.

—Eso probablemente haría que su cerebro se derritiera y le saliera chorreando por las orejas.

En mi opinión, había tres vendedores que merecía la pena visitar, así dimos un rodeo por la pasarela que hay tras la zona de exposiciones para evitar las aglomeraciones, lo cual nos permitió llegar a ellos con gran rapidez. El primero fue un fracaso total, pero en el segundo, que lo llevaba un tipo llamado Florien, encontramos auténticas maravillas.

Tenía una copia de *Easy Geary (Toca las composiciones de Burns Hobartt)*, con referencia HL-001, la primera del sello Hathor. Lo examiné y le hice un gesto a Ree con la cabeza. Era una copia original auténtica.

—De acuerdo —indicó, metiéndose la mano en el bolsillo—. ¿Cuánto cuesta?

Florien la observó con atención, luego miró el disco y, de nuevo, a ella.

—Dos mil libras.

—¿Dos mil? —le respondí—. Florien, ¿estás loco?

Esta era la menos rara de las referencias de Hathor porque, en su momento, se habían prensado muchas copias.

Ree me agarró del brazo.

—Da igual, se lo pagaremos. Aunque tendré que cambiar algunos cheques de viaje.

—Un momento —indiqué mientras miraba a Florien—. ¿Podemos poner una canción para probarlo?

—¿Qué?

—¡Oh, mira! —dije—. Hay un tocadiscos justo ahí.

Le quité a Florien el disco de las manos.

—No te importa, ¿verdad?

—Mira, no te preocupes por eso...

—¿Sabes? Ya que vamos a pagar por él dos mil libras, vamos a probarlo.

Me observó con cierto descontento mientras me acercaba al equipo Rega que tenía instalado un vendedor cercano. Estaba conectado a una etapa de fono y a un pequeño par de altavoces activos. No era exactamente un equipo para audiófilos, pero serviría. Puse el disco en el plato, encendí el motor y bajé la aguja. Se oyó un ruido horrible y luego empezó la música.

Sonaba como Satanás tocando un banjo con cuerdas de alambre de espino durante una tormenta especialmente ruidosa.

Florien retrocedió rápidamente, como si hubiera recibido un puñetazo. Desde luego, se lo merecía. Lo miré y le dije:

—Se supone que esta es una de las grabaciones más bellas de la historia del jazz.

—Está bien, está bien, está bien.

—Creo que el precio tiene que bajar muchísimo.

—De acuerdo. Mil... —Fruncí el ceño y él se aclaró la garganta—. Novecientos.

Cuanto más le sostenía la mirada, más bajaba la cifra.

—Quinientos. —Una pausa—. Cuatrocientos. —Otra pausa—. Eeh... ¿doscientos cincuenta?

Esta cantidad la dijo titubeando. Estaba seguro de que podíamos conseguir que bajase aún más el precio.

—Hecho —se apresuró a decir Ree, agarrando los billetes en la mano.

Metimos el disco en una bolsa y nos fuimos.

—Creo que podríamos haberlo conseguido aún más barato —le comenté.

—No importa.

—Pero está en muy mal estado. Ya has visto cómo sonaba...

Se inclinó hacia mí y me dijo en voz baja:

—No importa cómo sonaba. A mi abuela eso le daba igual. Y a nosotros también —dijo dando un golpecito a la bolsa—. Tenemos todo lo que necesitamos.

Tenía razón, pero yo seguía irritado. Era una cuestión de moral.

—Eso no significa que vaya a dejar que alguien te estafe.

—Lo sé —contestó ella—. Gracias, Chef.

Finalmente llegamos al último puesto, el de una señora llamada Kitchener cuyo marido había tenido una tienda de discos especializada en jazz en Brighton. Desde su muerte, ella se había hecho cargo del negocio y había aprendido de forma autodidacta todo sobre el vinilo y la música. Sus precios eran altos, pero sus discos estaban maravillosamente ordenados.

Cuando le dije lo que buscaba, puso cara de asombro.

—Acabo de vender uno, querido. El de Johnny Richards. Con referencia HL-004.

—¿Quién lo ha comprado? —le pregunté.

—Una chica. Guapa. Con pelo largo y rojo.

En la planta de arriba había una zona donde se podían comprar bocadillos que parecían hechos de cartón y café que sabía a aceite para motor, además de contemplar desde arriba a la multitud que se arremolinaba en torno a los puestos, como si fueran insectos.

Hicimos las tres cosas.

Sentí la ausencia del disco que nos habían quitado como si fuera un moratón que me estuviera saliendo en el pecho después de que alguien me hubiera dado un puñetazo. Pero Ree se lo tomó mejor. Estaba más centrada en alegrarse por el que habíamos encontrado que por el que habíamos perdido.

Comprendía la nobleza de esa actitud, pero aun así no podía dejar de dolerme lo ocurrido por el contratiempo que implicaba.

—¿Cómo han sabido que veníamos aquí? Es imposible. No hemos usado el teléfono pinchado.

Mordisqueó una esquina de su bocadillo de queso acartonado y me miró.

—¿Y si ha sido una casualidad? Me refiero a que vinieran al mercado de discos. ¿Podría ser?

Hice un ruido que sonó vagamente como una carcajada.

—Este es el evento relacionado con el disco más publicitado del año. Así que es muy posible.

Dejó el bocadillo. Me alegré de que lo hiciera. Pensaba prepararle una comida de verdad cuando llegáramos a casa.

—Solo ha sido mala suerte —comentó, y me tocó la mano—. Y buena suerte también. ¡Tenemos el otro disco!

Lo saqué de la bolsa y lo miré.

—Con este empezó todo —dije.

—En más de un sentido —comentó Ree—. Marcó el destino del sello. O eso decía mi abuela.

—¿Por la demanda?

—Sí —respondió asintiendo.

Saqué el vinilo de la funda interior y busqué en la etiqueta los créditos del compositor. Ahí estaban. Composiciones de Burns Hobartt, todas atribuidas a... Burns Hobartt. Ni rastro de los primos Davenport. Aquellos a los que Jerry había llamado «gente horrible».

Entonces, de repente, recordé algo. Acerqué el disco a la luz y examiné el vinilo. Luego saqué mi libreta y un bolígrafo y escribí en la tabla que íbamos rellenando las letras de ambas caras. Luego se lo enseñé a Ree.

EA _ _ E G _ _ Y I S T _ _ _ _ _ _ _ _ _ _ _ _ _ B Y

Una sombra se proyectó sobre el papel. Levanté la vista y vi a la señora Kitchener con el fotógrafo de los vaqueros desgastados. Me dijo:

—¿Querías saber algo de esa chica? ¿La que ha comprado el disco? Bueno, Ian tiene algunas fotos de ella —le dio un codazo al fotógrafo—. Enséñaselas, Ian.

Él se arrodilló junto a nuestra mesa y nos enseñó la parte trasera de su cámara.

Tenía una pantalla de gran tamaño en la que las imágenes se veían muy nítidas.

—Aquí está —indicó, pasando las fotos de ella. Había muchas—. Esta es la chica que compró el disco.

El pelo rojo me despistó por un segundo, pero luego no tuve dudas.

Era Nevada.

23. ALIMENTA A LAS GATAS

Cerré la cremallera de mi mochila, me la colgué del hombro y me dispuse a dirigirme hacia la puerta principal. Pero era como si tuviera los pies clavados en el suelo.

—¿Lo hemos repasado todo? —pregunté.

Tinkler suspiró. Levantó un dedo y dijo:

—Comida. Vigilarlas cuando les dé comida, porque Fanny tiende a comer poco, y luego se marcha a dar una vuelta. Turk, mientras tanto, se zampa toda su comida y, si ve la oportunidad, va a por la de su hermana. Así que, para evitarlo, tengo que meter el cuenco de Fanny en la nevera hasta que vuelva. Hasta que vuelva Fanny, me refiero.

Levantó un segundo dedo y continuó:

—Agua. Asegurarme de que siempre haya un cuenco de agua para Turk, pero a Fanny le gusta beber del grifo. Si salta sobre el fregadero, tengo que abrir el grifo un rato y dejar que beba. Lo mismo con la bañera. Si entra en ella y rasca algo, debo abrir el grifo durante un minuto para que beba, porque los seres humanos somos sus esclavos y vasallos y ella es una gata y, por lo tanto, la máxima autoridad.

Me miró con el ceño fruncido.

—¿Lo he entendido todo?

—Más o menos —le contesté—. Creo que ya está.

—Genial. Pues *bon voyage* —indicó, empujándome hacia la puerta—. ¿Tienes los billetes y el pasaporte? Recuerda que para los vuelos internacionales hay que facturar una hora antes.

—Antes de irme, déjame decirte algo sobre el equipo de música.

Tinkler se detuvo y soltó un profundo suspiro.

—Sé cómo utilizar un equipo de alta fidelidad. No voy a rayar tus discos ni a dañar las agujas ni a dejar caer un yunque sobre las válvulas. Aunque, ahora que lo pienso, eso podría ser divertido con las 300B.

—Vale, vale. Pero procura también evitar la tentación de cambiar de sitio los componentes y experimentar con mi sistema...

—¿Quién, yo?

—Y, si lo haces, asegúrate de no estropear los Quads sobrecargándolos con un par de Krells o algo así.

—Yo no haría eso. Sé cómo funcionan los Quads —dijo.

Cuando me disponía a salir por la puerta, añadió, con voz ligeramente alarmada:

—De todos modos, ¿no tienen instalado un dispositivo de protección?

Cabeza Limpia me estaba esperando fuera, en su taxi, y me llevó a Heathrow, tras lo que me encontré con Ree en la puerta de embarque.

—¿Cómo está Tinkler? ¿Preparado para cuidar de la casa?

—Le he informado de todo de forma detallada y le he dejado algunas notas.

—¿Para recordarle ciertas cosas?

—Sí. Como, por ejemplo, que no se fume por error las plantas que tengo en el jardín para las gatas.

Le sugerí a Ree que compráramos billetes en primera clase, pero no quiso. Así que acabamos en turista. Ella ocupó el asiento del pasillo, y yo el de la ventana. Intenté no pensar en Nevada. Tenía la extraña sensación de que, si lo hacía, la chica que dormía a mi lado lo sabría. Así que me distraje mirando las nubes y repasé nuestro plan.

En el aeropuerto de Los Ángeles nos separamos en nuestras respectivas colas de aduanas. Yo tenía los ojos vidriosos por la falta de sueño y temía parecer un terrorista internacional. Pero no debía estar tan mal como creía, porque, después de registrar mis huellas y retina, pasé rápidamente el control y, unos minutos después, en un tiempo récord, me encontré fuera del aeropuerto, parpadeando por los cálidos humos de los tubos de escape. Ree estaba a mi lado. Fuimos a por su coche, que estaba en el aparcamiento de larga estancia.

—Es un Plymouth Barracuda de 1968. Posiblemente, el coche de serie más rápido de Estados Unidos.

—No voy a discutir contigo sobre eso.

—Tiene el 426 Hemi V8.

Observé a través de la ventanilla nuestro reflejo en el cristal cobrizo de un escaparate. Las líneas marcadas del coche gris oscuro lo hacían parecer una poderosa bestia agachada.

—¿Es el coche de *Bullitt*?

Resopló divertida.

—Ese era un Mustang.

—Solo intentaba interesarme por el tema —expliqué.

—Supongo que sí se parece un poco a un Mustang. Pero las longitudes de sus capós y sus maleteros son completamente diferentes.

El calor del coche y la mezcla de olores del cuero y el perfume de Ree me estaba adormeciendo bajo el increíble sol.

—¿Te estoy aburriendo? —me preguntó.

—Seguro que existe una respuesta diplomática a esa pregunta —contesté.

Ella se rio.

—Tú tienes tu equipo de música, yo tengo mi coche.

En ese momento, la luz del semáforo en el que estábamos parados cambió, y arrancamos a toda velocidad.

Nuestra primera parada fue el centro comercial Westfield Century City. Fuimos a una pequeña tienda escondida en una esquina, entre una zapatería y un centro enorme de defensa personal lleno de armas legales, con un cartel que anunciaba: «Oferta especial de esta semana: ¡granadas de gas lacrimógeno Krowd-Klear de 6oz, dos por 20$!». La única empleada de la tienda era una adolescente delgada con aparato que llevaba una camiseta negra y holgada en la que se leía: «*Byte me*». Le dije que queríamos comprar un detector de dispositivos y me dijo que tenían una gran variedad de ellos.

Cuando le pregunté por el Stone Circle 10, me dirigió una desconcertante mirada de admiración.

Ree sonrió mientras la chica se dirigía al fondo de la tienda en busca del producto.

—Ya has ligado —me insinuó. Sentí que se me ponían rojas hasta las orejas.

La chica volvió con el modelo que había pedido.

—Si quieres, puedes alquilarlo —me dijo.

—No, lo compraré.

Ree me miró.

—Me lo quiero llevar a Inglaterra. Así podré analizar mi casa —le dije encogiéndome de hombros.

—Si te dejan subirlo al avión.

Pagué el detector, que costaba aproximadamente una cuarta parte de lo que el señor de los Tatuajes Maorís nos había cobrado, y nos fuimos.

Volvimos a la pequeña casa de Ree en la avenida Acacia en Mariposa y la inspeccionamos con el dispositivo, para buscar cualquier tipo de transmisor encubierto. No encontramos nada. Luego salimos y registramos su coche. De nuevo, nada.

Su vecina nos vio y vino a saludarnos, una mujer negra corpulenta que vestía una camiseta amarilla de tirantes y pantalones cortos.

—Hola, Ree. Un tipo te estaba buscando —nos informó.

—¿Quién?

—Un tipo blanco con traje.

—¿Era corpulento? ¿Musculoso? ¿Parecía un atleta? —le pregunté.

Se encogió de hombros.

—No lo sé. Era blanco. Y llevaba traje.

Ree me puso una mano en el hombro.

—Este es Chef. Se va a quedar en mi casa una temporada.

—Hola, Chef —me saludó la mujer.

—Una chica amante de la tecnología se ha enamorado de él hoy en el centro comercial.

—Felicidades —me dijo.

Ree y yo volvimos dentro y preparamos café. Su casa era fresca, cómoda y de madera pálida. Pude oír campanillas de viento en el patio trasero. Repasamos nuestra situación. Habíamos registrado su casa, su coche y nuestros dos teléfonos —yo tenía uno nuevo, en teoría libre de micrófonos, con muchas funciones probablemente maravillosas pero que aún no sabía usar— y no habíamos encontrado nada sospechoso.

—Ojalá hubiéramos encontrado algo —dije. Me quedé mirando el dispositivo—. Así al menos sabríamos que funciona.

—Sí.

Más tarde cogimos el coche para ir a un restaurante mexicano, que fue toda una revelación. Y después nos dirigimos a nuestro siguiente destino. El aire entraba por la ventanilla y me alborotaba el pelo. Entrecerré los ojos por el intenso brillo de la tarde.

«Tengo que comprarme unas gafas de sol», pensé.

—¿Quién decías que era este tipo?

—El doctor Tinmouth.

—Ese no puede ser su verdadero nombre.

Pero, aparentemente, lo era. Jeremiah Tinmouth; profesor de música, bloguero, historiador de jazz, locutor y DJ a altas horas de la noche.

—Perdió su trabajo hace tiempo —me contó Ree.

Sospechaba que su extravagante nombre era una de las razones por las que su carrera en los medios no había tenido mucho éxito.

—Concerté una cita con él antes de irme a Inglaterra. Tiene la casa llena de libros, cintas y DVD. Es como un centro de investigación de la historia del jazz.

—¿Y crees que nos ayudará a encontrar los discos de Hathor?

—Tal vez. Pero lo que realmente espero es que tenga información sobre mi abuela y nos ayude a averiguar qué hay detrás de todo esto. Parecía muy interesado cuando me puse en contacto con él.

Pasamos por Griffith Park y por Glendale hasta Atwater Village. Nos desviamos en Cerritos Park. Después de atravesar una zona industrial nos adentramos en un área comercial. Giramos de nuevo y nos encontramos en una frondosa calle residencial llamada Princeton. Ree frenó bruscamente.

—Oh, no.

A nuestra derecha, más allá de una franja arbolada, vimos el caparazón calcinado de lo que antes había sido una pequeña casa de estuco rosa. Ahora estaba carbonizada y negra.

Se había quemado prácticamente hasta los cimientos.

Aparcamos y cruzamos la carretera. Nada más salir del coche, notamos el olor a quemado. Nos quedamos mirando los restos que aún quedaban. Yo no dije nada. No sabía qué decir. Ree se volvió hacia una mujer que estaba en el jardín de la casa de al lado, podando un rosal con unas tijeras de podar.

—Disculpe —le dijo.

La mujer nos miró. Tenía la piel pálida y llevaba un sombrero de paja y auriculares, que se quitó con aire desconfiado.

—Hola.

—¿Cuándo ha pasado esto?

—Hace dos noches. Fue horrible.

—¿Había alguien dentro?

—Sí, el doctor. Fue terrible.

—¿Logró salir de la casa?

—No.

Pensé que iba a decir otra vez que fue horrible, pero se limitó a negar con la cabeza.

—Pobre doctor Tinmouth. Los bomberos dijeron que tuvimos suerte de que las llamas no llegaran a nuestro tejado. En fin, tengo que volver a casa.

—De acuerdo. Gracias.

Ree miró la casa quemada, luego a mí.

—Bueno... Mierda —exclamó.

Ninguno de los dos dijo nada mientras conducíamos por la autopista, saliendo a South Arroyo Boulevard. Íbamos en paralelo a otro parque. No me había dado cuenta de que Los Ángeles era tan verde.

Los árboles se hicieron más delgados y llegamos a Chestnut Avenue. El nombre sonaba incongruentemente británico. La zona residencial dio paso a un distrito empresarial. Giramos por una calle lateral y aparcamos junto a unas palmeras polvorientas.

Salimos y seguí a Ree a través de la calle hasta un pequeño edificio blanco cuadrado con un amplio aparcamiento asfaltado. Reconocí la dirección. Era la que habíamos utilizado para todas nuestras compras por Internet desde Inglaterra.

Fuimos por la parte trasera hasta un gran taller abierto situado en un edificio de hormigón de aspecto militar que podría haber sido una pequeña fortaleza. Hombres con monos azules trabajaban en vehículos. Sobre todo, coches, pero también algunas motos. Un cartel de neón en la fachada de la fortaleza decía: «Berto's». Ree me llevó dentro, y en seguida nos inundaron el ruido y el calor. Íbamos saludando a los trabajadores mientras atravesábamos el lugar. Un hombre salió de entre las sombras de la parte trasera del garaje.

—Me había parecido escuchar ese motor hemi —dijo, sonriendo a Ree.

Solo intentaba impresionar, porque en el taller apenas podíamos oírnos entre nosotros, y mucho menos distinguir el sonido de un motor concreto al otro lado de la carretera.

Ree me presentó al hombre como Berto. Era tan corpulento que no cabía en su mono azul. Por eso llevaba la cremallera abierta y la mitad superior colgando, con las mangas atadas a la cintura, donde los fragmentos de tela servían de complemento a sus michelines. Pero su apretón de manos, que hacía crujir los huesos, indicaba que había músculos escondidos debajo.

Nos llevó a través de una puerta pequeña donde, afortunadamente, el ruido era menor y hacía más fresco. A nuestra derecha había un pasillo corto con puertas que daban a las oficinas. A nuestra izquierda había un gran almacén protegido por barrotes de acero y una gruesa puerta. La abrió con una llave que llevaba colgada del cuello y nos hizo pasar. Tanto la robusta puerta como los barrotes parecían impresionantemente sólidos.

La habitación a la que accedimos estaba llena de piezas de recambio relucientes y de aspecto caro, y dicho valor justificaba sin duda alguna las medidas de seguridad.

Berto nos guio hacia una anticuada caja fuerte verde situada al fondo de la sala.

—Podéis guardar aquí vuestras cosas todo el tiempo que necesitéis —nos informó.

Hizo girar el dial del código con unos enrevesados movimientos y la abrió. Ree le dio los discos que habíamos reunido hasta entonces y él los metió dentro.

—¿Quieres meter también el nuevo? —preguntó Berto.

—¿El nuevo?

—Acaba de llegar por correo.

Señaló con la cabeza una caja de cartón del tamaño de un LP que estaba sobre un bidón de aceite. Me acerqué y la examiné. Efectivamente, era una de nuestras compras por Internet.

—Qué rapidez —dije.

La abrí. O, al menos, lo intenté.

—Toma, tío —indicó Berto.

Sacó una navaja de su bolsillo y me la cedió. Incluso así, no fue fácil abrir la caja, y, cuando logré hacerlo, encontré otro paquete dentro, cerrado con una ridícula franja de cinta adhesiva transparente.

—Parece una puta momia —opinó Berto.

Y tenía razón.

Suspiré y me puse manos a la obra. Ya había experimentado todo ese proceso en otras ocasiones. Por alguna razón, algunas personas creían ciegamente en las cualidades protectoras de la cinta adhesiva. «Cuanta más, mejor», parecía ser su filosofía. La corté con cuidado.

—Vale —dije—. Parece que, después de todo, sí que hay un disco aquí dentro.

—Por fin —exclamó Ree.

Extendió la mano para coger la navaja y se la di.

—¿Te importa si me la quedo, Berto? —le preguntó al hombre.

Él se encogió de hombros y ella guardó la hoja de la navaja y se la metió en el bolso mientras yo sacaba el disco de su último envoltorio. Era la referencia HL-008, del gran guitarrista Howard Roberts. Mostré a Ree el espacio muerto del vinilo y rellenamos nuestra tabla.

$$E A \_ \_ E G \_ \_ Y I S T \_ \_ F A \_ \_ \_ \_ \_ \_ \_ \_ \_ \_ B Y$$

Cuando volvimos a casa de Ree, en Acacia Avenue, ya había anochecido y refrescaba. Al salir del coche, vimos que había un hombre esperando en el porche.

Un hombre blanco con traje.

Al vernos, dio un paso adelante y dijo:

—¿Señorita Esterbridge?

Ree dudó y se pegó un poco a mí con sumo cuidado. Se estaba haciendo de noche rápidamente, y era difícil distinguir la cara del desconocido.

—Sí —respondió.

—Me llamo Gordon Hallett. Trabajé en algunos asuntos legales para el doctor Tinmouth.

Sentí que Ree se relajaba a mi lado.

—Acabamos de enterarnos —dijo ella—. Me refiero al incendio. Nos hemos enterado hoy.

El hombre asintió.

—Fue una tragedia terrible.

Me dio la sensación de que él también opinaba que era tarde y quería irse cuanto antes, pero estaba siendo educado.

Ree continuó:

—Entonces, ¿en qué puedo...?

El hombre buscó rápidamente en su bolsillo como si hubiera estado esperando esa señal.

—Me encargaron que me asegurara de entregarle esto si le sucedía algo al doctor Tinmouth.

Sacó un pequeño sobre acolchado y se lo entregó a mi compañera.

—¿Qué es? —preguntó ella.

—No tengo ni idea —respondió el hombre, dirigiéndose hacia la calle—. Ahora, si no le importa, tengo que atender un asunto familiar.

—Por supuesto. Gracias.

Lo observamos mientras se marchaba. En cuanto se perdió de vista, Ree me cedió el sobre. Cabía perfectamente en la palma de mi mano, y no pesaba nada. Mientras, comenzó a buscar algo en su bolso; la navaja de Berto.

Me la dio, abrí el paquete y lo sacudí para extraer el contenido. Un pequeño trozo de papel con una dirección escrita en él cayó al suelo.

Junto a una llave.

24. DOCE CAJAS

El almacén estaba en un barrio llamado Alhambra. En un polvoriento polígono industrial junto a Mission Road. Usamos la llave que nos habían dado, abrimos la puerta con un chirrido y echamos un vistazo al interior. Entonces, Ree llamó a Berto, quien envió una furgoneta del taller para trasladar todo lo que había en el almacén, que resultó tener suficientes cajas como para llenar el vehículo.

Ree ayudó a cargar las cajas, luego las descargamos y las trasladamos a la zona de alta seguridad del taller, junto a las piezas de Berto. Mientras íbamos y veníamos, nos observó con escepticismo y dijo:

—¿De verdad creéis que alguien estaría interesado en robar un montón de libros y papeles? En fin, tengo sitio de sobra. No me importa. Ponedlos en la caja fuerte.

Tenía razón. Las cajas que habíamos llevado estaban llenas de libros y papeles, pero también de fotografías, cartas y diarios —en su mayoría revistas de jazz, incluyendo ejemplares de *The JazzLetter* de Gene Lees, a los que posteriormente dediqué, para mi disfrute personal, una atención especial—. Por desgracia, no había discos. Revisé todo y encontré varios libros. No tenía ni idea de lo que estaba haciendo, pero por algo tenía que empezar. Berto me observó confuso, y Ree le explicó.

—Chef extraerá el material, lo revisará y lo meterá de nuevo en las cajas. Posiblemente saque uno a uno los libros o revistas.

—Así que ahora soy una biblioteca pública.

—Escucha —dijo Ree—. Si te molesta...

—No, no, está bien. Puedes guardar aquí tus mierdas. Me aseguraré de que nadie las robe. Tengo sitio de sobra.

Cada vez que decía eso, sonaba menos convencido. Miré las cajas. Sabía que era una tarea imposible, pero dije:

—Solo hará falta guardarlo hasta que todo me entre en la cabeza.

—Entonces luego tendrás que vigilar que no vaya alguien y te la corte —comentó Berto—. Para robar la información.

Todo el mundo se rio. Excepto yo.

—Vale —dijo Tinkler—. Cuéntame más sobre esta comida mexicana. ¿Puedes traer un poco?

—¿Seguro que no quieres que lleve uvas?

—No, solo comida mexicana y discos de los Rolling Stones. —Hizo una pausa—. El caso; estabas diciendo que crees que ese erudito del jazz sabía algo.

—El doctor Tinmouth. Sí.

—Suena a nombre de personaje de *El Mago de Oz*.

—Lo sé.

—¿Y crees que alguien se lo cargó por lo que sabía, fuera lo que fuera, y quemó su casa con él dentro?

—Sí, me temo que es lo que parece.

—Y se aseguraron de hacerlo antes de que pudiera hablar con Ree.

—Exactamente.

—Pero os dejó una pista.

—No. Nos dejó doce putas cajas de pistas.

—¿Cuántas? ¿Doce?

—Sí. Ese es el problema.

Observé el salón de Ree. Una amplia selección de libros y revistas de esas cajas estaba esparcida por el suelo de madera. También había montones de recortes de periódicos y fotografías, junto a lo que yo llamaba «hojas arrancadas», páginas que, evidentemente, habían sido arrancadas de las revistas. Me resultaba extraño no tener un gato cerca estorbando mientras trabajaba. Si hubiera estado en casa, Fanny habría tardado treinta segundos en sentarse sobre cualquier libro abierto.

—Pero organizó todo para que vosotros, o al menos Ree, recibierais la llave. Quería que ella tuviera esas cosas. Tiene que haber algo ahí que quería que ella supiera.

—Es la típica solución de un académico. Dejarnos todo el material de investigación necesario para resolverlo por nosotros mismos —indiqué.

—O no resolverlo.

—O no resolverlo, lo cual ahora mismo parece lo más probable.

—Así que son un montón de documentos que hablan de asuntos aleatorios.

—Relacionados con el jazz, pero sí. Un montón de documentos aleatorios excepto por tres, que podrían tener algo.

—Ahora que lo pienso —dijo Tinkler—, tráeme unas uvas. Uvas californianas. Estaría bien que fuesen orgánicas. ¿Qué tres cosas decías?

—Bueno, todo el material es de 1955 o incluso anterior.

—¡Ah! —exclamó Tinkler—. El año en que Hathor Records apareció y desapareció.

—Y el año en el que murió Easy Geary.

—Bien, nada posterior a 1955. ¿Qué más?

—Bueno, al principio parecía un cúmulo indistinguible de libros, revistas y otras cosas, pero los artículos están marcados.

—Vale, eso ayuda. ¿Marcados cómo?

—Unas veces con una sección del texto subrayada. Otras con una nota adhesiva o un trozo de papel pegado, para indicar en qué página debemos empezar a leer. Como si fuera un marcapáginas.

—Genial.

—No tanto. He estado revisándolos y, por desgracia, los textos marcados simplemente parecen hacer referencia a la gente que tocase un instrumento de jazz, incluyendo algunas personas que tan solo pensaron en hacerlo.

—Vaya.

—Pero, examinándolos más detalladamente, he visto que la mayor parte del material parece referirse a Burns Hobartt o a Easy Geary.

—Él otra vez.

—Sí. Y las fotografías son casi exclusivamente de ellos dos, además de Rita Mae Pollini, por supuesto.

—La abuela de Ree.

—Exactamente. Lo cual era de esperar, porque el doctor Tinmouth se había citado con Ree. Así que no estoy seguro de la verdadera importancia de todo eso. Algunos de los documentos son sobre ella, pero, una vez más, es posible que tan solo quisiera enseñar a Ree algunos recuerdos bonitos.

—Has dicho que había tres.

—¿Cómo?

—Antes has dicho que había tres documentos que podrían tener algo.

—Ah, sí —volví a mirar los papeles, que se agitaban suavemente con la brisa de la ventana trasera—. Como te he dicho, son todos documentos sobre jazz, naturalmente, excepto uno.

—El suspense me está matando.

—Es un directorio médico de Los Ángeles desde 1948 hasta 1950.

—Buena suerte con eso.

Ree volvió con el almuerzo y comimos en la cocina. Mientras fregábamos los platos recibimos una llamada de Berto para decirnos que había llegado otro paquete. Fuimos al taller y lo encontramos esperándonos ya en la caja fuerte. Era otro de los discos que habíamos pedido desde Inglaterra. Lo enviaba Times Square

Records, de Nueva York. Era la referencia de Hathor HL-010, *Rita Mae Pollini (Canta las composiciones de Professor Jellaway)*.

Era el que el difunto Jimmy Genower había querido vendernos. Hice lo posible por no pensar demasiado en él, en su cadáver sentado en el jardín. Examiné la portada. La fotografía mostraba a una mujer de belleza casi irreal. Y pude ver una sombra de Ree en el rostro de su abuela.

Pero eso fue después de haber sacado el disco, ver lo que había escrito en el espacio muerto y actualizar nuestra tabla.

$$EA\_\_EG\_\_YIST\_\_FA\_\_ER_____BY$$

Mientras salíamos del taller, Berto se acercó a nosotros y nos dijo:

—¿Recuerdas que dijiste que tuviéramos cuidado con una mujer guapa de pelo rojo?

—Nadie dijo que fuera guapa —afirmó Ree.

—Bien, bueno, de todos modos, hoy ha venido una chica. Dijo que tenía que traer su coche al taller para hacerle una revisión.

—¿Qué tipo de coche? —preguntó Ree.

—Un Carrera 911. Dijo que tenía problemas con los retenes de aceite.

Le enseñé la foto que me había mostrado Ian, el fotógrafo del mercado de discos de Wembley. Asintió con la cabeza.

—Sí, es ella.

—¿Así que Nevada está en Los Ángeles? —dijo Tinkler cuando lo llamé por teléfono—. Entenderás que no lo quiero decir en sentido geográfico. Sería la pesadilla de un cartógrafo.

—Al parecer, sí —le respondí.

—No puede estar lejos de ti.

—Sí, será eso —indiqué.

—Entonces, ¿cómo va el misterio de los archivos de Tinmouth?

—No muy bien. ¿Cómo va la búsqueda del porno cristiano?

Tinkler se alojaba en el piso de Maggie, y estaba convencido de que, a pesar del carácter religioso de su hermana, tenía un alijo de pornografía en alguna parte. Y no descansaría hasta encontrarlo.

—Un desastre, igual que lo tuyo. ¿Sabes?, estoy empezando a pensar que mi hermana no tiene un lado oscuro. Simplemente no es lo suficientemente interesante.

—Me vendría muy bien tu afilada mente analítica —indiqué.

Observé las pilas de libros, revistas, folios y fotos que me rodeaban. Era un material diferente al de la última vez que habíamos hablado por teléfono, pero igual de enigmático.

—Oh-oh —dijo con tono pesimista.

—Esta es la situación: prácticamente todo guarda relación con dos hombres: Burns Hobartt y Easy Geary.

—Eso dijiste la última vez.

—Y desde entonces me he obsesionado con esas dos personas.

Al otro lado de la habitación, un cuadrado de luz matinal se proyectó sobre los rostros de Geary y Hobartt. Había impreso una fotografía de cada uno de ellos de gran tamaño en blanco y negro las había colgado en la pared.

El rostro de Hobartt era elegante, atormentado, marcado con cicatrices casi tribales, producto de un incendio en una sala de baile, razón por la que lo habían apodado Burns, *quema* en inglés. El de Easy Geary era suave, sereno y de rasgos ligeramente asiáticos. Similar al de un Buda.

—Así que casi todo el material destacado hace referencia a ellos dos —dijo Tinkler.

Cogí el libro de bolsillo *Early Jazz* de Gunther Schuller que había encontrado.

—Además de una mezcla de libros de cultura general sobre los primeros tiempos del jazz.

—Bueno, eso no tiene sentido —indicó Tinkler—. Eso es lo que me dice mi aguda mente analítica. Porque ni Geary ni Hobartt pertenecen a ese periodo. Llegaron mucho después.

—Bueno, Burns Hobartt ya actuaba con bandas locales a finales de los años veinte y principios de los treinta. Pero en solitario comenzó a dejar su huella alrededor de 1935, después de recuperarse de las heridas que sufrió en un incendio. Easy Geary, por su parte, durante los años treinta y cuarenta viajaba a destinos remotos, como Filipinas, con bandas del ejército estadounidense. Volvió aquí tras la Segunda Guerra Mundial y saltó a la fama alrededor de 1949.

—Entonces, básicamente ninguno de ellos tiene nada que ver con los primeros años del jazz.

—No, tienes razón. No tienen nada que ver.

—Vale, eso es raro. Y luego está lo otro.

—¿Lo otro? ¿Qué otro?

—Eso. El diccionario médico.

Miré el objeto al que se refería.

—No es un diccionario médico. Es un *directorio* médico —le corregí.

Era un libro enorme de tapa dura con una sobrecubierta naranja.

—Y es tan grande como para dejar inconsciente de un golpe a un buey de tamaño considerable.

—Pero debe ser importante si se encuentra entre ese material. Debe de contener información esencial.

Suspiré.

—Eso es lo que me he estado diciendo a mí mismo. Al menos algunas veces. Otras me pregunto si no lo metería en la caja por error.

—¿El doctor Tinmouth?

—Sí, da la sensación de que puso todas las cosas en cajas con mucha prisa. Como si hubiera sacado los documentos más relevantes, los hubiera marcado lo mejor que pudo y luego los hubiera guardado. ¿Y sabes qué es lo peor? Cuando reviso los libros, a veces cae de ellos un trozo de papel suelto, para hacernos saber que ahí había un marcapáginas que se ha perdido de forma accidental y permanente, de forma que ya nunca leeremos el fragmento que se suponía que debía servirnos.

—Menuda mierda —soltó Tinkler.

—Especialmente si tenemos en cuenta que el directorio médico es uno de esos libros.

—Entonces, supongo que tendrás que leer cada página.

Me quedé mirando el enorme tomo naranja.

—Creo que no he expresado bien la dimensión del problema. Este libro tiene miles de páginas de texto muy pequeño. Es como varias guías telefónicas juntas. Parece que recopila información sobre todos los médicos colegiados que trabajaron en los Estados Unidos, incluyendo Alaska y Hawái, entre 1948 y 1950.

—¿Y hay muchos?

—Tardaría días solo en leerlo por encima —respondí.

—Parece que te vas a divertir.

Unos minutos después de colgar, me encontré con uno de esos ejemplos de marcapáginas perdidos de los que había estado hablando. Encontré el estrecho trozo de papel entre dos libros. Podía proceder de cualquiera de los dos, o de cualquier otro libro.

Lo dejé a un lado con una sensación de desesperanza.

Un par de días más tarde le di la vuelta y vi que era una nota de cortesía de una empresa. En la parte superior figuraban el nombre y la dirección. Debajo, escrito a mano, se podía leer:

Jerry, por supuesto, dile a la chica que se ponga en contacto conmigo. Estaría bien conocerla. ¿Tiene una buena delantera? Espero que sí. Su abuela definitivamente la tenía.

Un saludo.

No pude descifrar la firma, pero no me hizo falta. El nombre estaba claramente impreso en la parte superior: Ron Longmire.

Cuando Ree volvió de su concierto aquella noche, le pregunté:

—¿Has oído hablar de Ron Longmire?

—No. ¿Quién es?

—Un ingeniero de sonido. Junto con Rudy Van Gelder y Roy DuNann, fue uno de los genios que crearon el sonido del jazz tal como lo conocemos —dirigí la mirada hacia ella—. Pero lo que más nos interesa a nosotros es que trabajó con tu abuela en Hathor Records.

—¿Y sigue vivo?

Levanté el trozo de papel.

—Mucho mejor que eso, creo que tenemos una excusa para ir a charlar con él —le entregué el documento—. Esta carta, o nota, es suya. No sabía si enseñártela.

—¿Por qué no?

Ella la cogió, la leyó y se rio.

Llamamos a Ron Longmire y quedamos en vernos al día siguiente.

Su casa de Woodland Hills era una pila de cubos de madera de secuoya y cristal inspirados en Frank Lloyd Wright, y estaba situada en una colina desde la que había una impresionante vista de la neblina marrón y sucia que flota sobre el valle de San Fernando. Cuando llegamos, Ree estaba cantando algo en voz baja. La melodía me resultaba familiar y, al cabo de un momento, la identifiqué.

«Grandma's Hands», de Bill Withers.

Salvo porque Ree decía «Grandma's rack». No distinguí ninguna otra parte de la letra, pero eso no me pareció un buen presagio. Apagó el motor y salimos del vehículo. Ree se quedó en silencio cuando vio el coche que estaba aparcado delante de la casa.

—Joder —dijo de repente.

Era un vehículo elegante y plateado de los años sesenta, con impactantes curvas que llegaban prácticamente hasta el suelo. Ree se acercó a él y acarició su reluciente superficie.

—Es un Shelby Cobra —indicó—. El 427. De 1966.

—Cuidado con la pintura —advirtió una voz desde detrás.

Nos dimos la vuelta y nos encontramos con un hombre bronceado, con cara de halcón y el pelo canoso y cortado al estilo militar. Vestía una camisa de safari y pantalones cortos caqui. Era de mediana estatura, pero corpulento, y su energía le hacía parecer aún más grande de lo que ya era.

Bajó los escalones trotando y nos estrechó la mano.

—Ron Longmire. Llamadme Ron. Supongo que lo primero que querréis ver es mi estudio de grabación. Todo el mundo quiere verlo.

El estudio estaba situado en el sótano de la casa, o más bien en el cubo de abajo. Descendimos hasta él por una escalera de piedra excavada en la ladera de la colina y entramos por una pequeña puerta que se encontraba en un extremo. El interior era cálido, tranquilo y muy silencioso. Lo más sorprendente es que no era un gran espacio diáfano. Solo la mitad estaba despejada; el resto contenía imprevistos cubículos, rincones y recovecos arbitrarios que me recordaron a un laberinto con setos.

—Cada una de estas zonas tiene propiedades acústicas específicas —explicó Ron—. Si queremos reducir el nivel sonoro de determinado instrumento, simplemente tenemos que elegir el lugar adecuado en el que colocarlo.

—¿Y por qué no limitarse a bajarlo en la mesa de mezclas de la sala de control? —preguntó Ree.

—Para mantener la pureza del sonido —indiqué.

Ron sonrió.

—Además, en mi época no teníamos mesa de mezclas.

En el suelo había una enorme alfombra persa con un elaborado dibujo abstracto. Ree se quedó mirándola.

—Me encanta esta alfombra —comentó.

Ron le lanzó una mirada inquisitiva.

—¿Te gusta?

—Sí, es lo que más me gusta.

—Vaya, qué interesante. A tu abuela también le encantaba —la miró y sonrió—. De hecho, fue ella quien la eligió.

—Estás de broma.

—No. Ella hizo que la pusieran aquí sin que yo lo supiera. Un regalo sorpresa. Para celebrar el final de la grabación de *Easy Come, Easy Go*. Todos sabíamos que sería el último disco del sello Hathor, y sentíamos que era una ocasión especial. Así que me regaló esta alfombra. —Miró al suelo con cariño—. Incluso se deshizo de la otra que tenía. Una naranja horrorosa, manchada de cerveza, quemaduras de cigarrillo y vómito. —Nos sonrió—. Hablando de cerveza...

Subimos de nuevo las escaleras hasta el salón de la casa, donde se escondía un piano de cola reluciente y pequeño. Pasamos junto a él para llegar a la cocina y nos sentamos la barra de desayuno, parpadeando por la intensa luz del sol mientras Ron nos daba botellines muy fríos de cerveza mexicana.

Aquí y allá había fotos de Ron con una mujer de pelo color platino.

—¿Es tu mujer? —preguntó Ree.

Ron asintió solemnemente.

—Ladybird —respondió—. Se ha ido.

—Vaya, lo siento.

Él sonrió, arrugando la cara.

—No lo sientas tanto. Solo se ha ido de compras. Volverá en media hora.

Puso las cervezas delante de nosotros y se sentó al otro lado de la barra la suya.

—Bien —dijo, apoyándose en sus bronceados codos—. ¿En qué puedo ayudaros?

—Parece que Doctor Tinmouth pensó que sería buena idea que nos conociéramos. O al menos, que tú y Ree os conocierais —expliqué.

—Pobre Jerry...

—¿Tienes alguna idea de por qué quería que os conocierais? —pregunté.

Ron negó con la cabeza.

—Ni idea.

Miré a Ree.

—Bueno, nos gustaría hacerte un par de preguntas.

—Disparad —dijo Ron.

—En primer lugar, ¿tienes copias originales de algún álbum del sello Hathor?

—No.

—¿De ninguno?

—No, lo siento. Hace años que me deshice de todo eso.

Sentí una gran desilusión.

—¿Te deshiciste de todas?

—Sí, las vendí.

Bebió un sorbo de cerveza.

—A coleccionistas de aquí, de Europa y de Japón. En aquel momento me pareció que había conseguido por ellos una gran cantidad de dinero, aunque era una décima parte de lo que ganaría ahora.

Se encogió de hombros.

—¿Cómo pudiste deshacerte de ellos? —le dije.

Su sonrisa bonachona se desvaneció por primera vez y observé lo salvaje que podía llegar a ser aquella cara de halcón.

—Escucha, chico, eran mis discos y podía hacer lo que quisiera con ellos.

—Pero eran maravillosos. Eran tus obras maestras.

Se revolvió con incomodidad.

—Hice esas grabaciones hace más de cincuenta años. Era otra época. Y, de todos modos, las copié todas en DAT.

Ree se rio y comentó:

—Eso no le va a gustar nada a Chef. Es un hombre estrictamente analógico. Un fanático del vinilo.

Ron evitó responder y dio un sorbo a su cerveza. Me aclaré la garganta. Me sentía algo extraño, pero seguí con mi interrogatorio.

—El otro tema del que me gustaría hablar es el disparo.

Me miró fijamente.

—¿El disparo? ¿Qué disparo?

—En una de las sesiones de Hathor hay un ruido de fondo. Estoy seguro de que es un disparo.

Ron soltó una carcajada seca y dio otro sorbo a su cerveza. Dejó el vaso y me miró.

—Escucha, chico, creo que me acordaría si alguien hubiera disparado un arma en una de mis sesiones de grabación.

—Pero no era una de tus sesiones. Fue en la de *Easy Come, Easy Go*. En esa, creo que el ingeniero de sonido fue Danny DePriest, ¿me equivoco?

Su rostro se ensombreció.

—¿Danny DePriest? Ese chico era un genio. Le dejé hacer ese disco por su cuenta. Iba a ser el último álbum de la discográfica, y yo quería que se llevara todas las medallas. Para impulsar su carrera. Y supongo que lo hizo. —Sacudió la cabeza, como lamentándose—. Era un ingeniero buenísimo.

—¿Qué le ocurrió? —preguntó Ree.

Él la miró apesadumbrado.

—Alguien lo mató, en Seattle, en 1967.

—¿Lo mataron?

—Le pusieron algo en la bebida. Estando en un bar, alguien le echó algún narcótico en la bebida y lo mató. —Se encogió de hombros—. La verdad es que no sé qué pasó exactamente. No puedo demostrar que fuera un asesinato. Quizá él mismo puso la medicación en su propia bebida. O fue un asunto de drogas.

No lo sé. Solo sé que ese chico tenía un talento inmenso, como ingeniero, como productor y como arreglista. Una pena.

Negó con la cabeza.

—Pero ¿tienes los másteres de esa sesión? —pregunté—. La que Danny hizo para ti.

Me miró como si acabase de salir de un sueño. Un sueño ambientado en Seattle, en 1967.

—Por supuesto.

—¿Sería posible escucharlas?

—No veo por qué no —me sonrió—. ¿Y comprobar si se oye un disparo?

—Exactamente.

—Claro, chico. Terminemos con esta pequeña fantasía tuya. —Se levantó de la silla—. ¿Qué canción quieres?

—La última de la cara B. En la que canta la abuela de Ree. «Running from a Spell».

Volvió a sentarse, aunque, de repente, parecía cansado.

—Lo siento, chico. Olvídalo.

Me esperaba algo así, pero, aun así la decepción fue mayúscula. Le pregunté por qué no podíamos escucharla.

—Porque el máster de esa canción ya no existe.

—Había oído algo de eso. Pero confiaba en que tú tuvieras una copia en alguna parte.

Negó con la cabeza.

—Pues no la tengo. Nadie la tiene.

Ree nos miraba fijamente. Esbozaba una media sonrisa burlona.

—¿Qué le ocurrió a la cinta? —le dije.

—Nadie lo sabe.

Agarró bruscamente su cerveza y se la terminó de un trago, dejando luego la botella a un lado con solemnidad.

—Bueno, puedes olvidarte de tu misterioso disparo. Tengo el DAT del vinilo, pero será una copia de tercera generación. Y, cualquier cosa que no sea de primera generación, no nos sirve.

—¿Estás seguro? —preguntó Ree.

Longmire y yo asentimos a la vez con decisión. Nos miramos el uno al otro. Luego él se volvió hacia Ree y aclaró:

—No hay forma de que podamos sacar ninguna conclusión real sin el máster. —Recogió la botella vacía, se levantó y la puso en el fregadero, negando con la cabeza—. Y no tengo ni idea de dónde demonios está.

—Yo sí —afirmó Ree.

25. UN POCO MUERTO

Los dos nos giramos bruscamente hacia ella.

—¿Lo tienes? —le pregunté.

—¡Lo sabía! —Ron se golpeó la palma de la mano con su otro puño en un gesto de triunfo—. Sabía que tenía que estar en alguna parte.

Sin duda, su ánimo había cambiado.

Miré a Ree.

—¿Hablas de la cinta original de 1955? ¿De la sesión que aparece en el disco?

Ella asintió.

—Mi abuela lo conservó. Y, por suerte, no lo guardó en el desván.

Ron levantó la mirada con incredulidad y le explicamos lo del incidente de la miel. Asintió con aires de suficiencia y dijo:

—Jugar con la madre naturaleza conlleva unos riesgos considerables. Pero me da que ahora mismo nuestro problema no es que la cinta vaya a estar demasiado pegajosa, sino que no lo esté en absoluto.

Justo cuando iba a preguntarle a qué se refería, continuó hablando:

—¿Dónde la tienes?

—En mi casa —respondió Ree. Me miró y, a continuación, dijo—: Podríamos ir a por ella ahora.

—Sí —respondí inmediatamente.

Me levanté. El corazón me latía con fuerza. Ree hizo lo mismo.

—Iremos ahora mismo a buscarla, la traeremos rápidamente y podrás ponerla para nosotros.

Ron negó con la cabeza.

—Me temo que no va a ser tan sencillo.

—¿Qué quieres decir?

Se encogió de hombros y dijo:

—¿Qué esperabais? Estamos hablando de una cinta que tiene más de medio siglo. No podemos ponerla así sin más.

—¿Por qué no?

Él suspiró.

—Una cinta tiene tres elementos. Están las partículas de óxido de hierro, que graban el sonido, y, luego, está el soporte, que está hecho de un tipo de plástico. En aquella época era principalmente acetato, pero era una mierda, porque se parte y se estira con el tiempo. Pero, en esa ocasión, nosotros usamos uno de los primeros compuestos de poliéster.

Nos miró fijamente para ver si le estábamos siguiendo.

—¿Y cuál es el tercer elemento? —preguntó Ree.

Yo respondí por Ron:

—El pegamento que mantiene unidas las capas.

Él sonrió satisfecho y asintió.

—Así es, chico, y nuestro problema es el pegamento —señaló a Ree con la cabeza—. Con el paso del tiempo, el material de la cinta de tu abuela ya se habrá deteriorado.

—A eso te referías con que probablemente no estaría lo bastante pegajosa —comenté.

Sonrió mostrando los dientes.

—Correcto. Si intentáramos ponerla ahora, las partículas de óxido de hierro se desprenderían, formando una especie de ventisca gris, y acabaríamos con una tira de poliéster con tan solo un montón de óxido de hierro. —Soltó una risita—. Y, entonces, nuestra única opción sería utilizar pegamento y un microscopio para intentar volver a colocar todas las moléculas de óxido en su lugar. Y para eso tendrías que ser más que Dios.

Siguió sonriendo mientras nosotros permanecíamos en silencio.

—Así que no podemos poner la cinta de mi abuela —dijo Ree.

—¡Oh, no! —exclamó Ron alegremente—. ¡Claro que podemos! Pero primero tenemos que reactivar su pegamento.

—¿Eso se puede hacer?

—¡Pues claro! Solo tenéis que hornear la cinta.

—¿*Hornearla*?

—Sí —asintió.

Ree y yo nos quedamos mirándole con idénticas expresiones de asombro.

—¿Te refieres a literalmente meterla en el horno? —pregunté.

De alguna manera, se las arregló para reírse a carcajadas al tiempo que hacía una mueca de desprecio.

—Obviamente no, chico. Evidentemente, tenemos que hacer algo más que meter la cinta en el horno. ¿De verdad creías que con eso valdría? Tenemos un aparato especial para esto.

En seguida salimos hacia casa de Ree, llegamos con una rapidez milagrosa y encontramos la cinta en el estante superior del armario donde había permanecido, intacta dentro una caja de zapatos, durante años. No podía creer que siguiera allí, que no le hubiera pasado nada. Sentí un pequeño alivio cuando la vi. Luego emprendimos el viaje de vuelta al estudio, pero estuvimos dos horas en un atasco, conmigo llevando con cuidado sobre el regazo la caja que contenía la cinta.

Me esperaba cualquier cosa, incluso un ataque de ninjas salidos de un platillo volante.

Pero no pasó nada. Excepto el atasco.

Cuando, por fin, llegamos a la casa de los Longmire, Ron estaba de pie en la entrada, metiendo una aspiradora industrial en el garaje. Se detuvo cuando nos vio. Ahora llevaba puesto unos pantalones cortos de tenis blancos, un polo verde lima y una americana azul marino. Parecía la viva imagen de un hombre sano después de disfrutar de un rato de ejercicio.

—Bienvenidos de nuevo —nos saludó.

—Parece que has estado ocupado.

—Lo que has dicho me ha hecho pensar. Si alguien hubiera disparado un arma en mi estudio, habría un agujero de bala en alguna parte. Así que he bajado con una luz potente y he inspeccionado cada centímetro de la sala. Cada pared. Todo el techo —señaló la aspiradora con la cabeza—. Incluso el suelo. He levantado la moqueta, pero primero tenía que pasar la aspiradora y ponerme una mascarilla. A mi edad no quiero respirar polvo. A cualquier edad, en realidad. En fin, todo un jaleo. Aunque ha sido un buen ejercicio... ¿Por dónde iba?... Ah, sí, he levantado la alfombra y examinado el suelo. ¿Y sabéis qué he encontrado?

Nos miró expectante.

—¿Un agujero de bala? —dije, sin muchas esperanzas.

—¿Nada? —preguntó Ree.

—¡Nada! —Ron chasqueó los dedos—. Así es. Ningún agujero de bala por ninguna parte. —Me miró—. Casi me lo había creído, chico. En realidad, ya estaba pensando que alguien podría haber disparado un arma durante una de mis sesiones.

—Sigo pensando que alguien lo hizo —le comenté.

—Vale, chico. Entonces, ¿qué pasó con la bala?

—Salió del estudio dentro de alguien.

Me miró.

—¿Dentro de un... cadáver?

Señalé con la cabeza la aspiradora.

—¿Cuándo has dicho que compraste la alfombra nueva? ¿Justo después de esa sesión de grabación?

—Así es.

Miré a Ree.

—Creo que así se deshicieron de las pruebas.

—¿Pruebas? —dijo Ron.

—Sí.

—¿Y quiénes pudieron hacerlo?

—Rita Mae y Easy Geary, y cualquier otra persona que estuviera en esa sesión.

Ron miró hacia la nada por un momento mientras pensaba.

—Incluyendo a Danny DePriest.

Su mirada se centró de nuevo y me observó fijamente, como un auténtico depredador.

—Entonces, ¿qué estás insinuando? ¿Que se deshicieron de mi vieja y horrorosa alfombra naranja porque estaba cubierta de sangre?

—Pues sí. Y la sacaron con un cuerpo enrollado dentro.

—¿Un qué? —dijo.

Se quedó mirándome un momento, luego se golpeó el muslo y se echó a reír.

—¡Un cadáver enrollado en una alfombra! ¿Eso es lo que crees?

Me dio un puñetazo en el brazo. Tenía una fuerza considerable para un hombre de su edad. Resistí la tentación de frotarme el punto en el que me había dado, que se quedó dolorido.

—Te diré una cosa, chico, tienes mucha imaginación. Tanta que hasta casi me lo he creído durante un momento. Pero, de todos modos, algo bueno ha salido de todo esto.

Le hizo unas señas a Ree, mientras miraba ansiosamente la caja que ella tenía entre sus manos.

—Ven a la cocina. Tenemos una cinta que hornear.

Nos llevó al enorme salón con su piano de cola.

—¿Quién necesita grabaciones? Hoy en día, si quiero música, hago que Ladybird me toque algo —dijo, señalando el instrumento con la cabeza.

Había un electrodoméstico sobre la encimera de la cocina. Era un cilindro blanco, brillante y compacto. A primera vista, me pareció una especie de centrifugadora de ensaladas, pero tenía un cable conectado. Ron lo miró con orgullo y luego nos miró a nosotros.

Me acerqué y examiné el aparato.

—¿El Smoky Snack Chef 500? —dije.

—Sí —asintió contento.

—¿Este es el «dispositivo especial»?

—Sí.

—¡Pero si es un robot de cocina!

—No. Es un deshidratador de alimentos profesional. Ideal para mi cecina y para hacer tomates secos para Ladybird. Evidentemente, esto es mejor que ponerlos al sol.

Ree y yo nos miramos, luego a la máquina y, finalmente, de nuevo a él.

—¿Realmente estás proponiendo que pongamos la cinta ahí?

Abrió la caja y examinó la cinta.

—Sí, durante unos noventa minutos a ciento treinta grados Fahrenheit.

—¿Lo dices en serio? ¿Vas a hornearla en el Smoky Snack Chef?

Nos sonrió.

—Nunca lo haría con un acetato. Pero, como te dije, esta cinta tiene un soporte de poliéster.

Miré a Ree.

—¿Quieres dejar que lo haga?

Se encogió de hombros, dudosa.

—Supongo que sí.

Ron dio una palmadita al Snack Chef.

—He usado este bebé muchas veces. Funciona muy bien para restaurar cintas. Y resulta que también sirve para hacer comida. Pero mejor no hacer ambas cosas al mismo tiempo.

Mientras la cinta se horneaba, nos sentamos en el salón y escuchamos a Ladybird tocar el piano. Era una mujer rellenita, pequeña y ágil, con su pelo de color platino aún más llamativo en persona.

—No le hagáis caso a Ron —nos dijo—. Perro ladrador, poco mordedor.

Por suerte, demostró ser una pianista excelente.

Después de un rato, Ree empezó a cantar con ella y juntas hicieron una actuación tan buena que, en varios momentos, casi me olvidé de preocuparme por la inestimable cinta de audio que se estaba horneando lentamente en un aparato de cocina de una conocida marca de electrodomésticos.

Cuando terminó el proceso, evidentemente, aún tenía que enfriarse.

Y, al poco tiempo, por fin pudimos reproducirla.

Ron tenía un sistema de sonido compuesto por una pletina Revox clásica, amplificadores vintage Quad de estado sólido y unos magníficos altavoces BBC LS3/5a. Yo habría elegido unos Quad de válvulas, pero el sistema era compacto, de alta calidad y sencillo. Posiblemente, parecido a su propietario.

Los altavoces eran pequeños, pero reproducían las voces de maravilla y la capacidad vocal de Rita Mae Pollini me erizó el vello de la nuca. Ree miraba fijamente el escenario, como si quisiera volver a 1955. Y entonces llegó.

El disparo.

Miré a Ron. Él me devolvió la mirada con el ceño fruncido y rebobinó la cinta. Volvió a poner el fragmento. Y luego otra vez. No había duda de que era un disparo.

—¿Qué opinas, Ron?

Negó con la cabeza.

—No lo sé —indicó—. Es posible.

Se mordió un nudillo, pensativo, y luego me miró.

—Solo hay una forma de averiguarlo

Salió y volvió con un portátil. Utilizó un cable de analógico a digital que conectó directamente al Revox. Se puso unas gafas con montura de alambre y miró atentamente la pantalla del ordenador mientras utilizaba un programa de análisis de sonido.

Volvimos a poner la cinta y se concentró en la pantalla, con los colores reflejándose en los cristales de las gafas. Finalmente, suspiró y apagó el ordenador. Se quitó las gafas, se frotó el puente de la nariz y nos miró.

—Lo siento —dijo.

—¿Qué quieres decir con «lo siento»?

—La forma de onda no coincide. No es un disparo. No puede serlo.

—Pero suena como un disparo —insistí.

Sacudió la cabeza, un poco afligido, y dio una palmadita al portátil.

—Según el analizador, no lo es, y el analizador nunca se equivoca. Sea lo que sea, no es un disparo.

Me desperté de un sueño profundo y vi a Ree sentada a mi lado en la cama, escuchando atentamente. La habitación estaba a oscuras y solo oía su respiración. Entonces murmuró en voz baja:

—¿Qué demonios?

La abracé, pensando que la habría despertado una pesadilla. Apoyé mi cara sobre su pecho cálido y perfumado, con el oído pegado a su piel suave, y escuché su corazón.

—He oído un coche. He oído un motor —dijo ella.

—Estamos en Los Ángeles.

—No hablo cualquier coche. Ni de cualquier motor.

Saltó de la cama y se acercó a la ventana. Apartó la cortina y se asomó.

—Me lo imaginaba.

Me acerqué a ella y me puse a su lado.

En la calle, bajo el haz de luz de una farola, se encontraba aparcado el reluciente Cobra plateado de Ron. Ladybird estaba sentada en el asiento del copiloto, con aspecto inmaculado, un pañuelo en la cabeza y unas grandes gafas de sol como las de una estrella de cine, a pesar de ser totalmente de noche. El asiento del conductor estaba vacío, y no había rastro de Ron, hasta que vimos desplazarse una sombra angulosa en el porche y sonó el timbre.

Me puse una camiseta y unos calzoncillos tipo bóxer y fui a abrir.

Ron estaba allí de pie con una chaqueta de cuero negro que hacía que su pecho robusto pareciese aún más ancho. Llevaba unas gafas muy sofisticadas, parecidas a las que utilizan los corredores. Tras ellas, sus ojos estaban brillantes y alerta.

—Mira, chico —dijo—, siento muchísimo todo esto. Sé que estamos en plena madrugada.

—No te disculpes —respondí—. Pasa. No hay problema.

Entramos juntos en el salón justo cuando Ree salía del dormitorio, anudándose un kimono de flores negras y rojas. Encendió las luces y, luego, se sentó a mi lado en el sofá mientras Ron se acomodaba en un sillón frente a nosotros. Emitió un leve gruñido, como intentando posponer una tarea que no desea hacer.

—¿Se encuentra bien Ladybird? —preguntó Ree—. ¿No quiere entrar aquí también?

—No, ella está bien ahí fuera. A menudo salimos a dar una vuelta con el coche en mitad de la noche. Últimamente, ninguno de los dos dormimos mucho. Somos un par de aves nocturnas. Para nosotros, es como si fuera mediodía.

Se quedó en silencio y nos miró.

—Escuchad —dijo—. Os debo una disculpa.

—¿Por qué dices eso?

Se bajó medio centímetro la cremallera de la chaqueta, como si eso fuera lo máximo que se permitiera relajarse.

—Dejadme explicároslo. Hace unos años, unos holandeses compraron la licencia de unas canciones del sello Hathor para editarlas en CD. Tuvieron acceso a nuestras cintas, a todos los materiales originales, pero cuando salió el CD, sonaba fatal. Y nadie supo por qué.

—Porque era un CD. Por eso sonaba fatal.

Ree soltó un leve resoplido de risa.

Ron negó obstinadamente con la cabeza.

—No. Debería haber sonado bien. Las grabaciones originales eran estupendas. Pero los CD sonaban planos, sin vida. Era un misterio.

Nos miró a través de sus brillantes gafas y continuó:

—Entonces, me acordé.

—¿De qué? —le dije.

—Nuestro estudio es un lugar maravilloso para grabar. Pero está un poco muerto.

—¿Un poco muerto? —preguntó Ree.

—Acústicamente hablando. La gente está acostumbrada a escuchar música en una sala de conciertos, un club o un bar. En comparación con eso, cualquier estudio de grabación puede sonar un poco muerto. Porque no hay eco ni reverberación. En la actualidad, hasta cierto punto, eso es algo bueno. Pero cuando realizamos las grabaciones de Hathor descubrimos que sonaban un poco apagadas. Sofocantes. Digamos que el estudio hizo que la música sonara algo artificial. Y quisimos darles un toque más real. Así que le pedí a Danny que incorporara algo de reverberación a las grabaciones. Y añadió al máster un poco de eco.

Se quitó las gafas y se masajeó la cara con poca energía.

—Eso es lo que he recordado esta noche —comentó—. Y tenía que venir a contároslo enseguida.

—Te refieres a que incorporasteis reverberación a las grabaciones.

—Me refiero a que *no* la incorporamos.

Me miró fijamente.

—De repente pensé, ¿y si Danny añadió reverberación a todas las partes de esa cinta excepto a la del disparo? Podría haberlo hecho. Ese chico era un genio. Podría haber estado añadiendo efectos y ajustando los niveles, con sus auriculares, y haber decidido eliminar la reverberación solo el momento del disparo. ¿Me sigues?

—Creo que sí —asentí—. Y si hizo eso...

—Entonces, el disparo no sería identificable como tal. No tendría la forma de onda que le corresponde. Enmascararía el sonido y engañaría al software. Aunque este programa se inventara cincuenta años más tarde.

Se quedó mirando al vacío.

—Danny DePriest era un genio. Es una pena lo de ese chico.

Volvió a centrar su atención en mí.

—Lo que hizo podría engañar a los aparatos de sonido, pero no a tus oídos.

Ree apoyó una mano mi hombro.

—No pueden engañar al Chef.

—Así que, en cuanto se me ocurrió eso —continuó Ron—, puse la copia que hice de tu cinta, añadí reverberación sobre el fragmento en cuestión y lo pasé por el analizador, para obtener la forma de la onda.

Levantó las manos en un gesto de desesperanza.

—Y es un disparo —afirmó.

Se puso de nuevo las gafas y suspiró, inclinándose hacia delante en la silla.

—Chico, tú tenías razón y yo estaba equivocado. Ahí estaba yo, imponiendo la ley como si fuera un rey de mierda, diciéndote que tus oídos estaban equivocados y que no había sido un disparo. Y lo siento muchísimo.

—No te preocupes —indicó Ree—. Ahora ya lo sabemos. Nos lo has dicho.

—De todas maneras, lo siento —repitió Ron—. Si hay algo que pueda hacer por vosotros...

—¿Podrías dejarme dar una vuelta en tu coche? —respondió Ree inmediatamente, sonriendo.

—Bueno, déjame que lo piense. Mientras tanto, Ladybird y yo queríamos que tuvierais esto. Ella me recordó que lo teníamos en casa.

Se bajó la cremallera de la chaqueta y sacó un LP.

Era el de Manny Albam Hathor, con refrencia HL-011. Estaba enmarcado como un cuadro, con un cristal protector y metal negro. Mientras hablaba, Ron abrió la parte trasera del marco y sacó el LP.

—Creía que os habíais deshecho de todos los discos —le comenté.

—Y lo hicimos. Pero conservamos este porque a Ladybird le gusta la portada.

Retiró el álbum del marco y me lo entregó.

—¿Es solo la portada? —preguntó Ree.

—No —contesté, examinándolo—. Todavía tiene el disco dentro.

Ron se encogió de hombros, sonriéndonos.

—¿Para qué demonios iba a conservar la portada y tirar el disco? De todos modos, os lo podéis quedar.

—¿Podemos quedárnoslo? —dije—. ¿Nos lo regalas?

Ron inclinó la cabeza.

—Es lo menos que puedo hacer.

—Podemos pagarte por él —afirmó Ree.

—No. Tan solo os pedimos que nos hagáis una fotocopia a todo color de la portada, o un escáner, o como quiera que lo llaméis los chavales de hoy en día, para enmarcarla. Con eso nos basta. —Se levantó y volvió a subirse la cremallera de la chaqueta—. Será mejor que me vaya antes de que Ladybird se enfríe.

Su coche se alejó con lo que pareció un estruendo a esas horas de la noche mientras yo examinaba el espacio muerto del disco y actualizaba nuestra ficha con las nuevas letras.

$$EA\_\_EG\_\_YIST\_\_FA\_\_EROF\_\_\_\_BY$$

26. HOLLYWOD

—Bien, ya sabemos que es un disparo —dijo Tinkler—. ¿Qué nos dice eso?

—Sorprendentemente, poco.

—Bueno, ¿sabemos al menos quién participó en la sesión de grabación?

—Esa canción tiene muy poca instrumentación.

—Háblame como un ser humano.

—Solo participó una pequeña banda. Piano, bajo y batería. Además de la voz de Rita Mae, por supuesto.

—Entonces, veamos —murmuró Tinkler—; en la grabación participaron cuatro personas, además de los técnicos que estuvieran en la sala de control.

—Danny DePriest, que también tocó el bajo.

—Así que allí estaban Easy Geary al piano. DePriest al bajo. Rita Mae cantando...

—Y el batería era Moses Gunther, que falleció hace unas semanas.

—¿No es eso sospechoso? Que falleciera de repente, quiero decir.

—No tanto, si tenemos en cuenta que tenía más de cien años.

—Guau —exclamó Tinkler.

—Sí. Ree dijo que Moses y su abuela solían verse de vez en cuando. No ocurría a menudo, pero, cuando lo hacían, siempre daba la impresión de que eran buenos amigos.

—¿Esas fueron sus palabras? ¿«Buenos amigos»?

—En realidad dijo que eran uña y carne.

Tinkler se quedó en un silencio pensativo al otro lado del teléfono, y del mundo.

—Eso tendría sentido si compartieran un secreto.

—Eso es exactamente lo que yo pienso.

—De todos modos, sabemos que en total cuatro personas participaron en la grabación.

—Sí y que, desgraciadamente, todas han fallecido.

—Lo cual es realmente espeluznante —matizó Tinkler.

—No, no lo es. Moses tenía más de cien años. Y la abuela de Ree tenía ochenta y tantos cuando se fue al otro barrio.

—Entonces, tenemos cuatro personas. No debería ser tan difícil averiguar quién disparó.

—O a quién dispararon.

—Creo que fue a alguien que no estaba allí —dije.

—Eso no tiene sentido. El sexo y el sol de California te están derritiendo el cerebro.

—La niebla tóxica de California —le corregí.

—¿Qué quieres decir con «alguien que no estaba allí»?

—Quiero decir que tal vez la persona asesinada no estaba allí oficialmente. Jerry me dijo que había un matón que estaba acosando a los artistas de Hathor.

—¿Un matón? ¿Acosando? Sí que pareces otro. Tal vez deberíamos hablar de equipos de alta fidelidad en vez de todo esto.

—Era un tipo llamado Ox. Un antiguo policía muy bruto —continué, ignorándolo.

—Como es habitual —comentó Tinkler.

—Acosaba a todos los que trabajaban para Hathor.

—Tenías que decir *acosar* otra vez, ¿no?

—Pero eso es todo lo que he podido deducir.

—¿Y la otra pista? —preguntó Tinkler—. Me refiero a las doce cajas esas.

Suspiré y decidí tumbarme en el sofá, renunciando a cualquier pretensión de trabajar. Tenía el teléfono en una mano y una taza de café en la otra.

—No he avanzado desde la última vez que hablamos. —Eché un vistazo a las fotos de la pared—. El centro de todo son Burns Hobartt y Easy Geary. Pero no tengo ni idea de qué es ese *todo*.

—Empecemos por el principio.

—Estoy dispuesto a intentar cualquier cosa.

—¿Qué tienen en común estas dos personas?

—El negocio de la música los maltrató. Pero igual que a cualquier otro artista de jazz, especialmente si el color de su piel no era blanco.

—Céntrate. Pensemos en Hobartt y Geary. ¿Qué les pasó *a ellos* en concreto?

Me obligué a pensar.

—Burns Hobartt dirigía una de las mejores bandas de swing de todos los tiempos. Estaba a la altura de Lunceford y Ellington. Y, al igual que Ellington, también componía para su banda. Creaba grandes éxitos de baile y canciones populares. Pero, para que su música sonara en la radio, tuvo que firmar un contrato de auténtica esclavitud con AMI, American Music Industries, una empresa dirigida por los primos Davenport.

—Los primos horrorosos.

—Correcto.

—Primo y prima.

—Exactamente. Se llevaron la mitad del dinero y dos tercios de las ganancias que generó todo lo que Burns compuso.

—Es una locura.

—Bueno, con el tiempo, ese asunto le volvió loco al propio Burns. O casi. Hay una leyenda urbana que dice que perdió los estribos y mató a los primos Davenport en la casa en la que vivían, en el Lago Tahoe.

—¿*Vivían*? ¿Los primos vivían juntos?

—Sí.

—¿De qué manera? ¿Era un rollo primos hermanos incestuoso?

—Sí, según las leyendas urbanas.

—Pero ¿qué sabemos al cien por cien que ocurrió, más allá de las leyendas urbanas?

—Que Burns Hobartt y los primos Davenport estaban juntos en la casa del Lago Tahoe cuando esta se incendió. Y ninguno de ellos salió vivo. Este fue el segundo y último incendio catastrófico que marcó la vida de Hobartt.

—Así que, ese fue el final de Hobartt. ¿Qué le sucedió a Easy Geary? Espera... ¿puedo llamarte más tarde?

Le dije que sí y colgó. Fui a la cocina y me comí un aguacate. Me estaba volviendo adicto a ellos. En California parecían alcanzar una madurez desconocida en mi fría isla. Cuando terminé, tiré su brillante piel y su gigante semilla al cubo de basura y empecé a preparar más café. Acababa de terminar de prepararlo cuando sonó el teléfono. Era Tinkler de nuevo.

—No te vas a creer lo que me acaba de pasar. Verás, toda tu charla sobre la apetitosa gastronomía mexicana me llevó a pedir anoche un montón de comida a domicilio. Fue como invitar a un grupo de prostitutas a una orgía, pero, en este caso, la orgía era un banquete y las ardientes prostitutas eran nueve tipos de chile y otros platos picantes, supuestamente mexicanos. En fin, hoy me han explotado las tripas. Es como si mis pobres y revueltos intestinos estuvieran conectados directamente a las alcantarillas.

—No esperaba que me contaras eso.

—Bien, estábamos hablando de Easy Geary.

—Iba a decir que fue puteado por los mismos que jodieron a Burns Hobartt —dije.

—¿AMI?

—Sí.

—¿La compañía que crearon los Davenport?

—Sí que, por entonces, como ahora, era un coloso imparable del mercado americano. —Di un sorbo a mi café—. Sus abogados fueron a por Easy Geary por grabar un álbum de material compuesto por Burns Hobartt.

—Lo sé, lo sé, y por no incluir como coautores a los primos Davenport.

—Y, cuando sus representantes legales no obtuvieron resultados inmediatos, enviaron a sus representantes *ilegales*.

—¿Te refieres a tu amigo Ox?

—No es mi amigo.

Dejé a un lado la taza de café vacía. Intenté transformar el subidón de cafeína en motivación para leer algo de la pila de libros que tenía delante. Pero convirtió algo mejor: el deseo de volverme a la cama.

—Siento como si estuviera estudiando para un examen que nunca podré aprobar.

—Eso es. Tú piensa en positivo.

—En realidad, es como un examen que, probablemente, ni siquiera haré.

—Eso sí que es positivismo.

Cogí uno de los libros que había visto el día anterior.

—Déjame ponerte un ejemplo. —Lo hojeé y expliqué—: Aquí tengo un libro en el que tan solo hay subrayada una palabra.

—¿Una palabra?

Encontré la página que buscaba.

—Un nombre, para ser concretos.

—Dime cuál es.

—No puedo.

—¿No te fías de mí?

Miré fijamente el libro.

—No. Quiero decir que, literalmente, no puedo decírtelo.

—¿Por qué no?

—Porque no tengo ni idea de cómo se pronuncia. Deja que te lo envíe por escrito.

Escribí *Ysaguirre* en un mensaje y lo mandé.

—Sí que es raro. Escucha, déjame ayudarte. Lo investigaré y te contaré quién es esta persona.

Le oí teclear con impaciencia en su ordenador.

Me reí por lo bajo.

—Aprecio enormemente tu entusiasmo, Sherlock, pero ya sé quién es.

—Oh. —Pude oír su decepción.

—Es el nombre real de Red Jellaway. Su apellido auténtico. Viene de algún lugar de América Central.

—¿Así que Professor Jellaway también forma parte de este asunto?

Negué con la cabeza, lo cual era una estupidez, porque Tinkler no podía verme.

—Lo dudo mucho —respondí—. He revisado ya doce cajas de libros y he encontrado solo una frase relacionada con él.

—¿Una frase de un libro?

—Sí. Relacionada con su apellido.

—Tienes razón.

—¿Tengo razón? ¿Sobre qué?

—Esto parece un examen que no vas a aprobar.

—Gracias —dije de forma irónica.

—De nada. Escucha, ¿podrías traerme algo de Los Ángeles?

—¿Comida mexicana?

—No. Por favor —respondió gimoteando.

—¿Uvas? ¿Álbumes de los Rolling Stones?

—Bueno, eso por supuesto. Pero también me haría mucha ilusión que me trajeras una postal de Los Ángeles. Para presumir delante de la gente. Y, cuanto más hortera sea, mejor.

—Claro —le prometí—. Haré eso por ti. Y tú haz algo por mí. Si se te ocurre una teoría que pueda explicar todo esto, aunque te resulte descabellada o extraña, llámame. A cualquier hora del día o de la noche.

—¿Mi día o mi noche, o tu día o tu noche?

—Me da igual. Cualquiera de las cuatro opciones.

Y así transcurrió el resto de la semana. Ree cantaba en clubes y yo trabajaba en los documentos que nos había legado el doctor Tinmouth. Cuando ella se estaba en casa, nuestra rutina consistía en sexo, comida, dormir y ajedrez, que era uno de sus juegos favoritos.

Debo decir que el ajedrez, al igual que la comida mexicana, fue una auténtica revelación para mí. Nunca había jugado antes. En aquel momento aún se me daba mal, pero me ayudaba a focalizar mi atención y me generaba una especie de intensa alegría analítica que jamás había experimentado.

Bueno, más bien debería decir *casi nunca*.

Sabía que estaba ayudando a mi cerebro cada vez que miraba intensamente el tablero o diseñaba en mi mente posibles jugadas. Ree me machacaba constantemente, matando a mi reina con una emboscada repentina o haciendo jaque a mi rey tras varias sutiles insurrecciones. Podía dar la vuelta de repente a una partida y derrotarme con tres movimientos, haciendo rodar vergonzosamente a mis piezas por el tablero o dejándolas sobre la mesa. Así iban cayendo todas.

Pero yo mejoraba con cada partida. Y eso me encantaba.

No podía decir lo mismo de mi proyecto de investigación.

Estaba empezando a odiar los montones de documentos que tenía pendientes de leer en la casita de Ree, como si fueran una presencia invasiva, constantemente cambiante pero siempre indeseada. Pilas de libros, diarios y materiales complicados y desafiantes. Los miraba y me desesperaba.

Pero Ree esperaba que yo descifrara el misterio. Y no dudaba de que lo conseguiría.

Tampoco lo dudaban, por razones diferentes, los chicos del taller, que habían empezado a llamarme «el tipo de la biblioteca» cuando iba y venía con libros por su almacén de alta seguridad. Pero, a pesar de sus burlas, parecían conmovedoramente seguros de que, con el tiempo, el tipo de la biblioteca tendría todas las piezas del rompecabezas.

Yo no estaba tan seguro.

Sobre todo a altas horas de la noche, mientras trabajaba esperando a que Ree volviera, con las caras de Easy Geary y

Burns Hobartt mirándome burlonamente desde la pared. Para mi cansado cerebro, sus expresiones empezaban a convertirse en un idéntico y compasivo menosprecio por el pobre bufón que intentaba averiguar lo que estaba pasando.

En una ocasión, Ree llegó a casa y dijo:

—Tengo algo para Tinkler. —Me mostró una variedad de postales—. Dijiste que tenían que ser horteras, ¿verdad?

Eran perfectas. Perros con ropa, especies extrañas del reino vegetal, fotografías históricas de la vida callejera de Los Ángeles con comentarios sarcásticos.

Me gustó especialmente una del cartel de Hollywood compuesta con los colores más chillones de Bollywood.

—Se me acaba de ocurrir algo —le comuniqué.

Encontré un documento con fotos de Burns Hobartt y Easy Geary. Escogí las que tenían el tamaño adecuado y recorté las cabezas con unas tijeras. Ree entendió qué quería hacer y me trajo pegamento.

Pegué las caras en la postal, sobre las dos oes de *wood* en *Hollywood*. Luego escribí en el reverso:

«Esto es todo lo que he visto desde que estoy en L.A.».

—Pobre Chef —dijo Ree, leyendo por encima de mi hombro. Luego me besó y añadió—: Ven a la cama. Te voy a enseñar algo más que te puede ofrecer Los Ángeles.

Esa noche soñé con escenas interminables y repetitivas de las que no podía escapar. En mi ansioso cerebro daban vueltas secuencias de letras. Lo primero que vi fueron las que ya teníamos en nuestra tabla, esos seductores fragmentos que habíamos obtenido del espacio muerto de los vinilos.

Pero, luego, esos sueños se empezaron a mezclar con las letras del cartel de Hollywood. Todo cambiaba y se distorsionaba mientras yo hacía frenéticos y febriles esfuerzos para seguir el ritmo. Era como una de esas pesadillas en las que necesitas marcar urgentemente un número en el teléfono, pero estos cambian constantemente.

Y después, por supuesto, también las letras del cartel de Hollywood comenzaron a transformarse. Las dos oes se fusionaron en una única letra, de forma que, ahora, se leía *Hollywod*.

Abrí los ojos. Mi almohada estaba empapada en sudor y mi corazón latía con fuerza. A mi lado, Ree respiraba suavemente mientras dormía. Yo estaba completamente despierto. Más despierto que nunca. Me levanté de la cama y fui al salón. Encendí una lámpara y miré las fotos de Geary y Hobartt que había en la pared. Luego observé la postal, con sus caras pegadas sobre ella.

«Hollywod», pensé.

Fui a por un bolígrafo y observé de nuevo sus grandes rostros. Examiné a Hobartt y sus cicatrices. Luego a Geary, y sus rasgos ligeramente asiáticos y libres de arrugas. Me centré en las cicatrices y las empecé a dibujar. Luego, las copié con cuidado sobre la cara de Geary. Cuando acabé, di un paso atrás y miré el resultado para, luego, volver a la imagen de Hobartt.

Era la misma cara.

Abrí corriendo el directorio médico. Por fin sabía dónde buscar. Encontré la página marcada en seguida.

«Cirujanos plásticos».

27. BUDA EN UN MAL DÍA

—Bien —dijo Tinkler—. Entonces, son el mismo tipo. Eso es bastante interesante. Pero ¿quieres oír algo realmente interesante? Esta mañana Turk ha entrado por la gatera con una urraca en la boca. ¡Una urraca! Esa cosa era casi tan grande como ella. Aún está viva. De hecho, ilesa. La trajo sana y salva. Es una buena gata. Dejó a la urraca y se fue a comer su pienso. Así que tuve que abrir las ventanas y hacer que el pájaro saliera. Algo que, con toda modestia, debo decir que hice con bastante éxito.

—Tinkler —le interrumpí—, no quiero que parezca que me dan igual mis gatas, pero creo que mi descubrimiento es aún más importante que Turk cazando una urraca.

—Tienes razón. Probablemente tengas razón. Supongo que tienes razón.

—Ree está muy contenta, porque he resuelto el misterio. No sé de qué diablos le sirve a ella. O a nadie. Pero está realmente feliz. Incluso los chicos del taller lo están. Y ni siquiera saben qué diablos he descubierto. Pero me regalaron una botella de mezcal. Ya sabes, de ese que tiene un gusano en el fondo —le comenté.

—Sí. Qué asco.

—Y me la dieron con una nota que decía: «Para el ratón de biblioteca». Lo cual es irónico, puesto que dentro de la botella también había un bicho.

—Entonces, ¿Easy Geary y Burns Hobartt son la misma persona? —preguntó Tinkler.

—Lo más extraño —afirmé—, es que todo encaja perfectamente en lo que se refiere a la música. Nadie tocaba las melodías de Hobartt como lo hacía Easy Geary. Era como si la conociera de primera mano. Y resulta que así era.

—Pero Hobartt era el rey del swing. Y Geary hacía bebop.

—Hobartt ya se inclinaba hacia el bop cuando desapareció. Y probablemente, si no hubiera necesitado mantener su popularidad entre un público masivo, habría indagado más y antes en ese estilo.

—Menuda mierda esas consideraciones sobre la integridad artística —comentó Tinkler—. ¿Qué pasa con el dinero? Hobartt era rico. Asombrosamente rico para ser músico. Gracias a sus composiciones seguramente tendría una gran parte de AMI.

—Más bien de lo que, más tarde, se convertiría en AMI. Y no era una parte tan grande, porque Davenport Music ya era una gran empresa antes de que él llegara, gracias a que se quedaba con la mitad de todo lo que componía Professor Jellaway.

—De todos modos, ¿insinúas que pasó de ser un gran director de orquesta millonario a convertirse en un desconocido que tocaba en pequeños clubes?

—Sí.

—Y que lo hizo deliberadamente. Renunció a todo eso a propósito.

—Sí —respondí—. Para convertirse en un genio de culto conocido solo por unos pocos. Pero era cuestión de tiempo. O eso debió haber imaginado.

—¿Que podría resurgir de sus cenizas como el ave fénix? —dijo Tinkler.

—Exactamente. Para empezar de nuevo, porque cuando eres un genio, es solo cuestión de tiempo que vuelvas a alcanzar la fama. De hecho, cuando murió, ya estaba en ascenso, con una reputación cada vez mayor y destinado a ser, de nuevo, un importante compositor.

—Así que, sencillamente, decidió adoptar otra identidad. Hobartt se convirtió en Geary. ¿Y abandonó su banda, su música y todos sus derechos de publicación y de autor?

—También evitó una acusación por asesinato. Si nos creemos la historia sobre el Lago Tahoe.

—Pero ¿no encontraron su cuerpo?

—Encontraron el cuerpo de alguien. Pero podría haber sido cualquiera. Es posible que nunca sepamos de quién se trataba. Aunque está claro que no era Burns Hobartt.

Hubo una pausa mientras, al otro lado del mundo, Tinkler pensaba.

—Eso ocurrió finales de los años cuarenta, ¿verdad?

—Correcto.

—O sea que claramente el caso no iba a inspirar un episodio de CSI.

—La ciencia forense estaba en pañales, si eso es lo que quieres decir.

—Así que no existía el análisis de ADN. Y podrían haber utilizado el cuerpo de cualquier otra persona, incluso de un vagabundo, para que nadie se diese cuenta de la desaparición.

—Eso creo que pasó.

—Entonces, ¿podrían haberse salido con la suya? Quiero decir, ¿realmente *podría* haberse salido con la suya?

—Cuando escucho sus composiciones me siento un idiota por no haberlo visto antes. Son productos de la misma mente musical. Es claramente la misma mente.

—Pero, seguramente, tiene que haber algo más que un cuerpo de otra persona en una casa en llamas. ¿Cómo demonios lo hicieron? Bueno, ¿cómo lo *hizo*?

—A finales de los años cuarenta, la cirugía plástica había avanzado lo suficiente para hacer que Hobartt pudiera curarse las cicatrices.

—Quieres decir que Burns se borró las quemaduras —comentó Tinkler.

—Aunque cueste creerlo, sí. Tenía dinero para arreglarse la cara y, en ese momento, la medicina podía hacerlo. Más o menos. Si no le importaba acabar pareciéndose a Buda y tener tan solo unas tres expresiones faciales.

—Eso explica su físico, pero ¿qué pasa con el resto? ¿Cómo creó toda una nueva identidad?

—Después de la Segunda Guerra Mundial, los militares volvieron a Estados Unidos desde todas las partes del mundo. Hobartt compró o falsificó los papeles de un soldado que había estado destinado durante años en lugares lejanos y exóticos y, ahora, regresaba a la patria. No olvidemos que Hobartt tenía mucho dinero, podía hacer prácticamente lo que quisiera.

—Y eran tiempos antiguos, muy anteriores a la aparición de nuestro querido amigo el ordenador.

—También explica uno de los grandes misterios del jazz. Cómo fue posible que Easy Geary llegara a la escena como un auténtico genio desconocido a pesar de estar completamente formado. Supuestamente, había aprendido escuchando discos de los grandes del jazz durante sus solitarias destinaciones. Pero esta explicación es mucho más convincente.

—Es una historia asombrosa —dijo Tinkler—. Pensándolo bien, tenías razón. Es incluso más importante que la urraca de Turk. Deberías escribir un libro sobre esto.

Observé los montones de libros que aún abarrotaban el salón de Ree.

—Mientras no vuelva a ver un libro sobre jazz, puede que eso ocurra muy pronto.

—Te recordaré lo que acabas de decir las próximas Navidades.

—De acuerdo.

—Y quiero dejar claro que, aunque no tanto, la captura de Turk también es un asunto muy importante.

Tinkler y yo nos despedimos. Ree también había estado hablando por teléfono. Al ver que yo había terminado, colgó.

—Tinkler ha estado cuidando a mis gatas demasiado tiempo. Se ha adaptado totalmente a su entorno —le dije.

—Era Berto. Alguien ha intentado entrar en el taller —me comunicó.

—¿Se han llevado algo?

—No. Ni siquiera llegaron al almacén, saltaron todas las alarmas y tuvieron que salir de allí a toda hostia.

—¿Saben quién fue?

—No.

—Creía que tenían cámaras instaladas por todas partes.

Se encogió de hombros.

—Las tienen. Pero alguien las inutilizó con un arma de aire comprimido. ¿Sabes qué es?

—Una escopeta de balines. Dispara pequeños proyectiles. Se les suele dar a los niños para que aprendan a matar animales pequeños —respondí.

—Exacto —confirmó ella—. Pues también sirve para cargarse cámaras pequeñas.

Nos quedamos en silencio durante un minuto. Luego comenté:

—No olvidemos que hay muchas razones por las que una gran cantidad de gente querría entrar en el taller de Berto. Está lleno de valiosas piezas de coches.

—Eso es cierto —dijo ella.

Cuando nos conocimos, Ree mencionó que el diario de su abuela había desaparecido y que sospechaba del investigador que, supuestamente, había estado trabajando en la biografía de Rita Mae. La única razón por la que no fuimos directamente a ver a ese tipo cuando llegamos a Los Ángeles era que no sabíamos dónde estaba.

Sin embargo, eso cambió. Un día, Ree me miró triunfante desde su ordenador y me dijo:

—Vamos a dar una vueltecita.

Y, en un instante, me encontré de pie frente a una casa de estuco blanco situada en un sombreado callejón sin salida en Downey, justo al lado del Imperial Highway, viendo cómo Ree llamaba al timbre.

—No olvides lo que te he dicho —me recordó.

—Que te deje hablar a ti y me haga el tonto.

—No he dicho que te hicieras el tonto —Sacudió la cabeza con impaciencia—. Simplemente quédate callado. Ahí de pie y...

—¿Con una expresión amenazante?

—Sí. Y no digas nada a menos que sea necesario.

Iba a añadir algo más, pero la puerta se abrió de golpe.

Nos recibió un hombre pequeño y regordete, con un escaso pelo castaño y perilla. Llevaba una camisa hawaiana de colores chillones, bermudas, calcetines blancos y sandalias.

Cuando vio a Ree, una expresión de susto cruzó su rostro, aunque rápidamente la disimuló. Se recompuso, sonrió y dijo:

—Ree, ¡cuánto tiempo sin verte!

—Eres un hombre difícil de encontrar.

El tipo me lanzó una mirada de preocupación. Yo no dije una palabra, como me había ordenado mi compañera.

—Este es un amigo mío —me presentó Ree.

—Wilburt Sassman, encantado de conocerle —dijo el hombrecillo.

Estreché la mano que me ofreció, pero no abrí la boca, y mi silencio pareció tener un profundo efecto en él. Sentí que la palma de su mano se calentaba y sudaba mientras nos saludábamos.

—Emmm... ¿Qué te trae por aquí, Ree? —preguntó.

—¿Podríamos entrar un momento?

El hombre me miró de nuevo, esta vez con cierta impotencia. Pude ver que trataba de pensar en una excusa para no dejarnos entrar.

—Solo será un minuto —insistió Ree, sonriendo.

Estaba atrapado por las normas sociales. Se encogió de hombros, se apartó a un lado y pasamos. Dentro de la casa hacía fresco, y se oía un suave sonido parecido a alguien que sopla una pipa para hacer burbujas de jabón. Una discreta y enorme inhalación interminable.

Wilburt nos condujo a una sala de estar alfombrada cuyo mobiliario tapizado con motivos florales se agrupaba en el centro, como si estuvieran uniéndose para protegerse de algo. Alrededor había peceras de cristal llenas de peces saltarines de colores brillantes. El burbujeo procedía de sus bombas de aire.

Unas gruesas cortinas ocultaban la luz del sol. Pero las peceras iluminadas emitían luz más que suficiente para ver que las paredes estaban cubiertas de fotografías enmarcadas de la abuela de Ree.

Rita Mae Pollini.

Era una mujer muy guapa y las fotos, claramente publicitarias, eran impactantes. Cualquiera de ellas habría quedado bien, y hubiera resultado incluso atractiva, en cualquier pared. Pero juntas producían una mareante sensación de obsesión.

Wilburt nos indicó con un gesto que nos sentáramos. Aun así, Ree se quedó de pie, y yo también. Él se acomodó con cuidado frente a nosotros en un gran sillón de color verde pálido. Ree se apartó de mí, de forma que tenía que girar la cabeza para mirar de uno a otro. Wilburt intentó sonreír y dijo:

—Supongo que te estarás preguntando cómo va la biografía.

Ree negó con la cabeza.

—No, Wilburt —dijo con tristeza—. En absoluto.

Él le lanzó una mirada mordaz.

—Bueno, sé que no he trabajado tan rápidamente como podría haberlo hecho, pero es que he tenido algunos problemas de salud —me miró—. Las alergias han puesto a prueba mi sistema inmunológico.

No dije nada, solo le devolví una mirada inexpresiva, y él se inquietó visiblemente.

—¿Quién has dicho que era tu amigo? —dijo dirigiéndose de nuevo a Ree.

Ella me miró.

—Ha venido conmigo desde Inglaterra. Para verte a ti.

—¿A mí? —se sorprendió. Su voz sonó como un chillido agudo—. ¿Por qué?

—Porque quiero lo que es mío. Y él está aquí para asegurarse de que yo lo consiga.

—¿Qué quieres decir con «lo que es tuyo»?

Su voz era, si podía, cada vez más aguda. Ahogada por la tensión.

—¿De qué estás hablando?

Ree se sentó. Yo permanecí de pie, fascinado por lo que estaba viendo. El tipo se estaba desmoronando delante de nosotros. Ella lo estaba sacando de sus casillas, y él ni se estaba dando cuenta.

—Creo que sabes exactamente de qué estamos hablando —dijo ella.

—No te entiendo —indicó Wilburt. Parecía estar a punto de llorar—. No entiendo qué he hecho para hacerte creer que puedes venir, entrar aquí a la fuerza y lanzar acusaciones, acompañada de un tipo amenazante al que has contratado.

—¿Te refieres a Chef? —me lanzó una mirada—. ¿Quieres saber por qué lo llaman Chef?

Wilburt se tapó los oídos.

—No, no —gimió.

Ree se acercó a él y le habló en voz baja, de manera persuasiva, quitándole las manos de las orejas.

—Es mejor para ti que nunca lo sepas. Y así será, siempre y cuando me des lo que es mío.

Sus rostros estaban muy cerca, pero él no quería mirarla a los ojos.

—¡Yo no tengo nada! No sé de qué me estás hablando.

Era tan evidente que mentía que daba hasta vergüenza. Yo no sabía adónde mirar.

—Esto es muy injusto.

—No, Wilburt —dijo Ree suavemente—. Lo que es injusto es que tuvieras acceso ilimitado a mi abuela y aprovecharas la oportunidad para llevarte cosas.

—¡Yo no me llevé nada!

Ree hizo ademán de dirigirse a la puerta.

—¿Quieres seguir esta discusión con Chef? Puedo dejaros solos.

—¡No! —exclamó, mirándome.

—Entonces, devuélvemelo.

—Esto es realmente injusto —repitió Wilburt.

Me acerqué a una pecera y di golpecitos en el cristal con un nudillo. El pez se acercó y me miró.

—¡Deja en paz a mi pez! —gritó Wilburt.

—Queremos el diario —exigió Ree.

—Dánoslo ahora. O descubrirás por qué me llaman Chef —le dije.

—Vale —respondió, mirándome fijamente—. Vale. Cálmate.

Se levantó de la silla.

—Iré a buscarlo.

Lanzó una mirada furiosa a Ree con unos ojos grandes y llorosos y salió de la habitación.

Ella y yo nos miramos. Ree parecía estar a punto de perder la compostura y echarse a reír. Al de un rato, empecé a preocuparme. Hacía mucho que había ido a buscar el diario y, cuanto más tiempo pasaba, más parecía costarle a Ree contenerse la risa. Pero consiguió hacerlo y se recompuso rápidamente, adoptando un rostro inexpresivo cuando Wilburt volvió apresuradamente con un pequeño libro rojo.

Después de todo el alboroto, no parecía un documento muy impresionante. Pero Ree lo hojeó y asintió.

—Aquí está.

Regresamos al coche con el diario. Ree se sentó al volante un momento, haciendo un sonido burbujeante, con los hombros sacudiéndose. Finalmente, estalló en risas. Cuando terminó, se secó los ojos y se volvió hacia mí.

—Ha sido divertido —me dijo—. ¿Qué te parece si volvemos y lo hacemos de nuevo?

Nos detuvimos en Berto's para poner el diario en un lugar seguro y, cuando llegamos, descubrimos que les habían entregado otro disco por correo. Lo desenvolví mientras Ree guardaba el libro en la caja fuerte. Era la referencia HL-004, el álbum de Johnny Richards. Al localizarlo había experimentado una sensación especial de triunfo, porque era el disco que nos habían quitado en el mercado de discos de Wembley.

Cuando la mujer de pelo rojo se nos había adelantado.

Cuando *Nevada* se nos había adelantado.

Extraje el disco de la funda interior y comprobé el espacio muerto. Luego saqué nuestra tabla y añadí la nueva información.

EA__EGARYIST__FA__EROF____BY

28. VERDUGO

—Entonces, ya tienes el diario —dijo Tinkler.

—Ree localizó a través de eBay a Wilburt Sassman, el tipo que lo robó. Había logrado camuflar bastante bien su rastro, pero no pudo resistirse a comprar y vender material en Internet. De hecho, Ree le compró algo de incógnito y, así, se hizo con su dirección.

—Y ahora ya lo sabéis todo.

—Sabemos *algunas cosas* —maticé—. El diario no lo cuenta todo. La primera página de interés que se conserva bien describe una fiesta de Rita Mae y su marido, un dentista que tenía mucho dinero y, sin duda, sabía cómo organizar ese tipo de eventos. Nat King Cole estaba allí, Pete Rugolo también. Rita Mae cantó a dúo con Nat y Pete tocó el piano. Después, su marido pidió silencio e hizo un comentario de mal gusto. Dijo: «el conejo ha muerto», que fue su manera de contar que su joven y sexy esposa estaba embarazada. Ella se moría de vergüenza, pero el resto le quiso servir champán para brindar a su salud por la buena noticia.

—Porque, en aquellos tiempos, aún se daba champán a las mujeres embarazadas.

—Exacto.

—Era una época más sencilla, más feliz —afirmó Tinkler.

—Rita Mae es una escritora algo frustrante.

—¿Por qué lo dices?

—Hay dos páginas enteras sobre un peinado que se hizo después de verlo en una revista, y luego, sin embargo, solo dedica dos líneas a hablar de un concierto en el Lighthouse con lo más destacado del jazz de la Costa Oeste, donde cantó. Pero bueno, también hay cosas muy útiles. Como cuando describe el reino del terror que impuso ese policía.

—El policía llamado Ox.

—Ese mismo. En estas páginas registró con un detalle aterrador la cruzada de Ox contra los músicos de jazz. Cuanto más famosos eran, más los presionaba. Como cuando Art Pepper salió de una sesión con Marty Paich y se encontró a Ox esperándole para detenerlo por la heroína que él mismo había colocado en su coche. En otra ocasión, le hizo lo mismo a Chet Baker. Y casi lo consigue también con Gerry Mulligan. No tiene ningún reparo en hablar de las pruebas. Estas personas pasaron *años* en la cárcel. Nadie estaba a salvo.

—Como has dicho: un reino del terror.

—Exactamente. Ese era el ambiente en aquellos tiempos. Y, luego, llegamos a las sesiones de grabación para Hathor.

Oí a Tinkler exhalar desde el otro lado del mundo.

—O sea que habla de eso.

—Escucha, voy a hacer lo siguiente —expliqué—: he copiado en mi portátil los fragmentos más importantes. Te los enviaré por correo electrónico para que los pongas a buen recaudo.

—Lo haré. Mándamelos.

Jueves 13 de enero
Bobby Schoolcraft tiene un flamante Mercedes-Benz 300 SL color crema.

Hay un par de páginas sobre las maravillas de este coche. Sin duda, Ree heredó de su abuela su obsesión por los automóviles.

Bobby también tiene una nueva y despampanante novia, Tilly, una chica de color. Cuando me senté con ella observé que había dos perros debajo de la mesa, lamiéndome los

dedos de los pies. Eran unos perritos negros y marrones
monísimos, de raza Cavalier King Charles Spaniel.
Easy Geary se unió a nosotras. El piano del local era bue-
no, así que aceptó tocar. Easy dijo que Bobby compró los
perros porque esa raza se llama Black and Tans. Dijo: «¿Lo
pillas? Es el chiste de Duke Ellington más obvio del mun-
do[3]». Bobby le hace mucha gracia a Easy Geary.

Y, luego, hay un enorme vacío donde debería estar el período
que nos interesa: el lanzamiento de Hathor Records, la publicación del primer álbum del sello y todo sobre lo que necesitábamos saber qué opinaba.

Pero Rita Mae escribía en su diario de forma esporádica.

De hecho, *esporádico* es mucho decir.

Después, empieza de nuevo. Para que el siguiente fragmento
tenga sentido debemos recordar que, en los años cincuenta, AMI
se había convertido en una corporación multimillonaria, tras
haber creado un imperio con el dinero que habían ganado gracias a la música de Burns Hobartt. Aunque *ganado* no es la palabra más apropiada. *Robado* sería más adecuada. La cuestión es
que ahora eran increíblemente poderosos, en varios campos.

Cuando volvió a escribir en el diario, la pequeña compañía
discográfica Hathor ya se encontraba en una situación complicada por su batalla legal contra AMI. Pero se negaban a ceder.
En un momento dado, Rita Mae escribe:

Es como un elefante pisoteando a un ratón. Y, entonces, el
ratón se levanta y vuelve a desafiar al elefante.

---

3 N. del T.: Se conocía como Black and Tans (negros y caquis) a los miembros del cuerpo paramilitar que el gobierno británico envió a Irlanda para
   sofocar la revolución durante la Guerra de Independencia (1919-1921) y
   reforzar a la Royal Irish Constabulary (RIC), la policía colonial de irlanda.
   Su apodo provenía del uniforme improvisado que vestían, una mezcla de
   prendas negras de la RIC con piezas caqui del ejército británico.

Pero, a estas alturas, Bobby Schoolcraft estaba casi arruinado. Rita Mae trabajaba para él como secretaria, sin recibir salario, solo para ayudarle.

Miércoles 16 de febrero
Un hombre entró en la oficina justo cuando empezamos la jornada. Su aftershave era tan fuerte que no sabría decir si él olía a alcohol o no. Me pareció que sí. Dijo que se llamaba Oliver Xavier y que el señor Schoolcraft le estaba esperando. Así que lo dejé entrar al despacho de Bobby.
Volvió a salir unos minutos después, sonrió y dijo: «Por cierto, ¿eres una de nuestras amistades de color?». Bobby debió de oírle, porque salió corriendo del despacho. Le dije que mi piel oscura se debía a mi ascendencia italiana. «Bonita historia», dijo, se quitó el sombrero y se fue. Bobby estaba blanco como el papel. «¿Sabes quién era ese tipo?», dijo. «Era Ox».

Jueves 17 de febrero
Le ha pasado algo al Mercedes de Bobby. Lo han destrozado totalmente. Lo he visto, y está para el desguace. Han roto todas las ventanillas y los faros, han pinchado los neumáticos, toda la carrocería está abollada. Los asientos de cuero están rajados y alguien se ha meado en ellos. Estoy muy disgustada. Sé cuánto le gustaba ese coche.

Viernes 4 de marzo
Ha ocurrido algo terrible. Bobby y Tilly volvían anoche de un club y, mientras se dirigían a su casa, vieron algo con los faros del vehículo. Estaba en los postes de la entrada, a ambos lados del camino de acceso. Pararon y se bajaron. Eran las cabezas de sus perritos, Duke y Fantasy. Alguien los había matado, les habían cortado las cabezas y las habían dejado allí, una en cada poste.

Tilly tuvo que ser sedada.

Pobres perritos.

Sábado 5 de marzo

He ido a casa de Bobby. Easy Geary también estaba allí. Bobby dijo que sabe quién mató a los perros. Fue Ox. También destrozó el coche de Bobby. Ox intenta intimidar a Bobby para que llegue a un acuerdo con AMI. Bobby se opone a que los Davenport incluyan sus nombres en las composiciones de Burns Hobartt. Y parece que AMI cree que él podría ganar. Así que contrataron a Ox como su matón. Tilly quiere que ceda. Pero Easy le anima a seguir luchando. Nunca he visto a Easy tan enfadado. Creo que haría algo terrible si supiera dónde encontrar a Ox. Tiene un carácter muy fuerte. Dicen que una vez le sacó un cuchillo a Billy Eckstine.

Martes 15 de marzo

Tilly, la novia de color de Bobby, está en el hospital. Anoche volvía sola a casa y Ox la paró. La llevó a un callejón y le dio una paliza. Bobby quiere que cuente lo que ocurrió, pero ella no va a hacerlo. Ox cuenta con el apoyo de dos policías que juran que ella estaba borracha y que lo atacó. Si intenta denunciar a Ox, presentarán cargos contra ella. Está demasiado asustada para hacerlo.

Le dio una paliza tremenda. Le dio patadas en el estómago, le ha provocado un aborto.

Lo ha hecho a propósito.

Lo llamó «control de natalidad irlandés».

Jueves 24 de marzo

Bobby está desesperado. Tilly ha desaparecido. Su familia no le dice adónde se ha ido. Creen que es culpa suya que

*casi la mataran. Creo que se ha ido a París. El pobre Bobby
está fuera de sí. Dice que no puede estar sin ella.*

Jueves 31 de marzo
Bobby está muerto. Se pegó un tiro.

El teléfono sonó en mitad de la noche. Ree se despertó antes
que yo y contestó.

—Tinkler —dijo, dándome el teléfono y metiéndose de nuevo bajo las sábanas.

Me fui a la habitación contigua, aún despertándome, y le
dije:

—¿Sabes qué hora es?

—Por supuesto. Pero cuando te empeñas en irte al otro lado
del planeta, tienes que pagar el precio de las ocho horas de diferencia horaria.

—¿Por qué me llamas?

—He leído los fragmentos del diario que me enviaste. Y no
puedo esperar a la siguiente tanda. Tenía que llamarte para que
me lo leyeras ahora. No te preocupes por copiarlo en el ordenador y mandármelo por correo. Solo léemelo.

—No puedo.

—Mira, lo siento, sé que es tarde y que a lo mejor he despertado y enfadado a tu nueva y sexy novia americana. De hecho,
estoy seguro de que lo he hecho, pero perdóname y léeme el
resto del diario.

—No puedo.

—No me castigues. No me obligues a esperar.

—No, quiero decir que, literalmente, no puedo. Eso es todo.

Hubo una pausa y luego dijo:

—No te creo.

—Rita Mae no escribió nada más. Al menos no en el diario
de ese año. Todas las páginas restantes están en blanco.

Hubo un largo silencio al otro lado de la línea mientras, en el otro extremo del océano, en Inglaterra, Tinkler asimilaba lo que le acababa de decir.

—¡Mierda! —dijo.

—¿Para qué llamó? —me preguntó Ree a la mañana siguiente

—No podía esperar a leer la siguiente entrada del diario. Tuve que decirle que no había ninguna más.

Miré el libro, que estaba sobre la mesa, iluminada por la luz del sol matutino. Era extraño haber llegado hasta ahí y saber de repente que era el final del camino. Ya nunca conoceríamos la historia de la sesión de grabación. Nunca sabríamos exactamente qué ocurrió aquel día de 1955.

Cogí el diario, que estaba caliente al tacto, y lo hojeé distraídamente.

Al hacerlo, me llegó un olor atenuado pero intenso. Algo embriagador, que produce dolor de cabeza y recuerda a la infancia.

Pegamento.

El calor había hecho que el olor se liberara. Me quedé mirando el libro, abierto entre mis manos. Busqué con cuidado la última entrada y la examiné. Me levanté, me acerqué a la ventana y lo sostuve bajo la luz. Ree estaba en la cocina echando cereales en un cuenco. Me miraba.

—¿Qué pasa?

Las páginas eran de papel de alta calidad, y no habían amarilleado mucho en más de medio siglo. Tenían unas finas líneas horizontales azules. Cada día ocupaba dos páginas, con la fecha y el día de la semana en la parte superior de la izquierda.

La última anotación era breve, solo ocupaba una línea.

Revisé la página en blanco que tenía frente a mí, tratando de ver alguna diferencia en el color del papel.

No había ninguna.

Por lo que pude ver, era exactamente el mismo papel, envejecido de forma uniforme, apenas amarillo. Tenía el mismo peso y grosor. Las líneas azules coincidían a la perfección con las de la página de la izquierda.

Entonces me di cuenta de algo.

Había una línea más al final.

Ahora Ree estaba a mi lado, atraída por mi intenso silencio mientras examinaba el diario.

—Mira —le dije.

Puse el dedo junto a la línea inferior de la página derecha y luego en el espacio vacío del margen inferior de la izquierda, para que viera la diferencia.

—Quizá sea un fallo de imprenta —apuntó Ree.

Hojeé el resto del diario. Las páginas restantes eran todas iguales: tenían esa línea de más.

—Si lo es, sigue un patrón consistente —dije, deteniéndome con el diario abierto en el día siguiente, 1 de abril.

—Quizá sea una broma —afirmó Ree—. Una inocentada de la imprenta.

Observé la fecha. Fue entonces cuando me di cuenta de algo más.

Giré la página para volver al día anterior y luego de nuevo al 1 de abril. Sí. No había duda.

El tipo de letra de las fechas era diferente. Se lo enseñé a Ree.

—Es casi idéntico...

—Pero no del todo.

Nos miramos. Ella seguía con el cuenco de cereales en las manos; no los había ni tocado.

—¿Se te rompería el corazón si desmontase el diario de tu abuela? —le pregunté.

—¿Desmontarlo?

—Siempre podemos volver a montarlo después.

Le pedí prestada la navaja que le había dado Berto. Extendimos el diario sobre una mesa, abierto por la última entrada. Pasé con cuidado la hoja del cuchillo por la unión entre las páginas izquierda y derecha. Se desmontó con una sorprendente facilidad.

El olor a pegamento se hizo más intenso.

Así abierto, se podía ver la encuadernación, cada pliego de páginas. Las de la izquierda estaban encuadernadas con una cinta de tela roja. Las de la derecha, con una verde.

—Son de dos diarios diferentes —afirmó Ree.

—Ese cabronazo nos ha dado un cambiazo.

—No me extraña que tardara tanto tiempo en ir a buscarlo. Estaba ocupado con las tijeras y el pegamento.

29. LÁGRIMAS

En seguida estuvimos de vuelta en la soleada calle sin salida de Downey, ante la puerta de la casa de Wilburt Sassman. Ree estaba a mi lado mientras yo tocaba el timbre. Nada. Silencio. Volví a pulsarlo, mirándola.

—El timbre está muerto.

La palabra sonó siniestra.

Probamos a abrir la puerta, y cedió, dándonos paso a las sombras frescas y silenciosas de la casa. Entramos y, con la ayuda de una bisagra hidráulica, la puerta se cerró tras nosotros. Había algo extraño en ese silencio, y entonces recordé algo: la última vez que habíamos estado ahí se oía el burbujeo de las peceras.

Ahora no se escuchaba nada.

Lo natural habría sido llamar a Wilburt por su nombre. Pero ninguno de los dos dijo una palabra. Había algo en el silencio de la casa que nos impedía gritar., e incluso nos instaba a tener cuidado. Salimos del vestíbulo y entramos en el corto pasillo que conducía al salón. Estaba tan oscuro que no podía distinguir la puerta. Ree intentó encender un interruptor en la pared, pero no funcionaba.

Estaba tan muerto como el timbre.

Nos adentramos con cautela en la oscuridad de la casa.

Encontré la puerta del salón palpando las paredes y la abrí. La habitación estaba en penumbra, en claro contraste con nuestra visita anterior, cuando había estado iluminada por el misterioso resplandor de las peceras. Pero por una rendija de las cortinas entraba luz suficiente para ver a Wilburt.

Estaba de pie, o más bien apoyado, en una de las peceras, con la mano colgando flácida por el lateral, sumergida en el agua. A su lado, en la pecera de cristal vacía, flotaba una forma delgada y serpenteante de color negro con un destello de cobre en la punta. Me di cuenta de que era un cable y empecé a unir las piezas de lo que había ocurrido. Wilburt estaba inclinado sobre la pecera, de espaldas a nosotros, de modo que no podíamos verle la cara. Pero en la alfombra, alrededor de sus pies descalzos, había una marca de quemadura negra e irregular.

—Se ha electrocutado —dijo Ree.

De reojo, vi un movimiento rápido y me volví para ver lo que era. Las otras peceras estaban a una distancia prudencial de Wilburt. Los peces se movían en sus aguas oscuras.

Me acerqué. Nadaban en grupos multicolores, aparentemente intactos. Eso significaba que su sistema de soporte vital se había desconectado hacía poco.

En el preciso instante en que me di cuenta de ello, escuché el portazo de la puerta trasera.

Sin pensarlo dos veces, salí corriendo, volví a la oscuridad del pasillo y me dirigí hacia el lado contrario a la entrada de la casa. Llegué de nuevo el vestíbulo y continué por el otro pasillo. Atravesé con estrépito el suelo de baldosas de la oscura cocina y fui hacia el rectángulo de luz pálida que señalaba la puerta de atrás.

La abrí de golpe y me encontré en el patio trasero.

Era pequeño, pero profundo, con altos muros de piedra. Como un patio interior. Los muros hacían que aumentara esa sensación, además de tener una estructura cuadrada y encontrarse por debajo del nivel de la calle. Era una hondonada fresca y sombría, con el suelo de baldosas rojas y amarillas. Unos escalones de piedra blanca bajaban desde la cocina y, en el lado opuesto, otra ascendía hasta una compuerta en el muro.

Ahí, manteniendo abierta esa compuerta, se encontraba un hombre alto y fuerte, vestido con chándal y zapatillas de correr.

Ocultaba su rostro con unas gafas de sol, una gorra de béisbol y una sudadera con capucha. Justo debajo de mí, en el foso del patio, dirigiéndose hacia él, se encontraba una mujer vestida casi idénticamente. Parecía una estatua. Miraba fijamente al hombre con el puño estirado y el dedo índice extendido, señalando algo al otro lado.

Al pie de mi escalera.

Miré hacia abajo y lo vi. Era un pequeño rectángulo blanco. Un montón de páginas arrancadas de un libro.

Se le habían debido de caer.

La mujer se dio la vuelta y se dio cuenta de lo que estaba pasando. Me vio en lo alto de la escalera y reaccionó lanzándose hacia las páginas. En ese mismo momento, corrí rápidamente escaleras abajo y logré agarrarlas. En cuanto lo hice, vi la letra de las páginas y supe que eran exactamente lo que yo pensaba.

Volví a subir las escaleras tan rápido como pude. La mujer se detuvo abajo, me miró furiosamente y, luego, se giró hacia el hombre al otro lado del patio.

Tenía una pistola en la mano.

Y me estaba apuntando.

Escuché la voz de una mujer que provenía de la pared a nuestra izquierda.

—Hola, Heinz —dijo.

Todos nos volvimos para mirarla, y vi a contraluz la figura de Nevada allí de pie, en lo alto de la pared. Llevaba puesta esa ridícula peluca roja, pero era ella. Tenía algo en la mano.

—Esto es para ti —anunció.

Y lo tiró al patio. Después, saltó del muro y desapareció al otro lado.

En el patio, el objeto golpeó las baldosas con un ruido metálico y empezó a rodar. Era un cilindro amarillo y negro. Parecía un bote de insecticida con la tapa quitada. Pero la nube blanca que emanaba de él no era insecticida. Mientras rodaba leí, escrito en letras negras, las palabras *Krowd-Klear*.

Si es que podían llamarse *palabras* a ese nombre comercial.

Vi cómo la nube blanca envolvía a Heidi al pie de la escalera.

Heinz bajó el arma y empezó a bajar las escaleras, como si fuera a ayudarla. Pero, entonces, se detuvo, como decidiendo si entrar o no en la cada vez mayor nube de gas lacrimógeno.

No me quedé a ver lo que decidía hacer.

Cuando volví a entrar en la casa, oí a Heidi toser y ahogarse. Ree esperaba en la penumbra. Había estado observando desde la ventana de la cocina. Vislumbré el patio trasero, ahora completamente cubierto por una nube brillante, y dos figuras oscuras moviéndose en mitad de ella. Agarré a Ree de la mano y corrimos hacia la puerta principal.

En la otra mano, llevaba las páginas del diario.

Atravesamos la puerta y llegamos hasta la calle. Cuando abrimos el coche, oímos un portazo en la parte trasera de la casa y el sonido de una tos violenta que se acercaba rápidamente. Ree encendió el motor y salimos a toda prisa, girando a la izquierda, luego a la derecha y, de nuevo, a la izquierda.

Solo cuando llegamos al Imperial Highway empezó a relajarse. Para entonces yo ya estaba leyendo el diario.

—¿Está todo?

—Eso parece.

—Bien —dijo—. Entonces, ¿la del gas lacrimógeno era tu novia?

—Antigua novia. Nevada. Sí.

Me lanzó una mirada impenetrable.

—¿Es tu ángel de la guarda o algo así?

—Algo así —respondí.

—Bueno, ha estado bien que apareciera justo en ese momento. Ese tipo tenía una pistola.

—Ya me he dado cuenta.

—¿Eran los Gemelos Arios?

—Los mismos.

Ree puso el intermitente y salió de la autopista. Todavía estábamos a varios kilómetros de casa.

—¿A dónde vamos? —pregunté.

—A buscar una cabina telefónica. Una que no tenga cámaras de seguridad cerca.

—¿Vas a llamar a la policía?

—Y a la ASPCA.

—¿Qué es eso? —comenté.

—Una organización que se encargará de cuidar a esos pobres peces.

Cuando volvimos a casa de Ree, fotografiamos todas las páginas restantes del diario, luego las pasé al ordenador y se las envié a Tinkler, mientras Ree las pegaba de nuevo junto con la primera mitad del diario.

Teníamos lo que Wilburt no había querido que leyéramos.

Lo que los Gemelos Arios casi nos habían arrebatado.

Miércoles 6 de abril

La última sesión de Hathor de hoy. Con Easy, Moses y Danny DePriest. Yo canto en un tema. Queremos hacerla en memoria de Bobby. No queda dinero, pero Ron nos ha cedido el estudio gratis. Él y Ladybird se han marchado a Santa Bárbara para pasar el día. Nos han dejado las llaves. No estaban cuando hemos llegado al estudio.

Ox debió venir después de que se fueran, o nos habrían avisado.

Nos estaba esperando.

Llevaba una botella de whisky y bebía directamente de ella. Se podía oler el alcohol incluso por encima de su aftershave. Cuando nos detuvimos, se acercó a nosotros.

Tenía el whisky en una mano y una pistola en la otra. Nos dijo que nos fuéramos. Que todo había terminado. Danny DePriest y Moses estaban asustados, y yo también.

Pero Easy Geary lo ignoró y nos instó a entrar en el estudio para empezar a grabar, como si todo transcurriera con normalidad. La sesión fue de maravilla. Danny DePriest, muy profesional, dejó todo preparado en la sala de control, para salir corriendo a tocar en las diferentes tomas.

A la hora de comer salimos todos a tomar el sol y, cuando vi que Ox seguía allí fuera, se me revolvió el estómago. Y estaba aún más borracho. Agitaba la pistola, y todos volvimos dentro lo más rápido que pudimos. Pero me vio cuando me quité el jersey. Se dio cuenta de inmediato de que estoy embarazada, porque ya se me empieza a notar.

Me sonrió, me enseñó la pistola y me dijo: «Anticonceptivo irlandés».

Yo estaba realmente alterada, pero Easy estaba tranquilo y Danny se mantuvo muy profesional, a pesar de ser su primera sesión en solitario, y nos pusimos a grabar. Cuando llegamos a mi canción, todo iba viento en popa y nos habíamos olvidado por completo de Ox.

Pero, entonces, vi movimiento en la parte trasera del estudio.

Era él.

Ox.

Había entrado. Easy también lo vio. Esperó a que llegara un momento en que pudiera salir y, entonces, nos hizo una señal para que siguiéramos tocando, se levantó del piano y se fue a la parte de atrás. Yo estaba cantando y no vi lo que pasó, pero oí un ruido y me asusté.

Aun así, seguí cantando.

Easy volvió, se sentó y tocó su solo. Terminamos la canción y quedó de maravilla. Solo entonces nos dimos cuenta de que Easy estaba sangrando.

El sonido había sido la pistola de Ox. Había disparado a Easy. Él se había defendido con su cuchillo, así que encontramos a Ox tirado en el suelo. Resulta curioso lo tranquilos que estábamos todos. Supongo que, aunque no lo admitiéramos, sabíamos lo que había ocurrido mientras terminábamos la canción.

Pensamos en qué hacer.

Limpiamos el estudio. Yo fui a comprar una alfombra nueva, mientras Moses y Danny se deshacían de la vieja y de todo lo demás. Easy fue a un médico que conocía. Yo me quedé en el estudio y supervisé cómo se instalaba la nueva alfombra. Ron y Ladybird volvieron justo cuando los estábamos terminando. Cuando vieron la nueva alfombra, se quedaron encantados. No tienen ni idea de lo que ha sucedido.

No lamento lo que hemos hecho.

Estoy contenta.

Viernes 8 de abril

Danny estaba haciendo hoy el acetato del disco. Easy y yo nos reunimos con él, como habíamos acordado, para poner nuestras firmas en el espacio muerto. No podía creer que Easy hubiera podido llegar hasta allí. Sangraba mucho por el vendaje de la herida. Le dije que no se moviera y fui rápidamente a comprar vendas en la farmacia. Pero, cuando volví, ya no estaba. Danny me dijo que Easy le había comunicado que todo estaba hecho. Habíamos dejado nuestras firmas para la posteridad, por si alguien necesitaba pruebas. Danny creyó que Easy hablaba de la música. Yo sabía que no.

No había más entradas hasta una semana más tarde, cuando escribió en letras grandes a lo largo de toda la página:

Viernes 15 de abril
DEP, Easy Geary.

El resto del diario estaba en blanco.

Ree leyó mi transcripción antes de enviársela a Tinkler.

—La parte que más me gusta es esa en la que acabó con ese cabrón y, aun así, volvió a tiempo para tocar su solo. Con una bala dentro —dijo.

Luego hizo una pausa y añadió, mirándome:

—Estaban juntos.

—¿Quiénes? —pregunté—. ¿Tu abuela e Easy Geary? ¿Juntos?

Ree asintió.

—Lo sé por la forma en la que escribe sobre él en el diario. Pero también por cómo solía hablar de él. —Volvió a asentir, enérgicamente—. Estoy segura de ello.

—¿Quieres decir mientras estuvo casada con tu abuelo?

—Por supuesto —respondió con impaciencia.

Fue a un armario y volvió con una corona de plástico dorado lo bastante grande como para ponerla en la cabeza de un niño.

—Me la regaló mi abuela por mi cumpleaños, el primero que pasé con ella después de la muerte de mis padres. Decía que yo era su pequeña emperatriz y que todo me iba a ir bien.

Nos miramos. En el fondo de mi mente vislumbré una idea, pero cada vez que intentaba capturarla, desaparecía.

«Habíamos dejado nuestras firmas para la posteridad, por si alguien necesitaba pruebas».

Saqué nuestra tabla y la miré.

EA__EGARYIST__FA__EROF____BY

Sentí un escalofrío, como si me acabase de dar una descarga.

30. SOLUCIÓN

Aún quedaban por encontrar cinco álbumes del sello Hathor, pero nos sentíamos como si hubiéramos llegado a un punto de inflexión crucial. De repente, rápidamente y uno tras otro, localizamos una copia de la referencia HL-007 y, luego, otra de la HL-012, que fue un hallazgo especialmente agradable, porque era el álbum de Pepper Adams que la "chica del pelo rojo" me había quitado en Styli, justo antes de que yo llegara.

El que *Nevada* me había quitado.

Localizamos esos discos en Internet y los compramos, e hicimos que nos los enviaran al taller.

Posteriormente, conseguimos el disco con referencia HL-009, uno de los dos en los que había participado la abuela de Ree. Un distribuidor de El Sereno vendía un ejemplar. Y, más tarde, el mismo vendedor nos llamó por teléfono para decir que también tenía el de Conte Candoli, con referencia HL-013. El 13 de la buena suerte.

Y ya solo nos faltaba uno.

Saqué nuestra tabla y la observé pensativo.

EA__EGARYIST__FA__EROF____BY

Esa mañana, llamaron del taller para decir que habían llegado dos de los discos que estábamos esperando. Fuimos a buscarlos. Desenvolví el primero, el de Pepper Adams, con referencia HL-012. Comprobé el espacio muerto y acutalicé el dibujo.

EA__EGARYIST__FA__EROFMY__BY

—Y aquí está el otro.

Ree me entregó el segundo disco. El de Cy Coleman, con referencia HL-007. Lo examiné y rellené la tabla.

`EA__EGARYISTHEFA__EROFMY__BY`

Miré a Ree.

—¿Estás pensando lo mismo que yo? —le dije.

Me devolvió la mirada, con sus ojos color bronce, penetrantes y honestos.

Fuimos a El Sereno a recoger los dos discos que nos había conseguido el vendedor. Tenía una pequeña tienda en su propia casa. Cuando llegamos, nos estaba esperando con uno de los discos: *Rita Mae Pollini (Canta las composiciones de Burns Hobartt)*, con referencia HL-009. Luego fue a buscar el otro.

Ree observó la foto de su abuela en la portada del disco mientras yo rellenaba nuestra tabla.

`EA__EGARYISTHEFATHEROFMY__BY`

Volvimos a mirarnos el uno al otro.

Comprobé qué hora era en Inglaterra y llamé a Alan, de Jazz House. Mientras yo hablaba por teléfono y Ree esperaba impacientemente, Alan fue a buscar la información que le había pedido. Al cabo de unos minutos, volvió y me la comunicó. Le di las gracias y colgué.

—Lo ha comprobado. Y resulta que las etiquetas del HL-003, el de Richie Kamuca, estaban pegadas en las caras equivocadas del disco.

—¿En las caras equivocadas?

—Sí. Estaban al revés. A veces pasa.

—Vale —dijo Ree. Hizo una pausa—. Los dos lo tenemos claro de todas formas, ¿no?

Asentí y corregí el gráfico. En lugar de:

EA__EGARYISTHEFATHEROFMY__BY

Ahora decía:

EA__GEARYISTHEFATHEROFMY__BY

El vendedor regresó, finalmente, con el disco de Conte Candoli, con referencia HL-013.

—Lo siento. Mi mujer lo había archivado en *Easy Listening* con las cosas de Al Hirt. Porque tiene una trompeta en la portada. Ya sabéis.

Saqué el disco y Ree me miró por encima del hombro mientras añadía la información a la tabla.

Nos quedamos quietos.

EA__GEARYISTHEFATHEROFMYBABY

Me sentía mareado, como anestesiado. Pronto encontramos en Internet el último disco, el de Marty Paich, con referencia HL002. Nos lo enviarían desde Hawái. Nos parecía que tardaba una eternidad en llegar, incluso con el transportista más rápido. Pero al final lo recibimos.

Revisé el espacio muerto con Ree a mi lado.

—Es SY.

—Por supuesto que lo es.

Leí la frase.

EASYGEARYISTHEFATHEROFMYBABY

E inserté los espacios necesarios.

EASY GEARY IS THE FATHER OF MY BABY[4]

---

4   N. del. T.: Easy Geary es el padre de mi bebé.

31. ENCUENTRO

Poco a poco, empezamos darnos cuenta de las implicaciones de esa afirmación. Easy Geary y Rita Mae Pollini habían firmado en la referencia Hathor HL-014 porque era la conclusión de toda una declaración. Algo que querían conservar permanentemente. En lugar de grabarlo en una piedra, lo habían hecho en un vinilo. Quizá no fuera la mejor opción para garantizar su eternidad, pero al final alguien lo descifraría.

Easy Geary se había tomado muchas molestias para codificar el mensaje en el vinilo. Yo había preguntado a Ron Longmire qué sabía de las crípticas marcas, pero no recordaba nada al respecto.

—Siempre dejaba la última fase del proceso en manos de Danny —dijo.

Pero sí recordaba que a Easy Geary le gustaba estar allí cuando este elaboraba los acetatos.

—Y Rita Mae también solía estar con él.

Así que Danny había colaborado en el proyecto. Pero ¿cuál era su objetivo? ¿Por qué lo hicieron?

Easy Geary consideraba que ese mensaje era una especie de resumen de todo el trabajo de su vida. Incluso con una bala dentro de su cuerpo, acudió a firmar el acetato, y murió poco después, posiblemente por las secuelas de ese disparo.

La abuela de Ree, Rita Mae, también había dado una importancia vital a lo que habían grabado en esos discos. Por eso se asustó cuando perdió las copias que tenía. El secreto sobre la verdadera paternidad de su hijo.

Y la ascendencia de su nieta.

Entendía la implicación de todo ello.

«Decía que yo era su pequeña emperatriz y que todo me iba a ir bien».

Esa misma tarde, hablamos de todo eso mientras jugábamos al ajedrez, sentados en el suelo del salón, con el tablero situado entre los dos. Me encantaba hacer eso con ella, pero no podía dejar de pensar que la única manera de hacer esa partida interesante era que un gato se paseara con total indiferencia por el tablero y desperdigase las piezas.

—Esto te convierte en descendiente directa y heredera de Easy Geary —le dije.

—Lo sé.

—Easy Geary era Burns Hobartt. Y Burns Hobartt poseía una parte importante de AMI. Lo que significa que, ahora, tú eres dueña de esa parte. De parte de una de las corporaciones más grandes del mundo.

—Lo sé —repitió.

—Al principio, tu abuela guardó el secreto porque no quería que su marido descubriera que otro hombre era el padre de su hijo. Evidentemente. Luego lo mantuvo porque sabía que esa noticia era una bomba de relojería, y quería mantenerte a salvo. Eres una de las mujeres más ricas de América.

Miré su pequeña y acogedora casa y me pregunté qué sería de ella.

—Quizá puedas usar este lugar para guardar tus zapatos —le comenté.

—No suelo comprar muchos zapatos.

—De todos modos —indiqué—, el café corre de tu cuenta.

—¿El café?

—Era un juego de palabras. Como esa expresión...

—¿*A esta ronda invito yo*?

—Exacto. A esta y a todas las que tomemos en un futuro próximo. A menos que decidas gastártelo todo en Las Vegas.

—No soy de apostar —manifestó Ree, mirando el tablero de ajedrez y dándose cuenta de la trampa que yo intentaba tenderle con mi alfil—. Soy de ajedrez.

Evitó mi maniobra con agilidad y se hizo con uno de mis caballos. ¿Cómo no lo había previsto?

—Creo que lo primero que haremos será irnos de vacaciones a Hawái. Ver que el último disco estaba allí me hizo pensar. Siempre he querido ir a Hawái. Mi abuela siempre hablaba de ese lugar.

Hice un pequeño sonido de entusiasmo, pero tenía la extraña certeza de que ese viaje nunca ocurriría. Al menos no a nosotros.

Incluso mientras hacíamos el amor aquella noche sentí a Ree lejos de mí. Como si su riqueza, o su remota posibilidad, hubiera abierto una brecha entre nosotros.

Al día siguiente, tomé prestado un coche del taller de Berto y conduje hasta Amoeba Music. La tienda se encontraba en Hollywood, cerca de la esquina entre Sunset y Vine.

Ahora que había concluido el aspecto comercial de mi viaje (buscar discos), podía dedicarme al placentero (buscar discos). Busqué emocionado en las estanterías de álbumes de Amoeba. Encontré algunos buenos, sobre todo de los sellos Verve y Cobblestone.

Me disponía a salir de la tienda cuando vi a una mujer joven y llamativa buscando en la sección de vinilos de música rock.

Sujetaba con fuerza una bolsa de discos bajo un brazo, como si temiera que alguien intentara arrebatársela. Tenía el pelo largo y rojo. Me acerqué al pasillo contiguo, desde donde podía observarla sin ser visto. Luego entré en el suyo y me coloqué detrás de ella mientras buscaba en la estantería de las novedades.

—Gracias por la granada de gas lacrimógeno —le dije.

Nevada se volvió y me miró un momento, con auténtico asombro. Luego recuperó la compostura y dijo:

—De nada. Estaban de oferta.

—Lo sé —le comenté—. Dos por veinte dólares.

—Nunca he podido resistirme a una ganga. Por cierto, ¿qué haces aquí? ¿Me estás siguiendo?

—No. ¿Me estás siguiendo tú a mí?

—No, para variar —dudó ella—. ¿Quieres tomar un café?

—En Los Ángeles hacen buen café —comenté.

—Sí. Estás en tu salsa, ¿no?

Salimos a la calle y caminamos a través del calor de la mañana. Pasamos el resplandor de los edificios de cristal y entramos en la frescura climatizada del Cinerama Dome. Nevada me llevó hasta una cafetería que había en una terraza. Era evidente que ella ya había estado ahí antes. Pedimos y nos sentamos en un cubículo curvo con asientos de cuero acolchado.

—¿Cómo está Tinkler?

—Cuidándome la casa. Y también las gatas.

—Qué bien —dijo ella—. A las pequeñajas les gustará eso. Iba a preguntarte después por ellas. ¿Cómo están?

—Tinkler cree que su flatulencia crónica puede haberlo alejado permanentemente del afecto de Fanny.

—Oh, estoy segura de que ella nunca sería tan superficial.

Nevada levantó la bolsa de discos que tenía a su lado, sobre la mesa.

—No dejas de mirar la bolsa.

—¿Sí? No me había dado cuenta de que era tan obvio.

—¿Quieres saber lo que hay dentro? Bueno, claro que quieres.

—Claro que quiero.

—Pues no lo vas a saber. —Dio un sorbo a su café y luego cedió—: Está bien.

Abrió la bolsa y sacó el disco. Era una copia antigua del *Their satanic majesties request* de los Rolling Stones, con la portada lenticular original.

—Es un regalo. Para Tinkler.

—Le encantará —dije.

Examinó el álbum.

—¿Ves? Tiene el holograma de la portada original.

—En realidad es una *portada lenticular* —indiqué—. Así es como lo llamamos.

—Puedes ver los bracitos de Mick Jagger moverse hacia delante y hacia atrás. Más o menos.

Inclinó la portada hacia arriba y hacia abajo, mirándola con satisfacción.

—¿De verdad crees que le va a gustar?

—Oh, sí.

—¿Seguro que no lo tiene ya?

—No la versión americana.

—¿Es la versión americana? —preguntó aún mirando el disco.

—Sí.

—Pero pone «Londres».

—Así es.

—Entonces, ¿aunque ponga «Londres», es la versión americana?

—Sí.

—Nunca voy a entender vuestro mundo.

Me sobrecogió ver que estaba al borde de las lágrimas.

—Escucha —dije rápidamente—. Le encantará. Estará *desagradablemente encantado*.

Consiguió sonreír. Terminamos nuestros cafés en silencio y salimos de la cafetería. De vuelta al exterior, parpadeando bajo la luz del sol, nos detuvimos durante un momento incómodo antes de retomar nuestros caminos por separado.

Cuando volví a casa no le dije a Ree que había visto a Nevada.

A la mañana siguiente, mientras iba hacia mi coche —lo había tomado prestado del taller tantas veces que había empezado a considerarlo mío—, la vecina de al lado se inclinó sobre la valla y me hizo señas. Me esforcé por recordar su nombre, pero me quedé en blanco. Así que me limité a dedicarle una gran sonrisa. Llevaba un chándal rojo y gafas de sol.

—Buenos días —le dije.

—Hola. El tipo del traje ha estado otra vez por aquí.

Me di cuenta de que se refería a Gordon Hallett, el abogado del doctor Tinmouth.

—¿El blanco y trajeado?

—Sí. Esta vez ha venido con otro hombre.

—¿Otro hombre blanco?

—No. Parecía mexicano, o indio, o algo así. Pero también llevaba traje.

Con esta información irritantemente imprecisa conduje hasta el taller. Mientras lo atravesaba, entre el calor y el ruido, se me acercó Berto.

—He vuelto a ver a esa chica — me comentó—. La del pelo rojo.

—¿Ha estado aquí?

—Con un Porsche Carrera, sí. Me ha pedido que te diera esto.

Era la copia de un mapa con un lugar marcado. También había escrito un número de teléfono. Debajo de este, había una dirección y una hora, y una frase que decía:

«Estuvo bien verte ayer. ¿Podemos quedar? Besos, N».

32. CITA

No le dije a Ree que aquella noche había quedado con Nevada. De todos modos, ella había salido a dar un concierto, así que no tenía mucho sentido avisarle de que estaría fuera. Mientras comíamos juntos en casa, hablamos de su posible herencia y de la batalla legal que, seguramente, tendría que iniciar. Le propuse una partida de ajedrez, pero me dijo que no estaba de humor. Una vez más, sentí que algo se había roto entre nosotros, pero no tenía ni idea de lo que era, ni de cómo afrontarlo.

Ree se marchó cuando las sombras ya estaban largas y comenzaba a anochecer. La saludé con la mano mientras se alejaba.

En cuanto la perdí de vista, sonó mi teléfono. Era Berto.

—Ha venido otra vez esa chica —dijo—. La del pelo rojo. Ha preguntado por ti. Y ha dicho que tenía que cambiar el sitio en el que habéis quedado.

Empecé a sudar. Me alegré de no haber recibido esa llamada mientras aún estaba con Ree.

Berto me dictó las indicaciones para llegar al nuevo lugar y lo anoté todo. La dirección estaba cerca de Westlake Village, en las inmediaciones de Malibu Hills. Me quedé mirándolas durante un momento y volví a sacar el móvil. Encontré el trozo de papel con el mapa para el punto de encuentro original y marqué el número que habían escrito en él. Saltó el buzón de voz; una voz genérica americana sintetizada que me invitaba a dejar un mensaje.

—Nevada, ¿qué está pasando? —dije. Y colgué.

Luego fui a la cocina y me puse a hacer café. Cuando el agua estaba a punto de hervir, oí la notificación de un mensaje. Fui a por él y lo leí. «Siento los cambios. Así es más seguro. ¡Malibu Hills! Hasta pronto. Besos. N».

Conduje hacia el oeste a través de Ventura Freeway, habitualmente mencionada en historias y canciones, y me desvié por Lindero Canyon Road. Desde allí tomé una carretera secundaria excavada en la roca de lo que, en un primer momento, me parecieron unas colinas altas, aunque poco a poco me fui dando cuenta de que en realidad eran pequeñas montañas.

Cuando llegué a la cita —en un mirador al borde de la ladera, junto a la carretera— la luz se estaba desvaneciendo, convirtiéndose en un suave resplandor anaranjado. El mirador consistía en una pequeña plataforma semicircular con una barandilla baja alrededor, desde donde se podía contemplar el escarpado acantilado, una pradera ondulada y, al este, las luces de la ciudad.

Por encima, la carretera se perdía en la montaña en una línea recta, con una pendiente tan pronunciada que parecía o bien fruto de una proeza de la ingeniería o bien puro masoquismo. Unos cien metros más abajo había un aparcamiento; dejé allí el coche y subí a pie lo que faltaba.

Nevada me esperaba en el mirador.

Me saludó con la mano cuando salí del coche y caminé hacia ella. Aún llevaba esa ridícula peluca roja. Mientras subía la colina pensé que, en realidad, no era tan ridícula. Le quedaba bastante bien. El aire era limpio y fresco y olía a pinos y salvia.

Mientras yo me acercaba, ella miraba el paisaje. No se dio la vuelta, ni siquiera cuando ya estaba casi a su lado. Me pregunté si estaría molesta por algo.

—Bonito lugar —le dije.

Se volvió hacia mí.

No era Nevada.

Era Heidi.

—¿Verdad que sí? —afirmó—. Tengo que confesar que he aprendido mucho siguiéndote a todas partes.

Fuera cual fuese su acento, no era alemán. Tal vez sudafricano. O australiano. Me sonrió. Me di la vuelta para echar a correr inmediatamente. Fuera cual fuera su juego, no iba a quedarme a averiguarlo.

Pero él estaba ahí de pie, justo detrás de mí.

Heinz.

Había salido de la nada. O tal vez, simplemente, me había seguido por la pendiente. Él también sonrió.

—No te vas a largar ya, ¿verdad, colega? —Definitivamente, su acento era australiano—. Si acabas de llegar.

Parecía realmente contento de verme.

—Con tanto cambio de planes, no estábamos seguros de que vinieras.

Miró feliz a Heidi, luego a mí y, finalmente, a la árida ladera de la montaña donde nos encontrábamos.

De repente, me di cuenta de que estaba solo.

—Has elegido un bonito lugar para esto —dijo.

—¿Para qué? —le pregunté.

Quería que siguieran hablando. Mi mente iba a toda velocidad. No había visto pasar ningún coche desde que había llegado. Estábamos totalmente aislados, justo como ellos querían.

—Tenemos un pequeño asunto pendiente contigo, colega —anunció Heinz.

Me di cuenta de que la única opción que tenía era bajar corriendo la colina y volver a mi coche. Y tenía que hacerlo antes de que me alcanzaran. Me preguntaba lo rápido que sería ese tío. Su corpulencia apuntaba a más fuerza que velocidad.

Probablemente, ella sería la verdadera amenaza, pero en ese momento estaba a cierta distancia detrás de mí, porque yo había empezado poco a poco a alejarme de ella y del mirador.

—¿Un asunto pendiente? —pregunté—. ¿Sobre qué?

Di un paso hacia un lado con cuidado, manteniéndome atento a sus movimientos. No fue suficiente como para que se dieran cuenta, pero conseguí alejarme un poco más de ella.

—Cargarnos con un montón de putos discos inútiles.

Me di cuenta de que hablaba de Lenny y su tienda la Cripta del Vinilo, el engaño que yo había planeado.

—No nos gustó que nos hicieras perder el tiempo de esa manera, colega. Tuvimos que revisar cada uno de ellos.

—Todavía puedo olerlos —añadió Heidi.

—Eso es por el moho —expliqué, tratando de relajarme y dar un tono más tranquilo a la conversación—. ¿Sabes qué hay que hacer en ese caso?

Entonces, empecé a correr colina abajo.

El tipo era más rápido de lo que había imaginado. A pesar de su corpulencia, rápidamente se puso delante de mí y me cerró el paso, moviéndose con agilidad y sin esfuerzo aparente.

—Oh, no, no, no —dijo.

Ahora tenía una pistola en la mano.

—Nada de eso.

Me volví y miré a Heidi. Ella también tenía un arma.

Empecé a asimilar que no tenía escapatoria.

—Terminemos con esto —dijo ella.

Ambos se miraron.

—¿En qué estás pensando? —preguntó él.

—Por el acantilado —sugirió la mujer, señalando con la cabeza el abismo que se abría más allá de la barandilla—. Solo se trataría de un turista descuidado más.

—Me parece bien.

El tipo me apuntó con la pistola. Yo empecé a alejarme de él lentamente. Me estaba obligando a ir hacia su compañera.

—Esperad —pedí.

Heinz sacudió la cabeza tranquilamente.

—Eso es lo que dicen siempre.

Siguió acercándose, empujándome el mirador, donde la mujer esperaba. Yo estaba a un lado del semicírculo y ellos en el otro, observándome pensativos.

—No será convincente si el cuerpo tiene una bala dentro —indiqué—. No parecería simplemente un turista descuidado más.

—Tiene razón —dijo Heinz—. Tú agárralo del brazo izquierdo y yo lo haré del derecho.

—Y no te olvides de quitarle el teléfono.

—Ah, sí. Gracias por recordármelo, cariño.

Dieron un paso hacia mí.

Justo entonces, se oyó el sonido agudo y débil de un motor acercándose. Todos levantamos la vista y vimos los faros de un coche que venía hacia nosotros por la empinada carretera. Una luz azul giraba justo encima del vehículo. Entonces, escuchamos una sirena.

Era un coche de policía.

Miré a Heinz y Heidi. Se habían acercado el uno al otro y ambos ocultaban sus armas. Él me miró y me amenazó:

—Si dices una palabra, mataremos a los policías y luego te mataremos a ti.

Yo aproveché para alejarme más de ellos.

—¡Eh! —me advirtió Heidi.

Pero seguí avanzando hasta que estuve en el otro extremo del mirador, lo más lejos posible de ellos.

Entonces me di cuenta de que la advertencia no iba dirigida a mí. Ni siquiera me estaban prestando atención.

Ambos miraban fijamente hacia la carretera.

Porque el coche no se había detenido. Ni siquiera estaba disminuyendo la velocidad. De hecho, empezó a acelerar. El motor rugió con fuerza al llegar a la parte más empinada de la carretera, rebotó en el bordillo y avanzó rápidamente hacia nosotros.

Para cuando Heinz y Heidi reaccionaron, ya era demasiado tarde. El coche los atropelló, imitando el sonido de un mazo golpeando un trozo de carne.

Luego se escuchó el chirrido de los frenos, y el coche se detuvo a pocos pasos del acantilado. Heinz y Heidi, sin embargo, salieron disparados por el impacto.

Heidi parecía una muñeca de trapo, con los ojos cerrados y la boca abierta. Heinz, en cambio, tenía los ojos muy abiertos, y me miraba fijamente.

Percibí su asombro y angustia mientras caía al vacío.

Luego, desaparecieron en la oscuridad.

Cientos de metros por debajo de ellos, les esperaba el suelo rocoso del cañón, negro como la noche y profundo como la eternidad. Miré hacia abajo, pero no se veía nada.

La puerta del coche se abrió y Ree salió del vehículo. Luego quitó la luz azul del techo.

—¿Quién es ahora tu ángel de la guarda? —dijo.

33. TARJETA DE VISITA

Condujimos varios kilómetros en silencio. Bajamos la montaña. Volvimos a la autopista. Finalmente, Ree se giró para mirarme, con las luces delanteras iluminando tenuemente su rostro.

—Era matar o morir —dijo.

—No te lo voy a discutir.

Yo aún temblaba, como si tuviera gripe. Y seguía mirando por el retrovisor como si esperara que algo viniera a por nosotros. ¿Pero el qué? ¿Fantasmas? ¿La ira de Dios? Cuando se me pasó la conmoción, mi cerebro empezó a funcionar de nuevo, lentamente.

—¿Has leído mis mensajes? —pregunté.

Volvió a mirarme y esbozó una mueca.

—¿Ves lo que pasa cuando intentas escabullirte para ver a tu ex?

Ahora íbamos por Hidden Hills, donde Ventura Freeway se convertía en Ventura Boulevard.

—¿Y mi coche? —dije.

De repente, con el corazón todavía acelerado, recordé que lo habíamos dejado aparcado allí, justo debajo del mirador.

—Ya está todo solucionado —afirmó Ree. Examinó el tráfico—. De hecho...

Redujo la velocidad en el semáforo, puso el intermitente y giró a la derecha. Estábamos en una calle residencial. Entonces giró a la izquierda y entramos en el aparcamiento de un KFC. Al fondo, en un punto ciego, nos esperaba Berto, de pie junto a mi coche.

Nos detuvimos a su lado y salimos. Se acercó y me dio una palmadita en el hombro.

—Siento haberme chivado de tu cita con la chica, colega, pero me pareció que algo no iba bien.

—El mensaje que me dejaron... era una trampa. Fingió ser Nevada. La chica del pelo rojo que vino en el Porsche esa segunda vez era, en realidad, Heidi. Pero te diste cuenta de que era otra chica —dije.

—No, colega. A mí todas las chicas blancas me parecen iguales. Me di cuenta que era un *coche* diferente. —Nos sonrió y señaló al KFC—. ¿Alguien quiere compartir un cubo de alitas?

Se me revolvió el estómago.

—No, gracias.

Volví a mirar el coche en el que habíamos llegado. Además de las abolladuras en la parte delantera, sin duda tendría también pruebas de ADN.

—¿Qué vas a hacer con el coche?

Ree sonrió y se encogió de hombros.

—Mañana ese coche ya no existirá.

—Hablando de eso... —dijo Berto.

Le quitó las llaves a Ree y se puso al volante.

—Gracias, Berto —le agradeció ella.

Saludó con la mano y se alejó. Ree y yo nos miramos. La noche era fresca y se oía el constante ruido del tráfico del bulevar. Los faros iluminaban su rostro. Mi cerebro por fin se había activado, y no podía detenerlo.

—Era el sitio perfecto —comenté.

—¿Qué quieres decir?

—Era el sitio perfecto para que les tendieras una trampa. Para que esperaras en la colina y, luego, aparecieras de la nada y los pillaras.

Se encogió de hombros.

—Creo que les di bastante bien. Y justo a tiempo, por lo que parece.

—Tú elegiste el lugar —dije—. Tú fuiste la que cambió la cita. Me enviaste un mensaje a mí y otro a ellos.

Ella asintió.

—Tenía que hacerlo. Atraerlos. Y luego ocuparnos de ellos.

—¿Cómo conseguiste su número?

—Lo habían escrito en la parte inferior del mapa que le dieron a Berto. Así que recortamos ese trozo.

—Y luego escribiste otro número en el mapa —deduje—. Así que, cuando pensé que estaba escribiendo a Nevada, en realidad te estaba escribiendo a ti.

—Exacto.

—¿Y a ellos, les enviaste un mensaje con mi teléfono? ¿El que estaba pinchado, el que guardaste en Londres?

—Así es.

—Lo tenías todo pensado para tenderles la trampa —indiqué.

—Supongo.

—Me usaste como cebo —indiqué—. Para atraerlos. Como un tigre para una cabra. Quiero decir, como una cabra para un tigre.

Se acercó a mí y me puso una mano en el pecho.

—Tenías razón la primera vez —dijo—. Has sido mi tigre.

Por un momento, casi me olvido de todo. Pero, entonces, aparté su mano. No dije nada, pero ella debió ver en mis ojos lo que pensaba. Bajó la mirada y le tembló un poco la voz cuando dijo:

—He hecho todo eso para protegernos a los dos.

—Gracias por mantenerme informado —le dije, irónicamente.

Me di la vuelta y me alejé en mitad de la noche.

Encontré un bar tranquilo y me tomé unas copas, luego cogí un taxi para volver a casa. Bueno, a casa de Ree. No sabía si ella estaría allí o no. No estaba seguro de cuál de esos dos escenarios sería peor. Solo quería coger mis cosas e irme a un hotel. Pero, cuando llegué, la casa estaba a oscuras y en silencio. Pagué al conductor y se marchó. De repente, pensé con nostalgia en Cabeza Limpia y me di cuenta de lo mucho que echaba de menos Londres. Solo quería volver a casa.

Caminé hacia la casa.

Un hombre salió de entre las sombras.

Era pequeño, de rasgos angulosos y piel oscura, y llevaba un traje claro. Debí de retroceder bruscamente al verlo, porque dijo:

—Siento haberlo asustado. He venido antes, pero no había nadie en casa.

—¿Quién es usted?

Mi voz sonaba seca y ronca.

—Soy Easy Geary.

Lo miré fijamente. No se parecía en nada a Easy Geary, evidentemente. Ni siquiera medía lo mismo que él. Geary había sido un hombre alto y grande. Además, también estaba el pequeño detalle de que este tipo tenía, como mucho, treinta y pocos años. Para entonces, Easy Geary tendría más de cien.

Decidí que, o estaba loco, o no le había entendido.

—Perdone —dije—. No le he entendido.

—Soy Easy Geary. Ese es mi nombre.

—Ya.

Mi voz debió sonar escéptica, porque rebuscó una tarjeta de visita y me la dio.

—Gordon Hallett me dio su dirección. El doctor Tinmouth quería que nos conociéramos. No dijo por qué, pero parecía entusiasmado con la idea.

La tarjeta decía: «Philip Ysaguirre».

—Philip Easy Geary —indicó.

Lo miré confuso.

—Mi apellido es Ysaguirre. Se pronuncia igual que *Easy Geary* en inglés.

Estaba sentado en los escalones de la entrada cuando Ree aparcó frente a la casa y salió de su coche.

—¿No tienes las llaves? —preguntó.

—Las tengo. Pero no me apetece entrar. No tengo ganas de ir a ninguna parte.

Se sentó a mi lado.

—Mira —dijo—. Siento lo que ha pasado.

Miré ensimismado las polillas que volaban alrededor de la luz del porche.

—Yo también.

—Iban a venir a por mí en cuanto supieran quién era mi abuelo —me miró—. Te habrían matado y luego me habrían matado a mí.

—Probablemente tengas razón.

Puso una mano sobre mi pierna y me apretó la rodilla.

—Tenía que acabar con ellos. Como dije: matar o morir. Ya sospechaban por el cambio del lugar de encuentro. Si hubieras sabido el plan se habrían dado cuenta. ¿No lo ves? Tenías que ir allí a ciegas. No podías saber nada —me miró a la cara—. Tenías que sorprenderte de verdad cuando vieras que eran los Gemelos Arios, y no Nevada.

—Y así fue, joder —dije.

Me cogió de la mano y nos quedamos en silencio.

—Encontraron otra caja en el taller. Contenía libros del doctor Tinmouth. Resulta que no había doce cajas, sino trece —comentó Ree.

—Trece —indiqué—. El número de la suerte, dicen.

—Era una caja pequeña. Estaba oculta detrás de unas cajas de piezas de coche. Por eso no la habíamos visto hasta ahora.

—La decimotercera caja —reafirmé.

—Está llena de libros...

—Sobre Professor Jellaway.

Me miró fijamente, desconcertada.

—¿Cómo lo sabes?

—Alguien ha venido a verte. Se acaba de ir.

Me volví y la miré fijamente.

—Era un primo lejano tuyo. Su nombre es Philip Easy Geary. Deletreado de esta manera.

Le di a Ree la tarjeta de visita. Ella la leyó y, luego, me miró.

—¿Qué significa?

—Ysaguirre era el verdadero apellido de Jellaway. Y eso significa que, cuando tu abuelo estaba buscando un nuevo nombre, eligió uno cuya fonética en inglés coincidiera con la de su apellido original.

—¿Su apellido original?

Asentí con la cabeza.

—Easy Geary era Burns Hobartt. Pero Burns Hobartt era Professor Jellaway.

Se puso una mano en la frente, como si le doliera la cabeza.

—Espera un momento. Todo esto es demasiado...

—Dímelo a mí. He revisado la línea temporal y todo encaja. Jellaway desaparece y aparece Hobartt. Hobartt desaparece y aparece Geary.

Vi cómo Ree unía las piezas.

—Eso explica muchas cosas —expliqué—. Como la razón por la que Burns Hobartt se conformó con quedarse en un segundo plano, tocando en pequeñas bandas locales, hasta el incendio que lo desfiguró en 1935.

»Los críticos de jazz siempre han dicho que fue como si el incendio hubiera liberado algo en él. Su genialidad. La gente siempre ha creído que, tal vez, eso le hizo tomar conciencia de su propia mortalidad. Pero fue mucho más simple que eso. El fuego le deformó la cara. Lo hizo irreconocible. Lo liberó.

—Dios mío—comentó Ree—. Entonces, ¿fue las tres personas?

—Hay una especie de simetría inevitable en ello. Professor Jellaway fue explotado por sus editores musicales, los hermanos Spike; a Burns Hobartt le pasó lo mismo con los Davenport, y a Easy Geary con AMI. Pero todas eran la misma corporación. Spike Brothers Music se convirtió en Davenport Music, y Davenport Music se convirtió en AMI. Y los tres afectados, Jellaway, Hobartt y Geary, eran la misma persona. —La miré e hice una pausa antes de añadir—: Lo cual significa que no solo te pertenece una parte de AMI.

—¿Ah, no?

—No. Te pertenece prácticamente todo.

34. LONDRES

—Es increíble. Fue un gran genio del jazz en tres épocas diferentes. Cada vez que la música cambiaba, él volvía a subir a la cima. Era como el Stravinsky del jazz —le dije.

—¡Eso no importa! —dijo Tinkler a través del teléfono—. Cuéntame lo del dinero.

—Inevitablemente, habrá una batalla campal en los tribunales, pero ella es su descendiente directa. Así que, básicamente, le pertenece una parte importante de los cimientos del negocio musical y mediático estadounidense.

—Pero ¿de qué cifra estamos hablando? —preguntó Tinkler.

—Bueno, los primos Davenport eran hijos de los hermanos Spike. *Davenport* era su verdadero apellido. *Spike* era un *nom de plume*, o más bien un *nom de guerre*. Uno tuvo al niño y el otro a la niña. Y su empresa es la misma corporación que la de sus padres. ¿Me sigues hasta ahora?

—Digamos que sí.

—Básicamente, cuando descubrimos que el abuelo de Ree era Burns Hobartt, nos dimos cuenta de que eso la hacía dueña de una gran parte de esa corporación, porque se fundó con la música de su abuelo. Pero, ahora que sabemos que su abuelo era también Professor Jellaway, esa parte de repente se convierte en aún más grande. De hecho, se convierte una participación mayoritaria.

—Pero ¿cuánto se llevaría? Números exactos, por favor.

—Al parecer, le correspondería el 62 %. De todo.

Oí un silbido.

—No olvides llamar a Cabeza Limpia para que nos recoja en el aeropuerto. Las llegadas internacionales son en la terminal 2.

—Prueba a recordármelo media docena de veces más.

Cabeza Limpia fue a buscarnos y, de hecho, Tinkler vino con ella. Había llevado dos botellas de champán para darnos la bienvenida. Ree estaba muy emocionada.

Nos bebimos una botella de camino a casa. Dejamos a Tinkler en su dirección en Putney y luego nos dirigimos a la mía. Mientras descargábamos nuestro equipaje, incluyendo la botella de champán que quedaba, Cabeza Limpia me lanzó una mirada burlona y me dijo:

—Tu chico me ha pedido salir.

—¿Tinkler?

Ella asintió.

—¿Y has dicho que sí?

—He dicho que tal vez.

Le pagamos y se marchó. Ree y yo cargamos con las maletas y cruzamos la plaza en dirección a mi casa y a la sala de calderas, donde, en otro tiempo, había dormido el dragón. El dragón cuyo funeral aún se estaba organizando. De hecho, justo en ese momento la grúa estaba excavando y sacando un gran trozo de la antigua caldera. El ruido y el caos general eran impresionantes.

Miré con cautela hacia el lugar en el que estaban trabajando, porque aún no habían sustituido la barandilla de seguridad, y vi con sorpresa que se habían hecho algunos progresos durante nuestra ausencia. La antigua sala de calderas se estaba convirtiendo rápidamente en lo que podrían ser pisos de lujo, pistas de tenis o, muy posiblemente, un centro de pilates.

Cuando abrimos la puerta, las gatas salieron corriendo a nuestro encuentro. Se arremolinaron alrededor de mis piernas, dificultándome el andar. Ree nos miraba divertida.

—Mira qué contentas están de verme después del reino del terror del tío Tinkler —dije.

—Seguro que las ha malcriado.

Ree dejó las maletas en el sofá.

—Te dejaré disfrutar un rato con tus gatas.

Después se fue al dormitorio. Puse la botella de champán sobre la mesa y dejé mi equipaje en el sofá, junto al suyo. Fanny se subió al instante. Por alguna razón, se había propuesto destrozar mi mochila y, cada vez que la ponía a su alcance, arremetía contra ella con sus garras y sus dientes afilados como agujas.

Esperó impacientemente mientras yo abría la cremallera y rebuscaba en su interior. En cuanto encontré lo que buscaba y dejé la mochila sin vigilancia, se tiró sobre ella y volvió a atacarla.

Mientras tanto, fui a por el detector de dispositivos, el Stone Circle 10 —un orgulloso recuerdo del centro comercial Westfield Century City— y comprobé si tenía batería. La tenía, así que lo encendí y empecé a explorar mi casa con el aparato. En ese mismo instante, sonó el timbre de la puerta, como si ambos aparatos estuvieran conectados.

Mientras me dirigía hacia la entrada, leí el esperado resultado del detector en su pantalla.

Lo dejé en el suelo para abrir la puerta.

Estaba de pie en el umbral, casi ocupándolo por completo. Llevaba colgado de un hombro una mochila negra con pinta de ser muy cara. En la pierna izquierda tenía una especie de aparato ortopédico. Y en la mano derecha una pistola con la que me apuntaba al estómago.

Me sonrió y retrocedí. Entró en la casa.

—Heinz está aquí —grité—. Y tiene una pistola.

—No sé por qué sigues llamándome Heinz, colega.

Ree salió del dormitorio cepillándose el pelo.

—¿Qué has dicho, cariño?

Me volví para mirarla, y Heinz aprovechó para ponerse detrás de mí, sujetando ahora la pistola sobre mi hombro. Sentía el metal frío del cañón contra mi cuello.

—Entra despacio y siéntate —le ordenó a Ree—. Me alegro de que estés aquí. No hagáis nada raro o...

Movió un poco el arma para apuntar a mi cabeza.

Ree le obedeció. Sentí que él se relajaba y que el arma se alejaba un poco de mi cabeza. Pensé que, si había un momento en el que hacerme con su pistola, era ese. Pero en el mismo instante en que eso se me cruzó por la mente, Heinz me empujó hacia delante, golpeándome en la espalda tan fuerte como un pistón.

Entré a tropezones en el salón, agarrándome a la mesa para no caerme. Ree intentó levantarse para ayudarme, pero él la apuntó con la pistola.

—Sentaos. Los dos.

Nos sentamos a la mesa y él lo hizo frente a nosotros.

—Deberíais ver vuestras caras. Supongo que os preguntáis cómo sigo aquí. Bueno, había un árbol en esa ladera. Solo uno. Y aterricé en él —nos sonrió—. Así que supongo que el destino lo puso ahí.

Se llevó una mano a la frente y vi que tenía algunos rasguños de los que no me había percatado antes. Los enseñó y dijo:

—Así que solo tengo esto. Y esto —dio unos golpecitos a su pierna ortopédica—. A las chicas les cuento que tuve un accidente con una bici de *trail*, y tengo que deciros que funciona.

Suspiró con nostalgia.

—Me resulta extraño volver a viajar solo de nuevo, pero me gusta.

Miró la botella de champán.

—¿Lo celebramos?

Ninguno de los dos dijimos nada. No teníamos claro si debíamos hacerlo. Era difícil saber qué hacer cuando estábamos retenidos por un loco a punta de pistola.

—Podéis tomar una copa si queréis. Os daré una a cada uno. —Nos miró—. Lo digo en serio. Este es un asunto desagradable, pero si todos nos comportamos como profesionales y de manera civilizada, conseguiremos hacerlo de la forma más fácil posible. Y entonces sonó el timbre.

Apenas un segundo después, y mucho antes de que cualquier persona normal hubiera podido siquiera contestar, la puerta se abrió de golpe y entró alguien.

—¡Saludos, gente enrollada! —exclamó.

Era Stinky.

Entró en el salón y nos miró a mí, a Ree y a Heinz. Y a la pistola, que ahora le apuntaba a él.

—¿Qué pasa? —preguntó.

Por su cara, vi que ya se había hecho una idea demasiado clara de lo que estaba pasando.

—Siéntate —ordenó Heinz.

Stinky obedeció.

—Llegas justo a tiempo, colega. Estábamos a punto de abrir el champán. —Nos miró—. Antes de "desaparecer", podéis tomaros una copa de esa bebida burbujeante —dijo con un tono amable pero firme—. Pero, sea como sea, vais a desaparecer.

—¿Desaparecer? —preguntó Stinky en voz baja.

Todos lo ignoramos.

—¿Qué piensas hacer? —dijo Ree—. ¿Dispararnos?

—No veo por qué no —respondió Heinz. Señaló con la cabeza hacia la puerta principal—. El ruido de esas obras ocultará los disparos.

—No pensarás que vas a salirte con la tuya.

Mi voz sonaba extrañamente normal.

—De nuevo, colega; no veo por qué no.

Metió la mano en su chaqueta y sacó un paquete grande de plástico lleno de polvo blanco. Era tan grueso como un bocadillo relleno. Lo dejó sobre la mesa.

—Cocaína. Cocaína de muy alta calidad. Voy a esparcirla por todas partes. A echarla encima de todo. Estaréis pensando que eso es un desperdicio. Y tenéis razón. Pero, de esa manera, la policía creerá que podría haber más por la casa. Tanta como para permitiros el lujo de tirar esta enorme cantidad por todas partes. Y deducirán que todo fue un asunto relacionado con drogas que acabó trágicamente —me miró—. El millonario buscador de vinilos se dejó llevar por su nueva riqueza y se juntó con malas compañías. Me da que todos se lo creerán.

—¿Nos vas a matar? —dijo Stinky.

—Sí, colega. Lo siento.

Hablaba de forma educada, incluso pidiendo perdón, pero su decisión era inquebrantable. Vi que Stinky le creyó. Se puso blanco, hundiéndose en su silla como si de repente hubiera perdido toda la fuerza.

—¿Sabéis una cosa? En realidad, ahora que lo pienso —continuó Heinz—, también podríais tomar un poco de coca. No veo por qué no. De hecho, ayudaría a que se creyeran la historia. Eso es. Cocaína y champán. Es una buena idea, ¿verdad? Eso suavizaría un poco el golpe.

—¿Vamos a morir? —preguntó Stinky.

—Sí, colega.

Stinky dio una aguda y angustiosa bocanada de aire, luego se volvió y me miró.

—Entonces —dijo—, quiero pedirte disculpas, Chef, por arruinar tu carrera.

—¿Qué quieres decir? —le contesté.

—Tu carrera como DJ, como locutor. Hice todo lo que pude para sabotearla.

Las lágrimas empezaron a correr por su rostro.

—Fue como esa canción de Bob Marley. Cada vez que plantabas una semilla, yo impedía que creciera.

—«I Shot the Sheriff» —concretó Heinz. Bien podríamos haber estado jugando al trivial.

Stinky seguía mirándome con lágrimas en los ojos.

—Lo hice porque sabía que eras mucho mejor que yo. Tenías mejor voz. Sabías más de música. Si hubieras comenzado tu carrera profesional, yo no habría tenido ninguna oportunidad.

Heinz soltó una sonora carcajada. Realmente se estaba divirtiendo, y me di cuenta de que Stinky, sin querer, nos había proporcionado a todos unos minutos más de vida.

—¿Habéis oído eso? —preguntó Heinz, dirigiendo su mirada hacia mí—. Cuando llegue su turno, debería dejarte a ti el placer de encargarte de él, colega.

En ese momento, Fanny, que había estado escondida detrás del equipaje que habíamos dejado sobre el sofá, se levantó de un salto y pasó corriendo a toda velocidad. Como hacía siempre que no se sentía segura de la compañía, salió por la gatera con un gran estrépito. Heinz la persiguió con la pistola, distrayéndose por un instante.

Entonces agarré la botella de champán e intenté estrellársela contra la cabeza.

Heinz la apartó de un manotazo, sin darle importancia, como si fuera una libélula, y la botella voló de mis manos. Salió por los aires y rebotó en el sofá, aterrizando intacta. Heinz se volvió y me dio un puñetazo.

Me golpeó en la cara, junto al ojo izquierdo, y la habitación desapareció en una explosión de llamas blancas. Me encontré tendido en el suelo. Ni siquiera sentía el dolor aún. Tenía la cara caliente y entumecida. Unos momentos después, las llamas blancas empezaron a desaparecer de la periferia de mi visión. Pude ver que Stinky se encogía en un rincón mientras Ree se echaba encima de un Heinz sorprendido. El brazo de ella se balanceaba, haciendo cortes a Heinz con algo que brillaba en su mano.

La navaja.

Debía haberla guardado en el equipaje facturado, porque que no se la habrían dejado llevar en el de mano. Estos y otros pensamientos pasaron por mi mente de forma vívida y pausada mientras me levantaba sobre unas piernas vacilantes, que parecían de goma, y avanzaba tambaleante hacia ellos.

Por el camino, me incliné sobre el sofá y volví a coger la botella de champán. Continué mi interminable viaje hasta Heinz, observando impotente cómo se reía, agarraba a Ree por la muñeca y se la retorcía hasta que le hizo soltar la navaja.

—Qué valiente —dijo.

De repente me encontré de pie detrás de él, con la botella en la mano.

Esta vez no intenté golpearle la cabeza. En lugar de eso, intenté darle, bien fuerte, en la mano con la que sostenía la pistola.

Me vio de reojo y trató de apartarse para evitar el golpe, pero ya era demasiado tarde. La pistola cayó y se deslizó por el suelo, rebotando en la base de una lámpara de pie y acabando en la cocina. Mientras tanto, nuestra robusta amiga la botella rodó por el suelo, aún intacta, y desapareció bajo un sillón.

Heinz empujó a Ree contra la pared y luego se volvió para ocuparse de mí.

Vi el mazo de su mano bronceada acercarse a mi cara en una evocadora cámara lenta, como si fuera un tren acercándose. Cerré los ojos antes de sentir el golpe.

Pero este no llegó.

Abrí los ojos y vi que Ree le había agarrado el brazo por detrás y tiraba de él. Stinky seguía paralizado en una esquina.

Empecé a buscar a mi alrededor la botella irrompible de champán.

La puerta trasera se abrió y todos nos giramos para ver a Nevada allí de pie. Lo primero que noté fue que ya no llevaba esa maldita peluca. Lo segundo, que tenía una pistola en la mano.

Apuntó a Heinz, que, en seguida, echó a correr y huyó. Salió por la puerta principal. Fue una fuga tan inesperada que todos nos miramos confundidos.

Menos de un segundo después, yo ya estaba en la plaza, así que vi todo lo que ocurrió.

Una grúa balanceaba una parte de la caldera sobre nosotros.

Su enorme sombra recorrió la vegetación del centro de la plaza y luego pasó por encima de Heinz. Se oyó un grito y, luego, un sonido metálico extrañamente musical. La sombra se movió y la pieza cayó desde el cielo despejado. Heinz se escabullía entre las plantas, alejándose en línea recta de la puerta de mi casa. Debió de sentir que, de repente, no lo iluminaba la luz del sol, porque levantó la vista. Y vio varias toneladas de metal flotando tranquilamente sobre él.

Se hizo a un lado. Su agilidad era asombrosa. Saltó por encima de las jardineras y aterrizó fuera de ellas. El trozo de caldera cayó detrás de él sin causar ningún daño más que una crujiente lluvia de hojas y tierra. El suelo tembló bajo mis pies.

Heinz había aterrizado justo en el borde del profundo socavón que habían excavado para la obra. Tenía la mirada fija en el enorme trozo de metal que casi lo había aplastado. Y sonreía por su milagroso escape. Me vio y me guiñó un ojo. Luego se dio la vuelta para seguir corriendo.

Al hacerlo, se golpeó con fuerza en la pierna izquierda, la que tenía el aparato ortopédico. El impacto le hizo tambalearse un poco y cayó hacia un lado; hacia el hoyo. Extendió la mano para estabilizarse agarrándose a la barandilla de seguridad. Pero esta ya no estaba ahí.

Así que siguió cayendo.

Directo al socavón.

Me acerqué corriendo y miré dentro. Seis metros más abajo, Heinz yacía sobre una pila de escombros. Esta vez no había árboles para ayudarlo. Su rostro, repentinamente pálido, me miraba con unos ojos vacíos. Había caído sobre un montón de bloques de hormigón del tamaño de una caja de zapatos. Su cabeza, ahora con una forma antinatural, descansaba sobre uno de esos bloques como si fuera una almohada. Tenía el cuello doblado casi en un ángulo recto. Una mancha oscura que se extendía bajo él teñía de marrón el polvo gris.

Ree, Nevada y Stinky llegaron corriendo a mi lado. Siguieron mi mirada. Bajo nosotros, en el socavón, las obras se detuvieron a medida que la gente empezaba poco a poco a darse cuenta de lo ocurrido.

Stinky se dio la vuelta y vomitó. Yo no me sentí mal en absoluto. Sentí algo mucho peor que eso: un profundo y malvado placer.

35. LA REGLA DE TRES

Estaba ocupado probando mi nuevo molinillo de café. Las gatas me miraban mientras lo desenvolvía, lo montaba y metía los granos.

—Supuestamente, este nuevo y carísimo molinillo es totalmente silencioso y no afecta a la sensibilidad de los gatos. Así que espero que os guste. ¿He mencionado ya lo caro que es? —les dije.

Lo encendí. Al instante se oyó un zumbido agudo, débil pero perceptible y muy inquietante. Las gatas huyeron despavoridas. Suspiré, miré la etiqueta con el precio y me puse a preparar el café. Empezaba a oler muy bien cuando sonó el timbre.

Era Nevada.

—¡Dios mío! —exclamó—. ¿Puedo tomar un poco de ese café?

Entró y se acomodó en su silla favorita.

—No hay una meretriz americana semidesnuda a punto de venir a por mí, ¿verdad?

—No. Ree ha salido de compras.

—Ya, imagino que va a estar haciendo mucho eso.

—Está comprando regalos para los chicos del taller de Berto.

—Sí, parecía un grupo divertido. Estaban deseando inspeccionar los bajos de mi Porsche. Por decirlo de alguna manera.

—Y, por cierto, sé lo que significa *meretriz*.

—Oh. Lo siento.

Serví el café.

—Cielos, huele de maravilla. No habrá salido del esfínter de un mono, ¿verdad?

—De una civeta, querrás decir —aclaré—. Y ese café se llama *kopi luwak*. Esto es *ca phe cut chon*.

La estaba agobiando con tanta información. En realidad, eran lo mismo. Solo intentaba que se callara y probara el café.

—No sé si debería fiarme de ti —dijo mirando su taza.

—Lo mismo digo.

Ese comentario acabó con la conversación durante un minuto. Sorbimos el café.

—Quería preguntarte algo. ¿Qué pasó con la pistola de Heinz? —dijo Nevada.

—Llámame *sentimental* o *idiota*, pero la tiré desde el Hammersmith Bridge cuando nadie me miraba.

—¿En serio?

—Sí. Ahora está en el fondo de un enorme río. Espero que no la quisieras.

—No —aclaró—. Solo tenía curiosidad. Me interesa mucho más qué pasó con la cocaína.

—Eso *sí* que es interesante. Después de que Stinky vomitara, ya sabes, cuando vio el cadáver de Heinz, volvió a mi casa para limpiarse. Cuando entré, ya estaba marchándose a toda prisa, muy pálido. No dijo nada, algo poco habitual en él. Después, me di cuenta de que la cocaína también había desaparecido.

—¿Stinky se llevó la coca?

—No deja pasar una oportunidad.

—Dios mío. Ese pequeño *asqueroso*...

Nos sentamos y bebimos nuestro café. Nevada parecía estar esperando a que yo dijera algo, así que le pregunté:

—¿Cuánto sabías?

—¿De qué?

—De todo esto.

—Supongo que, la mayor parte del tiempo, casi tanto como tú. Sabía que el señor Hibiki quería ese disco y que estaba dispuesto a pagar una barbaridad por él.

—Y que estaría bien llevar un arma encima.

—El señor Hibiki tenía muy claro que otras personas, digamos, muy motivadas, irían tras el mismo objeto. Y que no dudarían en hacernos daño.

—Los putos arios.

—Los putos y difuntos arios. Entiendo que a Heidi le ocurrió una tragedia "permanente" en Los Ángeles.

—Eso parece.

—Qué triste —dijo Nevada.

Pero, como yo, no lo parecía mucho.

—Bueno, de todos modos, respondiendo a tu pregunta, solo sabía que, igual que otras personas, íbamos tras el disco. Eso es todo. Y después *deduje*, por el dinero destinado al proyecto, que se trataba de algo muy valioso. Muy valioso para personas como el buen señor Hibiki.

—¿Quién demonios es el señor Hibiki?

—Tiene un puesto muy importante en una de las mayores corporaciones de música y medios de comunicación en Japón. Una de las competidoras de American Music Industries, nuestros viejos amigos de AMI. Y se podría decir que hay una cierta rivalidad amistosa entre las dos empresas. Como la que habría entre una serpiente y una mangosta.

—Entonces, ¿eso era todo lo que sabías cuando me conociste?

—Sí. Prácticamente nada. Al menos en comparación con el señor Hibiki, que, básicamente, lo sabía todo. O al menos lo fundamental.

—¿Y qué era lo fundamental?

—Que, si jugaba bien sus cartas, podría aprovecharse si sucedía algún cambio importante en la estructura corporativa de AMI.

—Te refieres a cuando se descubriera que Ree tenía una participación mayoritaria en esa empresa.

—Sí. Por cierto, esa chica tiene un nombre ridículo. Ree. En fin, ese cambio tendría grandes consecuencias en el mercado mundial. Y, como sabía que iba a ocurrir, Hibiki quería poder aprovecharse de la coyuntura.

—Una ventaja muy rentable.

—Sí. Sobre todo si sabía exactamente cuándo ocurriría y se posicionaba de manera que obtuviese el máximo beneficio de ello.

—Básicamente, quería tener todo bien organizado —comenté.

—Eso es.

—Y quería que Ree descubriera quién era su abuelo para, posteriormente, reclamar a AMI su parte de la compañía.

—Sí. Pero no podía dejar que eso pasara hasta que él estuviera preparado. Su idea era esperar a que se dieran las condiciones idóneas en el mercado para forrarse con la información privilegiada —dijo, mirándome—. Esa era más o menos la situación cuando nos vimos en Japón. En ese momento, Hibiki quería dejar las cosas como estaban y que su plan madurara. Pero, por desgracia para él, tu amiga Ree ya estaba atando cabos en Los Ángeles.

—Es una chica inteligente —le informé—. Juega mucho al ajedrez. Es bueno para el cerebro.

—Yo también sé jugar al puto ajedrez —dijo Nevada bruscamente—. Y podría haberte puesto un apodo estúpido si hubiera sabido que querías uno.

—Nunca te lo impedí.

—En fin. ¿De qué estábamos hablando? Ah, sí, de la buena de Ree. Ella había empezado a sospechar quién era, y lo que le pertenecía. Pero, incluso con eso, las cosas podrían haber salido bien para Hibiki —me dedicó una sonrisa irónica—. Y, entonces, te metiste en el asunto. Cuando ella te pidió ayuda.

—Siempre estoy dispuesto a ayudar —indiqué.

—Y ahí fue cuando la cosa se complicó. Porque los Gemelos Arios todavía te estaban vigilando cuando ella apareció. Así que, si antes no la tenían fichada a ella, ahora sí. Y los arios, o la gente que los dirigía, empezaron a atar cabos lentamente, y actuaron.

—¿Y quién los dirigía?

—Quién crees.

—¿AMI? —respondí.

—O una de sus miles de filiales. Alguna tapadera fantasma y fácilmente negable de una corporación.

—¿*Tapadera fantasma*? —dije—. ¿Eso existe?

—No se llama exactamente así. Pero ya sabes a qué me refiero.

—Sí, supongo que sí.

—Entonces, Heinz y Heidi fueron contra ti cuando empezaron a darse cuenta de lo que estaba sucediendo realmente.

—Ellos fueron contra mí —la miré— ¿Y tú?

Se encogió de hombros.

—Se suponía que yo debía actuar como una aguafiestas. Llegar a los discos antes que tú y evitar que te hicieras con todos —suspiró—. Pero no me diste ni la más mínima oportunidad.

—Así que también ibas contra mí —le comuniqué—. Como los Gemelos Arios.

—Había una diferencia importante. Ellos estaban preparados, dispuestos y capacitados para matarte. Yo solo intentaba retrasarte. Buscar el tiempo suficiente para que el señor Hibiki moviera sus fichas. Tenerlo todo atado. Qué expresión más extraña. ¿Te imaginas lo difícil que sería eso? Atar cada cosa que te rodea.

—Así podría hacerse con una fortuna —dije, volviendo al tema.

—Sí. Pero dejaste que se descubriera el pastel. Otra extraña expresión. ¿Qué clase de idiota ocultaría un pastel? ¿Qué nos pasa?

—Pero —continué—, el señor Hibiki no logró hacerse con la fortuna.

—No. Tuvo que actuar antes de tiempo. Y conformarse con un buen trozo del pastel, por así decirlo. En vez de una fortuna. En otras palabras, el pobre hombre, en lugar de los mil millones que estimaba conseguir, solo obtuvo unas decenas de millones.

—Pobrecito...

—Y ahora está un poco enfadado.

—¿Contigo? —le pregunté. Eso me parecía un poco exagerado.

Nevada negó con la cabeza.

—No. Contigo.

—Ah, bueno —indiqué—. Ya no se puede hacer nada.

Tomamos un sorbo de café.

—Otra cosa. Tengo que confesarte algo. Puse micrófonos en tu salón —dijo ella.

—Lo sé.

—¿Lo sabes?

—Lo supe en cuanto vi que alguien entraba de vez en cuando aquí y daba de comer a las gatas.

Se rio.

—Es verdad. No podía resistirme. Son tan encantadoras...

—¿Qué les diste?

—Chuletas de cordero. Con buena carne. Sin la grasa y el hueso.

—Seguro que les gustaron. Hiciste un buen trabajo ocultando las pruebas.

—La mayoría se las comieron las gatas. No me puedo creer que no estés enfadado porque pusiera un dispositivo de escucha en tu casa —comentó ella.

—¿Conseguiste que el señor de los tatuajes maoríes con barba rasurada te ayudara a instalarlo?

—No. Dios mío, nunca te haría eso. Lo instalé yo solita.

—Entonces no me importa. Es más, en realidad contaba con ello. ¿Recuerdas cuando anuncié voz en grito que Heinz estaba aquí? ¿Con una pistola? Acababa de pasar un detector de dispositivos por la habitación, y sabía que estabas escuchando.

—Sabías que *alguien* estaba escuchando.

—Sabía que eras tú, igual que sabía que eras tú la que daba de comer a las gatas. Solo deseaba que estuvieras en algún lugar cercano.

—Alquilé una habitación en la Abadía. Las tarifas de ese sitio son exorbitantes.

—Y llegaste a tiempo para salvarnos. A todos.

—Incluso a Stinky —dijo ella.

—Te perdono. Por poner micrófonos en mi casa. Y por salvarle la vida a Stinky.

Esbozó una ligera sonrisa.

—Venía dentro del paquete. Por cierto, ¿qué le ha pasado a mi dispositivo de escucha? He visto que está desconectado.

—Me temo que lo pisé.

—Qué coincidencia. ¿Dónde está lo que queda de él?

—No tengo ni idea. Las gatas lo usaban como juguete. Lo metían por todas partes.

—Oh, bueno, al menos sigue sirviendo para algo útil.

—Hay algo más que quiero preguntarte —hice una pausa—. Algo que *necesito* preguntarte.

—Dímelo.

Volví a llenar nuestras tazas. Me senté frente a ella, la miré y respiré hondo.

—A pesar de su conocida incompetencia, ¿realmente esperas que me crea que nuestros adorables obreros locales dejaron caer un trozo de una caldera de varias toneladas desde una grúa justo cuando Heinz se encontraba bajo ella?

—No te pido que creas nada.

Dio un recatado sorbo a su café. Yo me quedé mirándola en silencio hasta que, por fin, dijo:

—Si quieres que diga algo, sería que, obviamente, ese acto sería una conspiración, un asesinato por encargo u otros trabajos realmente peligrosos en los que nadie debería involucrarse. Y si lo hiciera, no hablaría nunca de ello, ¿verdad?

—Supongo que no.

—Aunque, probablemente, esa persona debería asegurarse de que, en vista de la cantidad de dinero empleado (o teóricamente empleado) en sobornar a esas personas para cometer un acto tan despreciable, esos malditos cabrones al final no la cagan.

—Recuerda mis comentarios recientes sobre la conocida incompetencia.

—Bueno, de todos modos, como digo, se trata de un debate totalmente hipotético.

—Entendido.

Echó un vistazo a su taza. Estaba casi vacía de nuevo.

—¿Quieres otro café? —le ofrecí.

—No, tengo que irme —se levantó y se detuvo—. Cuando escuchaba a escondidas, os oí varias veces. Juntos. A los dos. Y me di cuenta de algo. Creo que realmente le importas.

Me miró fijamente. De repente, sus ojos parecían pálidos, como el cielo.

—No quiero interponerme. Entre vosotros. Creo que puedes ser feliz con ella.

Se inclinó y me besó en la mejilla.

—Adiós.

Y se marchó.

Ree llegó una hora más tarde.

—¿Dónde están todas tus bolsas? —le dije—. Me refiero a las de las compras.

—Las he dejado en el taxi.

—¿Con Cabeza Limpia?

—Sí.

Aquello me pareció un poco raro.

—¿Es que eran muchas? —pregunté.

—No solo he ido de compras. He pasado gran parte de la mañana hablando con abogados.

—Eso suena a algo serio. ¿Qué pasa?

Se sentó y me miró a los ojos con la mirada inexpresiva que había visto en docenas de partidas de ajedrez.

—Ganaremos —afirmó—. Vamos a ganar el juicio.

—Por supuesto —confirmé.

—Pero AMI va a luchar. Puede que tengamos que encontrar la tumba de mi abuelo y obtener una muestra de ADN para demostrar quién soy. E, incluso, si lo logramos, habrá un torbellino legal de mierda nunca visto. Estarás mucho mejor si te mantienes alejado de todo eso.

Se me heló el estómago.

—¿Qué quieres decir con «alejado de todo eso»?

Sacudió la cabeza.

—Lo siento, Chef, es que ahora mismo no tengo tiempo para nadie en mi vida.

—¿De qué estás hablando?

—Tengo que entregarme de lleno a esta batalla legal. Al cien por cien. De forma permanente. Día y noche.

Puso una mano en mi mejilla. No podía creer lo que estaba oyendo.

—Lo siento —dijo—. Tal vez más adelante. Cuando las cosas se tranquilicen.

Me besó en la mejilla.

Hizo las maletas y, media hora después, se fue. Cabeza Limpia la llevó al aeropuerto. Más tarde me di cuenta de que el beso que me había dado había sido en la mejilla opuesta al de Nevada.

Una simetría perfecta.

Dicen que las cosas vienen de tres en tres. Más tarde, ese mismo día, recibí una carta del banco.

—No pueden hacer eso —dijo Tinkler.

—Evidentemente, sí que pueden.

—Pero cómo es posible que justifiquen...

—¿Sabes cuando hay un error informático tras el que algún afortunado descubre que han transferido accidentalmente a su cuenta bancaria una fortuna inmensa? Dicen que eso es lo que me ha pasado a mí. Solo que al revés.

—¿Así que, sencillamente, han sacado todo el dinero de tu cuenta?

—Dicen que se lo han devuelto a su legítimo propietario; el señor Hibiki.

—No puedo creerlo.

—Nevada dijo que estaba enfadado conmigo. Supongo que esta es su forma de demostrarlo.

—Pero puedes demostrar que el dinero es tuyo —indicó Tinkler.

—No, no puedo.

—Enséñales los recortes de prensa. «Buscador de discos encuentra un tesoro».

—Lo he hecho. Y se han reído en mi cara.

—¿En serio?

—Te recuerdo que estamos hablando de un banco —le dije.

Me miró, con la cara pálida y los ojos como platos. Curiosamente, parecía más sorprendido que yo.

—¿Quieres decir que alguien puede meter dinero en tu cuenta y luego sacarlo?

—Así es como funciona. De hecho, ese es un buen resumen del sistema capitalista.

—Entonces, ¿no te han dejado nada?

—Solo tengo lo que hay en mi bolsillo ahora mismo.

—Esto es indignante —comentó Tinkler—. ¿Qué más te han dicho?

—Que les sorprende que no me estén llevando a juicio por el dinero que ya había gastado. Dinero que, legítimamente, no me pertenecía.

—¿Y qué has respondido a eso?

—Que a mí no me sorprendía tanto.

Tinkler sacudió la cabeza.

—¿En serio pueden salir impunes de esto?

—Ya lo han hecho. Los superricos dan y los superricos quitan.

Tinkler se levantó, se acercó a la estantería de la pared más alejada de su sala de escucha y cogió un disco. Era el ejemplar de *Beat Beat Beat* que yo le había comprado con mi primer sueldo. Se trataba de un diez pulgadas, editado por la discográfica alemana Decca en 1965 para el club discográfico Sonderauflage. Se había retirado después de tan solo dos mil copias. Un disco muy raro.

—Toma, llévate esto —dijo—. Puedes venderlo por un montón de dinero.

Negué con la cabeza.

—No hay amor más grande que el de quien ofrece al prójimo un disco raro de diez pulgadas de los Rolling Stones para que lo venda. Pero las cosas no están tan mal —le comenté.

Y se lo devolví.

Me miró con tristeza.

—¿No?

—Tengo salud, tengo mi casa, tengo a mis gatas, tengo a mis amigos —le dije.

—O sea que los amigos ocupan el cuarto lugar —indicó Tinkler.

—Tú tienes suerte de ser uno de ellos siquiera.

36. A CUBIERTO DE LA LLUVIA

A la mañana siguiente me levanté temprano. El amanecer era una tenue esperanza rosácea en la oscuridad invernal. Fanny y Turk se alegraron de verme en casa y levantado, casi siguiendo su horario felino. Recordé lo que le había dicho a Tinkler y rebusqué en todos mis bolsillos. Tenía varios puñados de dólares en monedas que habían viajado conmigo de vuelta a Londres. Me puse mis zapatos especiales de buscador y me fui a Richmond.

Cuando Marks and Spencer abrió, yo ya estaba esperando en la puerta. En el piso de arriba tenía un lugar para cambiar divisas, y allí convertí los dólares en libras esterlinas. Conseguí el dinero justo para comprar un bono de viaje semanal, y eso hice.

Me subí a un autobús para iniciar la búsqueda. Fui hasta Twickenham y planeé el camino de vuelta, pasando por todas las tiendas solidarias, de segunda mano o de antigüedades que pudieran tener al menos una cubeta de discos. Al día siguiente, hice lo mismo, empezando por Wimbledon. El tercero, comencé en Chelsea. El cuarto, en Shepherd's Bush. El quinto, cuando empecé en Chiswick, lo encontré.

Era una copia del *Pet Sounds* de los Beach Boys en el sello Capitol, con el arcoíris en la etiqueta; una edición original en mono en lugar de la edición en falso estéreo. Era una copia británica, y estaba como nueva. Esa noche lo puse a la venta en Internet y obtuve suficiente dinero como para comprar comida para mí y las gatas para dos semanas.

Y, posiblemente, algunas uvas para Tinkler.

Estaba cortando unas chuletas de cordero para las gatas —había decidido tirar la casa por la ventana— cuando llamaron a la puerta. Me limpié las manos y fui a abrir.

Fuera llovía a cántaros.

Ahí estaba Nevada, con un impermeable blanco y su ya típico sombrero blanco con una fresa. Llevaba una maleta.

—¿Puedo pasar? —preguntó.

Me aparté y ella entró apresuradamente, mojándome con su impermeable al pasar junto a mí.

—Lo siento —dijo.

Su maleta tenía ruedas y hacía un pequeño ruido que atrajo inmediatamente a las gatas.

—¡Pero quiénes están aquí! —exclamó—. ¿Habéis venido al oír la maleta? Sí, ¿verdad? Habéis venido al oír las ruedas de la maleta. ¿Hace un ruido tonto? ¿Mi maleta hace un ruido tonto?

Las acarició.

—Vuestros abrigos están bien calentitos y secos. Sois unas chicas muy listas, ¿verdad? Quedándoos en casa en un día como este. No como vuestra tía Nevada. Su abrigo está empapado.

—Deja que te lo quite —le sugerí.

—No, está bien.

Lo colgó en una de las perchas del pasillo, se quitó el sombrero y lo puso en otra, junto al abrigo. Ambas prendas tenían un aspecto alegre e incorpóreo. Fuimos a la cocina y nos sentamos. No sabía qué decir.

—¿Quieres un café?

—Dame un minuto —respondió.

Se miró los pies.

—He dejado huellas mojadas por todas partes. Ahora las limpio.

—No te preocupes.

—No sé por dónde empezar.

—Bueno, a mí no me mires. Me he quedado en blanco.

—No me sorprende.

Esbozó una pequeña y tímida sonrisa.

—Me he enterado de lo que ha pasado. Lo que te ha hecho el señor Hibiki.

—Ah.

—Así que lo he dejado.

—¿Qué? —pregunté.

—Renuncié ese mismo día. Lo mandé a la mierda.

—¿En serio?

—Por supuesto. Si hubiera sabido cómo se dice *vete a la mierda* en japonés, se lo habría dicho. ¿Cómo se atreve a hacer eso? Es cruel...

Me miró. Con la lluvia, se le había corrido un poco el maquillaje, lo cual le daba un atractivo aspecto de mapache.

—Entonces, ¿estás sin un céntimo? —me preguntó.

—Más o menos. Estoy sin un céntimo. Sí.

—Bueno, podemos compartir mi dinero —sugirió—. Lo que tenga a buen recaudo.

—Espero que no lo tengas en alguna cuenta bancaria a la que Hibiki pueda acceder.

—Ya no —dijo ella.

Se llevó la mano a la boca para ahogar un bostezo.

—¿Acabas de llegar en avión? —le pregunté.

—Desde Omura, sí.

—Debes de estar muy cansada.

—No tanto —indicó—. Aunque tengo frío y estoy empapada. ¿Puedo darme un baño?

—Por supuesto.

—Estupendo —dijo, levantándose de la silla—. Un maravilloso baño calentito. Quizá podamos tomar un café después.

—Claro —respondí.

Entró en el cuarto de baño y oí cómo comenzaba a llenar la bañera. Escuché el sonido del agua y a Nevada canturreando. Al cabo de unos minutos, abrió la puerta en una nube de vapor y las gatas entraron a toda velocidad para estar con ella. Después, la puerta volvió a cerrarse, atrapando de nuevo el vapor, el calor y el ruido. Era la ocasión ideal para moler unos granos de café sin molestar a nadie. Estaba a punto de hacerlo cuando sonó el teléfono.

Me puse el auricular en la oreja y oí música. Era un piano, tocando acordes de jazz con líneas angulares y en cascada. Luego, una voz.

—Hola, ¿Chef?

—¿Ree?

—Sí. ¿Cómo estás?

—Estoy bien... estoy bien.

—Me alegro.

Ambos nos quedamos en silencio durante un momento. De fondo, la música continuaba, con una fluidez infinita. Era compleja pero enérgica, delicada, pero con gancho.

—Esa música suena muy bien. ¿Es un vinilo?

Se rio.

—No es una grabación, es auténtica. Alguien está tocando el piano. ¿Te gusta?

—Sí. ¿Dónde estás?

—En Hawái. Te encantaría esto. Hay buen café.

—¿Estás de vacaciones?

—Algo parecido.

—¿Cómo te ha va la búsqueda?

—¿La búsqueda? —preguntó.

—La de Easy Geary.

—Oh, eso se acabó.

El piano seguía sonando, primitivo y crudo, pero, a la vez, urbano y moderno.

—Encontraste la tumba.

—No —dijo ella—. Y nunca la iba a encontrar.

—¿Por qué no?

—Porque para que haya una tumba tiene que haber un cadáver.

De repente me di cuenta de por qué la música me sonaba familiar. Hice cuentas mentalmente. Era posible. Era solo posible. Pero no parecía solo posible.

Parecía inevitable.

—¿Sigues ahí? —preguntó ella.

—Sí.

—Toca muy bien para la edad que tiene, ¿no crees?

—Sí.

—Tienes que venir aquí —dijo.

AGRADECIMIENTOS

Muchas gracias a Ben Aaronovitch, la primera persona que me animó a escribir este libro (e insistió para que incluyera a las gatas); al inestimable Guy Adams, que se encargó de su presentación; a mi editora, la maravillosa Miranda Jewess, por leerlo y entenderlo; a Julian Friedmann, por ser el primero en ver su potencial; a Tom Witcomb, por elaborar tan hábilmente nuestro acuerdo; a Louise Bryce y Melis Dagoglu, por vender sin descanso los derechos de audio y traducción; a Ann Karas, por leer con atención —y disfrutar— los primeros borradores; a Peter Qvortrup, por elaborar y proporcionar un magnífico equipo de audio; al otro Andrew (el London Jazz Collector) por ser tan condenadamente servicial; a Tom Evans, por su destreza técnica y electrónica más allá del deber; a Stephen Gallagher por su lealtad, amistad y sabiduría, y a Ellen Gallagher, porque de tal palo, tal astilla, si alguna vez lo hubo; a Alan Ross por participar en la historia y por proporcionarme más discos de los que puedo contar; a John Tygier por su erudición general en alta fidelidad y por prestarme su juego de válvulas termoiónicas 300B cuando las mías se estropearon. Nadie tiene amor más grande que el que da la vida por sus amigos. Y a todos los buscadores de cubetas. Recordad que lo que buscáis puede estar en la siguiente...

Próximo título de la colección

2026

EL DETECTIVE DEL VINILO
EL SURCO FINAL

En esta nueva aventura nuestro protagonista irá tras la pista de un niño perdido. El hijo de Valerian, vocalista de una gran banda de rock de los años sesenta, ha sido secuestrado, y su padre se ha quitado la vida en extrañas circunstancias.

En esta investigación, el Detective del Vinilo se encontrará más cerca de la muerte que nunca, con el cañón de una escopeta apuntándole, bajo los efectos del LSD y a punto de ser quemado vivo. Y luego está la profanación de tumbas...

ANDREW CARTMEL es novelista y guionista. Su trabajo para televisión incluye encargos para *Midsomer Murders* y *Torchwood*, además de una legendaria etapa como editor de guiones en *Doctor Who*. También ha escrito obras para el teatro alternativo londinense, ha hecho giras como comediante de *stand up* y actualmente coescribe, junto a Ben Aaronovitch, una serie de cómics basados en los exitosos libros *Rivers of London*. Vive en Londres, con demasiados vinilos y el número justo de gatos.

MIGUEL STAMP Estudió Periodismo y Económicas, pero actualmente se dedica a la traducción. Ha sido profesor universitario y ha colaborado en fanzines (*Stamp*), programas de radio (*Secuencias*), blogs (*Federica Pulla dixit*), pódcast (*Hablando con las paredes*, *Joyonas de cubeta*), documentales de bajo coste (*Música Fósil*, *Batiscafo*, sobre Gregorio Paniagua) y organización de conciertos y festivales (Festichachi), entre muchas otras cosas. Le encantan los animales, los mercadillos y rastros y disfruta buscando discos absurdos en lugares imposibles.

EL DETECTIVE DEL VINILO.
Escrito en el espacio muerto

Título original: *THE VINYL DETECTIVE. Written in Dead Wax.*

Colección ARIMA

Esta traducción de *The Vinyl Detective Written in Dead Wax* de Andrew Cartmel, impresa por primera vez en inglés en 2016, se publica por acuerdo con Andrew Cartmel, c/o Zeno Agency Ltd, Primrose Hill Business Centre, 110 Gloucester Avenue, NW1 8HX London, United Kingdom

liburuak.org

ISBN 978-84-19234-51-3
Depósito legal BI 00924-2025

Primera edición noviembre 2025

Impreso en Bizkaia, Euskal Herria.

Liburuak es un proyecto de Last Tour.